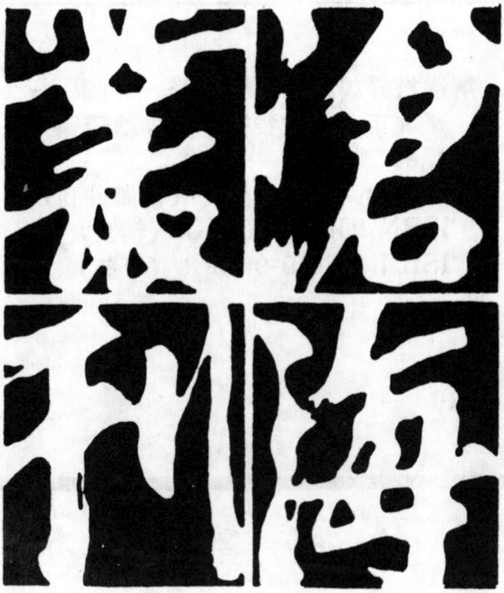

解構批評論集

廖炳惠 著

東大圖書公司 印行

國立中央圖書館出版品預行編目資料

解構批評論集／廖炳惠著. --再版. --
臺北市：東大發行：三民總經銷，
民84
面；　公分. --(滄海叢刊)
ISBN 957-19-0614-X（精裝）
ISBN 957-19-0615-8（平裝）

810

著作人　廖炳惠
發行人　劉仲文
著作財產權人　東大圖書股份有限公司
臺北市復興北路三八六號
發行所　東大圖書股份有限公司
地　址／臺北市復興北路三八六號
郵　撥／○一○七一七五──○號
印刷所　東大圖書股份有限公司
總經銷　三民書局股份有限公司
門市部　復北店／臺北市復興北路三八六號
重南店／臺北市重慶南路一段六十一號
初　版　中華民國七十四年九月
再　版　中華民國八十四年十月

編　號　E 81039

基本定價　伍元捌角

行政院新聞局登記證局版臺業字第○一九七號

ISBN 957-19-0615-8（平裝）

自序

不少同學和師長問我：「到底什麼叫解構？」現在，我將近兩年發表、寫成的文章輯成册子答覆他們。要把這個題目講得清楚，也許需再花一本書的篇幅，甚至幾部，不過，我是用了一些作品努力回答問題。

重讀舊作，發現許多地方已不能同意，除了做部份的修正之外，我在每篇文章後以附記的方式描述其局限和旨趣，希望讀者能因指見月，看到文章未能觸及或無法深入討論的層面。

近年來，解構批評使得文學界對傳統的作品理論、分析架構起了懷疑，舉凡符號、語言、作品、脈絡、作者、讀者、歷史、詮釋、批評均被列入「加深思索」的範圍，不斷以所謂「雙重讀法」析出個中遭到壓抑、控制的要素。不管接不接受它，解構批評已儼然是當代文學研究的主要動力。本書的立場卽在倡導吸收、擴充解構思想，教它和不同的批評論述（尤其中國詩論、文學的某些概念）產生巴克定式的「對話」。

對初學的讀者來說，解構批評也許充滿了艱深的術語；在引介、評述之間，本書難免要一再運用它們，為了便利讀者，在書末筆者收錄一些較常出現的名詞，並嘗試做簡單的解釋，請讀者先參閱。

能夠讓這本書推出問世，我得感謝葉維廉教授及三民書局編輯部，特別要對我父母、家人致意，感謝他們長久以來對我的支持和忍耐。許多朋友在我寫文章的過程裏，和我一起摸索，且不吝將他們的見解提出和我分享，此處無法一一致謝。旅美期間，清僑夫婦、一峯、文政、昌杰不斷協助、鼓勵我，沒這些好友的精神支援，本書恐怕無法如此順利完成。除了要對這些知交表示感激之外，我要把這本書做為回報家父母的關愛與諒解的獻禮。

廖炳惠

民國七十三年八月於加州，聖地牙哥

解構批評論集　目次

一　導言——解構批評與結構主義後起思想

1

有一則故事，說一位樵夫在山上碰見一個登山者，便邀他到自己的茅舍小憩，坐定下來，樵夫見這個人不斷吹手指，便問他何以如此，客人答道：「取暖呵」；過了一會，上了熱湯，這個人又不住吹湯，樵夫感到納悶，又問他爲什麼吹氣，登山者回答：「將湯吹冷」。聽了這話，樵夫便把客人趕走：一口氣怎能一下子取暖，一下子又把熱湯吹冷呢？這位登山者一定發瘋了，他才不敢和瘋子一起進餐。

對樵夫來說，符號之具有意義，是在它產生區別作用；同時可取暖又可吹冷，顯然是不合邏輯、無法理喻之舉。「貓」是「貓」，正是由於它不是「帽」或「苗」，因爲語言行爲（parole）

之所以能被瞭解，全在底下有個封閉、固定、有差異原則的語言系統（langue）。樵夫拒絕接受文字符號之可能有不斷形成的「衍異」活動（differance）是頗類似語言學家索緒爾（Saussure）的立場的：他完全不瞭解一口氣可以在某一時間取暖，在另一時間則可將湯吹冷；「意指」（signified）本身卽是變動的「意符」（signifier）——吹氣所象徵的意義其實是個符號，在不同時、空中流動，絕不會只指謂某一特定對象、意義，而且其差異必須將過去、現在、未來之軌跡關連起來看始能見出。

既然每一個符號具有意義的條件之一是它不同於其他的符號，如此它便無形中與所有的其他符號相異。這個無限的差異，換言之，也就是構成某一個符號的條件，因此每一個符號必也和其他不在場的符號相連而交互指涉。另一方面，那些「不在場」（not there）、「不同彼」（not that）的其他符號（other），卻叫我們很難找到整體的存在。

這是結構主義（structuralism）與結構主義後起思想（post-structuralism）最主要的差別：結構主義看作是固定的，結構主義後起的思想家則將它視爲分化、重疊、多重的；結構主義者仍相信統一與整全、二元對立的單位（彼此之間的差別），結構主義後起思想家則發現內在於單位實體之中便有歧異，也就是作品往往有着雙重活動，在本身裏便蘊含自我瓦解的根苗（然而爲了强調某種中心、重點、結構、旨趣，這些細微的根苗却常被排除了）。

專門針對二元對立系統及其架構所造成的等第（男／女，口語／文字，自然／文化，眞理／

虛假，理性／瘋狂，中心／邊際，表面／深層，文學／哲學等），並以「雙重讀法」析出被排除的因素，正是由賈克·德希達（Jacques Derrida）所倡導的「解構批評」（deconstruction）所擅長的❶。在「文字科學論」（*Of Grammatology*）裏，德希達主要是質疑傳統的符號、文字觀。據他的看法，自柏拉圖以來，西方的語言哲學便一直是「理體爲中心」系統（logocentrism），將眞理的本源歸給說話的聲音。「理體」（logos）被視爲理性之聲、上帝之道；實體的存在被認爲是一種本質的「現出」（presence）；因此，聲音的完全演現（在現場）是比不出聲的書寫文字（不在現場）來得更接近眞義；文字在傳統哲學裏只佔了次要的地位，僅是用來再現聲音、替代完全的演現，文字可以說是完全話語（full speech）的一種墮落。書寫文字遂淪爲話語的模倣，只能部份表達完全演現的聲音（因爲聲音對自身的「意指」完全能掌握住，而且能在他人面前呈現，完全溝通），這種「語音中心觀」（phonocentrism）締建起種種的等第：聲音／文字、

❶ Deconstruction 的字根來自「解」、「瓦解」（to "undo", "de-construct"），是由德希達自海德格的哲學概念 *Destruktion* 所發展出。「解構」並非用來證明意義不可能，而是在「作品之中」（「構」）解開、析出意義的力量（「解」），使一種解釋法或意義不致壓倒羣解，見 Barbara Johnson, *Introduction to Dissemination* (Chicago: Univ. of Chicago Press, 1981), p. xiv。由於中文的「解」正有「解除」及「解釋」兩種意義，能微妙迻譯 deconstruction 對 signification 的雙重考察——「解釋」自己「解除」其意義，展現出其始點乃一種人文構成（而非自然的「所予」），乃是詮釋者不自覺的產物——，因此下文通譯作「解構」。且「解構」一詞已出現於淮南子俶眞、後漢書隗囂傳，有「合會」、「分化」之矛盾意義。

講話／書寫、聲音／沈默、存在／非存在、聲音稿本／非聲音文字（話本／擬話本）、意識／無意識、本源話語／次要符號、實相／影像、內在／外在、物自身／符號、本質／現象、意指／意符、眞／僞、演現／隱無等，不斷强調前者的優越性。

德希達對索緒爾（Ferdinand de Saussure）所代表的「語音中心」觀語言學加以抨擊，一方面指出索緒爾以抽象方法限制住語言的內在系統，一方面則剔出索緒爾本身的論述其中如何不自禁地以書寫文字爲語言分析之對象，亦卽文字（倒非語音）反而是語言的源頭。如同樵夫聽信第一個話語（取暖）便視之爲「現存」、本源、眞理，而封閉住另一種文字的可能作用，索緒爾一味强調語音先於文字、意指先於意符，結果在不知不覺間却流露出自身的漏洞：「話語」是早以文字軌跡（trace）的方式寫在樵夫的腦海中，使他認爲話語是現存，並拿它當差異系統的基石，却沒料到話語已運用了文字產生意義的原則，乃與「書寫」文字無異——意識（不管語音、文字）都得倚賴「衍異」的原則，換句話說，軌跡構成語言的意義，書寫文字（ecriture）產生語言。

以類似的方式，德希達解構析讀了結構人類學者李維史陀（Claude Levi-Strauss）的神話結構及其種族中心作風、盧騷（Jean Rousseau）的「文字起源論」及自然文化的對立觀，認爲他們都以「現存」爲中心。在胡塞爾（Edmund Husserl）的語言哲學裏，德希達也看出同樣的傾向：以理性的現存爲對象，將聲音視作本源，力圖以超越的主體意識回歸到純粹的本有❷。即使在海德格（Martin Heidegger）的存有論裏（德希達的解構思想有部份係來自海氏的「瓦解」觀念，尤其海氏對傳統本體論的破解），德希達也發現海氏以「現存」爲基石，建立其神學本體論：海氏力圖挽救已遭世人遺忘的「存有」（Being）—被推理衍生的「存有物」（being）所朦蔽的本體❸。傅柯（Michel Foucault）雖一度是德希達崇敬的老師，德氏却在傅柯的 *Folie et déraison: Histoire de la folie à l'âge classiqve*（英譯 *Madness and Civiltation*）覺察到傅氏以其理性的「考古學」替「瘋狂」（非理性）本身說話，細究痳瘋、瘋狂患者遭受隔絕、監禁，進而以現代醫學、心理病理學等科學加以分類、整治、處置的過程，儼然十七、八世紀的文化形式，一方面探索，一方面却又掩蓋了「純粹」的瘋狂。因此傅柯强把理性的語法加諸非理性之沉默上，並且沒能讀出笛卡兒對反省之前之「我思」（瘋狂）與時間性之「我思」（理性）的彼此交替性❹。在一次訪問記中，德希達以自己的「播散」論（dissemination）和拉崗（Jacques

❷ *Speach and Phenomena and Other Essays on Husserl's Theory of Signs*, trans. David B. Allison (Evanston: Northwestern Univ. Press, 1973).

❸ *Margins of Philosophy*, trans. Alan Bass (Chicago: Univ. of Chicago Press, 1982), pp. 29–67. 亦見 *Spurs: Nietzsche's Styles*, trans. Barbara Harlow (Chicago: Univ. of Chicago Press, 1978), 81f.

❹ *Writing and Difference*, trans. Alan Bass (Chicago: Univ. of Chicago Press, 1978), pp. 31–63.

Lacan）的「象徵次第」（symbolic order）對照，後來他更進一步指出拉崗的陽物說也是一種現存、語音中心的形上學，硬把「意符」（信束）說成是「意指」（匱缺和閹割），不讓意符繼續漂流，便擅自爲它定下目標❺。除此之外，於「經濟擬仿」（"Economimesis"）一文中，德希達在對康德的美學作分析之後，還補充了「雄渾」（sublime）的相對之詞：「令人作嘔」（vomiting）❻，在「白神話」（"white Mythology"）裏，他更從隱喻學的觀點道出西洋哲學（直言「眞理」的學問）如何倚重隱喻（虛構）❼。簡言之，這些思想家均預先設想了某一定點，做爲立論基礎，並視之爲純粹、先驗、固定、眞實，却始終沒想到此「定點」其實是哲學系統爲了鞏固本身之立場，堅持其理論架構所發現到的現象（或套哲學家的話說，「眞理」），所不得不建立的「假定」；對這些「假」定，思想家們不但不加質疑，反而進一步又推演之爲「理體」，彷彿唯有訴諸此一「本有」，一切始產生意義。因此，有個「純粹」的瘋狂、意指、喻旨（tenor），等待世人去掌握。

---

❺ *Positions*, trans. Alan Bass (Chicago: Univ. of Chicago Press, 1981), pp. 84-87; "The Purveyor of Truth," *Yale French Studies*, 52 (1975), 31-114. 此文收入 *La Carte Postale: de Socrate à Freud et au-delà* (Paris: Flammarion, 1980).

❻ *Diacritics*, 11,2 (1981), 3-25.

❼ 英譯最早刊載於 *New Literary History* (1974), 後 Alan Bass 重譯，*Margins of Philosophy*, pp. 207-271.

在許多哲學中，德希達較側重的是尼采與佛洛伊德。從尼采的「權力意志」(*The Will to Power*) 中，德希達發展出欲求與控制 (desire and control) 的概念，認爲：「知識」乃是要達到某一欲求所構成的詮釋力量，意義因此是無窮盡的符號詮釋、傳述活動，是人創出的另一組替代符號，不斷衍生，絕不會是穩定、有限、「眞實」的；尼采對神學、形上學的抨擊尤其給德希達的「去中心」觀念(decentering)予莫大的影響。自尼采對女人的評論，德希達寫出 *Spurs* 一書，推翻男人代表眞理的看法：要掌握善變的、難以掌握的眞理（女人），哲學家必須是眞理（女人）[8]。佛洛伊德在「神秘的塗寫簿札記」("Note on the Mystic Writing-Pad" (1925)) 裏表示：夢應被詮釋爲是溯回寫作之景觀的途徑，因此夢的記憶如同軌跡，其內容在本質上是書寫(graphic)，而潛意識乃是（早已是）純粹軌跡的交織體；在潛意識裏，「每一件事均已複製開始」[9]，這些論點和德希達的文字觀實相互呼應。

不論是解構析讀或細讀解說，德希達是要作品永遠保持開放，無以掌握、不斷播散，他的閱讀也針對作者本身沒察覺到的某層關係（不知不覺間，因運用了語言而未能把握住的層面）[10]，換句話說，閱讀絕不是要再度製出原意或重覆作品 (doubling the text)，指涉到某一外在

[8] *Spurs*, pp. 97–109.
[9] *Writing and Difference*, pp. 196–231.
[10] *Of Grammatology*, trans. Gayatri Chakravorty Spivak (Baltimoke: John Hopkins Univ. Press, 1976), p. 158. 譯者「導言」對德希達的學說傳承、旨趣有極詳盡之介紹。

對象（referent）、超越的意指（transcendental signified），蓋無作品外在之物（*il n'y a pas de hors-texte*）。閱讀毋寧要開啓無窮盡的符號替代，讓意符以其「重述性」（iterability）與時漂流。

身爲哲學研究者，德希達主要是批評西洋傳統本體論以音聲表達「理體」的現存形上神話，教人以自我反省（self-reflexive）或相對矛盾邏輯（contrary logic），注意到理性架構、系統結構所壓抑的，認清、判斷其情勢（卽使難以避免），留心「它、異」（alterity）被排擠至邊際、非主要位置，以凸顯「中心」、「自我」、「實質」、「目的」、「形式」的詮釋活動底下，卽蘊含另一種不安與一股力量，以便質疑「結構性」（structurality），並對「經濟、權宜」（economy and strategy）提出問題[11]。以他最近發表的一篇文章裏的隱喻來打比方，不僅是要對觀看到的景物加以審視，也得考察此一觀看之能力、環境、配備（view viewing）[12]。

雖然德希達所代表的解構思想僅是衆多結構主義後起思想中的一派，從他於一九六六年在人類科學座談會上提出「結構、符號、自由活動」一文後，解構批評却一枝獨秀，環繞耶魯、約翰

---

[11] *Writing and Difference*, pp. 278-293. 另見 Jonathon Caller, *On Deconstruction: Theory and Criticism after Structuralism* (Ithaca: Cornell Univ. Press, 1982), pp. 146-151.

[12] "The Principle of Reason: The University in the Eyes of Its Pupils," *Diacritics*, 13 (1983), 19-20.

士・霍普金斯、哥倫比亞、康奈爾等大學而鼎盛於七〇年代，迄今已儼然成爲文學批評的主流。由於結合了形構批評，德希達的解構思想具有哲學或政治意義的因素，在英美學術界竟已遭「洗滌淨化」⑬，轉向注重修辭（德・曼 Paul de Man, 諾利斯 Christopher Norris），語言與詮釋的自由活動（希利斯・彌勒 J. Hillis Miller, 哈特曼 Geoffrey Hartman）⑭。

2

已故的耶魯「四人幫」敎父德・曼在他那本影響深遠的「洞見與不見」（*Blindness and Insight: Essays in the Rhetoric of Contemporary Criticism*, 1971, 增訂二版1983）裏，便拿新批評和幾位歐洲當代批評家（Ludwig Binswanger, Georg Lukács, Maurice Blanchot, Georges Poulet, Jacques Derrida 等）論述中所展現的矛盾（觀念與修辭）爲主題，分析這些學者的洞見卽建立在洞見所駁斥的假定之上（「前言」，ix，「不見修辭學」，一〇三頁），後來他又在盧

---

⑬ Don E. Wayne, "*Gnosis without Praxis*: On the Dissemination of European Criticism and Theory in the United States," *Helios*, ns 7, 2 (1979-80), 1-26.

⑭ 嚴格說來，Harold Bloom 不算是解構批評者，Vincent B. Leitch 在 *Deconstructive Criticism: An Advanced Introduction* (New York: Columbia Univ Press, 1983) 只以德・曼與希利斯・彌勒爲美國解構批評的代表（雖然李德及布露姆更接近德希達的多元傾向）。晚近，*Genre* 期刊（一九八四年，春夏合刊）對耶魯派有精彩的分析及抨擊，或認爲解構思想已至尾聲，或以爲它可進一步批評支配力量的結構。這充份顯示解構思想所打開的局面，所提出問題十分複雜，絕非隨便的褒、貶（或不理會）所能解決。

騷、尼采、里爾克（Rilke）、普魯斯特（Proust）的著作中找出比喻語言、敍述機構及其作品邏輯、內容的矛盾，例如盧騷的懺悔錄（*Confessions*）雖表明要眞實懺悔，却往往以假話搪塞或揑造理由自我辯護⑮。

諾利斯在較早的解構思想簡介（*Deconstrnction:Theory & Practice, 1982*）裏，對解構批評與結構主義、新批評的傳統建立起歷史性的關連，並將德希達學說的旨趣分別從文字觀，對舊有哲學之批判，與尼采、黑格爾、馬克思的關係一一介紹，最後則拿美國解構批評界的代表人物、英美實證主義語言哲學（主要來自 J. L. Austin, Ludig Wittgenstein）與解構批評的接觸作結。一年之後，他又推出 *The Deconstructive Turn*（顯然針對語言行爲哲學的論集 *The Linguistic Turn*），其附題則受德・曼的影響：*Essays in the Rhetoric of Philosophy*。在這本書裏，諾利斯結合了德希達和德・曼兩人的觀念，一方面看待解構批評是自我質疑的哲學思考，一方面又是作品的活動，專揭櫫邏輯與語言（修辭）、概念與意義之間的矛盾。

立場最善變，而且也最爲解構批評出面抨擊傳統文學方法的要屬希利斯・彌勒。從新批評、意識批評到解構批評，希利斯・彌勒可說最具解構精神，不斷推翻倒置、移替（*deplacer*）。一九七七年在批評探索（*Critical Inquiry*）上和亞布蘭斯（M. H. Abrams）針鋒相對，希利斯・彌勒主張

⑮ *Allegories of Reading: Figural Language in Rousseau, Nietzsche, Rilke, and Proust* (New Haven: Yale Univ Press, 1979), pp. 278-301.

意義乃無以決定（決定則是以專制的方式限制了意符的生命），批評家也可進入作品當主人（見 *"Critic as Host"*）。在這之前，他評亞布蘭斯的 *Natural Supernaturalism*（1971）及自己的舊作 *The Disappearance of God*（1966），便已提出「變化、斷裂、時間」比「固定、延續、空間」來得重要的看法；後來，希利斯・彌勒更進一步區分兩種批評家，不接受「變化、斷裂、時間」，仍固守作者之原意、世界觀的學者屬「蘇格拉底、理論、愼黠」的批評家(canny critics)，因爲他們是以科學的方式找具體的證據當基礎，小心翼翼，從不敢涉足「中心」以外或以下的「深淵」；另一種勇於「置于深淵」(*mise en abyme*)，不再相信科學語言（科學只是理性的幻象）、固定基礎的批評家則屬「阿波羅/戴爾尼索斯、悲劇、不愼黠」的(uncanny critics)⑯。

一九八二年，希利斯・彌勒推出 *Fiction and Repetition*，再度提醒世人別遽下判斷，認爲語言重覆即表現出「形式」、「類型」。他拿七部維多利亞時代前後的小說爲例，指出作品如何不斷質疑讀者所形成的看法（套上一些「類型」，即可讀懂此一作品），以「尼采」式的重覆出現模式（相對於不變的「柏拉圖標式」）溜逝，變得晦澀難解。這些論點和哈特曼在一九八〇年出版的 *Criticism in the Wilderness* 相似。基本上，希利斯・彌勒和哈特曼均以語言的善變爲基礎，强調批評的創造性，即作品與評論並無二致，雖然哈特曼對德希達（如 *Saving the Text*）

---

⑯ "Stevens' Rock and Criticism as Cure," *Georgia Review*, 30 (1976), 335.

及其他批評論述有更廣泛的討論，因此似乎不局限於解構思想⑰。

德希達通常是專從極細微的邊緣片斷着手解讀——一個脚註、一再出現的字眼或意象、隨便提及的典故、向不受注意的札記等，精密演繹，以至作品由本身的邏輯步入「意義的困境」(*aporia*)，推翻或引發了自己想陳述、壓抑的。據德希達的說法，所有語言常展現出「過度」(surplus)，總是逃避或過份表達本身想敍述或包含的內容；而在所有語言之中，尤以文學語言最爲善變。相較之下，德·曼與希利斯·彌勒的研究範圍（四人幫其實都以浪漫詩或十九世紀小說擅場）則限於文學著作（卽黑格爾美學與政治學、洛克的哲學，德·曼也以「文學」的方式去讀），而且對邊際性的作品或政治要素不大留意，仍保留形構批評的傳統方法。因此，一九八三年推出的「耶魯批評家」(*The Yale Critics: Deconstruction in America*)，便稱哈特曼的理論是「美學批評」、希利斯·彌勒爲另一位維多利亞人、德·曼爲社會改良論之惡敵（刻意混淆「誤」與「錯」，使得哲學論述消沈）、布露姆 (Harold Bloom) 則是反諷的天才⑱。

除了耶魯四人幫外，許多學者也受解構思想的影響，約瑟夫·李德 (Joseph N. Riddel) 企圖將海德格帶進德希達的體系，雖然把海德格的「存有」(being)、「訴說揭露」(saying) 以

⑰ 哈特曼在 *Beyond Formalism* (1970), *The Fate of Reading* (1975), *Criticism in the Wilderness* (1980), *Saving the Text* (1981)中均表現出多方面的批評才能，對哲學、心理學皆有深入的探討。

⑱ eds. *Jonathan* Arac, et al. (Minneapolis: Univ. of Minnesota Press, 1983), 第II部份。

類似德希達的文字觀念融合起來，却不無含混之處。因此，希利斯・彌勒在書評裏便斥之爲「語音中心的形上歷史與傳統觀」⑲：李德於混合兩種見解的同時，似乎未能注意德希達對海德格的批判，而且也未能提出自己的一套系統。在這一方面，也許薩伊德（Edward Said）、詹姆森（Fredric Jameson）、伊果頓（Terry Eagleton）、威廉斯（Raymond Williams）幾位文化社會批評家之能擷取傅柯、阿徒哲（Louis Althusser）、邊傑明（Walter Benjamin）之學說，一方面吸收，一方面又批評解構思想，是較能擴大解構批評的文化作用⑳。除了文化社會批評兼容解構思想之外，讀者反應學者費希（Stanley Fish）也提供了另一條途徑，以詮釋集團（interpretive communities）的自我「確證與質疑」（因此自內在擴大其本身之信念）㉑，來解

---

⑲ Riddel 的書名是 *The Inverted Bell: Modernism and the Counter Poetics of William Carlos Williams* (Baton Rouge: Louisiana State Univ. Press, 1974)。彌勒的書評 "Deconstructing the Deconstructors," 刊於 *Diacviticc*, 5, 2 (1975), 24-31.

⑳ 如薩伊德的 *The World, the Text, and the Critic* (Cambridge, Mass.: Harvard Univ. Press, 1983)。詹姆森（或譯詹明信）的 *The Political Unconscious: Narrative as a Socially symbolic Act* (Ithaca: Cornell UP, 1981)、伊果頓的 *Walter Benjamin, or Towards a Revolutionary Criticism* (London: Verso, 1981) 及 *The Rape of Clarissa: Writing, Sexuality, and Class Struggle in Samuel Richardson* (Minneapolis: Univ of Minnesota Press, 1983).

㉑ 見 *Is There a Text in This Class? The Authority of Interpretive Communities* (Cambridge, Mass.: Harvard Univ. Press, 1980)，尤其他在中華民國第四屆國際比較文學會議發表的論文 "Change" 及最近在 *Critical Inquiry*, 10, 4 (June 1984) 的 "A Reply to Walter Davis," 695-705

決意符擴散，無以決定在文學史上所呈現的問題。由於德希達對佛洛伊德的學說有所闡述（卻又批評拉崗的陽物說）、姜森（Barbara Johnson）、梅爾曼（Jeffrey Mehlman）、布露姆等人分別以性欲、夢、弒父情結來發展解構批評，甚至結合結構主義後起的思想，對男女的等第階層加以質疑，闢出女權批評（feminist criticism），倡導重新思索文化論述（男性中心的論述），消除性別區分（distinction）（當然並不否認是有差異 difference），以女性讀者的角度評估文學論述（及其背後的意識形態）㉒。

對那些人是結構主義後起思想的代表此一問題，楊（Robert Young）在他的「解開作品」（*Untying the Text*, 1981）「導論」裏提出三個名字：傅柯、拉崗、德希達（第八頁）；伊果頓於「文學理論導讀」（*Literary Theory: An Introduction, 1983*）列舉了德希達、傅柯、拉崗和克莉絲特娃（Julia Kristeva）（一三四頁）；赫拉利（Josué V. Haravi）則廣搜博取，收了十五位學者的代表性論文（除了德希達、德・曼、傅柯、薩伊德、李德之外，尚有 Roland Barthes, Gilles Deleuze, Eugenio Donato, Gérard Genette, René Girard, Neil Hertz, Louis Marin, Michael Riffaterre, Michael Serres, Eugene Vance），然而一如路易士（Philip Lewis）指出的，這些學者立場不一，並不全是結構主義後起思想家（巴特 Barthes 卽不斷以二元對立的

㉒ Culle, *On Deconstruction*, pp. 43-64 對此有精簡的介紹。芝加哥大學出版的 *Feminist Theory* (1982), *Writing and Sexual Difference* (1982), *The Signs Reader*, (1983) 均屬代表着述選集。

方式區分「讀者」式、「作者」式作品，仍是個結構主義者，但屬過渡人物）㉓；而且名單上也漏了克莉絲特娃（只於導論出現一次）、李歐塔（Jean-François Lyotard）、拉庫・拉巴特（Philippe Lacoue-Labarthe）等人。

其實，結構主義後起思想可以說是法國於一九六八年五月發生的罷工、學潮革命的產物。在這個事件裏，人人看到權威當局的兩個矛盾面：極端脆弱的同時却又有無限的能耐阻擋住推翻之舉㉔，知識份子擺盪於兩、三個問題之間：爲什麼有時權威會被接受？有時又被駁斥？而且爲什麼革命總以重建秩序（權威）作結？他們看到權威的岌岌可危，却眼睜睜看它爬起來，因爲社會無法容忍長期缺乏權威、中心：權威是難以征服的。由於這種狂熱、覺醒、幻滅（原想解放被壓迫的，却又很快便煙消雲散，不再有熱情；整個事件像是瘋狂的節慶，却又危機重重，有生命之虞）。無法推翻國家的權力結構，知識份子遂轉向語言的結構：改變不了現狀，至少可以推翻、倒置語言系統！所有的體系因此全被認爲專制的恐怖統治，結構主義後起思想者遂紛紛起而質疑

㉓ Josué V. Harari, *Textual Strategies: Perspectives in Post-Structuralist Criticism* (Ithaca: Cornell Univ. Press, 1979); Philip Lewis, "The Post-Structuralist Condition," *Diacritics*, 12 (Spring 1982), 2-24.

㉔ Vincent Decombes, *Modern French Philosophy*, trans. L. Scott-Fox and J. M. Harding (Cambridge: Cambridge Univ. Press, 1982), pp. 168-170. Terry Eaglton, *Literary Theory: An Introduction* (Minneapolis: Univ. of Minnessta Press, 1983), pp. 142-144.

傳統的眞理、實相、意義、知識概念，將語言再現眞理的天眞看法整個粉碎，意義也隨着變得時時移轉，不再固定，歷史成了現在論述的作用，科學論爲幻象，男女之別純是社會意識形態的論述所造成，而「中心」、「本源」、「自我」、「目的」更是神話式的（mythological）觀念，不斷在社會溝通、文化敎育中得到强化（reinforcement），儼然眞有其事。

對巴特來說，閱讀遂不再是認知的活動，而是性愛的戲耍（erotic play）；寫作乃是自我欣賞之舉（act of narcissism），任憑語言指使，深覺本身一無是處。拉崗則看待自我是「鏡映」期（mirror stage）錯將他人看成自我，並受社會語言、法律强行塑造，一方面壓抑欲求，一方面又吸收這股壓抑的力量（父親、陽物、法律）所代表的一切，因此自我一再分化、無以整合。克莉絲特娃又針對拉崗的「象徵自我」（symbolic），與「想像自我」（imaginary），提出「母語符號」（semiotic）：在幼兒接觸母體時，便發展出節奏形式（語言的雛形），產生脈搏、動力，及至幼兒受「象徵自我」（父親、法律，社會語言、文法）的影響，這種「母體符號」便遭壓抑，然而這種「母體符號」其實是在「戀母」之前（Pre-Oedipal phase）卽已存在的語言「它」，也和女性（feminity）密切相關，是完全流動而多元的愉快的創造精力，專門反對固定的符號系統（也就是男性中心社會所倚賴的，如上帝、父親、國家、秩序、財產等），只有在文學作品中，「母體符號」才能發揮其革命性的力量，敎讀者也被語言所斷絕、「去中心」，無法在衆多形式的聲音、文字中找到「主體位置」，解決矛盾。同樣的，傅柯也以斷裂（disrupture）和不連續性爲歷史之特徵；在十八世紀以後，人類已被語言、勞力、生活所痲痺，語言已喪失其再現眞相的作用；理性與瘋狂之別其實是階級、集團控制社會或排除異已的論述（disscourse）作用；隨着文明的進展，性欲遭到整治管理，而刑罰也從公開示衆轉爲思想、生活方式的拘囿（拘捕入獄）。

突破了心理分析與政治理論的局限，德勒士（Gilles Deleuze）與葛塔理（Félix Guattari）在 *Anti-Oedipus: Capitalism and Schizophrenia*（1972, 英譯 1982）闡明「分裂符號」（schiz-sign）的理論，視之爲符號與「力必多」（libido）、社會實體的交互作用。分裂讀法不再探尋意義，追求眞理，而是要發現一些無以同化的部份（裂縫、鴻溝、空間），注意這些障礙、片斷，將閱讀看作是力必多、社會與政治的活動；現代歷史卽是以分裂症譜寫成，要治好它，得以另一種活潑的分裂症去醫療，而歷史最好是沒有其他意義。李歐塔則指出傳統的形上學一再編織無稽之談，將世界「解除神秘」（而非神秘化），因此世界變成只是個神話，是個一直被人們述說的神話，離此神話便無以存在。世界只是個「故事」，是個詮釋。宗敎、藝術、科學、歷史卽是此一神話的各種面貌㉕。

㉕ Descombes, *Modern French Philosophy*, p. 184.

3

如果我們可以用黑登・懷特（Hayden White）的話來總結結構主義後起思想的旨趣，這個世界至少似是由三種論述構成㉖：第一層是「事實」式的（factological），第二層是「意識形態」式的（ideological），第三層則是「神話」式的（mythological）。例如在男女的關係上，第一層是男女的性別事實（sex），第二層是性愛與性別的關係及其「正當」的表現方式（sexuality），第三層則是「愛」（love），男女「至高無上」的情感，和樂於爲對方犧牲而且永遠不必說抱歉的純然無我。社會的論述往往以「意識形態」與「神話」式的語言教給我們正確的行爲方式，而哲學尤以「神話」式的「道」、「存有」，締建「無中生有」，的形上學（中古神學可說是最好的代表）。爲什麼我們要相信男性就比女性優越、語音比文字接近實相、某種詮釋較合作者的原意？提出這些問題，就和追問我們爲什麼一定在愛上面有正常的表現一樣，都是對「意識形態」、「神話」的論述長久以來加在我們身上的強化作用起了懷疑；畢竟這三層是有些差別，歷史、文化卻不斷要我們接受「意識形態」、「神話」式的論述，視之爲當然的事實。樵夫的片面執着固

㉖ 懷特教授在 *Tropics of Discourse*（1978）「導言」已論及此，晚近來加州大學（聖地牙哥）客座授課對此有更深入之發揮。他在 *Metahistory*（1974）便以比喻學的四大模式（metaphor, metonymy, synecdoche, irony）來闡明十九世紀以來的文化歷史觀。

然可笑，但是我們在文學研究上，是否也同樣强要作品不「亂」產生意義，故意以壟斷、排斥的方式，剔除不合理性、邏輯成份，並奠定作者原意爲基礎，封閉住意符的播散自由活動？

附記

一九八二年春，紐約書評雜誌報導劍橋大學教師 Colin MacCabe 因授課內容過份艱深，著作流於玄虛（被指控爲結構主義者），遂遭校方解聘；該校兩位資深教授 Raymond Williams 及 Frank Kermode 力爭無效，忿憤之餘乃辭職他去，以示抗議。消息傳出後，各方反應激烈，有的人以爲不應供給一些「不務實際」的理論家，讓他們敗壞傳統；有些學者則站在比較深入、同情的立場，認爲結構主義後起思想（馬可畢其**實是**個 **post-structuralist**）有其價值，不容抹殺。固然結構主義後起思想家在着述之中常刻意致力於技巧與虛構，發展晦澀之文體，而且往往强將傳統之形上概念（如「理體」logos、「本體」being、「現存」presence）隱匿，使之淪爲故事（**fiction**）或無以決定（**undecidable**），彷彿是瓦解了道統，引人走入虛無之途，其眞正的用意却在質疑一般所認定的概念，要人拒抗統制（如男性就比女性優越）與次序（如聲音一定在文字之前），對現實中的陳述（所謂的「眞理」）加深思索，以辯證或否定的方式，發掘出原來被壓抑下來的邊際成份。在這些活動、運動底下是思想家們再不相信語言是純粹透明的工具，相反的，語言反而以其早已存在的論述（discourse）加在人身上某種意識形態或某一階層的欲求與控制（desire and control）。解構批評與結構主義後起思想便是要對語言論述所代表的等第加以探究，使歷史、系統、意識不再是那麼直截、簡單。套巴特（Roland Barthes）的話來說：「理論的」並不就意味着「抽象」、「玄虛」，**實際上它是「反省的」（reflexive）**，反過來自**問**何以如此的論述。

二 嚮往、放逐、匱缺

——「桃花源詩幷記」的美感結構

1 桃花源詩幷記

晉太元中，武陵人捕魚為業，緣溪行，忘路之遠近，忽逢桃花林。夾岸數百步，中無雜樹，芳草鮮美，落英繽紛；漁人甚異之。復前行，欲窮其林。林盡水源，便得一山。山有小口，髣髴若有光；便捨船從口入。初極狹，纔通人；復行數十步，豁然開朗。土地平曠，屋舍儼然，有良田、美池、桑竹之屬；阡陌交通，雞犬相聞。其中往來種作，男女衣著，悉如外人；黃髮垂髫，並怡然自樂。見漁人，乃大驚，問所從來；具答之。便要還家，設酒、殺雞、作食；村中聞有此人，咸來問訊。自云先世避秦時亂，率妻子邑人來此絕境，不復出焉。遂與外人間隔。問今是何世？乃不知有漢，無論魏、晉。此人一一為具言所聞，皆歎惋。餘人各復延至其家，皆出酒食；停數日，辭去。此中人語云：「不足為外人道也。」既出，得其船，便扶向路，處處誌之。及郡下，詣太守說如此。太守卽遣人隨其往，尋向所誌，遂迷不復得路。南陽劉子驥，高尚士也，聞之，欣然規往。未果，尋病終。後遂無問津者。

嬴氏亂天紀，賢者避其世。黃綺之商山，伊人亦云逝；往迹浸復湮，來徑遂蕪廢。相命肆農耕，日入從所憩，桑竹垂餘蔭，菽稷隨時藝；春蠶收長絲，秋熟靡王稅。荒路曖交通，雞犬互鳴吠。俎豆猶古法，衣裳無新製。童孺縱行歌，斑白歡游詣。草榮識節和，木衰知風厲；雖無紀曆志，四時自成歲。怡然有餘樂，于何勞智慧！奇蹤隱五百，一朝敞神界。淳薄既異源，旋復還幽蔽。借問游方士，焉測塵囂外！願言躡輕風，高舉尋吾契❶。

---

❶有關版本方面，筆者參考了郭紹虞的「陶集考辨」，原載燕京學報第二十期，收入陶淵明研究（臺北：九思，民國六十六），頁六九五至七五七。「桃花源詩并記」的文字與標點，本文是以王叔岷教授的陶淵明詩箋證稿（臺北：藝文，民國六十四）為底本，另外又參考了楊勇的陶淵明詩文校箋、丁福保

歷年來，研究「桃花源記」的學者，常拿歷史、政治、地理的知識去定位時空，或將討論重點放在詩人的生平、志節、文體、品第上；相較之下，「桃花源詩」一直不大受到重視，甚至有人懷疑它是僞作❷，而「詩」與「記」的關連、整篇作品的情感世界及其美感結構更鮮有學者加以專研。因此，本文擬先詮釋「詩」與「記」的主題，爲讀此作品進一解，其次將指出以往學術的局限，並結合「讀者反應」的美學與相關的理論，詳細演繹作品之中的「嚮往」、「放逐」、「匱缺」三要素，闡明閱讀的美感結構，以窺作品的宏邈深意及其思想連貫。

「桃花源詩并記」先以散文敍述體，道出無心地進入安和恬愉的理想世界，次爲有心嚮往的落空，最後再以詩唱出讚頌與渴望，達到情感的高潮。然細辨之下，此「嚮往」相夾「放逐」感

（續前）的陶淵明詩箋註、陶澍的靖節先生集及中華書局的陶淵明詩文彙評。箋證稿由於未經王教授校過便出版，五一五頁「尋尙所誌」有誤，他本均作「尋向所誌」，因此據改；五一六頁在「尋病終」前漏了「未果」；在韵文部份，五一七頁的「黃、綺之商山」，本文爲維持詩本身形式上的一致，改依他本之標點，作「黃綺之商山」；五二〇頁的「斑白歡遊詣」，他本均作「游」（或說「迎」），也改依他本。另，篇名或作「桃花記並詩」。

❷ 一九六七年出版的東洋學文獻類目（京都大學人文科學研究所），頁一〇三，一八七八條，即列有大矢根文次郎的「桃花源記幷詩にいへ、て」，東洋文化研究所紀要，第六期，頁一至二十；然王叔岷教授認爲此說不能成立，因爲詩在序後在陶集中頗爲多見，且「詩」與「記」的風格、意義連貫：讀「詩」方能瞭解詩人的內心。

與「匱缺」感俱來，而且其中「放逐」至少有五重❸：桃花源居民「先世避秦亂」已和早先祥和樂利的日子隔了一層；居民「乃不知有漢，無論魏、晉」，與外在世界又加一重疏離；漁人所留下的符號語言（「尋向所『誌』」）與理想世界再度無法會合（「遂『迷』不復得路」）；作者陶淵明又與傳聞中的桃花源有一層差距，他的文字記號「願言躡輕風，高舉尋吾契」即抒發出第四重的放逐感；而我們讀者在語言、時代上更遠離詩人，尙須依賴學者、古人的校勘注釋，才能讀懂作品，讀者在閱讀此作品時，與理想世界的距離大矣——閱讀活動本身便是失落和匱缺感❹。

因此，讀「桃花源詩并記」時，由「匱缺」而來的感傷與焦慮起伏隱現，讀者也跟着詩人對失落的理想世界產生憧憬，甚至沈醉在現存的詩文及幻象裏，在詩人高蹈的語言下，燃起希望，終於覺悟到自己也遭放逐，彷彿在理想落空的現實中，雖有文字意象組成自足的小世界，但是閱讀只能維持一段短時間，即使讀者從中獲致實踐性的睿智 (phrenesis)，得到記號所引發的氣質

---

❸ 「放逐」(exile) 辭，本文採 Paul Ilie, *Literature and Inner Exile* (Baltimore: Johns Hopkins Univ. Press, 1980) 上的定義，指「放逐」爲心靈的狀態，乃是因離開或隔絕等情況而引起的情感與價值觀念上的變化。

❹ Cf. Edward W. Said, "*Abecedarium Culturae*: Structuralism, Absence, Writing," in *Modern French Criticism*, ed. John K. Simon (Chicago: Univ. of Chicago Press, 1972), p. 342.

變化，那個文字的小天地終非久留之地❺，而且事實上，文字只能「替代」、「描述」理想世界，絕非就是理想世界；何況，人一旦使用語言，便起分別心，漁人後來的「處處誌之」卽與最初「忘路之遠近」的淸純迥異。正如李維史陀所說，人一使用語言文字，便與「零度原始」（the zero origin）永遠隔絕❻；陶淵明以文字表達理想世界，和讀者透過文字去瞭解詩人的情感世界，都有「不復得路」的無奈與絕望。

2

以上的詮釋乃是將作品視爲「開放」的結構，讀者和作者、作品並列，一起創造出美感經驗。作品雖有其歷史意義及產生的背景力量（無論是政治、經濟等文化或個人因素），但是它一直向前展現出新意義，訴說出它要成爲作品的意願（its effective desire to be a text），同時又表白本身的立場（a position taken）❼；這種旣過去又現在的作品性質，使作品能不斷爲人所

❺ 我用了 Murray Krieger 教授的論點而稍有更動，請參看他的 *Poetic Presence and Illusion* (Baltimore: Johns Hopkins Univ. Press, 1979), pp. 173–74.

❻ Claude Lévi-Strauss, "The Disappearance of Man," *New York Review of Books*, 28 July 1966, p. 7.

❼ Edward W. Said,, "The Problem of Textuailty: Two Exemplar Positions," *Critical Inquiry* (Summer 1978), 710.

添補、聆賞，力量顯得更大、更豐富。然而，傳統的批評却常要將語言文字的境界，在歷史與現實上定位，清陶澍在靖節先生集卷六便引各家說法：康駢認爲「淵明所註桃花源，今鼎州桃花觀卽是其處」，李注云：「桃花經曰：桃源山在縣南一十里。西北乃沅水，曲流而南有障山，東帶鈔鑼灣，周回三十有二里，所謂桃花源也。」而明黃廷鵠評注卷十二：「其山川非絕徼外，何能隔絕人世，不被搜尋乎？其人宜多壽，而生育又繁，數頃之田，何以常贍而無爭乎？以釜甑爨，以鐵耕，及麴糵、俎豆、衣裳等，何以相繼不絕乎？若非仙非魅，胡由得來？」另有些人以爲陶淵明是寄託桃花源以寓志，明黃文煥陶詩析義卷三：「此憤宋之說也。事在太元中，計太元時晉尚盛，元亮此作，當屬晉衰裕橫之日，借往事以抒新恨耳。觀其記曰『高擧尋吾契』，蓋以避宋之懷避秦也。避秦有地，避宋無地，奈之何哉？篇內曰『無論魏晉』，而況宋乎？曰『皆歎惋』，悲革運之易也……元亮之意說在寄託，不屬炫異。」

這些探究桃花源是否爲眞，陶淵明是否寓意憤宋，居民是否爲神仙等等的主題，在研究「桃花源詩并記」的論述裏，佔了極大的篇幅❽。近人陳寅恪尤從歷史結構，推論出五點：

（甲）眞實之桃花源在北方之弘農，或上洛，而不在南方之武陵。

（乙）眞實之桃花源居人先世所避之秦乃苻秦，而非嬴秦。

---

❽ 見陶淵明詩文彙評（臺北：中華，民國五十八），頁三三九至三六二。另外，錢鍾書談藝錄，頁一〇三至一〇九則多只談文名、品第。

（丙）桃花源記紀實部份乃依據義熙十三年春夏間劉裕率師入關時戴廷之等所聞見之材料而作成。

（丁）桃花源記寓意之部份乃牽連混合劉驎之入衡山採藥故事，並點綴以「不知有漢，無論魏晉」等語所作成。

（戊）淵明擬古詩之第二首可與桃花源記互相印證發明❾。

這些論點可說是將前人的研究推衍至另一高峯，連桃花源的時地坐落、塢保結構、形成原因、故事來源都被證實。即使如此，唐長孺仍找到歷史證據反駁他。唐氏在「讀『桃花源記旁證』質疑」裏❿，運用「民俗文學」（folklore）流傳及接受（reception）的原理，推論出「桃花源的故事本是南方的一種傳說，這種傳說晉、宋之間流行於荊湘，陶淵明根據所聞加以理想化，寫成了『桃花源記』。」他並引用劉敬叔異苑卷一、雲笈七籤卷一百十二神仙感遇傳蜀氏條，說明這個故事「聞而記之者不止淵明一人。」（頁一六四）唐氏並以這些故事為線索，配合搜神后記卷一所載的「桃花源記」注云：「漁人姓黃名道眞」（案：蠻族首領姓黃）而得到以下論斷：「武陵本是蠻族所居之地，這段故事發生在武陵，發現異境者是蠻人或具有蠻族姓氏的漁人，很可能本身是蠻族的傳說……本來山居的蠻族人民當遭受壓迫之後，總是退入更深險的山

❾ 見「桃花源記旁證」，清華學報，十一卷十期。
❿ 見魏晉南北朝史論叢續篇，頁一六三至一七四。

中。」因此，「桃花源記」所述的故事被說成是「根據武陵蠻族的傳說，這種傳說恰好反映了蠻族人民的要求」（頁一七〇）。另外，唐氏反對陳說桃花源居人是避兵集團，因爲避兵不管是入山或流移他鄉，通常是由宗族鄉里中的首領統率，一開始就包涵兩個對立的階級，但是「桃花源記」所載的社會却是互助合作的公社組織，無豪强統帥之痕跡，所以應是避賦役的集團，沒有剝削階級、非封建式的社會。

陳、唐二氏都只注意「桃花源記」，忽略「詩」的部份（藝文類聚八六，初學記二八，太平御覽九六七亦未引詩），充分說明他們重點放在史實部份，未觸及比較玄虛（fictive）的詩，他們僅是把文學作品視作歷史社會的反映，並且未注意文學語言與其他語言在層次上的差異，因此犯了「指涉理論的謬誤」（fallacy of reference theory of meaning）[11]。其實，文學語言並不須指涉某一特定之事物，而是虛構的論述」（fictive「discourse），不一定要實際在歷史發生過或眞正落實在某一定點，讀者可經由想像力去實現它或塡補它[12]。將作品落實到時空，只是使它對

[11] John M. Ellis, *The Theory of Literary Criticism* (Berkeley: Univ. of California Press, 1974), pp. 12ff., and his recent contribution to *What Is Criticism?* (Bloomington: Indiana Univ. Press, 1981), pp. 15–29. 卽使如此，陳、唐二氏所代表的方法仍有其貢獻，而且二氏的論據充分、可取。

[12] Barbara H. Smith, *On the Margins of Discourse* (Chicago: Univ. of Chicago Press, 1978), pp. 137–54.

現代讀者的意義縮減；歷史背景對「瞭解」甚有幫助，但對「欣賞」可能無益，甚至增加困擾，因爲文學語言有意義（Sinn），但不須一定要有所指涉（Bedeutung），同時，思想並非某一個時代或某一個人特有之物，只要有人以相似的方式企圖去理解，便能接近它。「意義」與何人寫下這個符號無涉，只與其用途（use）有關⑬。

我們可拿維根斯坦（Wittgenstein）的方式寫出有兩種層次意義的文字來證實這一點⑭。如果有人說：「伊莉莎的聲音很好聽」。這一層次可說是「有個伊莉莎的女孩發出的聲音很好聽」。這一層次的意義可指涉一個對象（伊莉莎）；但在另一層次裏，這句陳述則可指「『伊莉莎』這個聲音很好聽」，是「零層次」，其語言不必指涉對象，本身就有意義。詩的語言（文學）正是運用這種零層次的語言。因此，遠古不須眞有奧迪賽，歷史上也未必要有桃花源和漁人；荷馬、陶淵明的作品本身便有意義。實際上文學並非要指涉某一事物，乃是件「空物」（no-thing）；

---

⑬ Gottlob Frege, *Schriften zur Logik und Sprachphilpsophie, Aus dem Nachlass, ed.* Gottfried Gabriel (Hamburg: Felix Meiner Verlag, 1971), pp. 25, 32, 40–49 84–89, 137–38. 讀者也可參照 E. D. Hirsch 的著作，看他如何歪曲 Frege 的理論，見 David C. Hoy, The *Critical Circle* (Berkeley: Univ. of California Press, 1978), pp. 22–24. 有關歷史意識形態及詮釋理論的檢討，見 John Fekete, "On Interpretation," *Telos,* 48 (Summer 1981), 3–25.

⑭ Cf. Wolfgang Stegmüller, *Main Currents in Contemporary German, British and American Philosophy* (Holland: Reidel, 1969), pp. 429–32.

因爲它一無指涉，晶瑩剔透，也才能在每個時代接受不同讀者的聆賞和評估，讀者才能塡補那一個「空白」(blank)，在想像中具體化，甚至在自己寫作裏得到不同方式的變形，轉而據爲己用⑮。

另有一些人在方法上流於從作品推斷出自己所以喜歡作品的「理由」(reason)，也一直以「沖澹祥和的田園詩人」、「古今隱逸詩人之宗」、或「眞、貞、達、勤」、「質直、風力、華靡、溫厚」等抽象字眼來讚美陶淵明的人德、詩品⑯。這些特色當然爲陶淵明時常顯示出的形象，然要欣賞某一作品，應從中吸取其超越時空，成爲美感對象的「原因」(cause)及其結構⑰，而非拿作品去印證我們所以喜歡它的理由。分析一件作品的美感原因是深入作品本身研究，不視它爲當然，而概括說出一項理由則是將一件作品放進全部的著作裏，因此，容易抹殺某一特殊作品的價値，有時甚至造成削足適履的現象，形成批評方法上的循環 (circularity)。如朱光

---

⑮ Rudolf E. Kuenzli, "The Intersubjective Structure of the Reading Process: A Communication-Oriented Theory of Literature," *Diacritics* (June 1980), 52, and Roland Barthes, *Le plaisir du texte* (Paris: Seuil, 1973), p. 38, and Harold Bloom, *The Anxiety of Influence* (New York: Oxford Univ. Press, 1973). 我以「空物」對譯 no-thing)，「空」是依佛學的「性空義」，主要依據肇論的「不眞空論」：「雖無而非無，無者不絕虛，雖有而非有，有者非眞有。」

⑯ 見郭銀田「田園詩人陶潛」、鄭騫「陶淵明與田園詩人」、王熙元「田園詩派的形式與陶淵明田園詩的風格」、鍾嶸「詩品」、王叔岷「陶淵明及其詩」。

⑰ Ellis, *The Theory of Literary Criticism,* pp. 88-103.

潛說：「陶詩的特色正在不平不奇，不枯不腴，不質不綺，因爲它恰到好處，適得其中；也正因爲這個緣故，它一眼看去，却是亦平亦奇，亦枯亦腴，亦質亦綺。這是藝術的最高境界，可以說是『化境』⑱。」這樣的批評只是回到原來就有的定論，毫無進展或新發現。

在前面我們說過，文學是「空物」，與現世的事物不必產生對應，甚至可以是另一種形式，自成其小天地；陶淵明這篇作品不僅是「空物」，而且是個「匱缺」，對理想世界的失落表達出渴望和癡想。全篇講「忽逢」與「不復得」桃花源，忽逢是在無分別心（undifferentiation）的情況下產生的，而「不復得」是又起了分別心（differentiation）之後，便遭桃花源拒絕的寫照。根據雷納．傑拉德的說法⑲，人類因爲怕無分別，遂製造出對手與分歧，而語言則由分別構成，所以語言文字無法直接表達出無分別心的情況，它不是說得太多，便是太少。這雖是指人類學上的儀式（ritual）而說，但却說明人必要起分別心，而且一旦起了分別心之後，便無法回復到無分別心的情況。這在傳統道家的學說中，也可明顯看出，莊子在「齊物論」便說過：

「古之人其知有所至矣，惡乎至？有以爲未始有物者。至矣盡矣，不可以加矣。其次以爲有

---

⑱ 見詩論（臺北：正中），第十三章。

⑲ René Girard, *Violence and the Sacred*, trans. Patrick Gregory (Baltimore: Johns Hopkins Univ. Press, 1977), pp. 49-51, 63-64, and "Differentiation and Undifferentiation in Levi-Strauss and Current Critical Theory," *Contemporary Literature* (1976), 404-29.

物矣，而未始有封也；其次以爲有封焉，而未始有是非也。是非之彰也，道之所以虧也[20]。」人起了分別心之後，與整全的「道」便愈來愈隔，因爲有了知識分歧的意識，立即被放逐隔絕到無分別前的純樸世界之外，雖然詩人仍希望乘着文字的羽翼，「高舉尋吾契」，但這希望本身勢必要幻滅，詩人的焦慮感更再加深一層，因爲畢竟分別性的語言文字是無法契入那無分別的境界，而我們讀者所感到的落寞，更因爲是讀詩人的文字而興起，因而更進一步；特別是到了讀完的片刻，由想像的翺揚，墜入回想的惶惑，終於領悟到多重的放逐感。

這種「分別」與「無分別」（「有心」與「無心」）的對比，是整篇「桃花源詩并記」的內在張力；隱而不顯，在文字之外的「嚮往」、「匱缺」與「放逐」更是全篇的美感結構，也就是讀者在閱讀活動中，牽引着他逐漸指出的根本形式（schemata）。以下我們試依這種方式重讀「桃花源詩并記」。

3

「桃花源記」之置于「詩」前，一方面固然是遵循往例，另一方面也提供了讀者美感經驗的

---

[20] 錢穆，莊子纂箋（臺北：三民，民國五十八），頁十五。當然，道家的「理想」是返回「無分別心」的境界，莊子德充符便說：「彼（王駘）……以其知得其心(分別心)，以其心得其常心(無分別心)。」因此：「大宗師」篇云：「有眞人而後有眞知」，但莊子所提及的「眞人」乃「古之眞人」。

前奏和心理準備，創出歷史的幻象，讓讀者相信故事的眞實性，將年代「晉太元中」及漁人籍貫「武陵」均清楚交代出來（這也可看出文學作品常將民俗文學的材料具體化、特殊化的手法）。讀者一開始便墜入文字的圈套中，再慢慢了悟到理想世界的匱缺，感受到文字符號所造成的分歧與絕望。在這一層次，客觀的敍述給予讀者假象，讓讀者聆賞到分別心的苦果，在散文寫實的世界裏，瞭解到烏托邦之「不可復得」，心中升起無以解脫的焦慮感。在後面的「桃花源詩」裏，詩人却又向上一躍，試圖突破外在事實，邁入理想世界，雖然渴望只是更高的幻象。因此，傳統上只注意到「記」，而少講「詩」與「記」的連貫，就未能把握到陶淵明的這種內心世界，而且題目是「詩」在「記」前，詩才是眞正的抒發、表達出詩人的情感。

我們若拿語言哲學家奧斯汀（J. L. Austin）的理論來分析㉑，陶淵明在「記」裏是想運用散文來「做出」而非「報導」某件事（“doing” rather than“reporting” something）。他藉理想世界來鼓動我們嚮往，先經歷「緣溪行」「忘路之遠近」「忽逢桃花林」而看到美麗小世界的驚奇（「甚異之」），然後從山的小口進入，由窄而寬，豁然開朗，眼前展現出和平井然的社會，與讀者本身經驗到的社會成對比，伏筆以下的放逐感與匱缺感。

表面看，桃花源居民「男女衣着，悉如外人」，但他們的「怡然自得」却是外在動亂世界的

㉑ See his *How to Do Things with Words*, ed. J. O. Urmson (New York: Oxford Univ. Press, 1965), p. 13.

一大諷刺，漁人不速之訪顯得一時打破了村內平衡，也暗示出他們後來會向漁人說「不足爲外人道也」的警惕之心。在酒食與交談中，桃花源的放逐史逐漸明朗：「自云先世避秦時亂，率妻子邑人來此絕境，不復出焉。」這是在漁人（或讀者）自己歷經到「異境」，感受到「放逐」之前的第一層放逐：失去故土（"dis-place-ment" "land-lessness"）㉒。這一層「避難放逐」(exodus) 已表徵出不管在表面、心理、空間或情感上，桃花源居民的先世已與未動亂前的太平日子永遠隔絕了；而且「來此絕境」的歷史性 (historicity)，顯出內與外在世界的分別，在心靈、時空上都已無法挽回。

除這一層過去的、領土的 (territorial) 放逐外，第二層的放逐感來自漁人所處的時代（外在的世界）與現存居民在價值觀上的差距：「問今是何世？乃不知有漢，無論魏、晉。此人一一爲具言所聞，皆歎惋。」在敍述時間上，這種隔絕是當下的强烈疏離感，外人來到桃花源也勢必感到無以自處的心靈距離，突然發現自己文化變得陌生可歎。而在另一方面，桃花源居民也因外來者的闖入而加深自己的放逐感。

第三層的放逐是由記號語言產生。漁人在「旣出」之後，仍駕船沿原路走，然而却起分別心，有意再訪桃花源，因此「處處誌之」，並到郡裏詣見太守「說如此」，這記號與語言的造

㉒ Ilie p. 6 以下我將運用前面註❸所引書中前六章的概念解釋「桃花源詩幷記」的五重放逐。

作，都與當初「忘路之遠近」的心態截然不同，因此無法重新返回。南陽劉子驥聽到這件事，也是符號語言在作用，最後一樣不成功，從此再也「無問津者」。這充分顯示文字與理想世界的隔違。第四、五層也由於陶淵明及讀者都要以文字來抒歎、與起嚮往而導致內在的放逐。在前三個層次的放逐裏，陶淵明以歷史、散文的方式寫出，而第四層次則以抒情詩的風格表現，如果以佛洛依德（Freud）的理論來解釋桃花源，它應是陶淵明心底深處無法實現的夢想象徵，「桃花源記」是此夢想的指明（designation），「桃花源詩」是其「表達」（expression）[23]，他企圖以文字指明桃花源的存在，然又很悲哀的道出那個世界只能給無心人發現，有心人却進不去。透過一層假象的建立及涵義的指明，陶淵明使讀者和他一樣，感到內心無以止息的絕望與焦慮——因為知道的人是無法進入的，詩人只能被想像折磨，讓痛苦加深，敎幻滅拖長而警醒更速，在念頭與起片刻，便意味到幻象破滅。

如上所述，陶淵明的「桃花源記」是記錄傳說中的三重放逐，筆法由遠而近，似乎是寫別人，實際上詩人與讀者已逐漸牽涉入這些放逐狀況，詩人以想像抗拒內心的枯竭落寞（imagination against sterility），站在外在傳說史實與個人心靈渴望的中間邊界，感到自己被拋棄但却無能為力，企圖以文字去追求超越時空的價值，但這種創作不僅是在內容上是有關放逐，而其本身及環

[23] Cf. Paul Ricoeur, *Freud and Philosophy; An Essay on Interpretation,* trans. Denis Savage (New Haven: Yale Univ. Press, 1970), p. 12.

境亦是在放逐的狀況中。詹姆士・喬埃斯（James Joyce）寫出都柏林裏理奧波德・布露姆（Leopold Bloom）一天的放逐感㉔，便是在放逐的情況下完成，寫作本身成爲放逐，並且文字完成後，不但與自己文化隔絕，連作品也和自己疏離了。這正是「桃花源詩并記」中詩人所感受到的第四層放逐——內在放逐及心靈的無以自處（mental dislocation），在這個層次，詩人只好用詩來讚歎高揚。

在詩一開頭，陶淵明又返回到第一層放逐：「嬴氏亂天紀，賢者避其世」，企圖讓讀者再度感受到最原始的放逐，又憶起「先世避秦時亂」的痛苦，藉着詩更爲精簡的形式，這種放逐感更加劇烈、突兀。緊接着的隱居描寫及借他人的境遇抒出感傷：「黃綺之商山，伊人亦云逝」，拿商山四皓等人的避秦，又加深這種動亂日子與往昔的對比，在這背後，儒者「天下無道」的喟歎與「獨善其身」的無奈，眞是呼之欲出。底下則先描繪出「來此絕境，不復出。遂與外人間隔」的第二重放逐，且將桃花源置於與過去、外在世界阻斷的情況裏：「往跡寖復湮，來徑遂蕪廢」，隨着時間的浸漸，「放逐」完成了，各方面都無法挽回，桃花源與外面世界的生活也截然不同：「相命肆農耕，日入從所憩，桑竹垂餘蔭，菽稷隨時藝；春蠶收長絲，秋熟靡王稅。荒路曖交通，鷄犬互鳴吠。俎豆猶古法，衣裳無新製。童孺縱行歌，斑白歡游詣。草榮識節和，木衰知風

㉔ See his *Ulysses* (New York: Random House, 1961), pp. 54-737

厲；雖無紀曆志，四時自成歲。怡然有餘樂，于何勞智慧！」這種生活不得不教外人嚮往，然而這些人「奇蹤隱五百，一朝敞神界」，却不是外人以符號、心機所能「復得」，因爲「淳薄既異源，旋復還幽蔽」，有心的人是無法契入，勢必遭放逐的：「借問游方士，焉測塵囂外！」詩人瞭解到這三重的放逐，却對「匱缺」更癡心，更要接近第四層的放逐一步：「願言躡輕風，高舉尋吾契」。因爲化作更有心的語言，這種嚮往只會遭放逐，詩人却「知其不可爲而爲之」，以文字寫出了放逐史——桃花源的、居民與漁人的、有心人的（文字、心機的）、以及他自己的。

我們讀者經歷這四層放逐，慢慢到了閱讀終點，不禁追憶起一開頭隨漁人沿溪捨船從口入的訝異，緊跟着嚮往高潮和一連串不幸的放逐，最後我們也領會自己也遭到作品放逐、文字放逐、理想世界的放逐，因爲桃花源只是個「匱缺」，藉文字我們無法進入，何況在作品中文字與理想世界的隔絕早已昭然。從這些回想和重組結構（retrospection and re-structuring）中，我們頓時醒悟到第五層放逐，不僅在空間、心靈上無以自處，而且在語言、時間上也與詩人無奈的奇想（fancy）疏離了。

因此，「記」與「詩」可從這五層放逐加以連貫，一起導致對匱缺的領悟。「記」在「詩」前，一方面創出歷史幻象讓讀者無心進入，最後達到有心的覺悟——自己遭到放逐；另一方面提供了讀者心理準備，從寫實的文字，邁進另一層想像的昂揚——企圖打破枯寂落寞，而終於瞭悟到無以解脫的「遭謫」。

（原載中外文學，十卷十期）

附記

陶淵明的「桃花源記」向來爲人所樂道，認爲在這作品裏，五柳先生流露出他對上古安和樂利的黃金世紀有着無盡的傾慕，也充份表現詩人的抱璞含眞及其安居田園、生命脫俗、篤素守靜的意境。但是，這種詮釋是否刻意壓抑了淵明內心的悲憤和苦痛？而且在這表面似乎是嚮往，儼然敍述者較漁人、劉子驥更爲高超，能「躡輕風」，契入理想國度的陳述底下，是否蘊藏着其他的聲音？渴望與匱缺，放逐的距離，往往比世人想像（或願意接受的）來得更合攏。在這篇舊作裏，筆者主張我們應將詩與記幷讀，觀察其心理進展，自我解構的過程，也就是詩人如何於强調「無分別心」的情境下，不自禁地也發其「分別心」，遂體會到無以逃避的枯竭落寞、匱缺及放逐感。全文雖運用約翰・艾利斯、保羅・伊利、愛德華・薩伊德及讀者反應的理論，本質上卻是解構詮釋。淵明之前及其同時的作家也曾以類似的故事舖寫，而「桃花源詩幷記」之所以會流傳下來，卽在其自我解構及文字語言的多音性。這一點是筆者在「文字、世界的並置與交滙」裏擬補充說明的。

筆者要感謝臺大中研所林惠勝同學邀我參加他們的討論會，讓我有機會完成腹稿；許多朋友對我的初稿也提供了批評；尤其要感謝許多老師的指正與啓發，特別是王叔岷、王建元教授。

三　解構批評與詮釋成規

1

翻開一部電話簿，上面充滿了人物，角色按字母前後的順序出現，每個姓名背後又往往蘊含着傳奇、故事、軼聞，部份可能是你我皆知的情節，有些則等待詮解，需用想像去彌補那空間。小說應具備的成份，電話簿一樣也不缺，它能否被歸入敍事體（narrative）的文類？大部份的讀者也許都會反對，因爲電話簿少了小說的情節結構、敍述觀點，人物也未完全發展。但是，我們如果拿貝克特（Samuel Beckett）的「無以名狀」（*The Unnamable*）當小說，又如何解釋其敍事位置、形式？及敍述者不斷創造虛構的人物、情節，甚至最後控制不了聲音的現象？什麼又是界定、裁決小說與非小說，或好小說與壞小說的標準？是那些成規引導我們看待某些作品是可讀或不可讀？這些成規是否爲集團、權力的產物？作家、讀者是否因應閱讀、詮釋的成規，而這些成規又如何發揮其功能？這些問題實是德希達在他的着作，如「出入於邊界線」、「文類法則」、哲學邊際❶，一再提醒世人的。他關心的是何以文類不應混合，界線需要劃分，而有邊際、中心之別？難道釐清界限、排除異物便能維持統一和秩序？德希達看出系統、結構之中往往卽有自我瓦解的因素，而西洋傳統則以二分法，强劃定高下等第，如視語音比書寫文字來得接近原意（*vouloir dire*）、「眞理」、「理體」（logos），每每設立根源與後起、現存與隱無、音聲與文字、意指與意符、形上與形下的對立差數。在這種偏見背後，其實隱藏着某種特殊的論述與觀點：人能隨心所欲創造、表達意義，完全自主，且能掌握通透的語言宛如囊中物❷。由於締建起此種觀念，西洋哲學乃得以致力理性活動，追求超驗眞理，認定文字符象可再現原來說話的意圖（否則卽淪爲次要、歧出）❸。順理成章，語言的作用仰賴使用者的誠意（sincerity）及場合的適切

---

❶ "Living On: Border Lines," in *Deconstruction and Criticism*, ed. Geoffrey Hartman (New York: Seabury, 1979); "La Loi du genre/ The Law of Genre," *Glyph*, 7 (1980), 176–232; *Margins of Philosophy*, trans. Alan Bass (Chicago: Univ. of Chicago Press, 1982).

❷ Terry Eagleton, *Literary Theory: An Introduction* (Minneapolis: Univ. of Minnesota Press, 1983), p. 130.

❸ 見 *Speech and Phenomena*, trans. David B. Allison (Evanston: Northwestern Univ. Press, 1973).

和得體（felicity, appropriateness）[4]，而詮釋活動亦以探尋作者的原意爲要務[5]。

對奧斯汀來說，語言可分爲「指陳」（constative）與「履行」（performative）兩種，「指陳」性的論述表明事實情況，有眞、僞性，可拿被指陳的對象去印證；「履行」性的論述則藉文字來產生行動，通常是一些「契約允諾」（contractual）或「聲明宣稱」（declaratory）的陳述，如說「我答應你」、「我和你打賭」、「我對你宣戰」。「履行」性的語言得在說話人遵守諾言，且在適切的場合中道出才算數。只有牧師才能說：「我現在宣布這對情侶爲夫妻」，也僅有女方的家長方可說：「我們把女兒交給你了」。照這種區分法，說：「李槐和桂花是夫妻」乃是「指陳」式，而「我宣布李槐和桂花從今以後是夫妻」則屬「履行」式。在這種區分的背後，有着一種假定：語言可以表達（或者：設計用來溝通）說話人的原意，且得在脈絡、場合恰切時，方能產生其作用。眞理原意的可溝通性因此是判斷語言論述的基準，原意乃一現存(presence)，可讓我們回溯、肯定此一語言行爲是否「認眞」（serious）、適切（appropriate）。由於小說、詩等「虛構」語言不夠「認眞」，奧斯汀看待它們是不嚴肅、非指陳性的文字，對本身說出的內容不負責任。

然而，語言是否一定有個「認眞」的原意？是否每個語言行爲均需遵照「成規」才能產生溝

[4] John L. Austin, *How to Do Things with Words* (New York: Oxford Univ. Press, 1962).

[5] 如 Dilthey, Emilio Betti 即主張如此，後來 E. D. Hirsch 又承襲之，並配合胡塞爾的現象學。

通的作用？文學語言眞的和「指陳」式語言相去甚遠？平常的語言溝通就沒問題嗎？文字符號和社會現實之間可不可能有距離？奧斯汀並未討論這些問題，他毋寧是要以英國實證論式的理性和嚴肅作風，冷凍語言活潑而難以掌握的層面。但是，即連他自己也發現早先的劃分（「履行」與「指陳」）站不住脚，據他在「如何使用文字做事」的後半部說，所謂的「指陳」式，其實總已是「履行」式——「指陳」式「李槐與桂花是夫妻」，細究之下，乃來自「我相信（我對你宣誓證明、我肯定、我聲明、我和你打賭……）李槐與桂花是夫妻」，是其簡略的方式。

如此一來，奧斯汀所締建的對立系統，豈不自我瓦解？他所肯定的「誠意」、「認眞」、「適切」、「成規」等概念，也隨之發生動搖。「原意」和「可溝通性」說穿了，只是實證論者拿來組構理論的幻象「現存」，反而道出語言是靠「難以掌握性」和「原意匱缺」(absence) 播散開來。所謂的「脈絡」(context) 似乎倒過來不再限制住語言的活動，語言、文字不斷從中解脫，展開其意義的「自由活動」。這正是德希達在「如何使用文字做事」一書裏發覺到的另一面「眞理」：奧斯汀不自禁地將之壓抑下來的文字眞象。

在他對奧斯汀的解構篇「書寫、脈絡、事件」裏⑥，寫作被說成是在發出者、接收者兩皆不在 (absent) 的情況下產生作用，僅憑其「重述性」(iterability or citationality) 展開其未來

⑥ Jacques Derrida, "Signature Event Context," *Glyph*, 1 (1977), 172-197. 此篇一九七一年宣讀，收入 *Marges de la philosophie* (Paris: Editions de Minuit, 1972), pp. 365-93. 以下做 SEC。

的生命，卽作者（發出者）已不再能爲他「似乎」寫下的負責任；這種棄絕脈絡背景的決裂力量（*force de rupture*）使寫作獨立於寫作的片刻之外，隨時漂流，一再變得可讀。「重述性」爲文字意義的構成原則，而其重述性、可重複性卽來自對「指涉」、「確定義」、「現下溝通之間所欲表達的意圖」等等的付諸闕如。根據此說法，世界上遂沒有「純粹」的現存（presence），只有一連串「衍異」（deferred）的記號亟待重述、閱讀。

如此一來，德希達不僅把語言的用意、企圖、產生語言的脈絡背景整個剷除，連「書寫」（signature）也說它是「分裂、多元」的印記（divided seal）❼；他不僅把奧斯汀所作的語言層次區分——「報導性」的「指陳」語言與「行動化」的「履行」語言——全部瓦解，對自己所寫的「有限公司，a b c…」也以反諷却又嚴謹的方式一再問：「誰寫的？我嗎？」並以 Sec 對 Sarl（奧斯汀的信徒，如Searle本人），展開從 a 到 z 的精妙演繹。

寫作文字被他說成是「無以決定」（undecidable），只是「衍異」的「軌跡」（traces of differences）❽，與過去牽扯，而朝向未來，展開本身「白紙上寫黑字」（*un texte déjà*

---

❼ SEC, 192,又見德希達對 John Searle 的答辯 "Limited Inc, abc...," *Glyph*, 2(1977), 164.

❽ Jacques Derrida, *Positions*, trans. Alan Bass (Chicago: Univ. of Chicago Press, 1981), pp. 27f.Also, "Differance." in *Speech and Phemomena and Other Essays on Husserl's Theory of Signs*, trans. David B. Allison (Evanston: Northwestern Univ. Press, 1973), pp. 142f.

écrit, noir sur blanc）的命運。因此，閱讀、詮釋絕非客觀，乃是意義的輸入、符號的「添補」和「替代」（supplement and substitution）；閱讀正是要看出作者所未見的某種關係，瞭解作者對語言運用是否控制自如所表現出的型式，而這層關係並不是暗亮、强弱之比，而是吾人在閱讀、批評時所「賦予」、「造成」的意義結構（signifying structure）❾。他區分兩種詮釋法，一向後，自歷史找源頭；一向前超越，肯定意義的自由活動（freeplay）❿。這種不追求決定義而宣稱一切文字符號均對固定結構、意義起質疑的做法，引起不少迴響⓫，但也招惹不少保守學者的批評，其著者如亞伯拉罕士在一九七六年的 MLA 會議上以撒旦天使在地獄暗無天日

---

❾ Jacques Derrida, *Of Grammatology*, trans. Gayatri C. Spivak (Baltimore: Johns Hopkins Univ. Press, 1976), p. 158.

❿ "Structure, Sign, and Play," pp. 264-65.

⓫ 如 Harold Bloom, et al, *Deconstruction and Criticism* (New York: Seabury, 1979); Paul de Man, *Allegories of Reading: Figural Language in Rousseau, Nietzsche, and Proust* (New Haven: Yale Univ. Press, 1979); Geoffrey Hartman, *Saving the Text Literature/ Derrida/ Philosophy* (Baltimore: Johns Hopkins Univ. Press, 1981); Barbara Johnson, *The Critical Difference: Essays in the Contemporay Rhetoric of Reading* (Baltimore: Johns Hopkins Univ. Press, 1980); Frances Ferguson, *Wordsworth: Language as Counter-Spirit* (New Haven: Yale Univ. Press, 1977); Joseph N. Riddle, *The Inverted Bell: Modernism and the Counterpoetics of William Carlos Williams* (Baton Rouge: Louisiana Univ. Press, 1974)。另外在不少期刊上如 *Newr Literary History, Yale French Studie*（最近即有解構分析與文學教育之專刊）、*Georgia Review, Glyph, Diacritics,*，均可看到運用解構分析去探討作品的文章。

的意象來暗示解構批評的徒衆自絕於光明、客觀的學術研究之外，他先批評德希達，隨即轉向希利斯·彌勒 (J. Hillis Miller)；而語言之擧 (speech-act) 的學者約翰·索爾也與德希達作了歐美「語言之擧」的接觸；從此以往，攻擊解構批評者屢見不鮮，或譏之爲「認知上的無神論者」、「否定性的神學家」、「形式主義者」、「無以決定者、學術破壞家」等等，眞是不一而足⑫。然而，較富建設性的討論及有意義的疏通，却要推晚近在「新文學史」與「批評探索」上發表的幾篇文章，因爲它們啓發我們注意到「詮釋成規」(interpretive convention) 或「詮釋的共有信念」(interpretive community)⑬。

本來，德希達將背景、意圖排斥於寫作之外，和傳統詮釋家着重這兩大要素的立場恰好是兩大極端，前者所代表的方法是先設想好語言的性質——意義的匱缺 ("essential nonsignification" 乃德·蒙之言，見"The Purloined Ribbon," *Glyph, 1* [1977], 40)，再套入作品，觀察意義如

---

⑫ M. H. Abrams, "Deconstructive Angel"; John Searle, "Reiterating the Differences: A Reply to Derrida," *Glyph,* 1 (1977), 198-208; 這些評語分別取自 E. D. Hirsch, Jr., *The Aims of Interpretation* (Chicago: Univ. of Chicago Press, 1976), p. 3; Edward Said, "The Problem of Textuality," 675; Lentricchia, After the New Criticism, p. 172; Frederick Crews, "Criticism without Constraint," *Commentary* (Jan. 1982), 67.

⑬ *New Literary History* (Spring 1981), particularly 15-30; Stanley E. Fish, "With the Compliments of the Author: Reflections on Austin and Derrida," *Critical Inquiry,* 8 (Summer 1982), 693-721.

何播散，語言如何反對被意義確定化（固定化）；後者則先將「作者的意圖」意義定爲「作品本身」的意義，而不知這種界定法是循環論證，如赫希（E. D. Hirsch）便一下子將「意義」與「意圖」認同，但馬上又將它們分開，再去相互印證，更誤延伸「定義」爲「方法」⑭，最顯着的例子是他用仙朵麗拉的鞋爲例：意義就像那隻鞋子，要找到意圖就得找到仙朵麗拉，敎她試穿看看；要找到仙朵麗拉便得找到鞋子合穿的女孩，但要知道誰合穿，就得先弄清楚只有仙朵麗拉才合，因爲那是她留下的⑮。這豈不是說意圖早已存在，詮釋的工作僅是提供有關那意圖的訊息，而不是指明意圖本身（information *about* the intention, not the intention itself, "Against Theory," 726）?這兩方面的人都基於簡單的「是抑否」（yes/no）的對立思想，而沒瞭解到詮釋者的自我本身早卽寓於詮釋信念團體或符號系統之中，也如作品一樣，都是產物（the self as a text, an interpretation; a compromise, a construction）⑯。

---

⑭ Steven Knapp and Walter Benn Michaels, "Againit Theory," *Critical Inguiry*, 8 (Summer 1982), 724–5.

⑮ David Couzens Hoy, *The Critical Circle: Literature, History, and Philosophical Hermeneutics* (Berkeley: Univ. of California Press, 1978), pp. 18–19.

⑯ Walter Benn Michaels, "The Interpreter's Self: Peirce on the Cartesion 'Subject,'" *Georgia Review*, 31 (Summer 1977), 383–402, rpt. in *Reader-Response Criticism: from Fromalism to Post-Structuralism*, en. Jane P. Tompkins (Baltimore: Johns Hopkins Univ. Press, 1980), pp. 198f.

根據此說法，語言哲學家所認定可以溝通的客觀語旨（message）只是在同一信念底下的產物；同樣的文字對另一個時代、另一個團體來說，自具有另一番意義，因爲意義是詮釋脈絡的產物，也就是吾人所設想的「評估尺度」(dimension of assessment) 無法避免的要影響到我們對事物的理解。經驗告訴我們，即使在日常生活的判斷與溝通之中，我們也受評估尺度的左右，評估尺度演而成爲詮釋成規，使我們相信自己所信者爲眞；而與人達到意見一致的情況，並不能證明事物、對象的意義穩定存在，相反的，它只指出詮釋共有信念發揮其構成力量，使同一信念的成員咸信此一詮釋可以接受，即連成員也是被構成的，乃是寓於某種觀點的脈絡之中⑰。

2

我們試以德恩霍爾最近提到「仲夏夜之夢」的演出一文爲例⑱，說明詮釋成規的作用。這篇文章的旨趣，據作者告訴我們，是要「聲明儘管德希達與巴特有其長處，他們所得出的結論却言

---

⑰ "What Makes an Interpretation Acceptable?" in Stanley E. Fish, *Is There a Text in This Class? The Authority of Interpretive Communities* (Cambridge, Mass.: Harvard Univ. Press, 1980), pp. 338f.

⑱ Bernard Dauenhauer, "Authors, Audiences, and Texts," *Human Studies*, 5, 2 (April-June 1982), 137-46. 在此要感謝李有成兄引導我注意到此文。

過其實。」因爲，據他說，「作者」與「觀衆」（讀者）在作用上彼此關連，而每一個詮釋均需有某些「定點」的控制，不管這些定點如何有限。這些定點至少有六種，均是他從喬治亞大學於一九八〇年演出「仲夏夜之夢」的實況裏得出。首先，他指出演員及工作人員是以 Madeleine Doran 編輯的塘鵝版「仲夏夜之夢」爲腳本，這一個版本一被選定，儼然便是共認的定點：「一旦構成，求證於它，便不致流於武斷。」第二定點是劇中的神話人物，他們係自古代神話傳下來，能認辨出他們的故事、作用，方可瞭解全劇；第三定點是「俗世」與「仙世」的對比結構，兩者不僅在語言、構思上迥異，在服飾、動作上也截然不同：第四定點是演導人員在排練之中所發展出的「定型」（determinate shape），與其他部份密切交織，變爲「成規」約束了演出人員的動作；第五定點是五次公演中逐漸構成的形象與意義；第六定點則爲演出的坐落：舞台空間、服裝設計、佈景、燈光等。這六種不同的定點分別屬於整個詮釋的各個層面，以各種方式呈現出詮釋的多面性。

基於這六定點，德恩霍爾認爲所有作品都是開放的，並無德希達、巴特所謂的「封閉式作品」，「作者」、「作品」其實是集體的「文化」產物：集體創作了作品。這些定點都經人手，絕不屬自然。但是，如果我們仔細觀察，不難看出這六定點其實是詮釋成規的產物，整個排練、演出的過程只是對詮釋成規的認同與強化的過程。從一開始選定的版本是塘鵝版而不是其他版（如Harold F. Brooks 所編的「仲夏夜之夢」，Methuen, 1979），便是一種人爲的選擇，表明了評估的尺度，何況這個腳本也是一種產物——經人編校、抉擇文字的勘定本。選定了此一版本後，在排練期間，它變成「共認的定點」，指定了每個人的台辭，使它不致成爲另一種方式。至於第二個定點，很顯然也是閱讀與瞭解的產物，正如同「哈姆雷特」中的鬼可依不同的詮釋概念而化爲實體或想像魅影[19]，這些神話人物也可得到不同風貌的强調，因爲神話本是人文的產物。俗世與仙世之比，更是本身已是詮釋；凡夫俗子的世界是經過渲染之後才能與神仙世界在視覺感受上分隔爲二，而這兩個世界其實也並不截然劃分，拿它們來對比以取得某程度的瞭解，早已牽涉到詮釋者本身及其觀點，而詮釋者也是成規集團中的一員，本身已是「被構成」，早已是產物；因此，綜觀前三定點均是詮釋成規的建立與認同的過程，而四到六則更是此一詮釋成規的强化，據德恩霍爾說，詮釋的發展是由一連串複雜的決定所導致，最後變成一種標準，進而演化爲成規，在五次演出中及實際場合裏得到實現，使意義具體化，以「自己的方式」（其實是「成規的方式」）獲致栩栩如生的詮釋。這無一不是詮釋成規的肯定和强化，而觀衆也是在詮釋成規下產生反應，使整個演出富有意義。當然，德恩霍爾沒急進地宣稱：「對象是我們造出，而不是等著被發現的；詮釋乃構築敷陳的藝術，而不是僅在推斷作家的原意而已[20]。」但他也和費希

---

[19] 如 Madeleine Doran, "*That Undiscovered Country*," 便曾探討現代觀衆與莎翁當代在對鬼魂的實體、美感上反應的差異。

[20] Fish, *Is There a Text in This Class?*, pp. 331, 327, 368.

(Fish) 一樣相信批評家是在文學機構裏的約束成規內工作，此約束機構使作品得以問世，能爲人所分析、聆賞。這種見解只修正了解構分析對文字孤立於意圖、背景之外的看法，並不與之發生牴觸，對文字的仰賴「重述性」此一事實也未加排斥，而所謂的「定點」其實是工作、演導人員所「認定」(assume) 的「定點」。其中第二和三定點尤與柯勒在「結構主義詩學」一書中所說的「互爲指涉」(intertextuality) 與「以實關連虛」的「自然化」(*vraisemblance*, naturalisation) 相似。

在柯勒這本早期的作品裏，有兩章特別探究閱讀與理解的條件與過程㉑，他認爲讀懂作品是將作品與另一類型的論述關連在一起，從而獲得融通；對較虛幻的文學論述，通常須以眞實、自然、可理解的論述去關連 (p.138)；這種「以實關連虛」的概念正是作品「互爲指涉」的基礎，柯勒引克莉絲特娃 (Julia Kristeva) 在她「記號學」第一四六頁上的說法：「每一個作品都從其他地方引用文句，拼嵌成形，吸收了其他作品，又加以變化。因此，『互爲指涉』的概念取代了『互爲主體』的觀念，」(p. 139) 道出作品是其他作品、語碼（無窮而找不回來的）之彙合。這種關連在一起的閱讀情況正是德恩霍爾所認定的「神話」關連與「俗世」對「仙世」的關

㉑ Jonathan Culler, *Structuralist Poetics: Structuralism, Linguistics and the Study of Literature* (Ithaca: Cornell Univ. Press, 1975), pp. 113-60, "Literary Competence," "Convention and Naturalization."

連。準此以觀，德恩霍爾是接觸到柯勒後來在「符號探索」一書中所說的「對成規機構運作、論述模式的理解」㉒，而不只是在討論劇本的詮釋而已，更不是要把握住「定點」，認爲它們是固定而非權宜的詮釋產物。他也和柯勒一樣試圖探究意義產生的條件，想分析吾人閱讀的程序與成規，進而對我們「如何理解各種作品，提供綜覽無遺的理論㉓。」

異於柯勒之倡導理論，反對詮釋作品，確認「沒有理由就此不再從事理論工作」，並宣稱儘管意義一方面須取決於脈絡、背景、成規，一方面卻無法掌握、限定脈絡，以控制、決定「眞」義，「語言仍仰賴成規，如果它總是規避這些成規㉔，」費希只强調成規的結構、評估的向度，但卻不使它變成理論。據他的說法，不同時代、集團的詮釋並非不成功的意義試探，它們只出自另一個「並不較劣，只是不同」的文學文化㉕，他的興趣是在研究機構、成規對於觀念之形成的影響：如何由一些假定看到、察覺這個世界，並形成評估的觀念。費希不想提出綜覽無遺的理論也許是比較明智的做法，但是無論如何，詮釋成規的概念是稍補足了解構批評與語言哲學的大鴻溝，也許是爾後從事文學工作者所不能不思考的要項之一。（原載中外文學，十一卷六期）

㉒ Jonathan Culler, *The Pursuit of Signs: Semiotics, Literature, Deconstruction* (Ithaca: Cornell Univ. Press, 1981), p. 5.

㉓ Culler, *The Pursuit of Signs*, p. 125.

㉔ "Convention and Meaning: Derrida and Austin," *New Literary History* (Spring 1981), 28–29.

㉕ Fish, *Is There a Text in This Clase?*, p. 368.

附記

一九七一年，德希達對奧斯汀語言理論做解構分析，一九七七年約翰・索爾與德希達的爭辯先後登於*Glyph*，乃是解構批評史上的大事。一九八三年十月二十七日的紐約書評刊出索爾的「文字倒轉」，批評德希達的思想不合邏輯，一九八四年二月又有讀者投書，質疑索爾的論點，認爲索爾有意曲解德希達與柯勒。這些爭論其實是英美實證論與歐洲大陸的懷疑論兩個迥異系統的短兵相接。由於德恩霍爾、費希、柯勒對此主題均有精闢的論述，本文於勾勒出成規問題、德希達及奧斯汀的學說旨趣後，對德、費、柯三人的論文要點也約略提及，主要是想藉之補足解構批評，鼓勵文學工作者思索詮釋與閱讀成規的課題。「洞見與不見：晚近文評對莊子的新讀法」則以另一種方式，再進一步演繹此一文學理論要項。

四　洞見與不見

——晚近文評對莊子的新讀法

「庸詎知吾所謂知之非不知邪？庸詎知吾所謂不知之非知邪？」

莊子，「齊物論」

「洞見反而似是得自那推動批評家思想的負面運動及引導其語言離開本身所聲明的立場的未道出原則，它敗壞、瓦解論點，甚而使其本質淪為虛空，彷彿斷言主張的可能性早已受到質疑。」

保羅・德・曼，「有所不見修辭學」

一、序　論

閱讀，批評家告訴我們，並非無意而純然天眞的活動，在選讀一本書前，我們都或多或少考量了自己的能力、需要、志趣，難免先作了一番抉擇；畢竟爲什麼是這一本（如本文要討論到的三位學者有用郭慶藩的莊子集釋本或馮友蘭的英譯或瓦特森 Burton Watson 的英譯本）？而不是另一本（如錢穆的莊子纂箋或翟理斯 Herbert Giles 的英譯本）？且在閱讀過程裏，對一字一句、全篇脈絡的理解，更全是人爲的努力，由句義的分析到意旨的詮釋（或塡補空白），無不是以辯證的方式使作品的開放性意義結構與詮釋成規交互作用，綜合新舊意義，開創新的經驗環境，要作品展現出前所未有的深義和旨趣❶。

在這種動態的讀者與作品之間的交互活動裏，讀者的概念形成過程也隨着文字的牽引而起變化，對另一個「世界」、「設計」有種種預期、不解、停頓、惶惑、思索、圓通悟入的美感認知經驗，不斷將自我置於「非我」之域，與另一個語言、生命、文化存在掙扎，轉變「我」與「它」

---

❶ 見 Jonathan Culler, *Structuralist Poetics: Structuralism, Linguistics and the Study of Literature* (Ithaca: Cornell Univ. Press, 1975), p, 129; David Bleich, *Subjective Criticism* (Baltimore: Johns Hopkins Univ. Press, 1978), pp. 95f.

的時、空距離，一心要擴大自我認知。正如一位學者改編的「哈姆雷特」開場辭所示，當詮釋者問：「誰在那邊？」書却反過來問他：「不，是該你回答我。站住，揭露你自己是誰？」準此，閱讀乃是雙方面的活動，不僅我們在讀作品，作品也在讀我們，讀出我們的自我與局限❷。

因此，閱讀（至少我們目前所知道的「閱讀」）並非靜態的追尋原義（作者的「意圖」），也不是要排除自我，效忠於作品的內在結構（諸如「反諷」、「矛盾」、「張力」、或「含混多義」），更不是警覺或領受到閱讀觀賞的「實效」：柏拉圖所謂的「煽鼓熱情」、亞里斯多德式透過憐憫與畏懼所達成的「淨化」作用、賀瑞斯所揭櫫的「教諭與娛悅」、或朗吉納斯所强調昂揚高尚的語言造成的「雄渾」震撼，甚至十八世紀小說裏所邀致的讀者參與價值判斷（如在*Tom Jones, Tristram Shandy*）。現在，讀者反應學者關心的是閱讀的普徧架構（如 Wolfgang Iser 在 *Diacritics*〔June 1980〕的訪問裏指出）、瞭解作品所需的「預設」（presuppositions）及作品的「交互指涉性」（intertextuality）（Jonathan Culler）、接受與美感領受「期待水平」（horizon of expectations）的關係（Hans Robert Jauss）、認知與詮釋信念的交互作用

---

❷ Wolfgang Iser, "The Reading Process: A Phenomenological Approach," rpt. in *New Directions in Literary History*, ed. Ralph Cohen (Baltimore: Johns Hopkins Univ. Press, 1974), pp. 125–45; Geoffrey F. Hartman, *The Fate of Reading and Other Essays* (Chicago: Univ. of Chicago Press, 1975), p. 19; Culler, p. 129; *Hamlet* (Act I, scene i): Barnado: Who's there? Francisco: Nay, answer me. Stand and unfold yourself.

(Stanley Fish)、作品與「認同主題」(identity theme) 的交感 (Norman Holland)、主觀意義與詮釋活動的交涉 (David Bleich) 等，批評家已不再認為作品有獨立存在的意義或不變的結構：若沒有讀者，作品只是白紙印上黑字的印刷品而已❸。

另一方面，解構批評家 (deconstructionists) 則强調閱讀的寓喻 (figurative) 層面，不獨無法尋覓作品原意，閱讀更開啓了意義的自由活動。據賈克・德希達的說法，並無所謂的「現存」作品，更沒有「過去」而一直「現存」的作品；作品「總已」(*toujours déjà*) 是意義軌跡 (traces) 的交織❹，文字無法踰越其本身，指向外在世界：無一物是在作品之外 (*il n'y a pas de hors-texte*) ❺；作品之中是「不指陳」的文字，深深刻在其中的是「隱喻」(metaphor)，而閱讀則開放給另一個閱讀 (本身也是文字) 及無窮盡的符號添補和替代❻。耶魯四人幫的教父

---

❸ Susan R. Suleiman and Inge Crosman, eds., *The Reader in the Text: Essays on Audience and Interpretation* (Princeton: Princeton Univ. Press, 1980), pp. 3-45, 401-24, 對各家有更進一步的介紹。

❹ Jacques Derrida, *Writing and Difference*, trans. Alan Bass (Chicago: Univ. of Chicago Press, 1978), p. 211.

❺ Derrida, *Of Grammatology*, trans. Gayatri Chakravorty Spivak (Baltimore: Johns Hopkins Univ. Press, 1976), p. 158.

❻ Derrida, *Writing and Difference*, pp. 3-30; *Margins of Philosophy*, trans. Alan Bass (Chicago: Univ. of Chicago Press, 1982), pp. 17-18, 209f., "White Mythology."

保羅・德・曼也追隨德希達，主張「所有哲學勢必都要仰賴寓喻」，而且，如他拿盧梭懺悔錄中「失竊的絲帶」（purloined ribbon）一節裏的「藉口」（excuse）爲敍述的「機構」（textual machine）及「借喻替代」（figurative displacement, symbolic substitutions）所示，閱讀乃是「語言的」（linguistic），與「本體」、「詮釋」的範疇無關，他所擅長的是以「作品本身的修辭運動來讀」，不想從中獲致「意圖」或可「指認出的事實」（"read in terms of the rhetorical motion of his own text, which cannot be simply reduced to intentions or to identifiable facts）❼；因此，解構批評家反對文字「表陳」（represent）事實，文字反而要質疑「本源」、「眞理」、「現存」；作品也常在不知不覺中瓦解自己，訴說出另一種文化上的構成，並堅持思索另一個「它」（it deconstructs itself in spite of itself; it insists upon thinking its *other*）❽。德・曼便說：「詮釋只是犯錯的可能性，而藉着主張說某一程度的不見是所有文學作品特點的部份，我們也重新肯定了作品絕對依賴詮釋，而且詮釋也絕對依賴作品❾」，兩者簡直是相互

❼ Paul de Man, "The Purloined Ribbon," *Glyph*, 1 (1977), 28–49, rpt. in *Allegories of Reading: Figural Language in Rousseau, Nietzsche, Rilke, and Proust* (New Haven: Yale Univ. Press, 1979), p. 278–301. Also, "The Epistemoiogy of Metaphor," *Criticat Inquiry*, 5,1 (1978), 16.
❽ Derrida, *Margins of Philosophy*, pp. xi, 23–24.
❾ De Man, *Blindness and Insight: Essays in the Rhetoric of Contemporary Criticism* (New York: Oxford Univ. press, 1971), p. 103.

複製（reproduce）對方，而不見與洞見（blindness and insight）幾乎成爲批評的本質。因此，在解構批評家的眼中，讀者、批評家不啻是主人（critic as host），而非附屬性的存在（parasite），閱讀乃是意義的輸入（J. Hillis Miller），品評（commentary）也是創作，一種可資答辯的文體（answerable style），而且與文學、哲學並列（Geoffrey Hartman），甚至是壓抑性反叛的「錯讀爲新解」（misreading）（Harold Bloom）。

從來自這兩方面的閱讀觀念，我們得知作品爲開放性結構，亟待讀者的「具體化」（concretization），而且作品有其自我解構的修辭運動，閱讀乃是一種「隱喻」性的活動：視作品「猶如」（see it "as"）另一個「再存現」（re-presence）⑩，而這種隱喻性的「替代」（詮釋）本身也有歷史，也是許多作品（文學或批評的陳述）的產物（因此也是文字符號）——此處我們不妨回憶一下美國記號學者皮爾斯（C. S. Peirce）的見解：每一個符號均需一詮釋說明（interpretant），以便使這個符號得以爲人所運用，而由於詮釋本身也是另一個記號，它更需要另一個符號來加以詮釋；因此，詮釋是無窮盡的過程⑪。在這種閱讀、詮釋的活動中，過去的不同語碼遂被我們用現下的語碼知識去加以詮釋，而現下的語碼則由我們對過去語碼的瞭解所加

---

⑩ 此觀念及詞彙係借用自薩伊德，見 Edward W. Said, *Orientalism* (New York: Pantheon, 1978) p. 21.

⑪ *Collected Papers* (Cambridge, Mass.: Harvard Univ. Press, 1931-58), II, pp. 136-37.

深、擴大，因此不僅是隱喻性的活動，而且也是詮釋成規 (interpretive convention) 與作品相互指涉性 (intertextuality) 的交感活動⑫。

藉助於上述這兩個詮釋方向，以下本文擬解構析讀晚近文評對莊子的新讀法，指出它們所顯現的洞見與不見型式。基本上，我們的看法是莊子乃一隱喩性作品(metaphorical text)，它一方面訴說眞理，一方面却自我解構，對「眞理」、「語言」的穩定性、局限性、可能性提出質疑，不時以德希達所謂的「外在」、「其他」(exteriority, alterity) 來質疑哲學作品的「內在」(interiority)；但它也對詮釋與瞭解的認知活動有所暗示，且以辯證的方式闡明認知主體 (knowing subject) 乃「定」在 (inhabits) 時間、空間、經驗 (成規) 上，而思索則是一連串「離形」(de-formation)的過程，因爲眞理勢必不完整 (remain incomplete)，而且也唯有透過對此不完整性的體會，方能展開「眞知」(authentic knowledge 以 Martin Heidegger 的話來說)⑬。

---

⑫ Edward Stankiewicz, "Structural Poetics and Linguistics," in *Current Trends in Linguistics*, Vol. 12 (1974), p. 654; Stanley Fish, *Is There a Text in This Class? The Authority of Interpretive Communities* (Cambridge, Mass.: Harvard Univ. Press, 1980), pp. 147-80; Jonathan Culler, *The Pursuit of Signs: Semiotics, Literature, Deconstruction* (Ithaca: Cornell Univ. Press, 1981), pp. 105-119.

⑬ Martin Heidegger, *Being and Time*, trans. John Marquarrie and Edward Robinson (New York: Harper, 1932), pp. 312-15.

在這個層面上，我們也看出莊子哲學潛在的矛盾及其存在（existential）、認知（cognitive）上的意義。

我們要討論的文章分別是葉維廉教授的「無言獨化」觀（從中可看到現象學與象徵詩派的影響痕跡）、杜維廉教授（William F. Touponce）的「鏡映擬仿」觀（其中結構主義與結構主義後起思想也常有跡可尋）、奚密的「解結構之道」觀（據她告訴我們，是以德希達的解構思想為準）⑭，在第一個層面上，我們將運用德・曼的「寓喻讀法」來探究（a）這些文章本身；（b）所處理的對象（莊子或劉若愚的中國文學理論）；（c）所援用的批評模式等的自我解構性。由於這三個作者的立場分別代表各種學術方法，而最終均歸屬於比較文學上所謂的「影響」或「類比」研究（以 Ulrich Weisstein 所作的區分來看，杜維廉教授的「主體之道」一文屬「借

⑭ Wai-lim Yip, "The Taoist Aesthetic: *Wu-yen tu-hua*, the Unspeaking, Self-generating, Self-conditioning, Self-transforming, Self-complete Nature," *New Asia Asia Academic Bulletin*, 1 (1978), 17-32; 中譯收入鄭樹森、周英雄、袁鶴翔合編的中西比較文學論集（台北：時報文化，一九八〇），三九至五九頁。下文引用先標英文頁碼，再註明中文頁次。另一篇是「語言與眞實世界——中西美感基礎的生成」，中外文學，十一卷五期（一九八二），四一三九。杜維廉教授的文章爲 William F. Touponce, "The way of the Subject: Jacques Lacan's Use of Chuang Tzu's Butterfly Dream," *Tamkang Review*, 11, 3 (Spring 1981), 249-65; "Straw Dogs: A Deconstructive Reading of the Problem of Mimesis in James Liu's *Chinese Theories of Literatue*," *Tamkang Review*, 11, 4 (Summer 1932), 359-86. 奚密的文章爲則見中外文學，十一卷六期，作「解結構之道：德希達與莊子比較研究」，四一三十一。

用」(borrowing)，而其他文章則是超歷史（ahistorical）但有系統或具目的論（teleological）的類比研究，分別找尋文學的常數（constants）或人類學上的常數——如杜氏的「芻狗」一文）⑮，我們也要指出它們背後的意識形態（在這個層面上，我們將拿薩伊德的「東方研究」爲理論基礎），探討他們在比較文學上的意義。另外，本文將結合里柯（Paul Ricoeur）的詮釋理論及晚近對解構批評的解構讀法⑯，由視莊子爲一隱喻作品及成規反應作品，推展出一多面性的考察，也就是主張批評應兼顧解釋（explanation）及瞭解（understanding），它不僅只是語言、書寫上的活動，也應該是本體的（ontological）、解經的（hermeneutical）、社會的（social）、而且存在的（existential）。

---

⑮ Ulrich Weisstein, "Influence and Parallels: The Place and Function of Analogy Studies in Comparative Literature," *Festshift für Horst Rudiger*, ed. E. Koppen and B. Allemann (Berlin: De Gruyter, 1976). pp. 597, 608.

⑯ Ricoeur, "The Metaphorical Process as Cognitioh, Imagination, and Feeling," *Critical Inquiry*, 5, 1 (1978), 143–59; also his *Interpretation Theory: Discourse and the Surplus of Meaning* (Texas: Texas Christian Univ. Press, 1976).

二、「無言獨化」觀

在晚近兩篇直接觸及道家美學與西方語言概念的文章裏，葉維廉教授將其論證的主要來源放在莊子上，且築基於郭象注上，這使他的新讀法變得亦新亦舊，因爲郭象注是魏晉玄學中對莊子書衆多詮釋的一支（見葉教授喜歡援用的莊子集釋頁一，該頁另引世說文學篇標明有支道林的逍遙「至足」義超出郭象、向秀注，而葉教授却沒論及此。他讓一種解釋法壓倒羣解，因此留下被解構的可能性），而郭注產生的政治背景、學術脈絡、及其與莊子義理的歧出（以布露姆的話說是「創造性變形」、「誤讀爲新解」）已有許多學者討論過；唐君毅先生看出郭注中「言自然獨化及玄同彼我之道」與文學藝術之「虛無寂寞」義的關連，徐復觀教授對莊子「庖丁解牛」所代表的藝術精神的精闢探究⑰，尤可替葉教授的「無言獨化」觀作某一程度的疏通。也由於「無言獨化」觀在傳統或近代學術裏均能得到輝映，兼又顧及中西美感生成的異同，它無疑的較能引生

⑰ 湯錫予，魏晉玄學論稿（台北：廬山，一九七二重印本），一一三—一二三頁；陳寅恪，論文集（台北：三人行，一九七四，編印本），六五一—六五六頁；牟宗三，才性與玄理（九龍：人生，一九六三），一六八—二三〇頁；唐君毅，中國哲學原論，原道篇卷二（香港：新亞研究所，一九七三），九一七至九四三頁；王叔岷，莊學管闚（台北：藝文，一九七八），一一三—一三〇頁；徐復觀，中國藝術精神（台北：學生，一九六六），四五—一四三頁。

影響，而且實際上葉教授在中西山水詩的比較詩論上的地位也已是卓犖彰着⑱，更不用談到他在對推動比較文學研究上的貢獻。

一九七八(八〇)年葉教授發表的「無言獨化：道家美學論要」一文的主旨，據他告訴我們，是要「試圖了解道家的宇宙現象論，如何爲中國詩學提供了一種獨特的『離合引生』(decreative-creative) 的辯證方法，一種『空納——空成』的微妙感應——表達程序」(17，頁三十九)。道家的宇宙觀，按他的說法，一開始便「否定了用人爲的概念和結構形式來表宇宙現象全部演化生成的過程」，因爲道家認爲歸納與分類、系統和模式必然產生限制、減縮、歪曲；有了概念化與類分（有「封」），則隨着起了是非之分，「天機的完整性便開始分化破碎爲片斷的單元」(18，頁四〇——四一)，所以莊子學術的重點在「設法保護宇宙現象的完整性」。

文中葉教授分別引用了海德格、詹姆士、懷海德等人的言語來反映出莊子重視「『概念、語言、意識發生前』的無言世界的歷驗，在這個世界裏，質原貌樸的萬象可以自由興發的流向我們」(20，頁四十四)的可貴。一如德希達所攻擊的索緒爾(Ferdinand de Saussure)的語言學或西方「存在爲眞」的形上學 (logocentrism)，葉教授（跟隨老子、莊子）認定有古樸的「質原」(pristine form, 20) 可回歸，有個「意識未成之前」(「未知有物」)的「天眞未鑿的情

---

⑱ 見鄭樹森先生的「現象學與當代美國文評」，中外文學，九卷五期（一九八〇），五六，及王建元教授的近作「臺灣三十年來文學批評的回顧」（台北：三民，一九八六卽將出版），第四節。

況」，從中始能產生自然自發的相應和（「天放」）。「素樸」因而代表了原有的整體渾然的意識狀態——開放無礙、自由興發，在這種情狀中，絕無理性的分析與辯證，正如郭象所說：「物各自然，不知所以然而然，則形雖彌異，其然彌同也」。據此，中國文學及藝術最高的美學理想便是要「求自然得天趣」，是要以「自然現象未受理念歪曲地湧發呈現的方式去接受、感應、呈現自然」（23，頁四十七）。

得此論斷後，葉教授進一步區分「以我觀物」及「以物觀物」：前者以自我來解釋外在世界（「非我」的大世界），以概念、觀念加諸具體現象的事物上，設法使物象撮合意念；而後者自我溶入渾一的宇宙現象裏，化作眼前無盡演化生成的事物整體的推動裏，去「想」，就是去應和萬物素樸的自由興現（as the ego loses itself into the undifferentiated mode of existence, into the totalizing flux of events and changes constantly happening before us, to "think" is to respond to the appeal of the presencing of things in their original state of freedom, 23），因此並不涉及分析、演繹、推論或語態，也不用直線式的時間感和因果律的文字來表達，絕少隱喻與形而上的成份。簡單的說，中國古典詩（尤其山水詩）照物象的原貌原狀呈現，詩人不用解說干擾，景物直接「發聲」，直接演出（The poet does not step in, but rather, he allows the scenery to *speak* and *act* itself out），詩人彷彿化作景物本身。中國古典詩（或藝術）之能達到物我渾一超乎語言的自由抒放的境界（lyrical vision），主要是透過莊子所謂的

「心齋」、「坐忘」等「離合引生」的辯證方法，也就是把「抽象思維加諸我們身上的種種偏減縮限的形象離棄來重新擁抱原有的具體的世界」（24，頁四十九），以虛空但却晶瑩剔透的心去完全感應萬物的原性。這完全「開放、無礙」的離合引生雖類似西方宗教的神祕主義，却不企求躍入形而上的本體世界，只是即物即眞（the phenomenal *is* the noumenal）」（26，頁五十一），是以「神遇」的「空納空成」。

這種「以物觀物」、「以我觀物」的區分，在葉教授的另幾篇文章中也有發揮⑲，尤其在他的近作「語言與眞實世界——中西美感基礎的生成」一文裏，又進一步說明中國古典詩如何「一成不變地把『指義前直現的實境』（視境）完全展示」（頁5），而不沾染上指義思考行爲的「否定、減縮、變異」——如西方文學語言的傾向（「語言，在柏拉圖、亞里士多德以來，原已走上了抽象取義的路上（物象與語言離異的開始），現在則更被縮減爲一種純然是工具的東西，專爲一種意識形態去服役：即物與人除『用』無他」頁25）。但此一抽象取義的傳統已漸由「冥思到蛻變」，不但西方現代詩（從馬拉梅到克爾里等人）力求突破，思想家如海德格、馬盧龐蒂更

---

⑲ 除葉教授自己標明的之外，他在比較文學研究期刊（一九七八）十五期上發表的英文稿已譯寫爲中文，「中國古典詩中和英美詩中山中美感意識的演變」，文學評論叢刊，第九輯（一九八一），二一九—二六三。另尙有 "Andersstreben: Conception of Media and Intermedia," ih *Chinese-Western Comparative Literature: Theory and Strategy*, ed. John J. Deeney (Hong Kong: Chinese Univ. Press, 1980), pp. 155-78.

想與「原眞的事物直接地交通」（頁32），企圖超越語言的拘絆。在這種情況下，一方面，西方現代詩人「提高了近乎中國舊詩中的㈠『事物直接、具體的演出』，㈡加强了視覺性，空間的玩味，包括繪畫性、雕塑性，㈢保持關係不決定性而得多重暗示、多重空間的同時呈現，㈣意象併發性所構成的叠象美及㈤時間空間化、空間時間化……等」（頁28）；則顯示中西兩重文化雖遙隔時空，却「發生了相同的問題，追尋同一個物我通明的關係」，而這正顯示了「重獲眞實世界的一個可能的據點」（頁34）。

從葉教授長久以來對莊子的注意，並寫作許多宏麗博辯的文章，視「無言獨化」觀爲瞭解中國古典詩語法、美感意識的主要門徑，至少我們可肯定：他是掌握住了中國藝術精神的大動向，因爲就哲學或藝術史看，莊子的影響至爲深遠，實在算得上是「正統」⑳；而他專從語法及美感意識建立起比較詩學的理論，也不乏其卓識洞見。然而，由於排除了其他的變項（variables），專以郭象注及象徵派詩人以降的語法、美感意識爲架構，「無言獨化」觀一方面雖能奠定其特殊脈絡，鞏固其「界限條件」（boundary conditions），導出理論，在另一方面却蘊含着難以避免的「不見」：取材上的忽略不周、一義壓倒羣解的封閉性及欠缺自我省察、理論上的自相矛盾或不一致、對莊子及其他思想的「減縮、變異」等。我們說這些「不見」是「難免」，乃是因爲理

⑳ 如徐復觀教授的中國藝術精神便持這種意見，也可參考侯外廬等人撰的中國思想通史，卷一（一九五七），三〇七頁。

論傾於籠統、抽象，而洞見却出自具體個人，兩者本來就不大和諧；而且限制題材，忽略其他無限的變項，正是理論工作上必須採取的步驟（有所選材、抽象，才能有所發現）㉑。因此，下文對「無言獨化」觀的解構，並非要質疑「無言獨化」觀的理論價值，毋寧是要補充其論點，以便闡明「無言獨化」所未能「道出」的莊子學說及相關的比較詩學上的重要層面。

前面我們已說過，葉教授以郭象注爲基礎，並且認爲郭象是「莊子最重要的詮釋人」（「無言獨化」23，頁四十七），基於這種斷定，他也隨同郭象認爲「自然」即是「自生、自發、自化、自足」。「自足」乃是郭象逍遙遊的旨趣，葉教授則推衍之爲 "self-so-complete"（21））及 "self-realization"（23），因此「自然」便不須抽象概念或系統來干涉，而情境能「自由興發的體現」（如在中國山水詩裏）始能顧及各物各自然的全面性（頁四十七）。這種「自足」觀使「無言獨化」觀得以順利推展，成爲本身已先設定的邏輯推理的產物；而對「自足」觀之何以最重要一問題（此一抉擇來自類似 Murray Krieger在*Theory of Criticism*, p. x.，所說的"inner person"）遂未能有自我省察。細究之下，在一開始，「無言獨化」便是一人文構成（a cultural construct），而不是自然的所予（a natural given）；看起來似乎是自然、自明的，其實有其歷史、有其存現的理由，並對繼起者有其影響，正如德希達解構 Benveniste 的語言學時說的：它

㉑ Wallace Wartin, "Critical Truth as Necessary Error," in *What Is Criticism?*, ed. Paul Hernadi (Bloomington: Indiana Univ. Press, 1981), pp. 88-94.

已被『提出』很多次，而它的『證實』至少也需『很長的評論』，因此，我們不能相信哲學論點有其超歷史、現下的可取得性（immediate and ahistorical accessibility）[22]；這層歷史却未被查覺，而且如後文我們要指出的，葉教授對「文化所予」並沒有他自己在另一篇文章所主張的「全體性」的省察[23]，尤其當他論及語法時。

在主張「自足」「獨化」的同時，論文本身却訴說出另一種歷史、文化上的構成，而且文章雖是有關「無言」、「無心」、「無我」、「無知」（24，頁四十八）等超越思維、辯證、概念化的『自由興發』，本身却充滿引證（尤其是自海德格，海氏其實也是以極其繁瑣的方式來闡論，特別是對本體論的用語，在 *Sein und Zeit*, pp. 326-27，他便說：「在找尋字眼來界定首要而眞實的現象——對應於次要而不眞的現象——，研究者也得同樣費勁地掙扎，因爲本體論的術語本來便很難纏」，但他在另一方面却一再認爲訴說的恰切及近似（*Schicklichkeit*）、言語的精覈及有良心（*Sargfalt*）、文字的簡省得當乃思想範圍疇內首要及最基本的法則）[24]、辯證（如

[22] "The Supplement of Copula: Philosophy *before* Linguistics," in *Textual Strategies: Perspectives in Post-Structuralist Criticism*, ed. Josué V. Harari (Ithaca: Cornell Univ. Press, 1979), pp. 97–98; also in *Margins of Philosophy*, p 188.

[23] "Reflections on Historical Totality and the Studies of Modern Chinese Literature," *Tamkang Review*, 10, 1&2 (1979), 35–55.

[24] J. L. Mehta, *Martin Heidegger: The Way and the Vision* (Honolulu: Univ. Press of Hawaii, 1976), p. 53.

「離合引生」的辯證 "decreative-creative dialectic," 或以思辯的方式去推論出「未加名義的空純」）、及對語言文字的思索，我們雖然可說「無言獨化」是研究的「結果」（result），它和在論證過程中的「有言」在範疇（category）上並不相同，因爲論證是針對言語未回歸「素樸」前而產生，是視語言的「有言」爲「對象」（object），而無言則是「有言」的成果，因此，拿「有言」（對象）來抨擊「無言」（結果）未免犯了由 Gilbert Ryle 揭櫫、邏輯上著名的「範疇謬誤」（category mistake），但是卽使如此，葉教授也隱約認爲（或不致反對）：「指義前直現的實境」的文字也是人爲的語言，並非「自然」的語言，至少是一種企圖回歸自然（「返璞歸眞」）後的「直現」語言——以葉敎授自己的話來說「我們仍然無法否定語言是文化的產物這一事實。既是文化的產物，它必然具有使我們無法獲致天機自然的元素。道家的意識形態，用斷棄來再納，用離合來引生，幫助詩人消除這些元素，使語言調整到最能接近自然的程度」（「無言獨化」31，頁五十七），也只是最能接近自然的語言。因此，正如一位書評者所說，道家語言之自發自放、無言獨放只是「由於葉敎授深契於道家境界，也要我們如此相信」的努力，而西方也不乏文學語言純似自然之說[25]（除了杜維廉教授所引的沙特「何謂文學？」頁五之外，濟慈在一封致出版商 John Taylor 的信中也曾說：「詩應來得自然，如樹上的葉子。」February27, 1818，

[25] William F. Touponce, Review of *China and the West: Comparative Literature Studies*, *Tamkang Review*, 11, 4 (Summer 1982), 440.

而 *ars est celare artem*（藝術不着痕跡；藝術出落自然，掩藏其雕琢性），尤其是西洋修辭學上着名的說法。）

其實，「逍遙遊」㉕也以一連串的隱喩去達成消除現存名義（effacement of presences as proper names），來質疑『自足』爲逍遙的觀念，以展開自我解構。從文字上的自我變形——由鯤而鵬，而野馬、塵埃，……表面似乎是要指義，却又將之轉變，如謂「鯤之大，不知其幾千里也」表義上彷彿是要陳述一件事實，但却充滿虛妄：「鯤」據爾雅釋魚、國語韋昭注乃是「魚子」，張衡西京賦薛綜注也稱「魚子」，段玉裁更說「魚子未生者曰鯤」㉖，這種小大的變形，由名義之指向另一些名義（如「南冥」爲「天池」，並引齊諧），由直言（literal）轉爲假借（figurative），由意義的建立（或說正確些，似乎企圖要建立）到意義的抹除，在在都暗示出文字現存的不穩定性，而且又瓦解了文字所似乎到達或導出的「自足」。（此處，傅柯 Michel Foucault 的文字概念 catachresis ——無一物全然相同，而文字語言却對不同的事物予同一名稱，罔顧其內在本質、空間座落、外在屬性的歧異——也與莊子的「濫用」名義相類）。鵬鳥一飛而九萬里，似乎已極逍遙，却無法自足：仍有待乘長風（野馬），得資風水始能高飛；蜩與學鳩雖騰躍自得，却受空間限制（「時則不至而控於地」）無以逍遙，此是就空間上說，而郭象注

㉖ 引文據王孝魚校正（郭慶藩），莊子集釋（台北：世界，重印本，四版，一九七四），頁三。以下引文均以此本爲準，並以括號併入文中，僅標明頁碼。

云：「苟足於其性，則雖大鵬無以自貴於小鳥，小鳥無羡於天池，而榮願有餘矣。故小大雖殊，逍遙一也，」是未見到這一點。就時間上，莊子也發現「小知不及大知，小年不及大年」，彭祖是「以久特聞」，衆人都不及他長壽，但實際上壽命有更長的如冥靈、大椿，在「齊物論」裏，莊子更以「莫壽乎殤子，而彭祖爲夭」（頁七十九）來顯示年壽標準的不穩定性及意義的模稜性——可開放給另一種意義。

文字（概念）、空間、時間之外，人類世界除了至人、神人、聖人（值得注意的是莊子每每把這些人寫成是「破相」disfigured 而且是遠古的人（「古之眞人」），變成是修辭上特殊的無以指涉形式 "resistant mode of reference"，因此也像鯤之爲大、齊諧之言一樣，均不能指明印證。一方面似要述說眞理，一方面文字思想却將眞理壓抑下來），一切人無不「有待」：「知效一官，行比一鄉，德合一君，而徵一國者」既有「己」、「功」、「名」之累，宋榮子也仍存己而未齊物，便是列子御風也須待風；因此，莊子說「此雖免乎行，猶有所待者也。」（頁十七）。從這些文字、空間、時間、人物的有待而不足稱爲逍遙，莊子進入另一個似乎是無待的世界，並倡導「無用之用」，但是即使在這一層，莊子也以「軼聞」或「對話」來敍述，其信實程度及其是否表達出眞理——令他人信服——則存而不論。由全篇看來，「逍遙遊」毋寧是一再的消除現存、眞理、自足性，文字變得一再逃避自己所要達到的。最後，我們讀到的是「自我解構」：堯的「窅然喪其天下」、莊子的置大樹於「无何有之鄉」，由「無」來解開一切的執着，包括對意義、價值（甚至語言）的期待。

這種「自我解構」性在「齊物論」變得更加明顯化。從一開始南郭子綦的「嗒焉似喪其耦」便對「耦」（對立、對應，據論語「相人偶」之「偶」音同）產生質疑，藉着南郭子綦爲代言人（persona）來遮掩自我；莊子以隱喩的表達法說風吹萬物所引起之回響（「夫吹萬不同，而使其自己也，咸其自取，怒者其誰邪！」，頁四九－五〇）、心識的作用、語言的興起及其障礙性（起是非爭端），這些無不指出眞理（「成」）其實是謬誤的另一面：洞見總是築基在有所不見上。個中原因部份是知識主體在認知範疇上的局限：㈠在空間上，如「秋水」篇所說的「井鼃不可以語於海者，拘於虛也」（頁五六三，虛通墟）；㈡在時間上，「夏蟲不可以語於冰者，篤於時也」（篤，固也）；㈢在敎育、經驗上，「曲士不可以語於道者，束於敎也」；這三個認知的基本範疇不僅僅是主觀而且是「本體」的（ontological），正是由於認知者受限於當下的眼界（the knower's boundness to his present horizons），他方能經驗、理解外在世界，也由於這種「詮釋瞭解的處境」（hermeneutical situation）㉗，認知者有其限制及歷史性而導致某種程度的不見；而看出了這種一般知識難免有其洞見與不見的認知循環，莊子便主張一種超越性的知識：「莫若以明」、「得其環中，以應無窮」（頁六六）、「知通爲一」（頁七〇）、「知止

㉗ 見 Hans-Georg Gadamer, *Philosophical Hermeneutics*, trans. [and ed. David E. Linge (Berkeley: Univ. of California Press, 1976), pp. xiv-xv.

其所不知」（頁八三）、「和之以天倪」，但是卽使在這種「齊物」的超越性知識裏，莊子也不大一致，一方面是就感性（「庚桑楚」，「知者，接也」，頁八一〇）、理性之知（「知者，謨也」）而「知止其所不知」（「庚桑楚」也說「知止乎其所不能知」，頁七九二），彷彿就在認知處境的自我反省上成立更周全而自行解構的知識，然而在另一方面，莊子却要認知者企求一種自然而超越之知（「知者之所不知，猶睨也」，「庚桑楚」）、「和之以天倪」。他遂一方面主張就認知主體去「不用而寓諸用」，求「達」知「通」，但另一面却以「有以爲未始有物者」「至矣，盡矣，不可加以矣」的「古之人」爲超越性知識的典範。這種矛盾也可在他的人生觀一方面求棄世的解脫（「逍遙遊」：「今子（指惠施）有大樹，患其无用，何不樹之於无何有之鄉，廣莫之野，彷徨乎无爲其側，逍遙乎寢臥其下。不夭斤斧，物无害者，无所可用，安所困苦哉！」頁四〇），而一方面却又說：「安時而處順，哀樂不能入也」（「養生主」，頁一二八）、「爲善无近名，爲惡無近刑。緣督以爲經，可以保身，可以全生，可以養親，可以盡年」（頁一一五），乃是從處世順俗的立場來着重現實㉘，而「爲善无近名，爲惡無近刑」據王叔岷教授的考證宜解作：「善養生無近於浮虛」，「不善養生無近於傷殘」㉙，更見莊子的落實人生。莊子在「齊物論」（各篇亦然）均有此「自然」或「類自然」之「替代」（或「添補」supplement,

---

㉘ 中國思想通史，三二七頁。

㉙ 莊學管闚，一〇九頁。

cf. *Of Grammatology*）的自我矛盾，因此，他屢屢訴諸語言，讓文字指向另一組文字，一直規避究竟義，以寓言、虛構（介於想像與觀照之間的「故事」）來添補哲學、文學與現實的鴻溝。「齊物論」的結論也因而不像是結論，莊子仍思索超越與現實之間的矛盾情境。

可見無法脫離論證的矛盾情境，莊子遂以比喻、隱喩來掩蓋，因此歷年來，莊子之文字被說成是「洸洋自恣」（見史記「老莊申韓列傳」）、「辭趣華深，正言若反，故莫能暢其弘致」（陸德明經典釋文序），而他在「天下篇」也自稱：「以謬悠之說，荒唐之言，无端崖之辭，時恣縱而不儻，不以觭見之也。以天下爲沈濁，不可與莊語，以巵言爲曼衍，以重言爲眞，以寓言爲廣。獨與天地精神往來而不敖倪於萬物，不譴是非，以與世俗處」（頁一〇九八—一〇九九），這種拿文字來彌補不見（在寫作中，經驗慢慢凸顯成形，遂與原來的概念有不合之處，有前所不見者）、矛盾，也可在語言學家奧斯汀（J. L. Austin）對本身在 *How to Do Things with Words*（1962）所設定的詞彙「斷言式話語」（constatives）、「履行式話語」（performative）的自我解構㉚，或陶淵明的「桃花源詩并記」裏看到：一方面故事企圖報導（constative），却逐漸化爲行動（performative），轉爲嚮往，而一方面也從嚮往邁入與嚮往相反（但却內在其中）

㉚ 見 Jacqucs Derrida, "Signature Event Context," *Glyph*, 1 (1977), 175-97.

的放逐，有此自我解構的雙向運動㉛。

因此，不僅「無言獨化」觀的論點傾向自我解構，其所處理的對象（莊子）也以雙向運動訴說出本身的洞見與不見，而且在另一個層次上，「無言獨化」觀的批評模式也有其不一致之處。在較早先的一篇文章裏，葉教授提醒我們不能像寓言中的魚一樣，一聽到青蛙向牠敍述人的形像，便立刻用自己的「模式」去套出人的長相；因爲模式雖屬組構活動的過程之中必須採取的步驟，批評家却不能不注意到運用該模式可能導致的局限和錯誤㉜；在另一篇文章裏，葉教授則運用詹姆森教授（Fredric Jameson）的「邁向辯證性的批評」爲基礎，呼籲全體性的文學研究作法㉝，雖孤立處理某些要點，也要以辯證的相互關係來同時觀照雙面，最後還得將抽象送回具體

㉛ 拙文「嚮往、放逐、匱缺——『桃花源詩幷記』的美感結構」，中外文學，十卷十期（一九八二），一三四—一四六，便暗示出這種自我解構的「烏托邦」主題。

㉜ "The Use of 'Models' in East-West Comparative Literature," *Tamkang Review*, 6, 2, & 7, 2 (1975-76), 109-110. 葉教授晚近在「比較文學論文叢書」總序（中外文學，十一卷九期，一九八三，二月）更重申「模式應用」一文：「要尋求『共相』，我們必須放棄死守一個『模子』的固執，我們必須尋根探固，必須從其本身的文化去看，然後加以比較和對比，始可得到兩者的面貌」（一二六），同文中葉教授尤指明：「文化交流不是以一個既定的形態去征服另一個文化的形態，而是在互相尊重的態度下，對雙方本身的形態作尋根的了解。」

㉝ 見註㉘。Fredric Jameson, *Marxism and Form: Twentieth-Century Dialectical Theories of Literature* (Princeton: Princeton Univ. Press, 1971), pp. 306-416.

世界，重新溶入歷史，一睹現實的具體全貌（36）。然而，葉教授在「無言獨化」觀裏却忘了以全體性的觀點來看西方語言的具體全貌，他似乎是先以中國模式爲準，採批判（而非「辯證的相互關係」）的態度去衡量西方語言及文化，認爲西方是以「人觀物」，哲學傾向抽象，語言基本上是一種指義行爲，因而涉及「否定、減縮、變異」，其實這未嘗不是另一種以「人觀物」的作法。也許這是洞見掩蓋了另一種可能會產生的觀照，或許是葉教授被他的洞見帶至另一種始料未及的盲點（blindspot），但也有可能是以這種陳述（discourse 按傅柯 Foucault 所謂的「陳述」義）表達出薩伊德所謂的文化優越感（見*Orientalism*, p. 7.），尤其他引用海德格、馬盧龐蒂的話語，彷彿二十三世紀後，西洋哲學才悟到要追尋「物我通明」的關係（「語言與眞實世界」，頁24）。

由於葉教授引用許多海德格的話語，在行文中又常用到現象學的字眼（如「重新擁抱原有的具體世界」，24，頁四九；「宇宙現象本身『便是』本體世界」，26，頁五一），我們在此簡單分析他和海德格的異同，也許有其必要。在「無言獨化」一文裏，葉教授引用海德格的「形上學序論」，稱「一切存在物都是等値的」，因此，我們「不應將某一存在體（案：一般譯作「存有物」）（包括人）拈出而晉升其身價」（22，頁四十六）。這一段引文十分精彩，完全呼應了葉教授的論點，不過，就在此洞見裏，恐怕葉教授也「遺忘」了——一如海德格時常批評西方傳統形上學的——最重要的問題：「爲什麼有存有物而不是無？」（"Why are there essents rather than nothing?”，因為海德格在「形上學的基本問題」（葉教授的引文即出自此章）是要問：為什麼存有物到處招搖，擁有每一個存在；而非存有的「無」（the Nothing）——「存有本身」（Being itself）却遭遺忘[34]？據海德格觀察，傳統形上學的主要課題是有關存有物的眞理，哲學家紛紛以思辯（大多數用邏輯推理）的方式將存有物限定；它雖然名義上是以「存有」的眞理去探究存有物，但「存有」本身却始終不為人所知而且莫測高深，因為「存有」（「無」）也被思辯、推斷為「存有物」，變成人思維的產物，如「上帝」本來也是「存有」，却淪為「存有物」，由「存有」降為「似乎存有」，掩蓋了「存有」（φύσις）原來應具有的「聚結」（λόγος）、「開顯」（λέγειν）、「組構」（δίκη）。在人類這個特殊存有物所從事的科學探究之下，全體性遭分割破壞，「存有」遂不再明顯或具有意義。為了要「開顯」存有，海德格呼籲㈠藉質疑（interrogation）及㈡語言分析來思索形上學問題，不能以特殊存有物（人）的立場來看形上學：「在範圍不受限制的精神之下，一切存有物都是等值的」（*An Introduction to Metaphysics*, p. 3），這才是引文的脈絡。

---

[34] Martin Heidegger, *On the Way to Language*, trans. Peter D. Hertz (New York: Harper, 1971), pp. 1-54. 引文出自四—五頁。

在「語言和眞實世界」一文裏，一開始不久，葉教授也引用了海德格討論語言的對話㉟，然而却將原文的「探索者」（Inquirer）定爲海德格，雖然這位探索者只是海德格的化身，而且也自認是「存有與時間」（*Being and Time*）的作者（頁7），但是如此作，却揚棄了原有的戲劇性張力。在日本人與探索者的對話裏，顯然東西方的交會是以頗具懷疑的口吻來進行，雙方一直意會到「由屋到屋之對話」的困難。日本人認爲用歐洲的語言概念來看東方，只是看到一團曖昧而不成形的東西；探索者更意會到一種更大的危機：「危險咄咄逼人，它來自一個我們都不加懷疑的地帶，而它正是我們都要經歷到的地帶」（頁3），由這一點看，葉教授所說的中西語言的滙通未免太過樂觀，不僅視之爲當然不加懷疑，而且恐亦有違現象學「互爲主體性」及「納入括弧」的主張。在文章末尾，葉教授拿海德格與郭象相提並論，認爲海氏企圖重認蘇格拉底時代以前某些基本印象的含義，與郭象爲老子(?)、莊子某些一度被人疑誤的名詞重新解釋，爲六朝以後打開美學的新局面的情形很相似（頁31），這種比較似乎在歷史背景上有其類同之點（海德格有個長期以來的形而上學、邏輯、理性主義的傳統，郭象則從兩漢的緯讖、黃老之學掙脫出，力求新解），不過，郭象的學說其實是把莊子的「存有」變爲「存有物」，每每認爲「造物無主，而物

㉟ Mehta, pp. 345–46. 另見 W. J. Richardson, S. J., *Heidegger: Through Phenomenology to Thought* (The Hague: Martinus, 1974), pp. 259–97.

各自造」㊱，然而莊子卻時常提及類似海德格所謂的「無」(Nothing, Non-being)：「夫道，有情有信，无爲无形；可傳而不可受，可得而不可見；自本自根，未有天地，自古以固存；神鬼神帝，生天生地」（「大宗師」，頁二四六—四七）、「泰初有无，无有无名；一之所起，有一而未形。物得以生，謂之德」（「天地」，頁四二四），都是以全體性的否定來描述「存有」（萬物生成的總原理），由於「存有」一定要以「類似存有」物（「德」）顯現（也因此被部份掩蓋），因此，「存有」(Being) 會被人誤認爲是「存有物」(beings)，而這正是老子、莊子所呼籲的，要從偏限片面、變化不常、自我毀壞的「存有物」（「德」）脫身，以對「無」的體認與焦慮 (anxiety) 去開顯存有本身。這正是郭象企圖圓融形而上、形而下兩個世界的立論所無法顯現的。

除了這些批評模式上的不見之外，如前面我們已說過，葉教授對中西語法的觀察也與自己的「模式」運用觀、「全體性歷史觀」有些出入，他所得出的論斷：「中文可以直書」，「用英文依事物的直現直書會引起『不正常』的感覺」（「語言與眞實世界」，頁5），其實不只涉及他意識到的「美學」、「哲學」、「意識」發展的歷史問題，尤其和語言本身的系統有密切關連。從維根斯坦 (Wittgenstein) 以降，語言和它的用途 (use) 及成規 (convention) 的關係一直是

㊱ 蘇新鋈，郭象莊學平議（台北：學生，一九八〇），一九八頁起，此書對郭象注以較同情契入的方式來瞭解。

語言哲學家無法忽視的課題，奧斯汀以平常用來產生行動的履行式話語是否有得體（appropriateness）或適恰性（felicity）爲準，主張語言一如玩棋、遊戲，要按照成規、法則來玩才有意義，晚近更由哈伯瑪（Jürgen Habermas）自社會溝通與語言行爲的理論創出「普遍語用觀」（universal pragmatics）爲成功溝通的語言行動的理性共識（rational consensus）[37]。據這種觀點，語言絕不是零碎或可抽離其系統來使用，意義的產生一定要放在一個得體的場合，使用語言者與讀到此一組符號的人一定要對此語言規則有若干瞭解，拿英文文法來寫中文便無法爲人所接受，反之亦然；更由於我們平常的思考均是以語言、成規來進行，我們幾乎牢牢陷入其中，無法質疑成規；正如史丹利·卡維爾（自維根斯坦發展出）所說：「想像一種語言不啻是想像一種生活方式，在思考時，我必須把我自己的語言及生活帶入想像裏[38]」，語言成規已儼然是一種評估、理解事物的角度，一付無法去除的眼鏡和取景儀。因此，葉教授從中國古典詩的語法來評估西洋語法，斷定中國山水詩「不必依賴比喻和玄理」（「無言獨化」23，頁四十八），一方面是受到自己觀點的限制（洞見遂成不見），一方面則是忽略了對象語言的成規系統。對於這種不

---

[37] *Communication and the Evolution of Society,* trans. Thomas McCarthy (Boston: Beacon, 1979), pp. 1–68.

[38] Stanley Cavell, *The Claim of Reason* (Oxford, 1979), p. 125, quoted in Hilary Putnam, "Convention: A Theme in Philosophy," *New Literary History,* (1981), 5.

見，王建元教授晚近替他的老師作了一些補充，其要點如下：

㈠以唐代近體詩爲例，高友工、梅祖麟先生發現「由於英文擁有豐富的語法手段，可以用關係代名詞、指示代名詞或冠詞等等修飾堆砌名詞，英詩中的名詞意象傾向於『物體』的感受」，而「散漫性句法、多義性句法及破壞性句法是唐近體詩語法的特色」，且在意象的造就上，屬於「抽象修辭手法」（據W. K. Wimsatt, Jr., *The Verbal Icon*）；在指涉方面，中文比起英文要顯得「抽象」，給讀者一種「迷離恍惚的感覺，缺乏眞實的時空感受」，然而在感受上却有生動鮮明的意象㊴。鄭樹森先生也發現英詩意象具體，而唐詩則富雕塑、視覺上的意象㊵。

㈡中西語法不同，如趙元任先生所說：「中文句子裏主部述部的文法意義並非動作者——動作（actor-action）的方式，而是語題——評論（topic-comment），因此與大部份的印歐語系不同㊶。」所以，中國詩每一行便是完整的句子，不必特別指出動作者是誰，而譯英

㊴ Yu-kung Kao and Tsu-lin Mei, "Syntax, Diction, and Imagery in T'ang Poetry," *Harvard Journal of Asiatic Studies*, 31 (1971), 此處依黃宣範先生中譯，見中國古典文學論叢，册一（台北：中外文學，一九七六），二二九—三三二頁。

㊵ Willam Tay, "The Substantive Level Revisited: Concreteness and Nature Imagery in T'ang Poetry," *New Asia Academic Bulletin*, 1 (1978), 149.

㊶ Yuen Ren Chao, "Notes on Chinese Grammar and Logic," *Philosophy East and West*, 1 (1955), 38, quoted in Tay, 144.

文時，則得費勁加上主詞。

㊂英文浪漫詩一開始便「見山不是山，見水不是水」，將山水移入概念世界去尋求意義和聯繫，是要在詩人的意識形成一個整體，使心靈與自然結合，隨着成長，將自然內在化，如渥滋華斯的「序曲」(*Preude*)透過想像、觀照而得到危機的突破與贖救，在自然景緻中重新創造出神聖㊷。

從這幾點，我們知道中西山水詩的語法、意象、旨趣迥異，它們只能說是有所不同，却不能說那一種較佳(only different, not better)，如果我們以近體詩的語法來看西洋詩，只是把它「抽象、減縮、否定」了；雖然龐德、史奈德等人受到中國文字的影響，在詩句上有革新之舉，但是要拿這種現象當作比較詩學的課題，尙須考慮這些詩人的企圖以及其背後的語言傳統——畢竟他們在表達給讀者時，也須注意語言的「逸軌」程度，因爲太怪異的語法，勢必造成領受上的困難。在從事比較時，怎樣避免「以人觀物」或援用未加省察(「解構」)的模式，如何發揮「物我通明」的全面觀，並意識到理論本身所可能導致的洞見與不見？這也許是我們最需要冥思的，而葉教授的「無言獨化」觀正一方面訴說了「以人觀物」所造成的扭曲及「以物觀物」擁抱

㊷ 原文引 Frederick Pottle, *Romanticism and Consciousness*, ed. Harold Bloom (New York: Norton, 1970). 本文用M. H. Abrams, *Natural Supernaturalism: Tradition and Revolution in Romantic Fiterature* (New York: Norton, 1971), pp. 71-140.

「原來、眞實」世界的可能性，一方面又引導我們瞭解到批評的眞理：批評難以避免「洞見與不見」的形式，因此不斷開放容納更多的解釋、補充，期待更多的洞見（渾然無礙的開顯）與較少的不見（由於套用模式所產生的限制、減縮和歪曲）。

三、「鏡映擬仿」觀

一直以探討比較文學同仁們的論述中所蘊含的洞見與不見爲主要課題，杜維廉教授正是另一個用心冥思此一比較文學問題的人，在以書評爲探討理論的主要方式之外，他也試圖在中國古典文學中找到人類學上的常數：「擬仿」（mimesis）。在評劉若愚的中國文學理論的文章裏，他認爲如果各種分歧的文學理論、詩學最終有統合的希望，那絕不在「亂搭橋樑、隨便綜合、妥協，而只可能是在回溯各個文化傳統的根源」（「芻狗」，366），這個對「本源」的探索（我們不禁要感到詫異，在標題爲「解構」的書評裏，竟會出現這種與德希達的學說相左的論點），據杜教授隨後指出的，可用理論很一貫而富有深義地去設想「衍生而先於表陳（文化）的地帶如何可能形成許多歧異的文化系統的基礎」，而這個人類學上常數的根本便在考察歧異如何從「未始有異」中出現（how differences emerge out of the undifferentiated）——吉哈赫（René Girard）所側重的「犧牲」（sacrifice）。這個發現來得並不奇怪，因爲從杜教授發表的幾篇書評看，他對自我與他人（other）、欲求（desire）與居間促成（mediation）、欲求對象（object）與敵手(rivalry)、衝突與秩序等主題一直十分重視，且對沙特、傅柯、拉崗（Jacques Lacan）、吉哈赫的思想特別有興趣，尤其是沙特的「自我欺矇」(bad faith)、傅柯的「陳述」（discourse）與「力量」（power）、拉崗的「自我」與「想像自我」（the Imagery）、吉哈赫的「暴力」與「犧牲」等觀念，而一貫的關注則在「模仿」（imitation）上。

在我們眞正解讀杜教授的「主體之道」一文之前，不妨先瞭解一下他的若干文學信念。除了上述的擬仿主題及幾個重要思想家對他的影響之外，杜教授在幾篇書評中顯示出他是個「純粹主義」者（purist），不僅反對聰明的折衷作風（wise eclecticism），而且也否定變相的理論運用。折衷作風如周英雄先生的「興的語言與神話結構」，或「公無渡河」企圖結合結構主義、現象學（或社會批評觀），均被杜教授評爲「矛盾」或「天眞」[43]，而變相的運用尤其是杜教授在許多中國比較文學學者的論述中常常挑出討論的，如鍾玲女士的論「寒山詩的流傳」、劉若愚的中國文學理論，雖運用到西洋理論或現象，却往往加以壓抑或曲解。這種「誤用」或「濫用」確實會導致批評上的混淆，而混淆比錯誤更來得嚴重，因爲「錯誤尙可以指正，混淆却通常沒辦

---

[43] William Touponce, Review of *Chinese-Western Literature: Theory and Strategy*, *Tamkang Review*,11, 3 (1981), 321-22; Review of *China and the West*, 442-44.

法㊹。」

在這種力求純粹的立場上，杜教授十分接近約翰・艾利斯（John M. Ellis）——艾氏也力斥折衷主義（所謂的「知道得愈多，愈好」。由於杜教授限於書評的篇幅，未對此立場多加說明，也許我們該看看艾氏對多元論的見解㊺。在這一本附題作「邏輯分析」的文學批評理論裏，艾氏以維根斯坦的哲學爲基礎，呼籲作品的價值是在其本身的美感用途，不必訴諸歷史研究、傳記考訂，更不用考慮文學指涉什麼，應將作品的存在理由（reason）及美感上的原因（cause）加以區分，因爲就是形構批評也只執着於一些空洞的概念和字眼上，而多元論的毛病就在常訴諸含糊不清的常識，對分析和假設不加深究（頁3—6），並且缺乏探討架構的切題性（relevancy of the framework in investigation）（頁64—71），反而會導致慵懶的好奇（idle curiosity）（頁69）而已。

但是，我們一方面雖同意杜教授、艾氏所主張的純粹、切題和力避含混矛盾，一方面却不能不問（追隨德希達）：什麼是限制？何處是邊際極限？在那些條件下，我們才能劃定一個「限

㊹ Wolfgang Iser, "The Indeterminacy of the Text: A Critical Reply," trans. in *Comparative Criticism: A Yearbook*, vol. 2 (Cambridge: Cambridge Univ. Press, 1980), p. 34.

㊺ *The Theory of Literary Criticism: A Logical Analysis* (Berkeley: Univ. of California Press, 1974), pp. 104-54.

制」，好讓哲學不致永遠再撥歸侵占，以便想像此一邊際極限爲本身的擁有物㊻？艾氏所引用的維根斯坦豈不是有其歷史？在他討論到科際整合與文學研究的時候（第九章），他不是提到學者應跟上另一些學科的進展嗎？（頁251）而杜敎授所批評的周英雄，豈不是很像他自己喜歡援用的里柯一樣，均試圖將現象學與結構主義結合，一心要超越結構主義的「限制」㊼？何況，在他的批評論述裏，也不無矛盾或「混用」之處，如我們後文要討論到的。

從一開始引用莊子「齊物論」的一段話「予謂女夢，亦夢也。是其言也，其名爲弔詭。萬世之後而一遇大聖，知其解者，是旦暮遇之也」來悼念拉崗這個新佛洛伊德派的心理分析學者，杜敎授似乎在「主體之道」起頭便創造一種幻象（是另一種夢想？），彷彿拉崗是莊周夢蝶萬世一遇的解人，這未免與他文中謂拉崗是以莊周夢蝶爲「藉口」（alibi）的見解有出入。（有趣的是，奚密也引用這一段的部份，但將「一遇」誤作「遇一」，使莊子與德希達的「契合」更形接近，這也許是她「似非而是」的修辭運動的機構之一）。

「主體之道」一文是要闡明拉崗如何運用莊周夢蝶來解釋「鏡映期」（mirror stage 或作 mirror phase, 法文作 *stade du miroir*）間，幼童（從六個月到十八個月大）從鏡中看到自己

㊻ *Margins of Philosophy*, p. xvii.

㊼ See, for instance, Ricoeur's *The Conflict of Interpretations*, ed. Don Ihde (Evanston: Northwestern Univ. Press, 1974), sections 1 and 3; and his *Interpretation Theory*, pp. 75-95.

特殊的影像，會認之爲來日對自我形象的原型（prototype），從此誤導他步入虛幻的方向，錯把它當成「眞」（real），知識遂建立在「根本的謬誤、過錯、差池」上（254—255），而欲求也變成是對『他物』（the Other）的欲求，因爲他是以『他物』的眼光來看自己，看待之爲對象。拉崗認爲莊子「齊物論」末尾這一段夢蝶的描寫：「昔者莊周夢爲胡蝶，栩栩然胡蝶也，自喩適志與！不知周也。俄然覺，則蘧蘧然周也。不知周之夢爲胡蝶與，胡蝶之夢爲周與？周與胡蝶，則必有分矣。此之謂物化。」（集釋，頁一一二）與幼童爲其映影所迷住的情況相似：「幼童時期對其特殊形象的高興假定，在受父母撫養而本身機能尚未發達的依賴期間會潛存在其心中，後來會在一典型的處境中顯現其象徵性的基質，在它被辨證（與他人認同）加以客觀化之前，於語言將之復甦還原之前，『我』會被以原生根本的形式、普遍的方式棄置，產生主體的作用㊽。」拉崗認爲幼童的「高興」正和莊周夢蝶相似，而杜教授也以「自喩適志」加以支持（254），後來杜教授更以拉崗對傳統所謂的「本質」（essence）一概念的反諷，來强調拉崗的主張，視莊子爲自己的形象（映影）迷住（257），也就是主體無法逃避『他物』，勢必淪爲語言的俘虜（258）。而此處的困難是這種類比或借用流於膚淺（杜教授在書評裏也極端反對類似這種的類比），並且拉崗的論證方式，如他的重要註評者之一安東尼·衞爾登所說，正是用他想去分析的

㊽ 譯文根據 Malcolm Bowie, "Jacques Lacan," in *Structuralism and Since: from Lévi-Strauss to Derrida*, ed. John Sturrock (New York: Oxford Univ. Press, 1979), p. 122.

理論語言來表陳他的理論，而且其語言常無緣無故便掩蓋了他要討論的語言層次[49]，如他的名言「無意識的結構像語言」(“The unconscious is structured like a language”) 至少便有兩重意義，其語言一再顯示出衛爾登所說的「雙重束縛」(double bind)，刻意混淆指涉語言與後設語言的分別，本身正是語言的俘虜，並對語言與傳遞溝通 (communication) 的差異毫無瞭解，其理論基礎也以像西方傳統的「存有即眞」的形上學方式設立其「陽物中心主義」(phallocentrism)，他所作的區別如「我」(*moi*) 與「主體」(*sujet*)、「主體」與「他物」、「想像」對「眞實」都表現出徹底的結構主義的烏托邦作法，將「對立」築基在絕對的差異上，因而不是辯證的，乃是新生論的 (it is not dialectical; it is epigenetic)[50]。

因而，後來杜敎授也體會到拉崗的讀法有其不足之處，在「芻狗」一文裏他說莊周夢蝶一文乃是「自我解構」的作品，以反諷的方式自其修辭模式離去其本身，但依然屬於「擬仿」與「表陳再現」的範疇 (364)。其實，在前面我們已說過，莊子的「逍遙遊」和「齊物論」是隱喻性作品，「齊物論」尤其充滿隱喩，「莊周夢蝶」不僅有杜敎授所謂的雙重敍述聲音，對文學語言

[49] Anthony Wilden, *Speech and Language in Psychoanalysis* (Baltimore: Johns Hopkins Univ. Press, 1968), pp. 225-25, 235-36.

[50] Wilden, *System and Structure: Essays in Communication and Exchange*, 2nd ed. (New York: Tavistock, 1980), pp. 19, 283-301, 472-75.

的本質有其洞見，它更以視「主體」猶如『他物』，視『他物』爲「主體」的雙重修辭運動，質疑哲學的「外在」、「內在」、「變更」、「他物」的界限。而莊子說「周與胡蝶　則必有分矣」，「分」正表示一種界限、分定，但是這種「分限」（margin），馬上被接下去的「物化」加以質疑，一如王先謙所說：「周蝶必有分，而入夢方覺，不知周蝶之分也。謂周爲蝶可，謂蝶爲周亦可，則一而化矣。」而馬其昶說：「物有分，化則一也」正道出這種內在、外在的分限已被質疑（put into question）。「物化」也可說是隱喻的法則，是一種修辭上的想像，以其「思」其「視」（thinking and seeing）洞察到兩物的相像性（likeness）並加以組合，使之相像（*making* similar），透過（雖然也仍有）不同的種種差異產生一種「近似」，雖然仍保留其「差距」（to produce likeness in spite of and through the differences. "Remoteness" is preserved with "proximity"）。莊子在「齊物論」中正想透過這種修辭運動（我們不應或忘哲學也是一種修辭運動）來「重新鑄造」（*re-make*）現實：化歧異爲一[51]。拿這種方式來看莊子，我們對他的文體（style）何以那麼富於隱喻、寓喻，也就不難明白了。

杜教授仍從「擬仿」的觀念來讀這一段隱喻的論述，便無法看見莊子所用的齊物隱喻。這或許是他的洞見（仍以表陳爲本）所不得不排斥的，同樣的，他在「主體之道」一文後半部所作的

[51] Ricoeur, "The Metaphorical Process," 47-52.

書評，也從劉若愚運用西洋現象美學的觀念視莊周夢蝶爲形上保持中立的主張，看出劉氏的「不見」——爲作品的修辭文字所欺矇，因爲根據拉崗的說法，莊子是對「本質」的根本質疑，不可能是體現道（一如劉氏要莊子達到的）；另一方面，杜教授所評的日籍學者井筒敏彥（Toshihiko Lzutsu 音譯）則因認爲莊子藉夢的經驗來探索超越性的「物化」，而無法看到自我的虛幻性及莊子運用夢蝶所質疑、反諷的（261-262）。但是，我們不禁要問是什麼讓杜教授有此特權宣稱莊子在此處是用反諷？何以作品的修辭文字沒欺騙他？他能如此確定嗎？難道他的理解過程本身不是也是隱喩的活動，強將莊周夢蝶看成另一個反諷，因此也有更深一層的反諷存在？

把這種可能形成的反諷的反諷放在心上，我們現在可解讀杜教授的另一篇長文，它完全針對劉若愚的中國文學理論一書所呈現（無法自己地）的「洞見與不見」型式。基本上，杜教授是質疑劉氏將「擬仿」排除於中國文學園地之外所造成的錯失，因爲據他看（或者說依吉哈赫式的「犧牲」觀來看），中國早期便有「犧牲」的祭禮，一切呼應了吉哈赫所謂的「暴力與神聖」模式：人類怕「未始有異」，因爲彼此模擬，同爭取一件對象，無以區別；爲了防止「無以區別」的糾紛和混亂（chaos），人們便選出代罪羔羊，全體羣起而攻之（對象，也是「歧異」非我之物），意見一致地將之犧牲，而此一犧牲物一旦達成「區分」效果，死後往往被神聖化，畢竟是牠（他）導致社會的秩序和安寧。從商周的甲骨文及祭禮記載，甚至先秦文獻裏，杜教授發現了不少證據，因此他肯定劉氏主張中國文學理論是形而上，不求表陳、形似（模倣），根本便是値得質疑。

在這一篇精彩而發人深省的書評裏，杜教授有三處提到他對莊子的新讀法（363-364，381-384），其中談「莊周夢蝶」一節，我們上文已略加討論，底下讓我們析讀他對莊子與「代罪羔羊」的關連所做的新詮釋。據他指出，在莊子第十四章（外篇第七）「天運」，莊子便提及「芻狗」的概念及詞彙：

> 孔子西遊於衛。顏淵問師金曰：「以夫子之行為奚如？」
>
> 師金曰：「惜乎，而夫子其窮哉！」
>
> 顏淵曰：「何也？」
>
> 師金曰：「夫芻狗之未陳也，盛以篋衍，巾以文繡，尸祝齊戒以將之。及其已陳也，行者踐其首脊，蘇者取而爨之而已；將復取而盛以篋衍，巾以文繡，遊居寢臥其下，彼不得夢，必且數眯焉。今而夫子亦取先王已陳芻狗，取弟子遊居寢臥其下。故伐樹於宋，削迹於衛，窮於商周，是非其夢邪？圍於陳蔡之間，七日不火食，死生相與鄰，是非其眯邪？」（集釋，頁五一一—五一二）

杜教授認為這一段正表現出模倣、暴力，和神聖的關係（382）：①孔子（這位道家的「敵手」）被降格諷刺爲倒霉兮兮的唐吉訶德，帶他那些有着不純眞（被促成）的欲求的弟子們，四處周遊，到處碰壁，受盡迫害；②由於孔子一心表示欲重建秩序，但却透過模仿周（周公）的犧牲儀式，而更見反諷效果；③孔子的典範（周公）其實已過世五百年之久，時移境轉，取法先王勢必白費力氣；④取已陳芻狗而寢臥其下，但不細究其意義，不管是將芻狗邀請回來原先便驅逐牠的社會裏，這只是邀致瘋狂，使暴力往復運動（violent reciprocity）[壓倒歧異，將差別粉碎；⑤復取芻狗，盛以篋衍，巾以文繡，已不再有效，因此反而是自相衝突的行徑；⑥孔子周遊列國，試圖恢復舊制（周代之禮儀），「數數遭魘」，粉碎了生與死之差異（「死生相與鄰」）；孔子本身爲諸國的外邦人，却變成各國犧牲機構的理想犧牲，爲儀禮的代罪羔羊，而他却未瞭解及此；⑦雖沒直接提及神聖，「尸祝齊戒以將之」的尸却表現出中國儀禮系統的死者（神話祖先）是社會秩序的建立者、維護者，在犧牲的危機、動亂中，維持治安；⑧藉着這種模仿復古之犧牲危機，這一段文字對儒家的法先王作了批判，因爲從孔子身上，這種危機喪失其生死之別，使兩個不同的畛域變得沒有界限：以相同的尺度來衡量生死，全不顧及兩者的本性；⑨對祖先的崇拜其實是最不神秘化的模式（382-383）。因此，杜敎授認爲劉若愚將「擬仿」排除，未免沒見到這些現象。

但是，這層表面似乎是「表陳」、「擬仿」的論述是否也有可能是某種由於欲求和迫害（想找代罪羔羊）而揑造出的虛構，因而是雙重的犧牲？或者換個方式來說，這一段是否可能爲一隱喻，但又指向隱喻的本質——缺乏新義的隱喻（「巾以文繡」）勢必失敗？也許這是杜教授持擬倣觀所無法看到的。

據漢書藝文志着錄莊子有五十二篇，而「其所以有內外雜篇之分者，乃起於劉向刪除重複之時，其以內篇，輯其近於莊周之本眞者，外篇輯其後學之說，及與內篇重複而文字異者，雜篇則雜載短章逸事，解說似爲淮南門下士之解釋莊子者」[52]，而焦竑則說：「內篇命題，各有深意，外篇則但取篇首字名之，而大義亦存焉」，王夫之更說道：「外篇非莊子之書，蓋爲莊子之學者，欲引伸之，而見之勿逮，求肖而不能也……外篇但爲老子作訓詁，其可與內篇相發明者，十之二三，乃學莊者雜輯以成書，其間若『駢拇』、『馬蹄』、『胠篋』、『天道』、『繕性』、『至樂』諸篇，尤爲悁劣」[53]。我們從詞彙、句法、思想、器物來斷定，外篇的許多段落有可能是僞託或後學所摻雜加入者，如此一來，莊子「天運」對孔子的降格諷刺（視之爲「代罪羔羊」），豈不是本身也蘊含另一層次的「犧牲」？是莊子後學對孔子（儒家）行徑的醜化，因此也是暴力往復運動的行爲，本身也類似吉哈赫所謂的「暴力」或他別立的「迫害作品」（text of persecution）[54]？

[52] 嵇哲，先秦諸子學（九龍：乾齋，一九六六），二〇二—二〇三頁。

[53] 錢穆，莊子纂箋（香港：東南，一九五一），六十七頁。

[54] Girard, "Interview," *Diacritics* (March 1978), 40. 在答覆筆者的質疑時，杜教授也在其信件中認爲這一段可能是「迫害作品」。

何況，在莊子的引文中，很明顯的，代罪羔羊並未在死後被神聖化，反而是「行者踐其首脊，蘇者取而爨之而已」，豈不是與吉哈赫的主張有異[55]？

我們若以德希達的「添補」(supplement)的觀念來看，這種「不自然」的添補和文飾，豈不是揭露出一種過度和不足（surplus and lack），所謂的「表陳」、「擬仿」藉助於文字，又何嘗不是另一組取代性的書寫，本身便等待詮釋而且早被深刻在虛構中，並不「再現」眞理和本源[56]？再者，杜教授所深信不疑的「本源」（吉哈赫主張的人類學「未始有異」的儀式）也許就是德希達所說的「現存神話」，而事實上杜教授也在文中提到德希達「雙重刻記」(double inscription)的主張，並認爲「擬仿」乃是「無以決定的因素」(for Derrida, mimesis becomes a factor of undecidability, 372)，因此，他强將德希達納入吉哈赫的系統，使兩種不同的學說混合，便與自己在書評裏的說法大異其趣，是吉哈赫的擬仿機構使他不得不「自我解構」？抑是他已不再相信純粹主義了？恐怕他也隨着吉哈赫的假「科學」（據海登・懷特的說法是「宗教

[55] Girard, *Violence and the Sacred*, trans. Patrick Gregory (Baltimore: Johns Hopkins Univ. Press, 1977), pp. 263-65.

[56] *Of Grammatology*, pp. 144-45.

性」、「神話的」、或「形上的」）[57]，未察覺所運用到的材料（神話或儀式）早已受過詮釋（但吉哈赫却認爲這些文化材料一點也不成問題），因此他的論證傾於循環接受自己的發現，並未提供任何確證或反證的準據（criteria of verification or falsifiability）。

吉哈赫自己在訪問記裏曾指出[58]，他認爲一致性的「犧牲」（unanimous victimage）是所有宗教與文化組織的衍生機構（generative mechanism），而且在「暴力與神聖」一書第三一六頁他也呼籲讀者在每一個可設想到的場合處境均要問自己這個理論是否行得通（不僅在單一、孤立的事例上），從這種見解我們知道他和結構主義後起的思想家（Post-Structuralists）截然不同[59]，他自己也在訪問記裏說明自己不願訴諸「典範」（認同他人），而且與德希達或拉庫・拉巴特（Lacoue-Labarthe）的立場不同（33—34），因此杜教授以「解構」讀法（德希達式的字眼）來進行解構劉若愚的中國文學理論，便留下「自我解構」的可能性：他雖表面奉德希達之名行文，却仍相信德氏所批判的「本質」、「現存」和「本體」等概念。張漢良教授也在文後（387）

---

[57] Hayden White, "Ethnological 'Lie' and Mythological 'Truth,'" *Diacritics* (March 1978), 3, 7-8; cf. also, Murray Krieger, "Introduction: A Scorecard for the Critics," *Contemporary Literature* (1976), 318-21.

[58] Girard, "Interview," 31.

[59] "Interview," 33-34. 也可見 Philip Lewis, "The Post-Structuralist Condition," *Diacritics*, 12 (1982), 4-5 對結構主義之後各種學說思想的差異及一般人的混用有極扼要的分析和批評。

提出此一問題，但杜教授的答覆（388-389）似乎只針對結構主義後起的思想通向來談，却忽略了德希達與吉哈赫的主張有異，且表示傾向吉哈赫的主張。

我們若以隱喻的觀點來讀「天運」篇這一段有關「芻狗」（而且也將孔子視爲芻狗來處理，將之貶格）的文字，首先可以看到師金的陳述已用到隱喻：以文繡芻狗來形容孔子的行誼；其次，這段隱喻文字所處理的對象（孔子本身）的行爲也是隱喻性：「取先王已陳芻狗」而視之爲禮制的根本。這種「視之猶」（seeing as）根據里柯或晚近的隱喻理論（如 *New Literary History* 第六卷一期1974，或 *Critical Inquiry* 第五卷一期 1978 喻專號的許多論文）便是一種隱喻的過程；另外，我們還可查覺到這個隱喻文字所描繪的孔子行誼（也是另一個暗喻，如果讀者還記得的話）更涉及深入的隱喻過程而且也暗示出師金認爲孔子所以終歸失敗的「隱喻性」原因：孔子拿已陳的芻狗再加以文飾，企圖要將之視爲古之遺教，欲使之復活，就其隱喻意義說來，已無法開創新的語意經驗（semantic experience），所以這個芻狗是「已陳」，而這種隱喻性的作爲（或用德希達的字眼說，「取代」的符號）也是了無生氣的；最後，我們尚可從這一連串多層次的隱喻過程推展出一道問題質疑杜教授照字面的讀法（literal reading），因爲我們不僅應以隱喻的方式來讀神話作品，對文學作品更得如此，正如麥康里斯所說：「字面」與「隱喻」是否應該全部打叉，因為「明」「隱」到什麼邊際（margin）呢？何處是極限？而且有極限嗎[60]？「天運」篇的這一段不是已暗示作品的隱喻性，且批評也含隱喻性，而其眞正意義（literal meaning）則因隱喻的自我質疑、毀壞（destruction），變得虛假無力（前面我們已說過，此段可能為後人所偽託）？

杜教授在「主體之道」、「芻狗」兩篇文章裏均以劉若愚的中國文學理論為解構的對象，他在文中常常顯示套用西洋文學理論或批評思想到中國文學中頗令人不安，然而杜教授有時却太過信心十足，認為能直搗中西文化系統的「本源」（至少不能放棄思索此一可能性）。但是如果這種矛盾常在他的書評裏情不自禁地吐露出來，那劉若愚則以另一種姿態出現：他將矛盾壓抑不談。

除了杜教授所發現的中國文學「形上理論」有可議之處外，劉若愚氏的文學理論及其近作（*The Interlingual Critic*, 1982）[61]，仍有極多問題正訴說出其自我解構性，例如他一方面援用

---

[60] Michael McCanles, "Criticism Is the (Dis) closure of Meaning," in Hernadi, p. 276; cf. Professor Touponce's criticism of Professor Yip concerning this in his Review of *China and the West*, 440-41. 顯然杜教授是將這種直言、隱喻之分看成十分明確而固定，而不敢加以解構。這一直是杜教授論文的主要缺失。

[61] James J. Y. Liu, *Chinese Theories of Literature* (Chicago: Univ. of Chicago Press, 1975); *The Interlingual Critic: Interpreting Chinese Poetry* (Bloomington: Indiana Univ. Press, 1982), hereafter cited as *IC*.

西方現象學（或類似現象學）的美學來整理中國文學論述，認爲藉之不但可推介中國文學給西方讀者，而且也可爲中國文學批評理出頭緒，彷彿作品的意義是開放的（open），但他在另一方面却主張：「作爲讀者，批評家的成功與否是依賴他到底知道作者的文化世界有幾分，而且他自己的生活世界（lived world）又像作者的生命世界有多少」（*IC*, p. 16），也就是作品的意義是封閉的（closed），只有透過心理的瞭解和共鳴，方能契入作品（作者的世界）。這種見解或許可溯自劉氏的現象學信念，不過，胡塞爾及傅雷格（Gotob Frege）都曾爲「意義（*Sinn*）與「指涉」（*Bedeutung*）作區分，傅氏以爲一句話的「指涉」有其眞理價值，如說「晚星爲晨星」（The Evening Star is the Morning Star）乃是指涉到金星（The planet Venus），但這一句却表達出兩個「意義」（晚星、晨星）；「意義」（思想）不像「指涉」那麼固定，並非某個思想者的特殊所有，只要每個人以同樣的方式去瞭解它（從句義、脈絡）便可認知[62]。里柯又將「意義」發展區分爲二：「訴說者的意義」（utterer's meaning）、「訴說的意義」（utterance meaning）。前者是說話者當時的意義，而後者則非心理意圖，純屬句子內在結構的意義，而且

[62] "Uber Sinn und Bedeutung," in *Klein Schriften*, ed, Ignacio Angelelli (Darmstat: Wissenschaftliche Buchgesellschaft, 1967), pp. 148-49, quoted in David Couzen Hoy, *The Critical Circle: Literature, History and Philosophical Hermeneutics* (Berkeley: Univ. of California Press, 1978), pp. 22—23. 下文引 Ricoeur, *Interpretation Theory*, pp. 12—22.

據里柯告訴我們的，作者的意圖在創作的心理活動中便已失去，創作的用意其實只是將作品本身的意義表達出來；作品的表達才是作者所謂的意圖（*Interpretation Theory*, p. 100）。以這種方式來看，劉氏的着作便未免顯得含混不清、自相矛盾。

劉若愚氏也喜歡將西方的文學理論加以修訂，然後宣稱他並未完全遵循西方的模式（如在中國文學理論對 M. H. Abrams 的批評三大要點〔四大要素〕加以重組，而在 *IC* 一書第一一〇頁註一，他更明白表示此立場），不過這種既運用又逃避理論架構，只是表面上類似德希達式的「解構」，他往往將西方的模式加以簡化，因而造成不必要的混淆。杜維廉教授已在「芻狗」一文論及此點，本文要另外指出的則是劉氏從中西傳統中挑出的「材料」（danda, not data）本身已被詮釋過[63]，中國文學體現道，這種說法也有其概念架構（conceptual frameworks）來支撐它，本身絕不是單純證據，而且他通常是從種族的（ethnological）立場出發，所得出的結論是這種立場「修辭運動」機構的產物，因此杜教授從另外的範圍找出證據，便輕易地將之推翻。

除了簡化或複雜化之外，劉若愚氏也時而將西洋文學模式誤用或「天眞」化，也就是不考慮及批評傳統及詮釋成規。這在他的中國文學理論每一章末尾所作的草率比較便可看出，它們不僅缺

---

[63] Stephen Pepper 主張 data 是無以置疑的材料，任何人皆可確證其存在，而danda則需以註釋結構去證實，是模式的產物，見他的 *World Hypothesis*, pp. 48-50, quoted in Wayne C. Booth, *Critical Understanding* (Chicago: Univ. of Chicago Press, 1979), pp. 246-47.

乏比較文學的理論架構，而且也是以蜻蜓點水式的幾小段便將兩個傳統約略類比，許多批評概念遂仍待闡明。但據劉氏最近告訴我們，他所以如此是因爲怕書太厚，讀者購閱不便（*IC*, vii, 序），也許他若將問題或概念發揮得更詳盡，讀者會更感激。同時，運用到殷伽登（Roman Ingarden）的現象美學，他却也不大領會到殷氏終生的旨趣：美學的定義方式及其範圍，或顧及美學的發展[64]。我們很難想像，不從這些批評傳統的探究（而且有系統地），又如何能建立一個比較健全的比較詩學？誠如袁鶴翔教授最近指出的，不加分辨的比較（或類比），如拿陶淵明與渥滋華斯相比，或劉若愚氏的援用西方模式並簡略與中國詩學比較（有時竟只花一頁都不到的篇幅便草草結束，如中國文學理論，頁87）除了流於膚淺，對比較文學或文學研究又有何益[65]？何況，我們前面已提到，批評概念和語言文化一樣，均有其歷史與成規，要達到interlingual或trans-linguistic的層面（Julisa Kristeva語）[66]，對文字的傳承、交互指涉，甚至閱讀的本質，得有深入的瞭解才能奏效。我們要更進一步發展，豈不應對批評模式的洞見與不見作深入的體會，不再視詮釋性的

---

[64] Roman Ingarden, "Phenomenological Aesthetics: An Attempt at Defining Its Range," *Journal of Aesthetics and Art Criticism*, 33, 3 (Spring 1975), 257-69.

[65] Yuan, in Deeney, pp. 1-24. 又見袁教授一九八二年七月於中外文學發表的「從國家文學到世界文學——兼談中西比較文學研究的一些問題」，尤其十三及十四頁。

[66] *Desire in Language: A Semiotic Approach to Literature and Art* (New York: Columbia Univ. Press, 1980), p. 36.

比較或替作品作簡評為文學研究者的主要工作，而能踰越詮釋的侷限（當然我們不能忘記德希達提醒我們的「分限？」），開始思索詮釋成規、閱讀本質、作品的交互指涉性的問題？、

從杜教授對劉若愚氏的批評，我們知道他是反對劉氏拿中國文學理論來表達出中國的優越性（其實這也有另一個否定面）或薩伊德所說的「力量」（mastery power）。除此之外，我們也注意到：瞭解、詮釋都有個悠長而不被體會到的歷史，這絕不是作形似的類比或粗略的探討所能壓抑（或部份地揭露）的。

四、「解結構之道」觀

在奚密的「解結構之道：德希達與莊子比較研究」一文裏，我們也意會到上述這個問題，而且事實上，太常碰見了！從她的「書寫」（下文我們將論證她的論文只是書寫 writing 罷了）[67]，我們很容易聯想到薩伊德所說的「視東方為自己所要述說的第一因」（"never concerned with the orient except as the first cause of what he says," *Orientalism*, p. 21），因此是

---

[67] Cf. Richard Rorty, "Philosophy as a Kind of Writing: An Essay on Derrida," *New Literary History*, 10 (1978), 141-60, 奚密在文章中由德希達的思想，至莊子的風格其實均圍繞着「寫作」的概念。

有意的人類着作（a kind of *willed* human work），要讓莊子訴說（make it speak）出「可做爲德希達思想之批判」的話語（頁23），也正是因爲這種「權威感」、「優越」性（或者說是反西方的優越感與霸權 intellectual authority or domination，因爲這種情節是兩面的），奚密的「寫作」風格十分巧妙伶俐，而許多細節也很入微可觀（雖然不無錯誤）。

她的標題雖作「解結構之道」，而且將德希達放在莊子之前，但是文章裏却以另一種逆反（reversal）運動，將德希達倒轉過來（turn upside down），使之淪落在莊子思想的批判之下；另外，從標題到內文，奚密似乎都先預設（presuppose）某種的終旨目的論（*telos*），而她自己引德希達的「符號、結構、戲耍（活動）」一文（頁6）時明顯知道德氏是要推翻這些現存形上學的概念，但她却推斷莊子和德希達在許多目的論上有若合符節之處，而且似乎掌握住了莊子學說的「本質」，並從道家的角度看，認爲德希達的「立場太過謹愼了些」（頁23），這恐怕不是德希達在一九六六年人類科學大會上答辯的立場，更不是他在 *Positions* 的訪問裏所一再顯示的刻意小心態度[68]。何況，據我們看，莊子和德希達兩人的思想旨趣、文化背景、對書寫（文字）的概念也迥異（莊子其實倒較類似德希達批評爲仍信仰「存有」的哲學家海德格，雖然兩者的比較也有許多困

---

[68] *Positions*, trans. Alan Bass (Chicago: Univ. of Chicago Press, 1981), pp. 50-55.

[69] 海德格與老子哲學的關係則較密切，且有跡可尋，據蕭師毅先生云海德格曾有意翻譯老子，但即使如此，比較也牽涉到兩大傳統的比較。據筆者所知，輔仁大學哲學研究所博士班張家焌即曾比較海德格與老子的超越觀（一九八一年七月博士論文）。

難）[69]，也許他們的相通點（奚密用她「似非而是」的修辭機構所發現到的）正是「似是而非」？

除了引莊子的「齊物論」（「旦暮遇之」）創出幻象之外，奚密將德希達的 *De la grammatologie*（英譯 *Of Grammatology*）譯作「文字學」雖然勾勒出該書的要旨：評盧梭的文字觀（*Essai sur l' origine des langues*）及索緒爾的語音學（語音中心主義），但是中文的文字學却指向文字的起源（奚密也用「道」一字的字源來推論出與德希達的 "différance" 會通之道，但邏輯却有問題），這種「似是而非」的問題一直銘刻在奚密的論述中。以下我們不妨就拿她的「似非而是」當解讀之鑰，因爲從「非」中奚密也意會到其中的差異，而在「是」裏（這是她文章的重點）她則企圖「添補」（甚至「替代」）其間的鴻溝，這種添補暗示出外加的侵犯歪曲 (violation)。

在「導言」裏，奚密的確提出五點「似非而是」的立足點，不過莊子一直預設着整全(whole and complete) 的本體，雖然那是一種超越的觀念論（transcendental idealism），而且也有人拿這個字眼來形容德希達的哲學[70]，但是德氏在「論尼采的文體」一書裏（*Eperons* 英譯作 *Spurs*）便說：相信本體存有（如海德格）仍「屬於形上學的歷史……因此需開放給另一個閱讀」[71]，因

[70] Rorty, 150.

[71] *Spurs: Nietzsche's Style*, trans. Barbara Harlow (Chicago: Univ of Chicago Press, 1979) pp. 115-17; cf. "Heideggerian phonocentrism" in *Positions*, p. 10.

為海德格從「擁有」(*propre, eigen, eignen, ereignen, ereignis*) 的方式來探討「存有」，所以德希達別創一意義原則「衍異」("différance") 來取代海德格的「存有」與「存有物」之分⑫，而我們在莊子也看到「夫道，有情有信，无為无形，可傳而不可受，可得而不可見；自本自根，未有天地，自古以固存；神鬼神帝，生天生地……狶韋氏得之，以挈天地，伏戲得之，以襲氣母」的說法，也以「擁有」的方式來描繪道，據王煜先生的研究⑬，莊子所論的道是有其「先在性」與「實現性」。至於奚密指出的「徹底自由與創造的精神」也恐怕不是德希達敢於自認的，因為他基本上是尼采式的懷疑論，重點似是放在支解 (dismantle) 系統階層 (system, hierarchy) ⑭，而莊子對「語言與意識」的關切則不及德希達在「播散」(*La dissemination*, 英譯 *Dissemination*) 所運用到的文字縝密遊戲，這從每一個譯者均要先來一段「譯者導言」或在譯文下動用字源學知識替德希達作腳註便不難知道 (Barbara Johnson 尤其簡明地替德希達的文體風格歸納出五項「無法言傳」unspeakable 的特徵，見 *Dissemination*, pp. xvi-xvii)，這種文字遊戲是一個串 (chain) 不能與德氏的思想分離 (如「歧異」既是意義原則，而且也是描

⑫ *Margins of Philosophy*, pp. 66-67; *Positions*, pp. 54-56.
⑬ 老莊思想論集 (台北：聯經，一九七九)，一—一四四頁。
⑭ *Positions*, pp. 42f.; *Margins of Philosophy*, pp. 16f.

述類似海德格的「存有」時間性的概念，但德氏說他不是字也不是概念）㊺，我們愈讀他，愈覺得他實在太特殊了，簡直無以倫比。反觀莊子對「語言與意義」的概念，却指出一種德希達所批判的「表陳」性語音中心主義（representational phonocentrism），因爲語言文字起來後，將道的整全破壞（見「齊物論」），或許對這種看法德希達也要呼籲另一個解讀（而且兇猛地），正像他對海德格一般。另外奚密在文章裏往往顯示她對莊子不够熟悉。她說莊子對其同時代之諸子百家或道德言論者有所不屑（頁5），但根據莊子的內篇（外、雜篇可靠性較低），莊子並無不屑，由「天下」篇看，莊子也未表現出不屑，雖然他暗示自己學說的超越性（但我們要指出，這只是一種「隱喩」性的超越理論）。她論到「差數」，說任何一者皆無法單獨存在，兩者無止期地相衍相生：「有始也者，有未始有始也者，有未始有夫未始有始也者。有有也者，有无也者，有未始有无也者，有未始有夫未始有无也者。俄而有无矣，而未知有无之果孰有孰无也」（「齊物論」，集釋頁七十九；奚文頁14），恐怕不是說對立的觀念可以互換，而是說明語言、心識的演變過程（章炳麟以佛教唯識宗的法相知識加以演繹註解相當富啓發性，見莊子纂箋，頁一七），從上下脈絡看（「有以爲未始有物者，其次以爲有物矣，而未始有封也。其次以爲有封焉，而未始有是非也……及「夫道未始有封」），也應是如此讀；何況德希達的「衍異」是與文

㊺ *Margins of Philosophy*, p. 3; *Speech and Phenomena*, p. 130.

字的「軌跡相連，指向過去，邁向未來」，是語意及意義的法則，不僅所處理的主題不同，範疇也異；最奇怪的是奚密在20頁拿「延（衍）異」來和莊子的道（內在又超越的本體論）相比較，說莊子的道「亦是無所不在、『道』之『化』無止境的」，而她又拿莊子對「堅白論」（公孫龍子等人的見解）的批判「以指喻指之非指，不若以非指喻指之非指也。以馬喻馬之非馬，不若以非馬喻馬之非馬也。天地一指也，萬物一馬也」和「文字學」（符號文字科學論）的「雙重性」相比，恐怕得再作進一步說明與闡發。談到莊子的風格，她引「車輪戰法」來形容莊子一連串的隱喻（頁24），其實它倒像傅柯所提到的「濫用」（catachresis）而且也是知識、力量、修辭上的重要課題；在說到莊子的三種語言用法「寓言」、「重言」、「巵言」時，奚密說「重言」是托一德高望重之口因而增加其份量（頁25），莊子一向對「德」有辯證性的見解，何以會拿望重之人來加强語氣呢？也許「重言」和奚密早先提到的「一連串的比喻一個接着一個出現，令人銜接不暇」有關，因爲它是一再重新述說。

奚密的「似非而是」的修辭機構是建立在先分析兩者的相似，然後再肯定（雖也似乎不無意外之感）彼此的相通之處，例如：「在我們討論了『道』與『延異』的基本相似之處後，就不驚訝它們在意象上亦有相通之處」（頁18），這只因爲相似處早已（「總已」）刻在她的預設裏，相通點是被製出（produced）的。這從她對「道」與「延異」字根的比較便可看出。奚密說德希達將「延異」一詞與佛洛伊德的"*Bahnung*"相提並論，並將此字隱含的「開闢或清理一條道路」

與「道」相連，並進一步說「這『開道』的意象本身就開出了一條路，引領我們進一步就『延異』與『道』兩方面來討論莊子與德希達的相似之處」（頁15），在這個幾乎是全然書寫（writing）的段落裏，「衍異」不僅指向過去的字義（德氏還告訴我們有 Nietzsche, Saussure, Levinas, Heidegger 等的「歧異」義）[76]，且指向另一個語言系統（此系統大概也被「解構」了），然而我們細讀德希達的「衍異」一文，却發現此詞是用來「震撼」（*solicter*）粉碎形上學的語言以及深陷其中的哲學要素[77]，而且文中不止一次提到「衍異」是意義的原則或條件（如 *Margins of Philosophy*, p. 13：「由於『衍異』，意義活動〔movement of signification〕才變得可能，現存的元素遂與『非現存』相關連，本身之中有着過去的成份，而且已經汚損自己，開放給與未來的關係，由此軌迹與過去、未來相連，藉其與『非現存』的關係組構出所謂的現存」），恐怕「道」也是德希達所說的形上學語言，無法像「衍異」一樣，超越「存有」與「存有物」，不斷歧異、順延，藉其本身將本身化爲軌迹，因爲只有這個「構思可能性」的字眼（possibility of conceptuality）才能使我們想到一個沒有「現存」或「非現存」（a writing without presence and without absence），沒有歷史，沒有「原」因，沒有起頭（*archia*），沒有終旨（*telos*），絕對推翻所有辯證、神學、目的論、本體論的文字書寫（writing），唯有它能凌駕於以亞里士多

---

76 *Speech and Phenomena*, pp. 130, 138-60

77 *Margins of Philosophy*, pp. 21-22.

德式的軌跡（gramma *Γραμμη*）其點、線、圈、時、空所理解的形上學歷史之上⑱。

在「德希達的『解結構』主義」一節裏，奚密不是告訴我們（她似乎十分依賴 Gayatri Chakravorty Spivak）德希達是要對「存在的形上學」（the metaphysics of presence）產生質疑，想將之震盪瓦解，使之「問題化」？是什麼使她認爲莊子的「道」不是「眞理中心主義」（logocentrism）的類似物？前面我們也說過，莊子（道家）的語言觀，正是一種認爲文字爲次等的表陳之表陳（representation of a representation），雖然沒將「口語」（speech）置于首位，却認爲有個「有未始有夫未始有始也者」（無思無言，萬物與我爲一，無能所對待的境界），而語言文字起來後，便使道開始分化不全，因爲文字也像道德一樣，會造成曲解、否定及不完整性。從莊子哲學與德希達的學說在根本上的差異，我們很難想像拿「道」與「衍異」比，說它們意象上相通（播散）與天籟的「吹萬不同，而使自己」，「衍異」的取代串：「添補」、「文字」、「痕跡」與「道」的不同面貌：「天府」、「天鈞」、「葆光」、「明」等，頁18—19）有什麼深刻的意義。奚密最重要的發現大概是在指出「『解結構』過程中所揭露的對立觀念之相輔相成裡，『齊一』的思想已隱含其中了」（頁21），所以她認爲莊子與德希達的不同處「應看做是重點上而非本質上的差異」（程度上的而非根本類型上的）（頁22），由這個見解她遂得出這種結論：德希達所强調的

⑱ *Margins of Philosophy*, p. 67.

「推翻」(phase of *overturning*)(也就是前面我們說過的「震撼」瓦解〔*soliciter*〕)未免「太過謹慎了些」，從這點看，「莊子亦可做爲德希達思想之批判」，因爲「莊子或許會說：德希達對重蹈二分律之憂慮本身不就代表了他仍有其所局限嗎？當創造性與多相性的『差異』不成觀念階級上的『差異』時，爲什麼要遲疑稱『道』爲『齊一』呢？」(頁22－23)，這段重要的洞見其實是個不見，因爲不止一次德希達強調馬上超越對立，以「既不也不」(*neither* this *nor* that) 的簡單形式反抗推翻之擧，總會一直有其實際(尤其是政治上)的效果。因此，與時間年代無關，這個推翻之擧的階段是結構性的(structural)，而黑格爾的「正反合」將古典觀念論的二元對立加以「上揚解放」(*releve*)，由反而合，得 *Aufheben*(「揚棄」)，上揚又斥棄，但同時又觀念化、昇華化以前的內在性(anamnesic interiority, *Errinnerung*)，以自我存現限制住歧異，正是德氏所反對的[79]。就這點看，也許奚密也要受到德希達思想之批判呢。

這種「似非而是」(其實「似是而非」，且蘊含自我解構的歧異)加上「太快」的推論及片面引用(quoting out of context)，在奚密論到「坐忘」與「遊戲」風格時(頁23)變得十分明顯，她將德希達的「既非亦非」(*Positions*, p. 43)與莊子的「齊物」觀並比，不僅層次、旨

[79] *Positions*, pp. 42-43; cf. Margins of *Philosophy*, pp. 19-20, and *Writing and Difference*, pp. 251-77.

趣不同，難以相提並論，而且也忽略了德希達是有意要在傳統道德的形上學觀念中予以「震盪瓦解」，本身是要在形上學的「內在性」製造推翻倒置的「外在性」，說明「內在」卽已自我解構，從而粉碎不再流動、呆滯的形上學、科學、神學、本體論，絕不回歸或回想 (anamnesize)「現存」或整全的「齊物」。至於她引用 Spivak 的論點，認爲德希達旣嚴肅也不嚴肅，且將嚴肅／非嚴肅加以「問題化」(頁27)，也許只能代表一方的見解，從「有限公司，a b c…」的結尾看，也許反而是降格諷刺 (parody) 及反諷，讓我們將它引出來看看德希達如何嚴肅法：

「我曾誠摯地承諾要認真。我遵守諾言了嗎？我認真對待『煞爾』(Sarl) 了嗎？我不知道我是否應該如此。我應該嗎？他們本身的語言行為認真嗎？我該說自己害怕他們是如此嗎？那將意謂着我對他們的認真不十分認真嗎？

我現在說些什麼？我說這個時，我又在做些什麼？

我問自己這個交鋒筆戰我們是否會是平手？

這次，接觸（碰頭）會發生嗎？

完全嗎[80]？」

---

[80] "Limited Inc. abc...," *Glyph*, 2 (1977), 251, 可惜中譯限於時式，無法傳達出德希達的文字力量。Sarl 指 Austin 的信徒，如 Searl.

就在這種「問題化」的語言裏，德希達其實也把語言行動哲學家用文字來做（踐履）事的主張加以質疑，怎能說他不够嚴肅呢？也許是太過嚴肅了，反而以一種自我解構的另一種聲音來進行這個解構行動的接觸。

德希達的文字觀其實正是他自己解構哲學的自我解構者，這一點他也頗為清楚，因此他極力逃避立場，一再發明字眼，拒抗被概念化、僵化（制度化），但他以語言文字來反對語言，借用傳統形上學來瓦解西方固有的「現存」形上學，專從文字的規避意圖，來看作品的自我解構性（「總已」銘刻其解構性），恐怕也難免要陷入語言的限囿，並且無法脫離語言、哲學的成規[81]。「衍異」（軌迹）雖在行為科學上也可找到支撐的論證，而且本身是意義、形式的形成者，但也是個關連原則（analog），一定要在訊息的溝通之中（Différance is the IN-FORMATION of form）[82]；解構批評一方面否定決定意，但其訊息不是也透過溝通來傳達？因此在過份强調語言學家、哲學家偏向語音（speech, voice）、道（logos），並加以批判的同時，也忽略了陳述（discourse）的實現（actualization）是一事件，而且是以辯證的陳述中（discoursing）來展現

[81] Marjorie Grene, *Philosophy in and out of Europe* (Berkeley: Univ. of California Press, 1976), pp. 142-54; Christopher Norris, *Deconstruction: Theory and Practice* (London: Methuen, 1982), pp. 108-15, 126-35; Jonathan Culler, "Convention and Meaning: Derrida and Austin," *New Literary History* (Spring 1981), pp. 28-29.

[82] Wilden, *System and Structure*, p. 399.

此一事件[83]。

拿他的「衍異」來說，它也是要與尼采、索緒爾、佛洛伊德、雷梵納、海德格的歧異、順延的觀念爲基礎，始能在哲學上發揮其意義，德希達在論「衍異」一文裏也說：「由於『存有』只能在『存有物』中遭隱匿才具『意義』，『衍異』以某種奇怪的方式，反而比本體論的差異或『存有』的眞理還要『古老』些」(*Margins of Philosophy*, p. 22)，因爲歧異是軌迹的活動(the play of the trace)，不再屬於「存有」的水平，但它的活動却輸送、圍繞着「存有」的意義，所以德希達也只能主張「儘可能嚴厲地讀形上學，留駐在孔道的逆境中。」

況且，這個嚴厲解讀形上學者的自我也不是呼之卽來的，它也「總已」內在於語碼及文化的脈絡、詮釋集團、符號系統之中；人也是語言結構和外在的符象(an external sign)[84]，有其「構成」的歷史：一方面以因襲過去的語碼來詮釋(並組構自我)，一方面則創造新的意義環境，讓語碼在構成中(in-formation)繼續推展、演繹下去，所以是旣不連續(discontinuous, digital)又是連續的(continuous, analog)。從這個道理我們也可得知：除非我們對詮釋成規有確切的認識，否則隨便拿兩個思想家來類比(這兩個「自我」也都是集團、成規的妥協或產物)，

---

[83] Ricoeur, *Interpretation Theory*, pp. 25-26.

[84] Walter Benn Michaels, "The Interpreter's Self: Peirce on the Cartesian 'Subject,'" ***Georgia Review***, 31 (Summer 1977), 400-402.

可能僅得表面的形似而已，頂多是又為作品添增一種註解，但是比較文學、文學理論的工作並不只在詮釋、品評，它應該還期待達到葉維廉教授所說的（引歸岸教授語）「互相認識，互相觀照」[85]，在這一層面上也許閱讀成規、作品互為指涉的觀念均是重點。

莊子的意義也許不是要對德希達的思想作批判，可能只在提示我們哲學（也是修辭的或隱喻的，據德希達的「白神話」）、文學不斷有其成規和互為指涉性，它們不僅是文類上的法則、認知上的範疇，同時也是存在的眞實處境，語言溝通的情狀：直言與隱喻交融，文字一方面逃避成規，一方面却建立在成規上。

「逍遙遊」一開始由鯤（小魚子）而化為鵬，並說「鯤之大，不知其幾千里也」，是將舊有的語碼重新吸收、擴大，由從前的不可比較（incompatibility）、遙遠性（remoteness）、不協調（incongruence）開創出相像性，使鯤（小）變鵬（大），形成新的張力，預先佈置出「齊物」（但只是隱喻地 metaphorically）：這種「語意範圍的重組」（restructuration of fields），從比例性（proportionality）瞬即看到（想到）兩種概念、對象、語意的結合可能性（combinatory possibility），並從而建立兩者的近似、相等，正是里柯所謂的「述語同化的創造性」（the *productive* character of *predicative assimilation*）[86]，但在這層新義的組構活動同時，作品的

---

[85] 「比較文學論文叢書」總序，一二六頁。

[86] Ricoeur, "The Metaphorical Process," 148.

語意也建立在成規上：鵬鳥之飛數千里，在齊諧（志怪者也）上便說：「鵬之徙於南冥也，水擊三千里，摶扶搖而上者九萬里，去以六月息者也」。以這種「齊物」（似乎創造而無待）但又依賴成規（有待）的雙重修辭運動，這篇隱喻性的文字也述說出除了至人、神人、聖人、眞人之外，萬物皆有待（有其空間、時間、自我、功名的限制拘絆），而藐姑射之山的神人却是一種「野」意象（wild image），無法確證的隱喻文字，因而如同我們前面說過的，正文似乎要道出逍遙義的眞理，但是以修辭、文字（或文字隱喻構成的陳述）來舖陳敷衍，在哲學裏已深刻上隱喻，思想被虛構推動，彷彿隱喻的無所待已是逍遙，因爲從我們對「齊物論」的分析（配合「庚桑楚」）看，莊子學說無疑的是擺盪在現世（時空、經驗）與超越之間，正像隱喻一樣，也依賴成規和舊語意，雖然能「齊物」（「齊物論」一開始的隱喻串也明顯表達出此特質），但齊物只是一種超越性的隱喻，認知還是築基在瞭解的處境和歷史性上，大概唯有透過「明」（明白認知過程是不完整、有局限）心靈長久企求「道樞」（莊子是以「環中」的隱喻來形容它，因爲圓環內空體無際），才能由「知止其所不知」而邁向「和之以天倪」，在現實中「安時而處順」（「養生主」），在「人間世」中「知其不可奈何而安之若命」，使德充於內，應物於外，「遊心乎德之和」（「德充符」），「用心若鏡，不將不迎，應而不藏」（「應帝王」）。

總結來說，莊子的「齊物」觀正是隱喻特質的發揮，這也是他自稱善用寓言、重言、巵言（「天下篇」）的緣由，這種隱喻性使他的哲學不無虛構（即文學性），並且將直言與隱喻、眞理與修辭的差異（對立）瓦解，同時作品又指涉到其他的陳述或時空經驗，顯現出作品的相互指涉性與成規性；而我們以「視之爲」隱喩的讀法來看莊子，也不禁感覺到：詮釋同時兼具「解釋」與「瞭解」兩面，一如里柯指出的，但是這種解釋與瞭解的活動也是一種想像、語言性的活動，正有其多面性的意義和結構力量，本身亦屬於成規性與相互指涉性的。因此，除非我們再更進一步瞭解作品、詮釋的本質，藉着莊子此一隱喩作品的啓示，對「成規」、「互爲指涉」及「隱喩」與文學的關係做更深入的探討，恐怕比較詩學仍無法建立其基礎，而比較文學也可能無法超越詮釋註解的界限。也許在這個方向上，高友工、葉維廉教授已爲我們開拓了視野[87]，而西洋學者如柯勒、費希、克莉絲特娃、巴克定、李法德爾、里柯、德・曼等人的努力[88]，也值得參

---

[87] 高友工，「文學研究的美學問題，美感經驗的定義與結構」（上）（下），中外文學，七卷十一期、十二期（一九七九），四—二一，四—五一，尤其四二以下。其實，葉維廉教授也一直十分注意中國文學的抒情式批評及作品相互指涉性的問題，見中國現代文學批評選集序（台北：聯經，一九七六），一—十四頁，文中葉教授提出「意境重造」來描述這種抒情批評。

[88] Culler，見註[81]，現已收入 *On Deconstruction* (Cornell Univ. Press, 1982); Stanley Fish, "With the Compliments of the Author: Reflections on Austin and Derrida," *Critical Inquiry*, 8 (1982), 693-721; Julia Kristeva, *Desire in Language*, pp. 36-91; Michael Riffaterre, *Semiotics of Poetry* (Bloomington: Indiana Univ. Press, 1978). 國內提到「作品互爲指涉」且以之爲詮釋方法者，據筆者所知有周英雄的 "Intertextuality between Han China Proverbs and Historiography," *Asian Culture*, 9, 3. &4 (1981), 67-78, 60-72, 周先生的研究途徑較近於 Susan Stewart，見她的 *Nonsense: Aspects of Intertextuality in Folklore and Literature* (Baltimore: Johns Hopkins

考，特別是中國特有的抒情式批評（以創作評創作）或「點鐵成金」的觀念，不也是一種「相互指涉」？但是，在我們讓中西的思想、文學常數碰頭（或相互批判）前，豈不應先探究閱讀的本質、認知的結構、詮釋的成規等等主題？

（續前）Univ. Press, 1978)，另外，李有成先生的「王文興與西方文類」，中外文學，十卷十一期（一九八二），一七六—一九三，也以「作品互為指涉」的觀念來反對傳統的影響研究（可惜不够徹底），似乎較接近 Riffaterre，也有找出影響線索的傾向；張漢良教授在"A Lover's Discourse Versus Story: Su Man-shu's 'The Broken Hairpin'"（一九八二年十二月中旬發表於夏威夷大學舉辦的現代中國短篇小說研討工作坊）也於結論提到作品的「互為指涉之空間」，但僅略加暗示，而且似乎綜合了 Mikhail Bakhtin, Kristeva, Riffaterre 等人的主張，雖然論文本身是以結構主義的敍述學為主幹。鄭樹森先生在「結構主義與中國文學研究」，中外文學，十卷十期（一九八二），二六—二七，也提及作品之間互為指涉的關係，認為「成句引用似是中國古典詩的一項特色」。

附記

德希達在「有限公司，abc…」一文裏說過：文章沒有版權，看起來似有個書寫者，其實已被多重書寫過。本文也有許多學者、師友以不同的方式參與撰寫，一部份的「版權」應歸給巴師壺天、王師叔岷、王師建元及好友駱一峯、張文政等人。

本文二校期間，有幸奉接葉教授來函指正，現簡單作幾點補充說明：㈠本文所指出的「不見」是與「洞見」呈辯證性的關係，乃是文評無法避免，勢必爲其本身之發現所導致的另一個修辭模式，絕不是完全「盲目」或「不知道」。事實上，本文所選評的這幾位學者對結構主義之後的文評均有精湛深入的瞭解，他們避而不用或持批判的態度，便表示出本身的立場。㈡葉教授的文章有其因應歷史而生的立場，而且他力圖從中國理論中開發出它本身的可能性，都是令人敬佩的，本文對此絕未加以質疑；在結論部份，本文反而是拿葉教授對比較詩學上的貢獻爲今後比較文學的一大方向。㈢本文引用薩伊德的觀點評三位學者所顯示的優越意識，並無指摘之意，毋寧是視之爲創造性的論述：想展現依另一種立場來看的洞見。㈣筆者絕無意呼籲專以「解構批評」來讀中國的批評論述，而且也同意葉教授所說的「此時此刻，若用解構批評來處理我在策略上可能引起一些混亂」，因爲葉教授是有着更深刻的用意。㈤筆者完全同意葉教授所說的「在『言』與『全部』之間應作多少平衡的調整，是我們應該考慮的，這當然也是個人的選擇，受個人的歷史（包括個人生存空間中的歷史的）需要」調整，而且在葉教授的許多論述中均有和解構批評不謀而合的論點。㈥本文自身也有其不見之處，因爲這是難免的：每一論述都得開放給另一個解構析讀。本文所選評的文章斷非在學識見地上有「嚴重的缺憾」，其實在選擇它們以前，筆者已肯定其地位。㈦當然，每篇文章都有它預定（或預想不到）的讀者，每一種讀法只是一種詮釋而已，並非絕對的定論。在此要對葉教授「完全主張民主批評」的氣度表示欽敬之意，眞的，唯有大家豁達地溝通見解，才能讓學術邁前一步，以「揚棄」Aufheben 的方式保留、昇華其洞見。

重讀此篇舊作，深覺「序論」部份廣泛提及解構批評、讀者反應及詮釋學，架構雖然龐大，見解却不無天眞之虞；但是，基本上，筆者仍認爲解構批評得吸收詮釋學、文化社會批評、讀者反應的理論，方能超越其形構批評的局限。德希達本人也曾呼籲學者兼採傳統、解構方法，一方面質疑舊有的學術，一方面則將之拆解、推翻、倒置，開展出新的文字科學。他對自己所樹立起來的概念、學派，也經常表示不滿；從他的着作看，解構思想絕不應該固步自封，它毋寧是要居處於邊界位置，時時對成規發出挑戰，却又立足其上。因此，筆者僅做了少許的文字更動，並在廖朝陽先生的批評文章後，附上答辯，表明立場。

在文章裏，筆者批評晚近比較文學界三種頗具代表意義的莊子新讀法，認爲他們均呈現出「洞見與不見」的修辭模式：葉維廉教授限於「自足」的觀念，似乎對莊子書消除現存、自足的自我解構語言未加詳述；杜維廉先生則囿於擬仿觀，沒能察覺到莊子書論述的隱喩性；奚密小姐對莊子、德希達的差異，不加細究，便遽作論斷、類比。全文旨趣只在質疑形似的比較研究，藉着指出莊子書的隱喩、成規觀念，提醒比較文學、文學研究者不應或忘閱讀成規、作品互相指涉等重要觀念。

欲解還結：評「洞見與不見——晚近文評對莊子的新讀法」

·廖朝陽·

麥秋已過，夏令已完，我們還未得救。——舊約耶利米書八章二十節

生命之真實總不能唐突胸懷中信念所作之境；彼既未嘗生此信念，自亦不能滅此信念。

——Marcel Proust, *Swann's Way*

廖炳惠「洞見與不見：晚近文評對莊子的新讀法」，是近來介紹、應用西方新理論的論文當中相當有力的一篇。此文除批評葉維廉、杜維廉、奚密等學者的比較文學論文外，並企圖提出作者自己的批評間架。這一間架顯然是綜合各家理論而成，要點在了解「閱讀的本質、認知的結構、解釋的成規」；對文學的解釋則大致有二：㈠文字必自成解構，顯出「不見與洞見」的形

式，㈡解釋必依於互典和解釋成規（我以「互典」代「相互指涉」，理由是 intertextuality 嚴格說並無刻意指涉的意味；本文人名、名詞中譯與「晚」文相同者概不另標原文）。但作者對其他學者的批評既以「解構析讀」為主要方法，對互典、成規等問題似少深入的意見。如下所述，「晚」文從文體到論理展現出一個「兩立」的基本樣式。我相信這不是「洞見與不見」的本義或最佳義，也不是「開放給另一個解構析讀」，而牽涉到文字運用的失當，文學觀念與思考方法的混淆。本文對莊子、解構批評等問題無意貢獻新見，但希望以「晚」文為例說明西方理論介紹過程中易產生的思想轉譯問題，以及文學研究對文字與思考訓練應負的責任。以「晚」文為例，一方面是因為我同意國內學界對閱讀過程與文學現象的確需要更清楚的認識，而結構主義以來的西方批評理論也確有介紹的價值，一方面也是因為我相信本文的批評當不致損及「晚」文博學精思的一面，更相信炳惠兄不致誤解我求全的用意。

我們先提出一個大家可以接受的共識作為討論的基礎。此即：文學研究的目的和價值在於增進個人使用、了解語文的能力以直接掌握一處理現實的工具，並由思考、鑑識習慣的養成間接啓發個人使用、了解現實的能力；由大處看，此目的和價值則表現為文化理想、和信念的傳承轉化，以及羣體與現實界之間關係的界定。對這樣的共識，我們無法求證其眞，但這並非「不見」的必然制限；蓋觀念間架以可行不可行相判別，本不必追究見不見的問題。對現實的有無知見可能決定實行之可否，但純粹理論上的知見則毋寧為實行之果，為個人的創發而不能為學問的準則。此點亦無法證明而僅能訴諸行於此歷史環境中的成規或常識。

「晚」文理論間架的兩部份（解構與成規、互典）其實各有其傳承。解構主張義不準，成規、互典則重意義的制約。以兩者並論大約是以洞見補不見的意思，但其結果並不這樣簡單。貫通「晚」文的基本精神其實只在「解構」一個觀念，雖未形成獨行之規，不可疑之典，而未與其他理論意見相融通則是事實。德希達的文字常以反疑「自我解構」（我以「反疑」譯 irony 而不用「反諷」，原因是「諷」必有一以此諷彼的立足點，早已落入不疑，而此處的自疑並無相諷的意思或結果。西方學界喜歡濫用 irony 一字，歧義重出，觀念含糊，中譯自不必效顰），但此反疑與矛盾詭僞之分其實十分微妙，運用不當則一切落實而歸於謬誤。以下試以前述文學研究的目的爲準據，觀察「晚」文的若干缺失。

「晚」文作者既主張以遵守共認之規爲閱讀的重要原則，我們自可以從字實的層面觀察其文章所用的語言是否遵守中文的常規以完成讀者閱讀此文之期許。此處我只舉幾個強用英文語法的例子：

一直以探討比較文學同仁們的論述中所蘊含的洞見與不見爲主要課題，杜維廉教授正是另一個用心冥思此一比較文學問題的人。

按中文習慣，此句的主語或提語（topic）「杜維廉教授」應置句首。至於「另一個」用語突兀，「課題」以動作之對象（所探討之課題）指述動作本身（「探討……洞見與不見」），語義模糊，猶其餘事。文中尚有許多提語後延之例，通常是在一段的起頭。

但是如果這種矛盾常在他的書評裏情不自禁地吐露出來，那劉若愚則以另一種姿態出現：他將矛盾壓抑不談。

我們很難想像，不從這些批評傳統的探究（而且有系統地），又如何能建立一個比較健全的比較詩學？

除構句用詞的不自然外，此句以「如果……那……」用作對比，顯然是英文語法；中文的「如果」只能用於條件或假設句。「不從……」一句顯然以介系詞化的「不從」取代常用而具動詞性的「若無」；括弧裏的副詞片語更是完全憑空而來。

我並不贊成中文有一成不變、不容侵犯的語法，而此時此地歐式中文的若干構句更有漸成常規之勢。但文學研究既對文字的使用負有一責任，其文章本身不流利總是缺陷。作者自己提出「拿英文文法來寫中文便無法爲人所接受」；由作者自己的文體來看，這句幾乎是「晚」文的文眼，使讀者懷疑作者是否有意以矛盾爲反疑，甚至以爲這樣可以「超脫」「質疑」文字的拘限，逞其逍遙之遊。當然晚近「中外文學」介紹新理論的文章文不達意的情形並不少見，以英文語法行文更可能是習慣使然，無心之失。不論如何，作者文體這一特色究應如何解釋，總不易決定。我們可以比較作者對德希達文體的解釋：「就在這種『問題化』的語言裏，德希達其實也把語言行動哲學家用文字來做（踐履）事的主張加以質疑，怎能說他不夠嚴肅呢？」這顯然已明白表示「此中有眞意」而非隨意解構。德希達自己的眞意與他否定眞意的主張是否矛盾的問題已經過無數次辯論，而解構批評迄未提出令人滿意的解釋。但解構與混淆黑白，不分是非有別，應無疑問。

「晚」文的自我否定並不限於文體而實表現於論理的各個層次。這部份是因作者雜取各家理論而未照顧及各家之間的辯論與意見的融通，部份也是因爲所處理的問題極難把握。如作者一方面主張追求「閱讀的普遍架構」，一方面又提出「批評家已不再認爲作品有獨立存在的意義或不變的結構」。作品若無不變的結構，閱讀又怎能有不變的結構？對閱讀現象（因讀者而異）的解釋豈能較對作品（基於文字之實）的解釋更具客觀性？羅提（Rorty 見引用書頁一〇五至一〇八）將絕對眞理之學（康德、語言哲學家屬之）比爲高聳肅穆的大廈，發演轉變之學（德希達、辯證哲學家屬之）比爲絢麗嫵媚的花蔓。主張閱讀有絕對之本質而作品則受歷史環境制限，似欲兼得大廈與花蔓，但其實恐怕是大廈所在既無花蔓的裝飾，花蔓所在亦無大廈的支持。

「晚」文論理的詭避尙不止此，其最嚴重者當爲「解構」一詞的正反兩用以及是非判斷的保留。後者可能有同道相惜之意，但對葉、杜、奚三家文章細節的批評既不乏有是非明確者，却又不論輕重，始終將之歸入「洞見與不見」之公式，若謂無造作反疑之意，違避現實之果，實難令人信服。如批評葉維廉取材不周、封閉性、「欠缺自我省察、理論上的自相矛盾」等，就措詞而言顯是相當嚴重的指責，但立卽解釋此種「不見」爲「難免」，「限制題材，忽略其他無限的變項，正是理論工作上必需（須）採取的步驟」。前半段批評的能否成立此處可以不論，重要的是由批評轉入推理處所表現的兼得而又兼失。所得者爲：㈠理論文章可以自由發揮，除選取一不見之點以成其洞見外，不必對任何客觀標準負責；㈡但後來者的反覆辯正，可以漸漸引向一眞理。所失者爲：㈠若無客觀標準，怎能保證前人之不見必能爲後人所見，而後人之不見必無損於前人之洞見？㈡若有一眞理爲最後目標，豈非仍落實於古典形上學，設定一超越一切步驟的終極理論，失去不羈之遊？這樣的修辭結果顯然有與德希達的反疑作風互典的模樣。但若從前揭文學研究的價値來看，這樣既得而復失，不啻承認一切皆不能得而失去研究的實際意義。對此我們僅能視之爲惡性的反疑而具有是非兩立的實質。

「解構」是「晚」文最重要的觀念，但仍不免在意義上自成否定。「自我解構」爲全文的理論基礎，文中對莊子、德希達的解釋亦一再標出「自我解構」一詞，顯然是正面意義，以自我解構爲超越語言制限，表現（或規避）眞理的手段（「眞理（『成』）其實是謬誤的另一面」）。但在討論莊子文評和劉若愚著作時，「自我解構」一詞則用爲負面意義，標示文章的矛盾或錯誤。這一詞兩用的現象可以有種種解釋。其一、第一種自我解構爲作者有意爲之，自以洞見補種種不見，第二種自我解構則爲作者受環境、文化所限，無意之中落入不見。此解釋重新以作者爲據，確認意旨的地位，顯然不合解構批評的基本精神。其實「若沒有讀者，作品只是白紙印上黑字的印刷品而已」，作品既無一獨立之我，又怎能自「我」而解構？其二、兩種自我解構其實並無不同，都是洞見與不見相偕而來。此解釋以天下文章共入大同之域，泯滅是非，恐不合歷史陶汰之事實，亦不能爲共識成規所接受。其三、第一種自我解構是文字強讀者解構其意，第二種解構其實不是「自我」解構而是讀者看穿文字的虛詭而強加己意於作品之上。此解釋較切合「晚」文的其他論點，可惜須改動第二種「自我解構」的字義，恐非作者原意，且所謂讀者看穿文字虛詭仍難保不是讀者本身因不見而受作品解構。欲從方法上避免此種情形，顯然仍須以論理之成規限制解構之過程。那麼解構與一般的辯論或批評又有何不同？其四、此仍爲作者造作反疑的手段，但此種反疑與自相矛盾的兩立仍無法區分。

「晚」文對「書寫」的態度亦不易了解。作者批評奚密的論文「只是書寫罷了」；這「罷了」當然表示尚有較「書寫」高明的寫作形式存在（「全然書寫」亦表示寫作不一定必爲書寫而可能有他法）。作者註六十七引用羅提的論文；細讀此文，我們可以發現羅提分別兩種寫作形式，而其中與書寫相對立者其實就是現代科學或康德派哲學摒除主見，客觀求眞的文章（Rorty 頁九二至九五，我用的是另一版本）。但德希達的意見是所有語言都是書寫（見 Derrida, 1967a 頁四四，並見他對胡塞爾的批評 Derrida, 1967b 頁八十）。解構批評當然更不能同意批評或文學作品本身有求眞的可能。那麼說奚密的論文是書寫豈不成了讚美，說她深明解構之理？但批評的語氣又不容許有這樣的解釋。

以上析讀「晚」文並不是解構分析，只是根據一般的論理原則與文學觀念說明「晚」文立論不盡妥恰之處。意義的模稜兩可並不一定可以有反疑的效果，反而可能落入表達的失敗。當然以上的分析可能並未看出文中更深的意思而只能作爲要求作者再作解釋的質疑。但若以上可以成立，則我們可懷疑「晚」文對「解構」的了解可能並非完全正確。

這「正確」兩字又可以成爲大辯論的題目。「解構」一詞的風行美國學界多少有草木成兵的心理因素，以哲學傳統所出的觀念轉用於文學分析更必然產生思想轉譯時版本的繁衍與人爲的失眞。（如以爲解構提倡虛無破壞，或以之與新批評或現代主義否定現實環境，孤立作品文字的主張相提並論等等，主張者並不乏人。）思想的眞義既不易有定論，在應用時注意其傳承時的歷史、文化背景，應該有其必要。晚近批評理論趨向多元分散的局面雖然愈演愈烈，而社會主義批評在融會貫通方面仍然成績斐然（此方面可擧詹生 Jameson 爲代表，見引用書），便說明史實、史境的不容忽視。（其實德希達本身繼承現象學傳統，並未忽視歷史實境的問題。這在早期爲胡塞爾「幾何原始」所寫的導論裏表現得最清楚；見 Derrida, 1962。）新批評失勢以後主位批評（卽以讀者經驗爲中心的批評）抬頭，論者往往喜歡引用自然科學對觀測者社會、心理因素的重新確認以爲義不準之據（此方面最簡明的概述當推 Bleich 書第一章）。但我們仔細觀察便可發現孔恩（Thomas S. Kuhn）的典範（Paradigm）觀念只是對科學史社會層面的解釋，並未主張合併測者所識與對測者之識以成一新的觀測過程，而海森堡（Werner Heisenberg）的測不準更是針對一極限現象（原子內質點的觀測）而發（所謂「以測者之心還於測者」乃是「科學前進至尖端之域」時的特殊現象，見 Bleich 頁十七引海森堡文）。德希達在討論葛代爾定理（所有形式推理系統皆不免各失證一兩疑之命題）時卽謂兩疑（undecidability）之眞正意義在其爲有因之果，與對定性（decidability）之追求具有相涵相因，糾纏難分的關係；換言之，兩疑無非是定性斷離（disruption）之表現（Derrida, 1962頁五三注）。用中國的觀念來說這正是有無的相待而生。不同的是德希達的兩疑乃是由論理不斷追求完整精密所導出的終極難境，而由此終極理想的否定更容易造成一切疑的假象，陷入月缺難圓的浪漫感傷。佛道兩家的空或無則是因緣未起，差別未生以前的本來面目。如果說「在相對觀念（分別意識）的範圍內，一切的思想，所有的信仰對象（最後目標）都不能够獲得最後的安定」（李世傑，頁六），那麼這相對之知本來就不必負一絕對眞理的責任，亦無從因可定不可定之疑而演成知的悲劇。我們若熟悉這東方的解釋，實不難了解定性之斷離並非必不能爲定性之緣起，而所謂義不準亦必先在現象的實境中定其極限之位而後能成其可行之學。一座橋樑的建築可能牽涉人力、經費、行政等種種問題，但對橋樑的建成我們只要求其合乎工程的標準，能完成其運輸之用，並不問其根據何種工程典範，亦不問其所用數據如何表現工程師之「心」。以科學家對觀測者的反省施於文學以成義不準之論，必先假設文學語言全爲語言的極限現象。這正落入從康德到新批評強分美言與常言而以美言爲極限現象的舊套。今日廣義的主位批評極須解決的問題恐怕正是如何分辨解釋過程中字實的層面（如「黑」與「白」不可能爲同義），史實的層面（如「論語」不能謂爲明代所作），與義不準的層面，而不是以「不見」、「不準」或「義可定」概括所有解釋（這豈非「知止其所不知」?）。所謂常規、羣域（community）雖似可補義不準的缺陷，但就理論上說仍然困難重重（見Gallagher, Rendall 兩文對費許 Stanley Fish 的批評）；在未明極限之前以之與主位批評並行，更易落入「携帶式安全門」之譏（Gallagher 頁四一）。

對「解構」的眞義何在一問題本文無法提出任何解答，但我們可以說要使解構思想完成其對批評理論與文學研究所能有的貢獻，我們必須能不惑於「解構」之名而更探其實。而欲明解構之實正必須闡明其觀念的由來，亦卽還歸於史實之知。這便不能以解構爲超越史境的方法或生產意義的配方。換言之，解構思想只是文學思想史上一時一地的表現；我們可以預見其對他時他地的文學研究必將有重大的影響，但此境與他境的種種表現既不可免於人爲符象（signs）的差別演化，解構思想本身又何嘗不是思想史上既成觀念的重組與積澱？

德希達的思想直接承自尼采、海德格這一傳統，自然無疑問，但另一重要的源頭却不常為人論及；這便是猶太神學的傳統。此方面我只看過渥洛斯基的一篇論文（見 Wolosky）。德希達自己是猶太人，其著作不但常引用猶太傳統文獻，討論猶太作家，而以書置於言之上的整個符象論實在與猶太傳統有極深的關係。此處我只引用渥洛斯基的一段結論。

> 〔德希達〕對形上學的反叛承自尼采，而其思想的結構與表達則歸於希伯來傳統與猶太祕教（Kaballah）。這正肯定了後兩者與西方本體哲學的歧異。現代〔哲學〕要重新界定超有（transcendence）的關係，肯定現實界的自存自足，使價值不再虛懸於超絕之域。德希達的著作正說明希伯來傳統對此一路線可以有其啓發引導之功。但德希達游移於有神無神之間而終不能入他所謂猶太教的「此無限彼有之經驗」〔引（Derrida, 1967 頁一五二〕。自猶太教的立場觀之，德希達既不能斥，復不能受，立場不堅，自有冒瀆之嫌；但其理論體系正標出價值模式可以離於本體哲學而仍不必陷於虛無。此體系縱不能於全有與全無之間作一抉擇，豈非仍然有其可以深思之義？

我可以再舉一個十二世紀阿拉伯神學家的辯論說明「解構」一詞的淵源。當時的阿拉伯思想接受希臘哲學洗禮，產生理性與信仰對立的問題（見 de Boer 頁十一至三〇，參見 Lehrnnann 第二章）。亞加遮（Algazel, 1058–1111）所作「知破論」（*Tahafut Al-Falasifah* 卽知或哲學之破斷、悖理；*tahafut* 英譯爲 incoherence；全書英譯見 Kamali）正是由回教信仰的立場出發，對希臘理性哲學的反動。此書析論希臘哲學對二十個問題的基本主張（如存有界不滅、神對物象不能全知、人死不復生等），指出其知識並無理性之基礎，因此亦不能成爲否定神的根據。換言之，亞加遮欲假借更精密之理論推翻當時一切理，從而由理之滅力說明亞里斯多德學派哲學家所重理之不可恃，但本身除回敎信仰外並無肯定主張，亦不提出一哲學體系（見de Vaux）。後來西班牙的阿法洛斯（Averroes, 1120–1198）則採衞護理性的立場，作「破知破論」（*Tahafut Al-Tahafut* 英譯本見 Van der Bergh），針對亞加遮的二十個問題一一提出辯解，說明亞加遮種種曲解、謬誤、乖背眞理之處，以爲「知破」應指亞加遮己知之破而非理知之破（見 Zedler 頁十六）。此書拉丁文譯本題爲「滅滅知論」（見 Zedler 序論），用的赫然是海德格的「斷滅」（*Destruktion* 或 *destructio*）。由消極的彰顯知之碎破到積極的斷滅其知，是一個觀念的兩種解釋，亦是人爲符象因異時異地而生的轉譯演化。這與「解構」一詞的兩面性或不無關係。但若德希達思想可以與亞加遮的知破論相比擬，我們對此仍可以有兩點認識：㈠反疑是兩皆不立而非彼我皆立，這是亞加遮以理破理的原意：「滅滅知論」正是要破此兩不立之論，重新建立理性世界的彼我之分（阿法洛斯以後的歐洲神學家或從亞加遮或從阿法洛斯，回教世界則大致視阿法洛斯為異端，見 Zedler 頁十八至五〇）；㈡理性之知並非生命之行的全部，兩皆不立亦不即是否定世間一切可立者。亞加遮的知破背後有一阿拉，正如莊子的齊物背後有一「道」，佛教的方便（*upaya*）背後有一不言「無記」（*avyākṛtavastūni*，即有名的十四難；見「大智度論」卷二及 Organ 文。這四組十四個問題：世間有常無常、有邊無邊，如來滅後有無，命即身或命異身，大致包含於亞加遮的二十個問題之中）的堅執。德希達若眞是以哲學語言為權謀（Strategy，見 Descombes 頁一三六至一四〇），豈非接近佛家的方便之言？即使他認為不能有無言之思（見 Descombes 頁一四〇），這思或言以外的另一境界豈不是呼之欲出？這境界若不是神或道，恐怕只能通歸於拉崗的「我」。

神與虛無之別本懸於一線之間。德希達這一線之間的游移不能謂為不嚴肅。但若不論信仰或生命本質極限的問題，我們可以追問這希伯來式的思索對文學研究能有何種啓發。其實這在中世文學的研究早已史有先例。現代但丁研究能脫離數百年來重視抽象寓意的傳統，還原聖經四義解釋法的本來面目而重新認識字實層面的造象意義（figuralism），於新批評的絕大勢力中自成一顯學，正是以文學研究依歸於希伯來精神的結果（參見 Auerbach；此論文的影響極大，及於整個中世寓言文學的研究）。這是以極限之知導引常知，但仍然緊扣文學史的實象，堅守解釋史實的立場，更可謂移今之我以就昔之彼，互解互知，不但就史實之知否定了以一意概全篇的解釋方法，更以本身的觀念型態破了理性文學觀以己霸人，以今非古的主流。德希達進一步要改造史境，提由（或暗許）一生命哲學，受其影響的各批評流派對文學研究方向與方法的認識將有重大改變，爲勢所必然。但理論本身既爲語言的權謀方便，亦就不能不受本身史境的拘限。解構思想虛執無定，既成立歷史之知無我（理知之我）的可能，復不否定本身隨境演化，物我無礙的境界；由是我們也就不必拘執一面而可以於極限義與尋常義，彼境之義與此境之義之間徜徉進出而無害於史境之實。換言之，不論文學或語言的極限之相爲何，哲學語言（或批評語言）既已爲權謀，我們更不必放棄文學通情達意的基本要求；人既非生爲聖賢，文學研究也不必懷疑本身教化啓發的責任。個人生命世界的彼我之間有不能免的相斷，也有不能免的相連。不論是「神」的命定或「我」的權謀，「閱讀」或「解釋」，都是在此無可奈何之中求彼我的相化。兩疑固是西方邏輯思辨的產物，但我們若能看出其觀念的由來與其史境中意義的積澱，更由東西兩方哲學智慧的種種發展路線中領會彼我相會的種種可能，由史境的相較而進入史境的相化，那麼講究「無立足境，方是乾淨」的解構思想豈非可以在西方文學理論專重彼我之分，文內文外之別一派趨向沒落的環境中打開一條東西、彼我相偕俱化的道路？但若誤兩疑爲兩立，於不可同處強求其同，似化而不化，欲解而更結，則只有在終究無解的極限情境中消去史實之眞與文學研究本身的存在價值。

進一步言之，解構思想一經成立爲批評語言，其原始型態早已隱跡於虛無飄渺的個人經驗世界。代之而起者則爲咻咻之言的重重轉譯，紛紛衆見的層層積澱。這正驗證了德希達延異貼補的符象論。持保守態度的學者往往以爲符象意義既有無窮的演化，理論也就無定見而將失去善惡之別，以虛無取代秩序，侵犯了不容侵犯的學術常規。而擁護解構思想者亦就往往陷入這一面之相，以爲解構既已破此定見之見，便可以自脫於史境與定見之外，成立一後設批評，結果則是立德希達爲反叛之權威，據一膚淺的認識以揚己攻人。但我們若能以東方文化轉譯解構思想，則不難發現這爭論的雙方實皆未脫文藝復興以來歐洲文學思想執一已以馭萬物的一隅之見。而若東亞、南亞、中亞的各個文學傳統皆能處處相通，各見一非彼、非我、非亦彼亦我非彼非我的圓融境界，那麼這一脈相承的西方文學理論實非不能於史境的轉化中輕輕消去。本文自不能擔當這樣的知見，但若單以中國的文學傳統相比，則「陶鈞文思，貴在虛靜，疏瀹五藏，澡雪精神」，豈非看破語言之障，鍛鍊一無我之我，既不惑於外在語言之知的制約，復能保一空無的秩序？「形在江海之上，心存魏闕之下」，豈非以化於物的無限悲憫取代絕於物的無限徬徨？「方其搦翰，氣倍辭前，暨乎篇成，半折心始」，豈非於無可奈何之中轉入一有彼有我的史境，成立符象的演化，語言的權變？

「晚」文能博採衆見，多立而無執，是較一般轉譯批評思想的論文高明之處。本文所不得不言者乃是作者由於不明極限而不能通衆見的時地之變以落實於一時一地的成規常理之中，不但失去化他見以爲已見，參與史境演化的一層次，更且使行文論理與文學研究應負的使命若有乖違。

但從大的方向看，「晚」文能把握理論的中心問題，打開討論辨正的可能，我們自可期待作者更精審的意見。

引用書目

李世傑，「中國佛敎哲學概論」。台北：台灣佛敎月刊社，一九五九。

Auerbach, Erich. "*Figura.*" In *Scenes from the Drama of European Literature.* Tr. Ralph Manheim New York: Meridian. 1959.

Bleich, David. *Subjective Criticism.* Baltimore: Johns Hopkins Univ. Press, 1978.

De Boer, T. J. *The History of Philosophy in Islam.* Tr. E. R. Jones. London: Luzac, 1933.

De Vaux, Carra. "*La destruction des philosophes par Al-Gazali.*" *Muséon,* 8 (1889), 143-57.

Derrida, Jacques, 1962 (2nd ed. 1974). *Edmund Hussdrl's Origin of Geometry: An Introduction.* Tr John P. Leavey, Jr. Stony Brook, N. Y.: Nicolas Hays, 1978.

——, 1967a. *Of Grammatology.* Tr. Gayatri Chakravorty Spivak. Baltimore: Johns Hopkins Univ. Press, 1974.

——, 1967b. *Speech and Phenomena, and Other Essays on Husserl's Theory of Signs.* Tr. David B Allison. Evanston: Northwestern Univ. Press, 1973.

——, 1967c. *Writing and Difference.* Tr. Alan Bass. Chicago: Univ. of Chicago Press, 1978.

Descombes, Vincent. *Modern French Philosophy* (1979). Tr. L. Scott-Fox and J. M. Harding. Cambridge: Cambridge: Univ. Press, 1980.

Gallagher, Catherine. "Re-covering the Social in Recent Literary Theory." *Diacritics*, 12 (1982), 40-48.

Jameson, Frederic. *The Political Unconscious: Narrative as A Socially Symbolic Act.* Ithaca: Cornell Univ. Press, 1981.

Kamali, Sabih Ahmad, tr. *Al-Ghazali's Tahafut AlFalasifah.* Pakistan Philosophical Congress Publications, no. 3. Lahore: Pakistan Philosophical Congress, 1963.

Lehrmann, Charles. *Jewish Influences on European Thought.* Tr. George Klin and Victor Carpenter. Rutherland: Fairleigh Dickinson Univ. Press, 1976.

Organ, Troy Wilson. "The Silence of the Buddha." *Philosophy East and West*, 4 (1954), 125-40.

Rendall, Steven. "Fish vs. Fish." *Diacritics*, 12 (1982), 49-57.

Rorty, Richard. "Philosophy as A Kind of Writing: An Essay on Derrida." In *Consequences of Pragmatism* (*Essays:* 1972-1980). Minneapolis: Univ. of Minnesota Press, 1982. pp. 90-109.

Van der Bergh, S. *Averroes' Tahafut Al-Tahafut* (*The Incoherence of the Incoherence*). Oxford: Univ. Press, 1954. 2 vols.

Wolosky, Shira. "Derrida, Jabés, Levinas: Sign Theory as Ethical Discourse." *Prooftexts*, 2 (1982), 283-302.

Zedler, Beatrice H., ed. *Averroes' Destructio Destructionum Philosophiae Algazelis in the Latin Version of Calo Calonymos.* Milwaukee: Marquette Univ. Press, 1961.

(原載中外文學，十二卷四期)

解與結之間

——敬答廖朝陽先生

朝陽先生的大作「欲解還結」主要針對拙文的幾項缺失，諸如用字欠當、系統含混、造作反疑、違避現實、自我否定，尤其未能洞見德希達的猶太神學傳承，以及東方文化處處相通的圓融境界足以轉化、消去解構思想的潛能。這些批評相當有力，分析也精微縝密，最後的結論更是令人振奮。然而，由於朝陽先生對德希達的「替代轉移哲學」、德·曼的修辭「自我解構」寓喻說、佛道家與解構思想的迥異旨趣，未能詳加討論，「欲解還結」似於試圖化他見以爲己見，參與史境演化的層次上，顯得有些天真，甚至過份樂觀。

在文字運用的失當上，朝陽先生指出筆者㈠翻譯的詞彙不夠貼切；㈡語法違反中文成規。前者見仁見智，本無定論。不過，將“intertextuality”譯作「互典」，很容易給人予「影響」研究或「典故」追蹤的錯誤聯想；嚴格說來，作品指涉及（不管有意識或無意識地）其他人的文字

（及其世界觀），或於閱讀之時，先前所瞭解的論述着作，整個在腦海激盪，構成認知、詮釋的條件，始謂之"intertextuality"。有關中國傳統「祕響旁通」的觀念，葉維廉教授晚近已有文章加以闡發；雖然劉勰及後人的交相引發論並不曾系統化，或觸及知識論的層面（主要是講創作之隱約複義），但無可否認的，我們的詩話或更早的文字便蘊藏着許多類似的觀念，值得再細究。可是，將"intertextuality"譯成「互典」則變爲有意的活動，且似只限於正統作品（「典」）之間的交互迴響，同時也不足以表明閱讀認知、預見論述彼此的「指涉引發」作用（筆者於「文字、世界之交滙與並置」對此有更進一步的討論。）

一如翻譯"intertextuality"爲「相互指涉」，筆者將"irony"譯作「反諷」，也只是從俗（成規），但有趣的是朝陽先生却批評筆者不遵守中文成規。然而，「反疑」就能傳達"irony"的意味嗎？答案可能是否定的。「疑」的主體似乎反而更是以此疑彼的立足點。「諷」也許較不被主體意會到，而有較微妙的反面作用。

歐式中文違反語法成規却又「漸成常規」，可見成規本身便是變動不居，往來於邊界的；語音、文字本來活潑，成規則時時受挑戰，不斷流動。這也正是解構思想的矛盾所在，它一方面依賴傳統、成規，一方面却要加以「倒置推翻」。筆者行文之中，間有英文句法，實乃思路牽引所致，至於和自己的論點相違背，正乃是解構批評（尤其德・曼的邏輯與修辭兩不契合論，見其 *Allegories of Reading*）所主張的「自我解構」：文字要表達的，反而被文字修辭所質疑、瓦解。筆者認爲莊子所展現出的兩個主題（逍遙無待與無可奈何）也以這種方式相互內在，彼此解構。

筆者於第二、四部份曾約略提示成規的觀念，並吸收里柯及裔爾登的論點，認爲「解構」與「成規」看似兩立，其實「總已」交互推衍，而全文旨趣則在指出：哲學、文學不斷有其成規和互爲指涉性，它們不僅是文類上的法則、認知上的範疇，同時也是存在的眞實處境，語言溝通的情狀——直言與隱喻交融，文字一方面逃避成規，一方面却建立在成規上。運用解構思想的方法（本身也有其歷史、史境），發現到的結果是成規、互爲指涉性。朝陽先生評筆者系統含混，可能是因爲他混淆了「方法」與「結果」的範疇。在「序論」部份，筆者只簡單述及讀者反應與解構批評各家的見解，絕未等同視之，對伊哲主張的「追求普徧架構」與「作品不再有不變的結構」之間是否有衝突、問題，其實只要明白伊哲的架構是後設、普徧的美感結構，而非單一作品的「不變」（？）形式結構，便不難瞭解。況且，筆者主要是援用德·曼、德希達、薩伊德、里柯等人的理論爲基礎，讀者反應的觀點僅是一個可能融通的背景思潮。

至於「自我解構」既可肯定，又可否定的矛盾，似乎是由於朝陽先生未注意到「洞見與不見」乃辯證性的修辭模式，「自我解構」是語言及意義展現的「內在」形式，本身並不含褒貶，筆者談到奚密時，說她的文章只是書寫罷了，是用德希達的另一種書寫觀（認爲可追溯眞理、記錄「道」的文字），而不是德希達藉以歸納所有語音、書寫的文字原型（archi-writing）和軌跡

(trace)。

貫穿整篇文章的是朝陽先生始終將解構思想所代表的自我反省、質疑精神，與邏輯、常識、現實的是非、對錯觀念相提並論，罔顧其層面上的差異。其實，解構思想是要研究者加深思考其探討（套出結構）的架構，是一種後設方法的思考，將常識、眞理、是非所壓抑、排擠掉的，以「倒置」、「移替」、「寓喩」的方式，敎人留意邊際的因素或被「現存」、「眞實」所隱沒的成份。就此點看，筆者寧願視之爲思想方法，可用來加深思索，也許遭到轉化，但未必要被「消去」。

拿符象論與佛家的方便之言相類比，甚至說那境界只能還歸於拉崗的「我」，是「欲解還結」全文最令人不解、近乎草率之處（拉崗的「象徵自我」或「想像自我」？）。佛家的方便乃是因應眞、俗二諦而說，般若空的中道觀，和莊子的齊物背後有一「道」，實極難並置，特別是全文只以管窺豹，僅觸及語言的方便權宜。也許朝陽先生應就其結論，再做更清楚、深入的說明，同時對史境、擬仿與解構的反史境在層次上加以區分，使東方文化轉譯、消融解構思想的潛能得以拓展，開出「絢麗嫵媚的花蔓」。

五　中空世界

——讀貝克特的三部曲

一、方法序論

「意義永遠不會是原則或本源；它乃是產物。它不是要被發現、復原、重新使用的東西，而是藉新技巧製出之物。」

吉雷．德勒士，「意義之邏輯」❶

❶ Gilles Deleuze, *Logique du sens* (Paris: Minuit, 1969), pp. 89-90.

一九〇六年，仙繆爾・貝克特（Samuel Barclay Beckett）出生於都柏林附近「狐岩」（Foxrock）的一個中產階級新敎徒家庭。自從他在一九五一年四月，於巴黎出版「摩洛伊」（*Molloy*）以後，便享譽全球，被認爲是本世紀偉大的劇作及小說家，擅以英、法文寫作，深入探究現代文明社會裏，一些「無能」、「無知」的人陷於荒謬處境的心靈狀況。（幾年前，紐約書評雜誌曾訪問文學界的人士，請敎他們近五十年來最具份量的作家是誰，最常被提及的名字爲貝克特。）貝克特對世界文壇的卓越貢獻，爲他本人贏得諸多殊榮，如一九六一年的佛門特獎（Formentor Prix）及一九六九年的諾貝爾文學獎。他的核心作品爲「等待果陀」（*Waiting for Godot,* 法文本一九五二出版，英文本一九五四年）與小說三部曲—「摩洛伊」（一九五五年由作者本人自法文譯成英文發表）、「馬龍之死」（*Malone Dies,* 法文，一九五一；英文，一九五六）、「無以名狀」（The Unnamable, 法文，一九五三；英文，一九五八）❷。小說三部曲乃貝克特於一九四七至四九年間的精心之作，也是當代小說史上之鉅著，在技巧、主題上均具革新的創意。

三部曲問世以來，學者不斷提出新的解釋，舉凡三部曲小說的全盤結構、思想取向、以及貝

---

❷ 以下本文引用 *The Beckett Trilogy* (London: John Calder, 1976) 僅註明頁碼。貝克特其他著作如 *Endgame* (1958), Watt (1952) 也十分重要。

❸ 各種批評取向見 *The Twentieth Century Interpretation of Molloy, Malone Dies, The Unna-*

克特與喬埃斯（James Joyce）的關連，都被詳細討論過❸，雖然種種詮釋各執擅場，紛紛以為

（續前）*mable*, ed. J. D. O'Hara (Englewood Cliffs, N. J.: Prentice-Hall, 1970). John Fletcher, *The Noves of Samuel Beckett*, 2nd. ed. (London: Chatto & Windus, 1972); Ludovic Janier, *Pour Samuel Beckett* (Paris: Minuit, 1966); Eugene Webb, *Samuel Beckett: A Study of His Novels* (Seattle: Univ. of Washington Press, 1970) 等則專究貝克特小說的文體風格、主題、全盤結構。而 Richard Coe, *Beckett* (London: Oliver, 1966); Deirdre Bair, *Samuel Beckett*(New York: Harcourt, 1978) 對貝克特的生平、思想有詳細的報導。David H. Helsa, *The Shape of Chaos* (Minnerpolis Univ. of Minnesota Press, 1971) 是結合了笛卡爾、胡塞爾、海德格的哲學來分析貝克特的作品。另外，相近的有 John Pilling, *Samuel Beckett* (London: Routledge, 1976), Ruby Cohn, "Philosophical Fragments in the Works of Samuel Beckett," and Dieter Wellershoff, "Failure of an Attempt at De-Mythologization: Samuel Beckett's Novels," rpt. and trans. in *Samuel Beckett: A Collection of Critical Essays*, ed. Martin Esslin (Englewood Cliffs, N. J.: Prentice-Hall,1965), pp. 169-77, 92-1070。以叔本華的悲觀論爲討論架構的有 Steven J. Rosen, *Samuel Beckett and the Pessimistic Tradition* (New Brunswick, N. J.: Rugers Univ. Press, 1976)。用黑格爾的方式讀貝克特的小說有 Hans-Joachim Schulz, *This Hell* of *Stories: A Hegelian Approach to the Novels of Samuel Beckett* (Hague: Mouton, 1973)。存在主義方面的討論有 Fiorella S. Beckmeier, "The Fiction of Samuel Beckett in the Light of Sartrean Existentialism," *DAI*, 40, 4618A-19A; Edith Kern, *Existential Thought and Fictional Technique: Kierkegaard, Sartre, Beckett* (New Haven: Yale Univ. Press, 1970)。貝克特受 Fritz Mauthner的語言哲學影響，見 Linda Benzvi, "Samuel Beckett, Fritz Mauther, and the Limits of Language," *PLMA*, 95, 2 (March 1980), 183-200。貝克特與喬埃斯的關係見 Barbara R. Gluck, *Beckett and Joyce: Friendship and Fiction* (London: Associated Univ. Press, 1979). 以下再提及這些書時只註明作者之姓氏與引文頁碼。

掌握住了小說的旨趣，但彼此之間的歧異，却因敍述者無法瞭解本身的處境、周遭人物、事情的意義，又兼作者三緘其口，不願提到自己的作品[4]，遂顯得淩亂而無以解決。和摩洛伊在小說裏的「說話即虛構、揑造」（“saying is inventing,” p. 31）倒反過來，批評家不得不憑空設想，以便替這些作品講幾句話。

敍述者之無法達到瞭解，爲每一件事做清楚的說明，令讀者領悟其意義，或作者本人故意保持沈默，讓人瞎猜，據一些批評家的看法，是表示：「缺乏信仰」（Fletcher, p. 136）、「對知識與行爲的希望已經幻滅」（Webb, pp. 88-112）、以笛卡兒的方式懷疑「限於意識之中的知識」（Cohn, p. 170）、「薛西弗斯式的荒謬努力」（Wellershoff, p. 92）、「虛無主義的悲觀論」（Rosen, p. 37），或者比較積極一點，「不讓讀者滿足基本要求，一下子便找到固定的意義，以便敎他經常能够揑造、想像事實」[5]，眞是不一而足。雖然這些意見好像是巴特（Roland Barthes）所謂的「成功、多重」之理想（讀者可一併寫作，參加活動）作品（writerly text）應該邀致的[6]，這些學者却犯了同樣的錯誤：他們的批評思索均有所偏執，因爲他們對詮釋方法本

---

[4] Martin Esslin 即抱怨說「沒有作家像貝克特那麼不願意討論、解釋自己的作品」，見Esslin, p. 1.

[5] Wolfgang Iser, *The Implied Reader: Patterns of Communication in Prose Fiction from Bunyan to Beckett* (Baltimore: Johns Hopkins Univ. Press, 1974), pp. 261f.

[6] *S/Z*, trans. Richard Miller (New York: Hill & Wang, 1974), p. 5.

身不加分析。由於假定讀者可以確切地指繪出作者的意識心靈，或全然掌握住作品的內在結構，這些批評家並不懷疑他們是否有一個固定的基礎、本源、目標；他們反而十分得意，認為可以排除邊緣、漠不相關的因素，一味專究根本、重點，却沒想到批評乃立足於假設性的虛構，只是一種「猶如」(as if) 的推斷❼。(有趣的是，「無以名狀」的敍述者說：「我必須以某種方式來說。首先說一個不是我的人物，猶如我就是他；然後，再說我本身，猶如我是他」，三〇八頁)。

這種詮釋活動的「猶如」層面，其實是深植於小說的敍述裏：敍述者每每拿過去的事、物來揑造事實、講故事。因此之故，小說是一連串的詮釋和揑造敍述過程。「無以名狀」的結尾便是聲音不斷帶領無以名狀繼續講、揑造故事，他想停都停不了。顯然，詮釋、敍述的虛構立足點一直在變換，沒有中心點，所以故事乃能發展下去。這種「去中心」(decentering) 的程序（如果我們可藉助德希達的術語）❽，構成敍述體基本的流動性——不斷「添補」(supplementing) 過去、不在眼前的「匱缺」(absence)，且以無止境的自我解構方式，隨時準備轉移到另一個

---

❼ J. Hillis Miller, *The Disappearance of God*, 2nd ed. (Cambridge, Mass.: Harvard Univ. Press, 1975), pp. viii-xii.

❽ "Structure, Sign, and Play in the Discourse of the Human Sciences," in *The Structuralist Controversy: The Language of Criticism and the Science of Man*, eds. Richard Macksey and Eugenio Donato (Baltimore: Johns Hopkins Univ. Press, 1970), pp. 247-72. 以下簡稱 SSP.

新的位置❾。

藉「添補」的程序，詮釋及揑造故事陸續增加，替代前面已說過的，敍述體因而經常改變它對事情的陳述和反省（如說「那時已下雨」，後來又說「沒下雨」，如「摩洛伊」的第二部份，以下我們將討論到），故事似乎想要肯定、斷言某件事，却停頓、添增其他事，替換了剛才說過的，因爲道出的（現前的存在 presence）並不可靠，而且也沒法窮盡事情的眞相：它只是個匱缺，需要添增。問題是添補的結構在：添補總是可以一直加上去，也許因爲這個道理，「無以名狀」的最後一句是「我要繼續再說下去。」

以這種方式來看，我們便不難明白貝克特小說的語言特殊的表現及其作用。語言不斷試圖添滿虛空，但又發現無法辦到，甚至連肯定地說聲「不」、「沒這回事」，也不可能。正因爲如此，貝克特的人物似乎都在等待，一如最近邊．兹米指出的，他們「無法一下子便完成了斷❿。」實際上，這種添補的過程也產生了「變化脫節的力量」，將敍述者分化，敎他不可能維持一時達成的穩定，或站得住脚（摩洛伊、摩蘭 Moran、馬龍脚均有毛病，無以名狀則只剩一隻腿），且不但在內部又有另一個聲音在笑（二十六頁），卽人無法掌握自己的聲音。

---

❾ Josué V. Harari, ed., *Textual Strategies: Perspectives in Post-Structuralist Criticism* (Ithaca: Cornell Univ. Press, 1979; 1981), p. 36.

❿ Ben-Zvi, 192.

有意或無意地，貝克特以這種添補、移轉中心、語言乃詮釋虛構的見解，加入了我們這個時代的思想潮流，發現到文字不再是透明的表達、再現眞理的工具，歷史充滿不連續性和斷絕。在一個訪問記裏，貝克特道：「會有新的形式，而且……這個新的形式將接納混亂，不至於說混亂是形式以外的東西……如何找尋到一種形式，能調整使之兼容雜亂，正是這一代藝術家的工作⑪。」可見貝克特對傳統的「形式」觀念是有所不滿，他想運用新形式瓦解小說結構的古典基礎，一如尼采、佛洛伊德、海格德和德希達之對待西洋舊有形上學、意識觀、符象論⑫。

在一篇早期研究普魯斯特（Marcel Proust）的論文裏，貝克特即曾質疑心靈主體（subject identity）及一成不變的自我觀：「昨天的希望只對昨天的我有效。我們對所謂的『達成』實在不能滿意，到底什麼是『達成』呢？應該是主體與他欲求的對象認同罷。問題是主體在過程中便已經不存在了—而且死或變了許多次⑬。」貝克特暗示我們應將自我看作是變動不居、不斷形成的詮釋者。從這一點看，貝克特之運用普魯斯特，正像德希達運用胡塞爾（Edmund Husserl）一般，是要揭穿形上學預設的習慣性偏見—認爲有個固定、超越、眞實的東西存在，其實這理性

---

⑪ Tom F. Driver, "Beckett by the Madeleine," *Columbia University Forum*, 4 (Spring 1961), 23.

⑫ SSP, pp. 249–50.

⑬ Samnel Beckett, *Proust* (New York: Grove, 1958), p. 3.

意象的我（*cogito*），據拉崗（Jacques Lacan）的看法，只是影子，我們却誤認爲眞實，並以之爲準，拿「它」（other）來對我們自己加以探究⓮。貝克特推翻了此一沈滯的認知自我概念，在小說裏介紹了新的形式，敍述者不再明白自己的位置，因而被語言推動，淪爲文字詮釋的玩偶。薩伊德（Fdward Said）以下一句話最能點出貝克特心目中現代人的模樣：「現在，人活在沒有中心點的圓圈裏，或沒有出路的迷宮中⓯。」

貝克特的人物在很多方面都呼應了德希達的文字科學（grammatology），他們的聲音、話語（voice, speech）其實都是書寫（writing）與詮釋，而且事件、本源純屬虛構，只可用文字去添補，「故」事僅能以另一組符號去替代。由於貝克特本人對作品極少提及，也許我們得藉助解構思想（deconstruction）爲小說三部曲進一解，一如德希達所說：「閱讀總得針對作者未能見到的某種關係，也就是他運用語言的形式中，那些是他駕馭、控制不了的……這層關係乃是批評

⓮ Jacques Derrida, *Speech and Phenomena*, trans. David B. Allison (Evanston: Northwestern Univ. Press, 1973); Walter Benn Michaels, "The Interpreter's Self: Peirce on the Cartesian 'Subject,'" rpt. in *Reader-Response Criticism*, ed. Jane P. Tompkins (Baltimore: Johns Hopkins Uuiv. Press, 1980), P. 195; Jacques Lacan, *Ecrits I* (Paris: Seuil, 1966), pp. 89–97.

⓯ *Beginnings: Intention and Method* (New York: Basic Books, 1975; Baltimore: Johns Hopkins Univ. Press, 1976), p. 316.

的讀法應該製出的意義結構⑯。」

在底下幾節裏，我們首先要以添補虛構故事的類型來探究三部曲的「去中心」主題：摩洛伊找不到的母親（本源、中心）、摩洛伊本人（物自身、決定意）、馬龍（諸意爲me alone）與無以名狀（自我、現存），討論的重點爲這些敍述者如何在面臨中心之失落時，帶進虛構添補空洞。其次，本文擬以哈伯瑪（Jürgen Habermas）的「普遍語用觀」（universal pragmatics）當人際溝通的背景，和貝克特的解構溝通方式（現存意味着匱缺）相互對照。最後一節則看待三部曲爲表現內在放逐與心靈無所適從等失位感的文學作品。全篇則旨在强調現代人喪失中心及其企圖於「無以名狀」的幽暗深淵中創造意義之無助姿態等主題。

---

⑯ *Of Grammatology*, trans. Gayatri Chakravorty Spivak (Baltimore: Johns Hopkins Univ. Press, 1976), p. 158.

二、不斷添補的虛構故事

每一文學敘述體均包含另一敘述體：無論一個顯得如何連貫、整全，另一個卻是斷殘、闕如。

——吉歐佛瑞・哈特曼，「解救作品」⑰

小說三部曲敘述體的特點之一，是其近乎無窮盡的虛構添補形式。一個接着另一個，四位敘述者不斷陳述某一事件，隨卽將之摒斥，帶進另一揑造的故事。正如非結論性的結語所說「我要再講下去」，敍事陳述就是一直不停。這種繼續不斷的結構常令讀者感到困惑，也是本文首先要討論的。

第一次讀完三部曲，我們不難發現四位敍述者有着奇怪的相似點：每一個都是「毀形」的醜陋人物，不是脚瘸便是腿有問題，而且記憶均不佳，喜歡撒謊、自瀆，對過去或不在眼前之人事物的詮釋均傾向無以決定（indeterminate）。另外，這些怪人是以「我」爲中心來開始敍述，但

⑰ Geoffrey H. Hartman, *Saving the Text* (Baltimore: Johns Hopkins Univ. Press, 1981), p. 107.

很快就把自我抹滅。由於上述的特徵在三部曲裏極其明顯，也許我們應運用它們當讀這三部小說的方便之門。在這一點上，德希達所指出的以「非自然」替代「自然」、「不在」替代「存在」、「非中心」替代「中心」、「符號」替代「本源」的「添補」方式可能很有用。

迥異於常人以脚走路，這些敍述者得依賴拐杖——「非自然」的設備去添補、補償天賦所欠缺的。「摩洛伊」的前半部是敍述者摩洛伊的追憶往事（因此他也是「故事」的作者），主要是他對上一次（但也記不清了的）(last and lost) 去拜訪母親整個旅程的詮釋和回想。故事一開始，母親便不見踪影，兒子替代了她的位置，在她的房間裏，睡在她的床上。此處，德希達式的「替而代之」添補已清楚可見，雖然在以下的敍述體裏，更形明顯。

「摩洛伊」的後半部是由摩蘭的報告構成，摩蘭被主管優迪（Youdi）指派去追踪摩洛伊。有趣的是，優迪從未正式在摩蘭面前出現，每次只遣個帶信的人傳達命令。在後半部裏，我們開始意會到作者的「死亡」（至少消聲匿跡，以便有作品出現，爲世人瞭解、「追踪」），首先是摩洛伊，其次是優迪（他引用濟慈的詩句，讓摩蘭去猜測，使得事情更形複雜。）摩蘭的追尋過程遂圍繞着這三重「不在眼前」的作者（摩洛伊、優迪、濟慈），同時也道出意義的双重特性：符號一方面要人去探尋其意義，一方面又消去其本源，在不同的文化社會裏，播散開來。

三部曲的第二部小說「馬龍之死」是就不在眼前的人物（薩波、馬克曼等人）編織故事，故事沒講完，馬龍便去世了。他所虛構的故事不但指出寫作的想像、揑造本質，而且也瓦解了傳統的封閉系統（小說有個固定的中心，必有結尾），只讓人物不斷出現，結尾開放，未完成。在這部小說裏，「去中心」的主題和對中心的質疑變得更加明顯。

第三部小說「無以名狀」的故事擺盪於現存與非現存之間。非現存（不在眼前的）最後一分爲二（聲音及靜默），吞噬了自我的現存，使種種事物變得可以互變、不復有其分別。自我不斷消去，只被時間鴻溝分開，產生差異，無以名狀自己即說他是「位於周圍與中心之間」（二七〇頁），一再以故事去添補中間的空虛。以這種方式，貝克特企圖質疑一般所瞭解的中心觀念（現存、自我、意義、本源、論述所從由來的權威）。

我們不妨將「摩洛伊」第一部裏母親的消聲匿跡視爲本源、中心的消失，女主人蘿思爲暫時的母親（和中心），而吸石頭則象徵帶進虛構，以詮釋試圖恢復已經是過去、不再能得到的事物。由於摩洛伊本人並未在第二部份裏出現，他倒像是本源、作者，藉着他的失踪，故事始能展開，這也說明了文字書寫乃是以現存符號替代不在眼前之物的特點。在「馬龍之死」與「無以名狀」裏，我們則進入另一個世界，在小說裏頭，自我、本質、開始、結尾、現存的存在均被質疑，馬龍之死不僅使得結尾開放，也使人我、內外之分別整個瓦解。「無以名狀」更是如此，符號替代實際上即組成故事並消去了「我」。

「摩洛伊」是由兩個敍述者的報導構成，他們均想記載上一次旅程的詳情，但是在寫故事的過程裏，不斷有「我不知道」、「也許」等不大確定的字眼出現，讓讀者情不自禁要懷疑敍述體是否會引導他發覺事情的眞相，這些「詮釋者」（interpretant）⑱在時間的觀點上也常有變化，時而描繪過去，時而道出現在的回憶、瞭解（或無法理解的），他們的陳述往事其實是過去與未來之間的「軌迹」（traces），是其間鴻溝的添補性虛構與添補。

「摩洛伊」一開始，摩洛伊便莫名其妙地被放進她母親的房間，在她的床上寫作。他說他並不是爲了錢而編寫故事，但究竟爲了什麼？「我不知道。眞相是我知道的不多」（九頁）。他甚至不曉得自己的母親是否已經死了。「摩洛伊」的前半部卽是摩洛伊對周遭及其背後（過去）的詮釋。首先，他告訴讀者有一個人來他母親的房間（現在是他的了），付給他錢，將稿子拿走。摩洛伊也提到他有個兒子，只是不知流落何方。他繼續敍述上一次的旅程是怎麼開始的。故事起頭摩洛伊說到兩個人（A和C）（據約翰·弗雷哲說原來在法文本作A和B，後來改爲A與C，可能是指 Abel 與 Cain，Camier 與 Mercier，及「等待果陀」裏的兩個小偸）⑲，他看見這兩位旅客在城外見面，然後各自上路，A回城裏，C一個人邁向遠方。孤寂的形影勾起摩洛伊的落漠感，突然之間，他想起母親，打算回去看她。找到了脚踏車，把拐杖縛在橫檔上（他有一隻

---

⑱ 「詮釋者」一詞來自 Noami Schor, "Fiction as Interpretation/Interpretation as Fiction," in *The Reader in the Text: Essays on Audience and Interpretation*, eds. Susan R. Suleiman and Inge Crosman (Princeton: Princeton Univ. Press, 1980), p. 168. 意爲「詮釋身處之情境的角色」。

⑲ Fletcher, p. 121.

腿僵化，得有支持才行），他便出發。

到達城市的外圍哨站時（直到第二部份，讀者才知道原來城市的名字叫巴利 Bally，一二三頁），摩洛伊被警察逮捕送派出所，警察詢問他的身份，摩洛伊花了一番功夫才想起自己的名字，但他住的城市叫什麼名字却始終想不起。下午很晚的時分，他才被釋放（在警察局裏他簡直手足無措），又繼續旅程，却在回到城裏時，半路輾死一隻狗，狗的主人蘿思後來保護他，並供他餚宿。摩洛伊和她住了好一段時間，似乎替代了那隻狗的位置；他留停了許久，因爲蘿思（這是摩洛伊的想法）在他食物中下藥（此處不禁令人想起優里西斯駐足科律普索島，之前被索西留住的故事）⑳，最後，摩洛伊拋下單車便逃脫了。離開蘿思之後，摩洛伊在城裏流浪，有時他躺下來休息，有一次甚至想自殺，但沒成功。在海邊停留一段時間後，他又想起母親，開始往內陸走，由於脚愈來愈僵，乃不得不用爬行，穿過樹林。聽到銅鑼聲，然後有人說：「別焦急，摩洛伊，我們來啦」，摩洛伊陷入樹林邊的壕溝裏面。顯然，摩洛伊是從壕溝裏被救出，放進他母親的房間裏，要他寫作。

這是摩洛伊的城裏舊事，但他自己却說「故」事大半是虛構和詮釋：

---

⑳ Hugh Kenner, *Samuel Beckett: A Critical Study* (New York: Grove, 1961), p. 64. 他還說警察像「奧廸賽」裏的獨眼巨人 (Cyclops)。

「當我說我曾如此說、如此做……時，我是說我當時很含糊地知道事情大概是如此，並不完全明白一切情況。每一次我說這說那，或說有個聲音在我內部的遠處說摩洛伊，然後有個美好辭藻，漂亮而簡明，或發現自己被迫把一些聰明的言語詞句歸諸他人，或聽到自己的聲音向別人訴說，其實我只是按照常規的要求：不是要撒謊，就是得不出聲。因爲事情的眞相並非如此」（八一頁）。

後來，他也承認他已忘記一切（八四頁），在故事裏他自己都用到了「撒謊」一詞。他躺在床上，寫作故事，領到稿酬，卽道出他既是作者也是其中的人物，專拿過去的經驗來編織故事，就這一點看，大衞・黑爾薩的說法（摩洛伊是「尋找作者的角色」）未必正確㉑。

由於摩洛伊經常忘記或無法瞭解事情的眞相，他只能揑造，不住將自己的陳述推翻。他不僅是失敗的詮釋者，對意義的探尋也同樣不成功㉒。無法瞭解過去，爲讀者描繪實相，他只好擺盪於兩個極端之間：不出聲或者撒謊。他於最後一幕掉進壕溝裏，正象徵他陷入失敗的解經處境（hermeneutic situation），脚下穩固的瞭解立場整個淪喪，主宰、保證、產生意義的定點已變成爛泥漿。他的脚瘸及最後無助的爬行也暗示出他是個喪失立足點的詮釋者，正如貝克特在一次訪

㉑ Helsa, p. 126.

㉒ David Hayman, "Molloy or the Quest for Meaninglessness: A Global Interpretation," *in Samuel Beckett Now*, ed. Melvin J. Friedman (Chicago: Univ. of Chicago Press, 1970), pp. 129-56.

問記裏說的，是「無以得知」者（non-knower），「莫法度」的人（non-caner）㉓。

雖然貝克特在這個訪問記裏說他的着作是以「無能」與「無知」為主題，其實無以確證意義也是當代文學批評的重要觀念。在一篇文章裏，查理士・阿提奧利區分了三種基本的文學無定意：⑴心理派，將意義的無法決定歸諸不同的心靈，認為作品的同一經驗透過不同的意識，絕無法得到一樣的反應；⑵邏輯派，推論作品之具客觀意義乃不可能；⑶主題派，仰賴作品的寓喻性，也就是作品本身和它想表達的決定意義相左，作品即在否認有一決定意㉔。摩洛伊的情況是他對過去並不能決定，而他又只能講述故事，因此不僅在修辭上即否定決定意，連主題、邏輯上均無法確定有一意義㉕。

到了第二部份，摩洛伊這位詮釋者變成了「對象」（甚至「意義」）。摩蘭被優迪指派去追踪摩洛伊，故事裏並沒明確交待他們之間的關係，但摩蘭和摩洛伊是有些關連。透過傳信的使者蓋伯（Gaber），優迪命令摩蘭帶他的兒子傑克（Jacques）一起去。摩蘭不大情願地，先和神父做禮拜，再勸他的兒子動身。出發之前，他感覺到膝部一陣劇痛，後來愈形嚴重，不得不要他的

㉓ Israel Shenker, "Moody Man of Letters," *New York Times*, May 6, 1956, sec. 2, p. 3.

㉔ "The Hermeneutics of Literary Indeterminacy: A Dissent from the New Orthodoxy," *New Literary History*,10 (Winter 1978), 72.

㉕ 主題、修辭之別，見 Paul de Man, *Allegories of Reading* (New Haven: Yale Univ. Press, 1979), p. 11.

兒子去買輛脚踏車。經過了幾天的等待和流浪（摩蘭在這過程裏碰到一個撐着大拐杖的怪人及追踪這位老人的矮子），他的兒子終於買到車子回來，但很快的，他便和兒子爭吵，傑克一氣之下，將摩蘭留棄在原地。失望之餘，摩蘭不想再尋找摩洛伊，就在此時，蓋伯來傳達優迪的指示：回家。優迪非但沒生氣，反而咯咯而笑，要蓋伯帶口信說：「生命乃美麗之物……及無盡的喜悅」，當摩蘭問道：「你認爲他是指人生嗎？」蓋伯早已不見了。摩蘭只好往回途走，膝部的痛楚更加惡化，幾乎舉步維艱。一個晚上，下着大雨，他站在農田上，農夫要他走，差點動手打他，最後是摩蘭編了祈導聖母求助的故事，才免去這場暴力事件。摩蘭安全回到家時，發現家已荒蕪，蜜蜂已死光，灰色母雞也跑掉了。休養幾個月後，他寫完了報告，終於在八月下定決心再出發，他說道：「也許我會碰見摩洛伊……我會學到一些東西。」

摩蘭的追尋目標（對象）是摩洛伊（作者、意義），在這過程裏，摩蘭愈來愈像摩洛伊，故事結尾時，摩蘭也開始使用拐杖（一六一頁）。起先，摩蘭對摩洛伊的名字做了一些猜測：「摩洛伊或摩洛斯對我來說並不陌生」，但他又接着說：「也許是我捏造出這個人物，我是說我發現他早已在我的腦子裏」（一〇三頁）。從一開始，要探尋的對象名字便得不到解決，只好相信詮釋集團的權威，聽從同一組織裏大家分享的概念㉖：「由於蓋伯講過摩洛伊這個名字，而且不止

㉖ Stanley Fish, *Is There a Text in This Class?* (Cambridge, Mass.: Harvard Univ. Press, 1980) pp. 15–16.

一次，每次又是那麽的果斷，我看得相信我也應已說過摩洛伊，要想喚他作摩洛斯則不對頭」（一〇四頁）。但是，其實在內心裏，他始終意識到瞭解與詮釋的虛構性。據他後來說：「事實上，有三個，不，有四個摩洛伊。我心中的摩洛伊，我同時對他也嘲諷地描繪出一幅低劣形象，還有蓋伯腦海中的摩洛伊，及在某處等着我的活生生的摩洛伊。除了這四個，我得再加上優迪心目中的摩洛伊，如此一來就有五個」（一〇六頁），這個數目也隨着摩洛伊本人、讀者、時間和歷史性而可以不斷增添。由於摩洛伊有這麽多，難怪摩蘭無法找到第一部份的作者——摩洛伊，而且恐怕永遠不可能找到。

在報告裏，摩蘭經常否認前面說過的。他說他知道摩洛伊，但馬上他又修正自己對摩洛伊所知甚少，而且坦承不諱「我這麽做實在是沒理由、無憑據的」（一〇五頁）。他也和摩洛伊一樣，不能被視爲製造或再現意義的中心基礎，正如摩洛伊說過的「述說乃是揑造」，只是以其他事物來替代、添補。

讓我們回過頭來看摩洛伊的部份有關吸石頭的描述。和其他揷曲比較起來，這段敍述佔了最長的篇幅，所以我們可以確定它的重要性及其隱喩性的含意：詮釋乃符號替代活動。長達六頁篇幅（六四—六九）全是勾勒摩洛伊如何安排吸石的文字（數目由四到十六不等）。吸石只是用來替代食物，在摩洛伊離開蘿思之後，他便一直靠這些石頭解飢、渴，他不斷變更數目、位置，吸完一個又換另一個，但這些石頭並不是眞正的食物（正如蘿思不是他的母親、敍述不是實情一樣），它們之間的替換不迭及其作用令人聯想到摩洛伊、摩蘭不停加上去的虛構「故」事。摩蘭自己也知道他心目中的摩洛伊和眞正的摩洛伊之間相似點並不大（一〇六頁），他所追求的對象（作者的「意圖」）一開始便有偏差，甚至已經失落了，詮釋的權威中心遂不再能確立。摩蘭所做的只是製出另一個摩洛伊（他從來沒碰見他，因此純屬虛構）。連他自己的旅程報導也不無揑造之虞：「別感到訝異，在以下的篇幅裏，我會脫離事情的眞正順序」（一二二頁）。他不但欺騙農夫，也曾揑造一個女人的故事愚弄一位朋友（一二六頁）。在這個報導裏，摩蘭是應該具實以告的，但他送給優迪的「故事」却充滿妄語，他雖說「我瞭解」，却又說道：「也許全錯了。」甚至表示對眞相漠不關心：「那並不重要」。什麼是重要的呢？他也不知道。結語只是兩組矛盾（而且近乎不通）的文字：「然後，我走回屋子裏寫作，是午夜時分，雨敲打着窗戶。並非午夜，也沒下雨」（一六二頁）。下一句話立刻否定了前一句，意識整個遭抹除，一切仍是未知數，情況仍無以決定。

「馬龍之死」與「無以名狀」更加複雜。在三部曲中，「馬龍之死」一向被認爲最易讀，且文體十分「直接了當」㉗，主要是因爲它只敍述兩個故事（薩波和馬克曼，馬克曼實卽薩波老年

㉗ 企鵝叢書卽選「馬龍之死」爲貝克特較通行的代表作（現代古典文學系列）；臺灣名家出版社也選譯此部小說（諾貝爾文學作品系列，一九八一）。約翰‧弗雷哲在 "Malone Give Birth to Death," rpt. in O'Hara,p. 58 認爲「馬龍之死」的敍述很直接。

的化名）。不過，在講故事的過程裏，馬龍常停下來反省自己的言語和觀點。和摩洛伊一樣，馬龍是個老人，獨自在房間裏寫作。他不斷動筆也是爲了要「完成死亡」，但他不寫自己，光寫一位虛構人物叫薩波卡斯特（簡稱薩波）的故事。薩波是個自我中心的男孩，常令父母失望，他喜歡一個人走到鄉下，去拜訪朗伯特一家人。薩波後來離家出走，及馬龍遇見他時，他已變成一個年邁，無家可歸的流浪漢，名字也改爲馬克曼（弗雷哲說馬克曼可能是「人子」的意思，而馬龍則是「我一個人」）㉘。馬克曼在故事結束前進一家瘋人院，和護士莫娥發生怪異的愛情關係。兩個人的感情極其熱烈竟導致莫娥至死。有一天早晨，一位叫雷繆爾的男子來告訴馬克曼莫娥的死訊。討人厭的雷繆爾立刻替代了莫娥的位置，且做出不少暴力事件：毆打馬克曼、對病人不客氣、並在一次野餐旅行中殺死兩位水手，把手斧留在現場，「血永不乾」。就在這個骨節眼上，故事結束了，只留下「不再」（no more）一詞，顯然馬龍剛好去世（他的所有財產也已被逐漸取走，有一段時間他似遭遺棄，沒人管，後來有個人來威脅他）。

馬龍之所以會「寫」故事，是因爲他不想看着自己死，邊等死，他寧願邊講別人的軼聞。他想出不少故事的藍圖，但很快就放棄或忘記。在寫故事之前，他先思索了一下，後來決定從眼前看到的事物寫起，因此故事本身變成是文字遊戲，不再有個人傳記的成份。他經常視自己爲手持

㉘ Fletcher, *The Novels of Samuel Beckett*, p. 156.

筆、札記、簿子（二〇四—二〇五、二二六、二四八頁）的作家，不再是個「自我」。據巴特的說法，馬龍倒像是個「脫離自我的寫作主體」(slipping-away subject）㉙，用他自己的話說是：「因爲（作品）不再是我，另一個生命才開始活動」（一九一頁）。他的故事是以「他們替代我」的添補方式，先是薩波，其次是馬克曼，接下去是雷繆爾，最後是「不再」和未完成的空白。這種添補毋寧是對「不在眼前」之物的欲求，在「他、異、外」（exteriority, alterity）侵入敍述體，替代原先的陳述底下，乃「去中心」的自由活動（馬龍在故事裏也不斷提到「玩」、「自由活動」，如一六六頁兩次、一六八、一七四、一七七頁等）。

脫離固定的本源、中心、現存點、自我，以便展開寫作的自由活動，也從馬龍丢了枝拐這件事可以想見。拐杖原是他用來控制房間的種種事物和自己的食物（據傳統的解釋，拐杖象徵控制和權威）㉚，馬龍對拐杖似乎有着特殊的執着，一失去拐杖，他不僅感覺遭人拋棄，也產生莫名的焦慮，彷彿生命將被剝奪，他的名言「我被生下來邁向死亡」非但是談生死問題，也與自我的

㉙ "Death of the Author." in his *Image-Music-Text*, trans. and ed. Stephen Heath (New York: Hill and Wang, 1977), p. 142; Cf. Michel Foucault, "What Is an Author?", in his *Language, Counter-Memory, Practice*, trans. and ed. Donald F. Bouchard (Ithaca: Cornell Univ. Press, 1977), pp. 116-18.

㉚ 見 Ad de Vries, *Dictionary of Symbols and Imagery* (Amsterdam: North-Holland, 1974; rev. ed. 1976), p. 442.

身份不保有關㉛。

喪失自我的主題在「無以名狀」更爲明顯。寫完這部小說後，貝克特一度覺得思路阻塞，整個支離破碎，他說故事裏「沒有『我』，沒有『有』，沒有『存在』」，各種名詞的位格及動詞也不見了，簡直無法再寫作㉜。這部小說裏中心觀念整個消逝，又剩聲音自由活動，無法控制。

在這部幾乎「不可讀」的小說一開頭，無以名狀便描述周遭和處境：他覺得他已死了，但却不大肯定。他一點也不知道身落何方。有些模糊的影像在他前面走過，他似乎認得其中一個人——馬龍，但很快又開始懷疑那會不會是摩洛伊戴着馬龍的帽子。他並提及他的「代表」曾告訴他人世間的生活種種。其中一位代表名叫巴西（Basil），巴西對無以名狀講無以名狀自己的生平故事，他「替我活，從我發出，又回到我身上來，把一大堆故事放在我頭上」，據無以名狀說（二八三頁），但他瞬即將巴西易名爲馬伏（Mahood）。

第一個故事是有關馬伏。馬伏只剩一隻腿，他繞着圓形建築走，好不容易回到家裏時，家人已全部因食物中毒而死，屍體開始腐爛。看到這種情況，馬伏又再度出發，向外圍轉出去。第二次露面時，馬伏變成沒四肢的軀幹，放在餐館的罐瓶裏，當活生生的招牌。他的身體又進一步毀形，幾乎無法動彈，甚至不能轉動頭部，儼如無以名狀的情況。

㉛ Fletcher, in O'Hara, p. 61.

㉜ 見 Fletcher, *The Novels of Samuel Beckett*, p. 194.

小說繼續下去則變爲另一個「蟲」（Worm）的故事。蟲也沒有四肢，並活在罐瓶裏。一位名叫瑪德蓮（或瑪格莉特，無以名狀也搞不清楚）負責照顧他，但是拿他當餐廳的招牌。故事一直講下去，無以名狀逐漸瞭解到故事不是由他講出的，而是由「外在」的聲音（他一點也控制不了它）。這些故事彷彿是聲音想過的生活。無以名狀遂不知如何是好，依違於靜默與聲音之間，想不清到底他是誰，爲什麼聲音會脫離掌握。故事結束時，他被迫不斷想、講下去。

文字與沈默是「無以名狀」的一大主題㉝，無以名狀想以講故事添補虛空（沈默），但比起其他兩部小說，「無以名狀」更常以另一組文字替代前面一組，將之轉變。故事一開始是連串「沒有問題」的問題（現在是在那兒？我是誰？是什麼時候了？），而且無以名狀一下子說他講述小說，立刻又說是它：「我，說我……它，說它，不知道是什麼……我彷彿在說話，那不是我，我是說我自己的故事，那不是有關我的」（二六七頁）。這種「固執」、不斷出現的矛盾曾被批評家以笛卡爾或黑格爾的邏輯去解釋㉞，或拿貝克特身爲作家經常面對隱、揭自我的問題，並與他的其他作品相互關連以闡明此點。但是在小說裏，無以名狀似乎是想解除結構中心，將中心推至異地（else where，二七六頁），讓巴西移轉爲馬伏，馬伏爲蟲，蟲爲烏有，烏有又變爲

㉝ Franco Franieea, "The Word and Silence in Samuel Beckett's *The Unnamable*," trans. in O'Hara, pp. 71-81.

㉞ Hans-Joachim Schulz, *This Hell of Stories*, pp. 37-45, 53-56.

文字與聲音。無以名狀自己反省道：「繼續講下去意謂着從此處出發，意謂着找到我，失去我，消失然後又再開始」（二七七頁），也就是中心消去後，本源喪失後，活動能始開始。因此之故，聲音雖似從無以名狀身上發出，却不是他所能控制或擁有的（二八一頁）。他不僅把人物全部搞混（二八三、三一一頁），而且視講述故事爲義務（也就是不斷虛構、揑造，二八五、二八八頁）。正如德希達所說，「自由活動總是不在眼前與在眼前的隱無與現存之間的交互活動」㉟，無以名狀接連呼喚各種不在眼前的人物，最後這些「隱無」累積爲「他們」，將無以名狀塡滿，使他無法區分自己和這些人物、自己和聲音的差別（在三六九、三七〇頁裏，他認爲不是自己講述故事，而是「我們」，且重要的並非「在」或「不在」場，而是浪盪下去）。

雖然故事裏的人物似乎一時是中心，但馬上便變爲烏有或他物，「中心」遂化爲「去中心」。在「摩洛伊」前半部裏，摩洛伊的母親不見人影，她的房間因她的不在場而變成中心（摩洛伊寫作、編織故事的中心）；然後，摩洛伊消失了，改由摩蘭追踪他，但徒勞無功，摩蘭無法找到中心，只好發明自己心目中的摩洛伊，再出發找尋。在「馬龍之死」與「無以名狀」中，我們看到自我中心整個消逝。「我」這個現存點讓聲音與不在場的人物吞噬，在這種解構式的傳遞表達裏，寫作、溝通象徵了「我」的隱慝、消逝。

㉟ SSP, p. 264.

三、解構表達

「可嘆，文字僅是文字，而非物或情感；可嘆，文字到頭來只是文字世界。文字只指涉到其他的文字，如此而已。文字不會替本身作詮釋，詮釋文字的通用法則絕不存在。」

哈羅・布露姆，「形式破解」㊱

貝克特的世界充滿了文字、謊言、矛盾，他的人物大多是「毀形」，不像人樣，似乎渴望以陳述表達故事，但又發現瞭解欠當或解釋不通，遂不得不質疑所謂的「溝通」，雖然仍繼續講下去。有趣的是，三部曲的結尾並未放棄人類基本的溝通欲求。和一般的溝通方式相比，貝克特的語言顯現出文字已面臨崩潰。在這一節裏，我們將先建立正常（成功的）溝通的主要面貌，再拿它來和貝克特的特殊傳達方式參照。

我們日常生活「履行」(performative)的語言行爲，已受到「一般語言」(ordinary language)

㊱ Harold Bloom, "The Breaking of Form," in *Deconstruction and Criticism*, ed. Geoffrey Hartman (New York: Seabury, 1979), p. 9.

哲學家（如 J. L. Austin, John Searle, P. F. Strawson, P. Grice 及晚期的維根斯坦 Wittgenstein）深入討論。維根斯坦特別詳究日常語言活動所運用到的表達方式；奧斯汀則更進一步介紹「語言行爲」（speech act）的概念，告訴世人：在講出一句話時，我們是在「履行」一活動（「做某件事」），而不只是光報導或描述一件事情。自奧斯汀以降，語言哲學家紛紛析論日常語言的主要形式和語言成規，但對哈伯瑪（Habermas）來說，這些學者仍不够精微，且尙未能提供普遍的架構，從語言隨意性的背景研究，邁入放諸四海而皆準的預設㊲，因此哈伯瑪倡導「普遍語用觀」（universal pragmatics）。據他的說法，只有類似「普遍語用觀」的語言理論方能確證人類運用語言是想達到實際的共同認識（consensus），且兼顧語言本身含有促進人類社會利益、自由溝通之旨趣㊳。因此，他的「普遍語用觀」試圖闡明所有語言行爲之所以能發揮其踐履性功能的普遍條件。

我們如以標準形式來分析語言行爲，便能找出這些普遍的預設。爲了維持語言的成效和準確度，哈伯瑪提出四個條件：⑴發出某一語言行爲時，發言人得讓該語言可以理解；⑵發言人得言

㊲ Jürgen Habermas, "What Is Pragmatics?", in *Communication and the Evolution of Society*, trans. Thomas McCarthy (Boston: Beacon, 1979), p. 8.

㊳ Josef Bleicher, *Contemporary Hermeneutics: Hermeneutics as Method, Philosophy and Critique* (London: Routledge & Kegan Paul, 1980), p. 152.

之有物，有個內容讓人瞭解；⑶發言人得藉此使別人可瞭解他；⑷他必須和對方達到某種理解。這幾個條件意謂着講話的內容必須可讓人理解、講話的方式正確、陳述的內容爲眞實，且得誠懇地表達出發言人的用意㊴。在這些要求和條件之後是一系列的語用觀，做爲語言活動的共同認識背景。這些語用條件背景不僅是互爲主體，內在於講話者與聽話者之間，有產生語言情況普遍架構的先驗語言成份，而且更是締建此條件的要素。約翰・湯姆森替哈伯瑪的語用觀做了很精簡的摘要，值得我們在此一提：

⑴能够和別人交談意謂着說話人能(a)與主體世界，(b)與對象世界締建關係，並能(c)做某些基本的區分。

⑵這些能力卽顯示說話人能掌握(a)人稱代名詞及其變化，(b)直指的表達法及指示代名詞，及(c)履行動詞及某些有特殊意圖的表達方式。

⑶對特殊種類的履行動詞能清楚掌握，使得說話人可以做區分，此乃語言處境之基本條件，這個關鍵加上四大條件的差異主題化傾向，構成區分語言行爲的原則㊵。

根據這些假設，哈伯瑪相信⑴在交往的過程裏至少雙方能對事情的狀況達成協議；⑵同意卽

㊴ Cf. John B. Thompson, "Universal Pragmatics," in *Habermas: Critical Debate*, eds. John B. Thompson and David Held (London: Macmillan, 1982), p. 121.

㊵ Tnompson, p. 127.

表示可能區分眞實與虛假之協議；⑶眞實乃是條件的需求與指陳性的語言行爲配合，說一陳述爲眞即該陳述之聲明內容可獲確證；⑷該聲明得以證實之條件在若且唯若所有參加交談者有一共同的理性見識。

不過，在讀貝克特的三部曲的過程裏，我們經常發現敍述者雖一時肯定某聲明，下面一句話却又馬上將之推翻，使整個情況變得無以確定。「無以名狀」卽充滿「此處一切是淸楚的，不，一切都不淸楚。但講述得繼續下去。因此，人揑造發明一些晦澀的說法。純屬修辭」（二六九頁）的陳述。再也沒有那一種語言和哈伯瑪的主張如此南轅北轍了。非但不說出「可以理解」的內容，敍述者竟坦承是「發明晦澀之論」，也就是他的聲明一點也得不到證實，他自己也說：「虛構會崩潰」（三二〇頁）。顯而易見，貝克特的人物並沒有提供「讓人瞭解」的內容，他們的問題毋寧是「如何繼續講下去」。無以名狀告訴我們，他的責任只在機械式地講下去，「不管是否可以理解或具有意義」，他的處境「儼如破車、瞎馬，無法接受知識訊息，也無法邁向馬庇或離開馬庇，同時也不在乎是要走過去或脫離」（二九三頁）。

在虛構巴西、馬伏、蟲及聲音的故事時，無以名狀的認知、溝通能力是極其有限的，他甚至「分不淸」主體與對象：竟把自己視爲馬伏、蟲。「馬龍之死」裏的馬龍也是這種情況。有趣的是無以名狀稱這種混淆不淸「可喜可愛」（二九八頁），最後遂被聲音圍繞，完全喪失了主體世界。

摩洛伊的文字觀也許最能表現貝克特的解構溝通方式：「我所知道的是這些文字知道的，是一些死物，小小一撮，有開頭、中間、結尾，彷彿細心雕琢的詞藻與沒生命的長奏鳴曲的結構一般。我說些什麼實在無關緊要，說卽是揑造」（三一頁），他身爲接受酬勞的作家却說「不想說什麼，不去知道你想說什麼，不願能够去說你認爲你想說的，而不停地講（幾乎不要斷）才是寫作時應該放在心上的」（二七頁）。摩洛伊的論點完全和哈伯瑪的語用觀要求相反，他既不想溝通，也不想知道講出的是否可爲人所理解。但由於現代人不能不有語言（傅柯說現代人被語言主宰、痲痺）㊶，摩洛伊和其他的敍述者均「不能不繼續講下去」。這和哈伯瑪的溝通理論未免有了十萬八千里的差距：不住地說，但又不想說什麼。

摩蘭和安柏思（Ambrose）神父的禮拜聚會正是這種情況。摩蘭並不想進一步溝通：「但由於離計劃仍有些時間，我忍耐再給他八分鐘，這八分鐘眞長，似乎無窮盡」（九三頁），這種懺悔顯然缺乏哈伯瑪所謂的「誠意」，也因此之故，他們一味談一些雞毛蒜皮的小事，避重就輕。摩蘭和他的兒子也欠缺溝通，連想要他去買脚踏車都講不清楚（傑克一直沒法理解）。摩蘭不僅和別人（優迪、蓋伯、傑克、安柏思、女僕瑪莎、持杖老人、追逐者、農夫，尤其摩洛伊）無法溝通，更和現實脫節，因爲故事是他虛構出的，一點也不根據「眞正」的情況（「眞正」其實是

㊶ Michel Foucault, *The Order of Things: An Archaeology of the Human Sciences* (New York: Vintage, 1973), p. 298.

個假象而已）。他和在場、不在場的人未能達成溝通，但却反諷地將報告呈給優迪——另一個他從來不理解、無法見到的人（讀者？）。一如雷蒙・費德曼（Raymond Federman）指出的，由於摩蘭未能找到摩洛伊，摩洛伊的虛構故事也否定了摩蘭的報導，因爲它並不可靠，沒法確切證實；另一方面，摩蘭的故事也否定了摩洛伊的旅程遭遇，因爲它是揑造不實的㊷。

在早先對普魯斯特的研究裏，貝克特即表達他的見解道：「根本沒法溝通，因爲沒有溝通的媒介」㊸，和訪問者交談時，他也堅決主張要讓混亂加入語言的範疇：「隨便聽人講五分鐘，你就會發現混亂。混亂無所不在，我們最好讓它進來。唯一的革新機會是把眼睛放亮，看到亂糟糟的一片」㊹。這些文字顯示貝克特對「一般」（實際上是理性式的壓抑非理性、沒法溝通）語言行爲哲學是有着不滿，他呼籲世人注意到「溝通」以外的成份（混亂和不可溝通性）。這一點是和德希達評論奧斯汀、索爾的「理性」語言學極爲相似㊺。

從貝克特本人對語言溝通方式的論點，找出莫玆納（Fritz Mauthner）的影響踪跡，邊・玆米

㊷ "Beckettian Paradox: Who Is Telling the Truth?," in *Samuel Beckett Now*, p. 111.
㊸ Beckett, *Proust*, p. 47.
㊹ Driver, 22.
㊺ "Signature Event Context," *Glyph*, 1 (1977), 172-97; "Limited Inc," *Glyph*, 2 (1977), 162-254.

最近指出貝克特文字的八個特點：

⑴思考與講述乃同一活動。

⑵語言與記憶同義。

⑶語言全爲隱喻。

⑷世上無絕對眞實、不受限制之物。

⑸自我乃應機而起，不脫離語言存在。

⑹人與人之間的溝通乃不可能。

⑺唯一的語言應是簡單的語言。

⑻批評語言的最高形式乃笑與沈默㊻。

以同樣的方式，伊利奧普勒（James Eliopulos）專究貝克特選擇、安排語言媒介以表達「無能」、「無知」的類型，也提出貝克特劇作的十一種文體風格特徵㊼。

但是，貝克特的人物何以會從事寫作，且在虛構故事和讀者溝通的同時，便體會到其「不眞

㊻ Ben-Zvi, 187-88, 友人鍾國雄的論文"Blathering about Nothing in Particular: The Dissolution of Language in Beckett's *Waiting for Godot*," 淡江大學西洋語文研究所碩士論文（一九八四年六月）對此有更深入的探討。

㊼ *Samuel Beckett's Dramatic Language* (The Hague: Mouton, 1975), pp. 102-04.

實」性，仍是有待研究的問題。「馬龍之死」裏有一段頗爲傳統的書信體裁，是馬克曼寫給情人莫娥的情書。信件和文字、寫作一樣乃是要寄語給不在眼前的人物，而作品之能產生意義又在作者本人不在現場。摩蘭給優迪的報告也顯現這種特點：優迪從未出現，而寫完報導之後，摩蘭又出門找摩洛伊去了，優迪可能從此沒再看到摩蘭，優迪的命令是透過蓋伯傳達，值得注意的是蓋伯總要隨身携帶筆記簿，優迪的話只在本子上展現，換句話說優迪的話語總已(always already)是書寫文字。在第一部小說裏，摩洛伊說他認爲「現在」式是「神話」性的現在式（mythological present），因爲過去已成故事，不在眼前，很容易便能以現在式去講過去的事（二十六頁），以另一種符號替代不在之事物（absent）。他稱死狗的女主人蘿思爲馬葛（Mag），只因爲這聲音讓他想起「媽」（Ma），利用這種符號替代，他滿足了對母親的想念欲求（十八頁）：馬葛暫時成了媽媽。然而，在這替代底下，他是深深意會到無法避免的歧異，如摩蘭報導文字的開頭與結尾雖講同一件事（下雨午夜），却因時間的延續（deference）而產生差數（difference），象徵現實的消逝、無以掌握[48]。他的報導不僅和摩洛伊的陳述（故事、過去）有關，亦繫於未來他將發現的，在這中間，他的文字只是「衍異」（differance）與「軌跡」（trace），正如費德曼所說是「語言的小說」（le roman du langage）—記憶與延長之間的語言活動[49]。馬龍與無以

---

[48] Derrida, *Speech and Phenomena*, p. 132.
[49] Federman, in *Samuel Beckett Now*, p.112.

名狀的文字尤其使其本身隨着新人物的出現而變形，以馬龍的話來說：「我溜進他裏去，以便學到某些東西。在我死前，我將找到過去的軌跡」（因此，薩波卽與馬克曼有「衍異」的差數，從一個學童化爲流浪漢，中間是透過時間、空間的歧化）。無以名狀則要「永不到達任何地方」，自己最後也消失爲文字，變爲衍異活動的軌跡，不斷播散，脫離本源，自我放逐。

四、放逐、疏離、去中心

「真正安頓存在的情狀乃是如此：生而有死的人類不斷重新找尋安頓存在的本質是什麼，他們得一再學如何安頓存在。如果人的無以安頓是由於人仍不把真正安頓存在的情狀看作是實在的情狀，那又將如何？」

馬丁・海德格，「存有與時間」

在一篇精簡但深入的論文裏，詹・侯肯森(Jan Hokenson)說道：「不僅只是現代作家力求自我表現的炫麗描寫，三部曲對現代世俗人生的痛苦、無能爲力與勇氣做了極其深刻的處理㊿」，

㊿ "Three Novels in Large Black Pauses," in *Samuel Beckett: A Collection of Criticism*, ed. Ruby Cohn (New York: McGraw-Hill, 1975), p. 73.

其主題乃是遭到遺棄的放逐、追尋、痲痺和嗡嗡作響的聲音。在這個主題單上，放逐是排在第一位，因爲貝克特確實勾勒出「去除中心」後的崩潰世界，在這種社會裏，人只感受到分隔與殘缺，無法接觸本源、自我、他人，或達成瞭解、心靈定位及意義。很自然的，批評家如弗雷哲便將三部曲的兩部放進「遭謫人物」(the hero as outcast) 的範疇裏，而約翰・畢林 (John Pilling) 也認爲貝克特的整個世界「大、小宇宙均已粉碎」，構成這個世界的個體亦已解體：那是個充滿「陌生人」的世界[51]。

三部小說的主角均是遭放逐的人物：摩洛伊找不到他母親，在城裏流浪許久；摩蘭被遣離家門，外出尋找摩洛伊；薩波出走變成另一個人—馬克曼，而無以名狀連自我都找不着，只能被迫參與聲音。這些人物很少停留在某地，除了在母親的房間或醫院、地獄：摩洛伊在蘿思的住處充寵物的替代品，摩蘭被農夫趕走（雖然他只碰巧站在農夫的田上等天放晴），馬龍（馬克曼亦然）住瘋人院，薩波僅能和朗伯特一家人短暫相處，因爲他們一點也不能瞭解、接受他，馬伏回到家裏，一切都已改變，沒有任何事物值得他留戀，只好又動身外出，蟲變成招牌，無以名狀則身處黑暗的深淵，不知自己流落何地。

三部曲的放逐主題並不局限於外在的處境整個變得不熟悉或喪失聯繫，放逐毋寧深入心靈的

---

[51] Fletcher, *The Novels of Samuel Beckett*, pp. 59-176, Pilling, pp. 36-37.

內在情狀，表達出感情與價值觀的落漠和枯竭。外在的隔絕其實僅指出個體內在的孤立感及其無法達成意義整體感（totality-of-significations *Bedeutungsganze*）的無以自處感（mental dislocation）。摩洛伊最後陷入的壕溝正象徵漫長的放逐勢必導致的深壑；摩蘭第二度出發找尋摩洛伊所面對的外在空間是充滿了模糊與矛盾，因爲那不啻是自我放逐（以摩蘭的話說是「成年的放逐」，一五六頁），終究徒勞無功。「馬龍之死」結尾時雷繆爾闖禍後駕船逃走，恐怕也是凶多吉少，而無以名狀於聲音、靜默之間擺盪，最後是以消匿自我，讓「他人」（They）得志的方式，繼續其內在的放逐。

「摩洛伊」故事一開始，摩洛伊便在他母親的房裏。他曾嚮往母親，等被解救，放進母親的房間後，他却說：「現在是我住那兒了，我不知道我怎麼來到那兒的」（九頁），值得注意的是他說兩次（因此不會是無意的）「那兒」（there）而不是「這兒」（here），顯得是有疏離感：一度熟悉的地方，現在變陌生了。脫離了中心（母親），被拋入另一個處境，使他的心靈爲之無以自處，似乎連根拔起，不再能理解或講述現實世界。追踪摩洛伊的任務一旦結束，摩蘭也感覺到失落感：蜜蜂、母雞死了，房子也空空蕩蕩。馬龍不斷將自己的地位讓給虛構人物，最後則交給死神，而無以名狀的開場白「現在何處？是誰？何時？」尤其顯現了陌生感。

就這一點看，貝克特的三部曲反映了現代文學經常出現的主題：傳統的穩定中心已粉碎。現代思想史的特徵是上帝與本源已消逝。在「反基督」（*Anti-Christ*）裏，尼采質疑傳統以上帝為中心的觀念，喚基督教的世界觀念是「純粹虛構」，僅由「想像的因、果、存在、心理、目的論」構成[52]。傅柯（Michel Foucault）於他對人類論述的研究也指出：十九世紀時，古典語言的秩序已告結束，文字不再剔透明澈，語言開始喪失其知識領域的作用，轉而主宰、痲痺人類[53]。不像十八世紀以前的人「要回到本源，意謂將自己儘可能置於接近再現眞理的地位」，現代人發現本源已「難以置信」。由於勞力、生活、語言獲致其歷史性（historicity），本源不再產生歷史性了。歷史性反而以其巧構，使得本源變得可能，因此，古典歷史的連續、穩定系統不得不消退，起而代之的是斷裂和不連續性。尼采對形上學的批判、佛洛伊德對意識（自我現存）的質疑、海德格對本體神學的瓦解皆為現代思想史的斷裂之學，他們不但指出傳統現存形上學的謬誤，更指出這些形上學如何以其「神話」（mythological）的論述加深、强化其可信性，儼然為哲學、心理學之正統。經過這些斷裂和質疑，現代人開始認為中心並非現前穩定的存在，換句話說，中心並沒有「自然的處所」（natural locus），它只是個作用（不是定點），正因為它不固定，無窮盡的符號替代始能加入其活動[54]。人遂受語言活動的主宰，和本源、中心、自我、「終」

---

[52] In *The Portable Nietzsche*, ed. and trans. Walter Kaufmann (New York: Viking, 1954), pp. 581-82.

[53] Foucanlt, *The Order of Things*, pp. 296, 298. 王德威先生對傅柯的思想曾作簡介，「再論福寇的歷史文化觀」，中外文學，十二卷十二期（一九八四年五月），一〇七—一二五。

[54] SSP, p 249.

旨（目的）脫離。

除了思想的斷裂，現代文明也產生了「疏離」（alienation）的現象，人不僅和本源無緣，更和別人、社會、自我疏離了。在貝克特之前，杜斯妥也夫斯基、卡夫卡、卡繆、沙特、喬埃斯、湯瑪士．曼、普魯斯特都對「疏離」的主題深入探索，但沒有作家像貝克特一樣強調現代人已再無中心可以倚賴：他的敍述體一再添補自身，顯現出匱缺中心點。相對於傳統小說之講究連貫與富有意義，貝克特的三部曲只是文字遊戲和虛構的故事，甚至彼此消去。和卡夫卡的「蛻變」比較起來，「蛻變」的主角葛雷哥．山沙（Gregor Samsa）仍以房間、家庭、溝通爲中心（雖然無法保有它們），貝克特的人物則不再有中心，一切都是揑造出來的文字，也絕不具有「變形」的神話成份。

內在放逐的去中心模式首先是顯現於摩洛伊的敍述。摩洛伊見不到母親（本源）後，寫作似乎是他存在的唯一目的，但他是被迫寫作，不僅在環境（母親的房間）、周圍的壓力上，他覺得不自在，他和自己的「故」事也十分陌生、疏離。和其他敍述者一樣，他只能亂說（亂寫）。在旅程裏他說他和自己的影子玩（二十五頁），這幅畫其實是他敍述文字的寫照：「含糊的影子映在牆上。我開始玩，做手勢、揮帽、轉動脚踏車、響喇叭」和他拿過去的不明確影象玩是沒有兩樣；在缺乏中心，無法再現眞實處境的情況下，摩洛伊只能玩影子和語言—揑造。

摩洛伊除了脫離本源之外，還和外在世界斷絕連繫，例如他的兒子已不知去向（Eugene

Webb 臆測摩洛伊的兒子乃摩蘭）55，他留在蘿思住處的大部份時間只管吃喝，似乎替代了狗的位置，不僅和社會隔離、再度和母親隔絕（他暫時找到了蘿思當母親），他和蘿思之間也全無溝通。在警察局裏，他尤其不知何以容身。他像優里西斯一樣，在外流浪了許久，到不了目的地；當警察問及他的身份時，自我把他都給放逐了：他想了好一段時間，卻記不起自己的姓名。警察們對他一點也不尊重，只有一位女人同情他，但摩洛伊無法瞭解她的用意。在森林裏，一個男孩想幫助他，摩洛伊竟把他打倒。由於欠缺瞭解，摩洛伊沒法和外在世界、他人建立任何關係：一切只是「那兒」，而不會是「這兒」。正如霍夫曼所說，貝克特的人物在空間上浪盪，中心一直移動，得不住思索、探尋其意義，以圖解決存在本身的疑問56，摩蘭不是被迫放逐，便是自我放逐。

摩蘭接到優迪的指示，立卽離家（中心）找尋摩洛伊，先是引起家庭內部的糾紛，其次是宗教（和安柏思神父）的麻煩，從中我們可以看出他和別人、神的關係是十分表面的。他的兒子傑克顯然並不敬重他，摩蘭也始終無法讓傑克瞭解他。厨子瑪沙也疑心病重，不能信賴。摩蘭雖然有個家，卻是個崩潰的家，絲毫無連繫的力量，中心遂不成立中心。每一個人（優迪、蓋伯、安

55 Webb, p. 32.

56 Frederick J. Hoffman, *Samuel Beckett: The Language of Self* (Carbondale: Southern Illinois Univ. Press, 1962), p. 48.

柏思神父、甚至自己的兒子、父親）都是過路人。儘管距離如此之近，却那麼陌生、疏遠。他和安柏思神父的談話充分呈現「不眞」（inauthenticity）和人類存在的墮落（falling of Dasein）[57]，摩蘭本想懺悔，但找不着實質的話題，只能談些無聊的話。摩蘭遇見持杖老人時，突然之間，他對那把巨大的拐杖着了迷，後來莫名其妙地便殺了追逐老人的男子。在他的荒謬行徑底下，並沒有眞正的動機或意義，除了欠缺瞭解和人與人之間的疏離。對摩蘭來說，摩洛伊只是個虛構出的中心、對象，他並不能找到、接近它，因此最後摩蘭得再回到這個膚淺的中心、空洞的地方。結尾的文字詭異，否定了開場白所道出的處境，卽顯出中心業已失落，現實已喪失其眞理價值。

「馬龍之死」則是一系列的自我放逐：先是講話人的自我，然後是人物的自我。故事一開始，馬龍卽意味到他在瘋人院裏離死期已不遠，他對自己便以放逐方式的「中立、不動」的態度看待。他亟力排除自我，以便講述虛構人物的故事：故事是拿周遭的事物編織成的，自我僅爲「結構」中心，不斷讓步給其他角色。因此之故，小說是以垂死的自我肇始，而結尾則暗示自我已死（在創作之中已經喪失）。故事的第一個主角薩波是自願式的放逐自己。他既無法讓父母親瞭解他的想法，也不能達成父母親的期望（通過考試之後，從事貿易行業）。他和家人的疏離情

[57] Martin Heidegger, *Being and Time*, trans. John Macquarrie and Edward Robinson (London: SCM, 1962), pp. 210–14.

況可從他經常離家出走，到農村拜訪朗伯特一家人看出，但是擺盪於兩者之間，薩波和他們並無溝通，最後只能放逐自己（自我），變成另一個人—馬克曼。馬克曼被放進瘋人院裏，後來又被雷繆爾剝奪其地位，和馬龍一樣，均被外力放逐，強迫離開房間（寫作的「背景」）。雷繆爾的暴戾和死神的殘酷作風正是這個缺乏瞭解、人與人自我或他之間不斷疏離的世界裏，唯一可讓「溝通」繼續下去的力量。敍述體最後的「從沒任何東西 那兒再」不但表示作者（馬龍）已死，也將原先的中心與背景脈絡連根拔起，好讓作品繼續其獨立的生命，訴說解除自我的故事。

無以名狀被聲音指使，邁向無法控制的流浪（他自己說：「我感覺周圍沒有安身之地，沒有目標，不知道是什麼，它就是不停」，三六七頁），沒有止境的放逐和去中心。從巴西到馬伕、虫、聲音，語言主宰了無以名狀，強迫他一直講下去，不斷飄流，如同小說的主題表現出現代人遭本源、中心、自我、結尾等放逐，三部曲本身也從作者手中溜逝，自我放逐出來，繼續講它的故事，等待無止境的詮釋（與符號替代）。不斷添補的虛構組成了三部曲的敍述，且以解構的溝通方式宣判原先講話人、現場的逝世，道出去中心的疏離和放逐，而批評與閱讀也一樣仍得繼續下去，不可能到達定點或結論。就這一點看，貝克特的三部曲是對文學固定義起了質疑，要人拒抗統一化、專斷化的傾向，好讓各種聲音再發展下去。

後記

貝克特在現代小說、戲劇上的地位是衆人皆知的，但對三部曲的虛構故事、矛盾表達、自我放逐等主題與詮釋（閱讀）理論的關連却很少學者論及。本文以解構批評的「符號替代」和「添補」觀念，嘗試指出貝克特的「去中心」作風不僅是對傳統寫作的質疑，而且也蘊含文學理論方面的啓示：文字也是在喪失本源、中心、自我、終旨的時候始能繼續發展其聲音。首先，筆者提出批評、閱讀活動的「猶如」(as if) 層面，和小說裏敍述者的揑造 (inventing)，同屬創作、虛構性的符號替代。其次，三部小說分別顯現「中空」的四項主題。這些主題在敍述方式、溝通傳遞、人際關係上均淸楚可見。本文在很多方面仍未脫形構批評的局限，尤其夾雜傳統及解構方法，似乎將解釋思想變成一種方便的詮釋技巧，然而主旨是想藉分析作品去闡發理論。全文節譯自筆者一九八二年六月提出的碩士論文（"The Decentered Universe of Samuel Beckett's Trilogy" 臺灣大學外文硏究所），原書曾入選爲七十二年度國科會學術硏究成果獲得獎助之代表作。

六　解構所有權

——坡、拉崗、德希達、姜森、凌濛初……

「解構」(deconstruct) 雖發展自海德格的哲學概念「瓦解」(*Destruktion*)，却比較接近「分析」(analysis) 一詞的字根義：「解開」、「瓦解」、「釋」(undo)。因此，解構一作品斷非胡亂質疑或隨便推翻舊說，證明意義不可能，它只是要更深入地讀出前人所沒有省察到、有系統但却不自覺地忽略掉的，藉着更細讀作品 (by reading the close readings more closely)，看出新批評與形構批評（formal-structuralist）所標榜的細讀仍不够細密❶，因爲細究之下，詮釋（「解」）早已是一人文構成（「構」），强在混雜無序中理出結構，排除其他變項，力圖鞏固條件限界，一心要將主題加以中立、縮減化，控制意義的「播散」（dissemination）及其自由活動（freeplay）❷，每每揭櫫系統性的歧異和彼此之間的對立差數（oppositions, differences *between*），而未見到歧異本身便有其內在的差數（differences *within*）❸，所樹立的概念、次第往往逃避自己要達成的分別、決定作用。

有鑒於此，解構批評試圖藉仔細剔出作品本身針鋒相對的意義力量（by careful teasing out of warring forces of signification within the text itself），反對一義壓倒羣解的獨斷，抗拒批評統合一切的專制作風，强調批評、詮釋活動雖刻意要主宰作品，其本身却無以掌握意義，在意符（signifiers）、語言的變化萬端下，所有的閱讀都傾向「寓喩」（allegory of reading）

---

❶ Paul de Man, "Introduction," *Studies in Romanticism*, 18 (Winter 1979), 497-98.

❷ Jacques Derrida, "Structure, Sign, and Play in the Discourse of the Human Sciences," in *The Structuralist Controversy* (1970), and *Writing and Difference*, trans. Alan Bass (Chicago: Univ. of Chicago Press, 1978), pp. 278-81.

❸ Barbara Johnson, *The Critical Difference: Essays in the Contemporary Rhetoric of Reading* (Baltimore: Johns Hopkins Univ. Press, 1980), pp. x, 4, 12f. 這兩種差別是姜森的主要論點，遍佈全書，柯勒在近作裏也加以採納，見Jonathan Culler, *On Deconstruction: Theory and Criticism after Structuralism* (Ithaca: Cornell Univ. Press, 1982).

❹，是以另一個詮釋符號，代替作品文字，讓不同時空的經驗平添其向度，開放給各種讀者。閱讀因而解開了作品的脈絡背景，其功用不再僅是回歸到作者的「原意」（*vouloir dire*）或要在字裏行間找到可以指認的事實（reference）、眞理。作品反而是想抗拒作者的原意或文化、背景的限制。相對於「擬似模仿」現實世界的觀念（mimesis），語言文字倒比較依賴「比喩性」（figurality），不斷展現本身的問題：彷彿要訴說某一眞理，修辭上却暗示另一回事，而產生了內在的歧異。

這種批評思想所代表的精神看似是「否定」、「破壞」、「標新立異」（甚至被人譏爲「走火入魔」），其實是以「自我省察」的（self-reflexive）態度來追問❺：爲什麼我們會認定有個

---

❹ Johnson, p. 5; J. Hillis Miller, "The Critic as Host," in *Deconstruction and Criticism*, ed. Geoffrey H. Hartman (New York: Seabury, 1979), pp. 252-53; Paul de Man, *Allegories of Reading: Figural Language in Rousseau, Nietzsche, Rilke, and Proust* (New Haven: Yale Univ. Press, 1979), pp. 19, 74, 245.

❺ 以下這些問題分別取自德希達的 *Of Grammatology, Margins of Philosophy, Writing and Difference*, "The Purveyor of Truth," "Limited Inc abc…," "Signature Event Context." 柯勒在「解構批評論」一書裏便說解構批評像是坐在樹枝上，却又以質疑去鋸除樹枝，全不慮及掉下來，身落何處，也不知道是否會將樹枝全部鋸除，且如何着地？見 Culler, p. 149, Christopher Norris 也在他的 *Deconstruction: Theory and Practice* (London: Methuen, 1982) 一書封面上放個大問號。

決定意、作者的意圖、原意？難道口語、音聲（speech）就比書寫、文字（writing）來得優先而更接近眞義嗎？是否有可能連口語本身都用到文字法則，因此是原型文字（archi—writing）的一部份？什麼是「本源」、「結構」，甚至「眞理」？前人所謂的「中心」點會不會就在「邊際」？能擔保架構（framing）不致有漏失嗎？是否在每個意義結構之中，都有另一種推翻性或反方向的力量，因而在揭露意義的同時，也暗示掩匿了意義（the possibility of concealing meaning through the very act of uncovering it）？信束意符（letter）總會到達目的地嗎？語言文字總可以溝通，產生行動和踐履嗎？它是否也依靠其重述性（iterability）而不得不與脈絡背景決裂，隨時漂流，不屬某個書寫時刻或某種印記所有？什麼又是意符的「所有權」（ownership）？

對最後這一道問題，牛津大字典、韋氏大字典、美國文粹大辭典異口同聲，都認爲「所有權」表明所有人、擁有者（owner）的情況或事實，顯示此人有合法的權益、名份擁有某物，同時也和財產私有權（property, proprietorship）和主權（dominion, dominium）相近。但是，何謂「所有人」？牛津大字典道：「擁有或持有某物爲己有之人；財產所有人；對某物有合乎權利之聲明、名份者（雖然他也許並不擁有）」，我們從此彷彿看出「所有」似有另一種「匱缺」（lack, absence）：「也許並不擁有」。倘若進一步看「所有」（own）的字根（古英文作*āgen*，古德文作 eigon），其意義倒近乎具有「擁持」與「欠」兩義的 owe，牛津大字典就 own 一字的動詞用法說：「使某物成爲自己所擁有；爭取、贏獲、得到，採納以爲己有」，而美國文粹大辭典對「所有」的形容詞用法則說：「屬於某人或物自身；個人的；特殊的：用來强化擁有的事實，通常前頭有所有格代名詞……有時則用來指出自己是一活動的唯一動作者❻。」

這段文字用到「强化」一詞，實在值得注意。我們綜合來看，顯然「所有」並非靜態的「擁有」，而是暗含着「爭取得來」的意味；因此倒較接近以下我們將要討論到、拉崗所說的「持有」(hold, not possess)，且細加端詳之下，所有權本身之中似乎有另一股對匱缺的不安、焦慮，想「强化」擁有的事實來掩飾匱缺。更深入看，所有權乃是因應匱缺而成立，所有權一直總是受到匱缺的包圍、侵擾，因爲每持有一物，我們便向匱缺聲明、强化所有權：「這是我的」。準此，所有權總已銘刻、內在於匱缺之中，藉着擁有，我們也體會到了匱缺的所有權仍未爲吾人取得此一事實。從表面看，所有權儼然與匱缺水火不容，但實際上所有權本身便有其差數，而且似乎是在外緣的匱缺，其實就位於中心點，以沒被覺察到的方式暗示所有權是匱缺的所有物。

拿這種「所有」爲「持有」或「所有權」屬匱缺的觀點來讀坡（Edgar Allan Poe）的「失竊的信束」（"The Purloined Letter"），我們便會發現當代新佛洛伊德學派心理分析思想家賈克・拉崗（Jacques Lacan）與解構批評的中心人物賈克・德希達（Jacques Derrida）兩人的不

---

❻ *The Oxford English Dictionary* (Oxford: Clarendon, 1933), VII, pp. 344-45; *Webster's Third New International Dictionary of the English Language* (1971), p. 1612; *The New American Heritage Dictionary of the English Language* (1969), p. 938.

同詮釋並非如表面那麼的截然迥異、無以妥協，而芭芭拉・姜森（Barbara Johnson）爲二人所作的疏通也仍不無可議之處。以下在我們摘要敍述「失竊的信柬」的情節，並略加解構析讀之後，將逐一對這三位批評家的論述作簡評，並以明凌濛初的二刻指案驚奇卷之三「權學士權認遠鄉姑，白孺人白嫁親生女」進一步解構所有權，質疑長久以來與話本（擬話本）相關連的「語音中心主義」（phonocentrism）。

1

詩人兼小說家坡的「失竊的信柬」節本於一八四四年問世，全文則於一八四五年收入標題頗爲反諷的故事集：「禮物」——全都有關竊盜⑦。故事內容敍述一位皇室貴婦甫接到的信柬遭大使取走，乃敦請警察廳長率其部署傾力偵察，然尋遍大使落腳的旅館，前後費時十八個月，始終無所發現，最後由杜賓（C. Auguste Dupin）前往拜會大使，於不起眼的壁爐上的紙板架裏，發

---

⑦ *Chambers Edinburgh Journal*, 48, n. s. 30 (1844), 343-47; *The Gift: A Christmas, New Year's and Birthday Present* (New York, 1845), pp. 41-46; 本文引用 *The Complete Poems and Stories of Edgar Allan Poe* (New York: Knopf, 1958), II, pp. 593-607, 以下僅稱PL,並註明頁碼，以括號納入正文中。

現到一封破破的信柬，雖然大使在信封上動了手脚，改寄給自己，杜幫從各方面推敲肯定它便是失竊的信柬，遂在第二次造訪取回鼻烟盒時，故意在街道上製造事端，引開大使，並以贋品信柬伺機替換，將原信取回，與廳長打賭成交，使物歸原主。不過，故事的重心並非放在取回信柬，而是在藏信、取信的心理。信柬的內容也不足輕重，主要是其隱匿與揭露的過程，且全篇故事一直環繞隱與揭的敍述、對話、雙重引述上，充滿了互爲指涉性，如故事一開頭是在書房中，第一人稱敍述者與杜幫沉醉於默思中（敍述指涉及書與以前的事、思），而故事結尾則是杜幫留給大使的信柬引文（出自克黑比庸 Crébillon 的作品 *Atrée*）：

"——Un dessein si funeste,
S'il n'est digne d'Atrée,est digne de Thyeste.

如此罪大惡極之計謀，
倘不值亞杜斯，倒是塞埃斯提兹應得的。

這兩行是亞杜斯（Atreus）報復其弟塞埃斯提兹姦嫂之惡行，將塞之子殺害，以其血其肉款待塞埃斯提兹所發的獨白，坡以第一人稱敍述者引杜幫引用這段話（杜幫將這段話放入雙重引號內，如果我們再推進一層，倘有劇作家克黑比庸，亦引述亞杜斯）；而故事的主角杜幫也指涉到坡的兩篇作品（"The Murders in the Rue Morgue," "The Mystery of Marie Roget"），不僅信束（letter）被取竊、變形，文字（letter）也有相似的經歷。

但，最應注意的是，這種情況提醒我們：故事中信束的所有權和隱匿性一直逃避自身，不斷變成問題（put itself into question）。故事一開始的書房、默想、沉靜（profound silence），彷彿使敍述者與杜幫無法對現下的事物聲言其所有權：每一個人都被不在現場的事、思、人所縈繞（preoccupies with what is absent）。在這種情況下，突然巴黎警察廳長G先生來訪，打斷了思想的所有權，從此另一個意符、信束的所有權和隱匿性開始聲請、吸引每一個人的興趣（有趣的是，廳長G先生揭露性的敍述是在黑暗中進行的，而他想揭露的眞相——大使D所隱匿的——却因他認定大使是詩人，所以一定不大聰明〔he is a poet, which I take to be only one remove from a fool, *PL,* p. 597〕，而有所不見，愈揭彌隱。早先，杜幫告訴他也許神祕就是太淺顯〔perhaps the mystery is a little too plain, *PL,* p. 594〕，不必鑽牛角尖便能找到，杜幫的話却令廳長無法相信，因爲他自始便假定神祕必十分隱匿，絕不致顯而易見。）

廳長告訴杜幫和敍述者的是從皇室傳來信束遭取走的報導：皇室貴婦接到一封信束，正閱讀時，恰巧她丈夫走進來，爲了怕信束的內容洩漏，危及自己的地位，皇室貴婦將它匆促置於桌面，地址朝上，內容朝下，躲過她丈夫的注意。不過，這時候大使D進來了，他「銳利的眼睛立刻看到信束，認出地址筆跡，覺察皇室貴婦的窘迫，並洞悉她的神祕」，討論了公事之後，他取出一封和皇室貴婦接到的信柬類似的信，假裝閱讀信函，然後把它放在桌面上，再討論公務十五分鐘，最後在臨走時將皇室貴婦的信柬取走，皇室貴婦雖然眼睜睜看到自己重要的信柬被掉包，却礙於她丈夫在旁，不能引起他的疑心，只好眼睜睜看信柬被取走了〔*PL*, p. 595〕。

信柬彷彿是皇室貴婦的所有物，但是它却一直逃避所有權、被變形、倒置翻轉。我們不知道信柬的寄件人是誰，然而，皇室貴婦是眞正的收信者嗎？在大使D進來將它換走之前，她丈夫的現身（presence）便開始讓這個唯一的收信權產生動搖：他也許會把信取過去，剝奪了信柬的所有權，甚至貴婦在皇室的所有權——名份、地位、尊嚴、信譽、生命。大使看出筆跡，也表示信柬是以其重述性、開放性，揭露出無法控制、壓抑的作品意義（textuality），亦即信柬非一人所專有。因此，大使將它取走時，皇室貴婦雖想聲明其所有權，却無法辦到，而且也不可能。

值得注意的是坡强調信柬的流落、漂浮過程及其意符（signifier）作用，信柬儼如作品，原意已不爲人知，信柬不必要有固定的意指（signified），它只是流動不居的意符（mobile signifier），在讀者之間傳來遞去，僅此已構成其存在的意義。（拉崗的問題就在將此意符强說成爲意指：失竊的信柬象徵皇后所缺乏的陽物，對「他物」的渴求，因此作品論爲訊息，過程變爲結果，如以下我們要討論的）。

信柬被竊走後，皇室貴婦每天更加深信有必要將她的信柬取回，坡用「再聲言其所有權」、「再要求…歸還」的字眼："reclaim"（*PL*, p. 599），充份暗示出信柬一直只被「持有」（而非

「擁有」），因而有重新「强化」其所有權的可能性。在一篇談到個人經驗與閱讀作品交互作用的文章裏，諾曼・霍蘭德（Norman N. Holland）指出他一方面像杜幫是個分析者、知者（knower），一方面也是關連者（relater），儼如故事的敍述者⑧，而有趣的是他認爲坡的「失竊的信束」是從某地到另一地的故事，專門探究脈絡改變作品、作品改變脈絡的「替換、轉移」，不斷增加其讀者反應，平添各種閱讀的可能性，使整個經驗變得更豐富（p.370）。也許正是這個道理，信束的內容並不揭露給外人知道，我們只看到、讀到所有權的轉移和重申。

故事的重心部份便在敍述所有權的重申過程，先是巴黎警方竭盡所能搜查大使的寓所，巨細靡遺，但徒勞無功，因爲大使是個高明的隱藏家，他洞悉警方勢必深入偵察，所以持反神祕的簡單方式，將信束略動手腳，放在不起眼的位置，廳長不明究理，遂執意細查，最後才由杜幫設身處地（他事後所說八歲小孩猜中「奇偶數」遊戲的故事，即要闡明他善於反身設想），分析大使（詩人兼數學家）的心態，研判大使推斷所有人均會隱藏信束，而他却偏偏反其道而行之。因此到頭來，一切仍逃不過杜幫的法眼，信束也因而得以取回。這個表面似是重申所有權的過程遂也暗示出所有權是開放的，可以被接近、竊取、轉變、破壞，所以取回的信束內裏翻出(turn inside

⑧ "Re-Covering 'The Purloined Letter': Reading as a Personal Transaction," in *The Reader in the Text: Essays on Audience and Interpretation*, eds. Susan R. Suleiman and Inge Crosman (Princeton: Princeton Univ. Press, 1980), pp 350-70, particularly p. 359.

out, 霍蘭德便對這種現象作相當縝密的解析），地址、印記也遭更動了，信本身更經歷到沾污和毀損。這正指出：所有權本身便具有匱缺的力量，時時支解所有權，置之於深淵（mise en abîme），要它一再播散，與自己所宣稱的主權不斷決裂、分化。

2

坡以故事的絕大篇幅敍述藏匿、竊取信柬的心理及各種人的心態，因此拉崗對坡有「異乎尋常」、「不可解釋」（對美國批評家如艾略特等人而言）的興趣[9]，實是不難理解的。除了坡的「失竊的信柬」，拉崗也曾拿「莊周夢蝶」、「哈姆雷特」等作品來說明「欲求」（desire）、「想像自我」（the Imagery）、「象徵次第」（the symbolic order）。他的理論大致是要闡揚佛洛伊德的學說（但據有些人看，拉崗雖自稱是門徒，却另闢蹊徑，且與佛洛伊德

[9] Jeffrey Mehlman, "Poe Pourri: Lacan's Purloined Letter," *Semiotexte*, 1, 3 (1975), rpt. in *Aesthetics Today*, eds., Morris Philipson and Paul J. Gudel (New York: Meridian, 1980), pp. 413-14. 拉崗的「座談」一文亦收入此書裏，原文 "Le Séminaire sur 'La Lettre volée,'" *Ecrits* (Paris, 1966), 1, pp. 19-75; "Seminar on 'The Purloined Letter,'" *French Freud: Structural Studies in Psychoanalysis*, *Yale French Studies*, 48 (1972), 38-72, 以下引作 *SPL*。

有許多歧出之處）⑩，其研究重點爲心理主體（subject）的形成過程及心理分析中語言的角色和作用⑪；根據他的見解，心靈、無意識主體是流動變異、空無中心的，其結構是透過語言，因此乃是意符的領域，亦即是不斷重組主體的「象徵次第」：「象徵自我——想像自我——眞實」（Symbolic-Imaginary-Real）。由於心理主體從小於鏡映期（mirror stage，六至十八個月大）看到自我的幻影意象，便拿它（他物）（the Other）來組構自我的形象，或延伸至外在世界，將他人也構想爲對象，以自己看到或想像（意識或無意識到的）形象來認同、分別、替代，拉崗稱這種形象構成的世界觀爲「想像自我」；「象徵自我」的象徵則發展自索緒爾和雅克愼，它是以彼此之關係來產生分別性作用的意符，因此是產生意義的串連機構（signifying chain），由它來組織想像自我，給予方向；『眞實』既非形象亦非象徵，也不同於現實情狀（reality），它

---

⑩ *Le Séminaire, Livre XI, les Quatres Concepts fondamentaux de la psychanalyse* (Paris: Seuil 1973) pp. 72-73; 英譯爲 *The Four Fundamental Concepts of Psychoanalysis* (London: Tavistock, 1977); "Desire and the Interpertaion of Desire in *Hamlet*," *Yale French Studies*, 55/56 (1978). Paul Ricoeur, *Freud and Philosophy: An Essay on Interpretation*, trans. Denis Savage (New Haven: Yale Univ. Press, 1970), pp. xi, 367.

⑪ 見他的 *Ecrits: A Selection*, trans. Alan Sheridan (London: Tavistock, 1977), pp. 30-113, 146-78; Anthony Wilden, *The Language of the Self: The Function of Language in Psychoanalysis* (Baltimore: Johns Hopkins Univ. Press, 1968), pp. 1-87, 159-311.

是主體可以接近但無法觸及、總已存在的世界，同時也是個文字世界⓬。

如果以圖來顯示，拉崗的「象徵次第」是有著兩個自我，「自我一」(Ego 1) 是心理主體純然本我、充滿欲求的我（I），他追求「完整性」(totality)，一意想與母親 (Other) 和合，渴望滿足 (gratification)；「自我二」(Ego 2) 是小我 (me)，乃社會、法律、語言（由父親代表的「他」）交織組構、壓抑的「理想自我」。「自我二」相對於自憐傾向 (narcissistic)、自以爲完整的「自我一」，乃是社會文化媒介活動的產物，不斷靠成規、語言來構築其主體性（實則此主體性是鏡映之象，幻而不眞），此自我即「想像自我」。

「自我一」欲求母親，遭到父親（法律、社會、語言、文化）的阻止、警告，遂反過來認同父親所象徵的權力，同時也壓抑幼童的欲求，强化社會對他的要求與命令。幼童與「他」物之間的社會經驗乃是透過語言，並從而得知一切築基於差異 (difference) 的原則之上，第一個「他」（母親）和第二個「他」（父親、社會）不同，因爲母親缺乏父親擁有的陽物（象徵權力），父親是「有」，母親是「匱缺」(absence, lack)。從這種語言的象徵分別原則，幼童學會社會的約束和規定，一方面欲求「他物」，一方面則以受到壓抑的社會人之面貌出現。這種產生社會經驗與意義的語言結構，不斷以對立 (opposition) 與否定 (negation) 的方式，塑造自我，此即

⓬ Wilden, pp. 262–70; *SPL*, 55.

「象徵自我」的形成原則。

「想像自我」與「象徵自我」之間無以妥協的鴻溝卽「眞實」，拉崗自己卽說過，「眞實」是「不可能」、匱缺，因爲接受語言勢必接受社會（父親）所決定的法律、性別，也意謂著壓抑自我。拉崗慣用的分析治療法則逆反語言的原則，回歸語言之前的片刻（prelinguistic moment），但其學說仍側重語言分別塑造心理主體的過程。且據報導，拉崗的心理治療術極少收效，蓋心理主體難以逃脫「象徵自我」的結構。

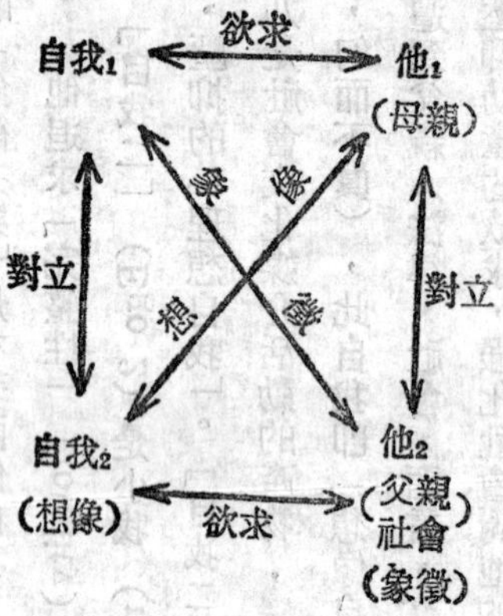

因此，心理主體的形成一直是被『他物』把持着，一方面對自我有「想像」的誤識，有自體觀的傾向」(narcissism)，一方面則以『他物』的觀點來構築自我（"the unconscious is the discourse of the other," *SPL*, 45），而有伊笛帕斯情節，想取代他人，與其他主體交混 (immixing of subjects, *SPL*, 44)，尤其是對象徵父親（Symbolic father）及此法律象徵者的陽物（phallus）有認同的傾向，並欲求其「眞實」的母親或她身體的一部份，遂有怕被閹割 (castration) 的恐懼，而由於母親的欲求（對「他物」的欲求）是陽物（女性代表匱缺陽物或遭閹），小孩的欲求是希望成爲陽物（替代父親的地位），以符合母親的欲求。雖然這只是象徵性的理論，當今方興未艾的「女權」批評（feminist criticism）却大不以爲然⑬，就是男性學者也對這種陽物中心主義的觀點持批判的立場⑭。但拉崗在他的着作集（*Ecrits*）和「座談『失竊的信束』」一往往要反覆闡釋此一「象徵次第」。

由於拉崗的文體晦澀、用語艱深不明，要理解他的思想，通常得藉助其他書籍⑮，因此毀譽

⑬ Culler, pp. 43-64.
⑭ Anthony Wilden, *System and Structure: Essays in Communication and Exchange*, 2nd ed. (London: Tavistock, 1980), pp. 278-88.
⑮ 如 Wilden; J. Laplanche and J.-B. Pontalis, *The Language of Psychoanalysis*, trans. D. Nicholson-Smith (London: Hogarth, 1972); Jean Laplanche, *Life and Death in Psychoanalysis* (Baltimore: Johns Hopkins Univ. Press, 1976); Anika Lemaire, *Jacques Lacan*, trans. David

參半，一本簡明的當代法國哲學史僅對拉崗偶而提及⑯，而另一號稱是以法國心理學解析福克納小說的重要著作更是絕口不提拉崗⑰，在書名作「心理分析之實踐」的論文選集裏，拉崗也不佔一席之地⑱；相反的，也有人純以拉崗的理論來研究文學作品⑲，或將拉崗與李維史陀、巴特、傅柯、德希達同列爲法國六〇年代以來的思想重鎮⑳，甚至拿他是「反復」文學批評主題的當代先導㉑。但是無論如何，拉崗的成就正像薩伊德所說，和它本身的局限是彼此倚伙的，有其

(續前) Macey (London, Routledge & Kegan Paul, 1977); Sherry Turkle, *Psychoanalytic Politics: Freud's French Revolution* (New York: Basic Books, 1978).

⑯ Vincent Descombes, *Modern French Philosophy*, trans. L. Scott-Fox and J. M. Harding (Cambridge: Cambridge Univ. Press, 1980).

⑰ John T. Irwin, *Doubling & Incest/Repetition & Revenge* (Baltimore: Johns Hopkins Univ. Press, 1975).

⑱ Leonard Tennenhouse, ed., *The Practice of Psychoanalytic Criticism* (Detroit: Wayne State Univ. Press, 1976).

⑲ 如 Robert Con Davis, ed., *The Fictional Father: Lacanian Readings of the Text* (Amherst: Univ. of Massachusetts Press, 1981).

⑳ 如 John Sturrock, ed., *Structuralism and Since: From Lévi-Strauss to Derrida* (Oxford: Oxford Univ. Press, 1979).

㉑ J. Hillis Miller, *Fiction and Repetition: Seven English Novels* (Cambridge, Mass.: Harvard Univ. Press, 1982), pp. 5, 233 n3.

選擇的包容與排斥性㉒，但是我們若細心閱讀，拉崗的思想未必不是想要超越結構主義和詮釋學（一如傅柯）㉓，而且從理論本身之內自我質疑，也是一種意符的寓喻（allegory of signifier）㉔，不斷以鏡映替代的隱喩方式，促使意符流動不居。

在「座談」一文裏，拉崗是拿坡的作品來開展新問題，視「失竊的信柬」爲解說佛洛伊德著作（*Beyond the Pleasure Principle*）的藉口（pretext）。一如「座談」的譯者 Jeffrey Mehlman 所說，拉崗是把坡的文字（letter）給竊了過來，而他的看法和一般學者的見解也有些出入—他將「信柬」看作是意義單位，儼如佛洛伊德所說的「記憶軌跡」（memory trace），同時又是串連互爲主體關係的信柬，且富後設語言（metalanguage）的層面。但文章最重要的是要指出兩次竊信（先是大使從皇室貴婦、再是杜幫從大使處取走），前後交互掩映，正是「反複無意識行爲」（repetition automatism, *SPL*, 39）及意義串的原則：「象徵次第」。

拉崗將整個故事分爲兩景：首景發生於皇室貴婦的會客室，也就是她接信、丟信的地方；次

㉒ Edward W. Said, *Beginnings: Intention and Method* (New York: Basic Books, 1975), p. 329，奇怪的是薩伊德認爲拉崗太按字面義來讀佛洛伊德。

㉓ Philip E. Lewis, "The Post-Structuralist Condition," *Diacritics*, 12, 1 (1982), 1-24, 表示結構主義本身便傾於批判自己；Hubert L. Dreyfus and Paul Rabinow, *Michel Foucault: Beyond Structuralism and Hermeneutics* (Chicago: Univ. of Chicago Press, 1982).

㉔ Malcolm Bowie, "Jacques Lacan," in Sturrock, p. 142; Johnson, p. 115.

景則是在大使的住處，警察廳長、杜幫便是在此試圖取回信束。顯然，次景是首景的反復，同是信束的失竊（*SPL,* 41-43），而兩景的活動則由三種識見（glances）構成（「三」是伊笛帕斯情結的數目）。第一類人其識見沒看到任何東西，如國王與警察；第二種人看到第一類人有所不見，而拿藏匿的祕密來騙自己，誤以爲別人不得而知，就像鴕鳥一般，將頭鑽入地面，便以爲別人看不到牠，殊不知別人正可打牠的屁股：先是貴婦，繼而是大使；第三種人則看出前面兩者的識見是把要藏起來的東西，揭露給會攫住祕密的人看到，因此無所逃於兩景之間：先是大使，最後是杜幫（*SPL,* 44）。

這些反複的互爲主體活動，正是佛洛伊德所說的「反複無意識行爲」，而其原理則在「無意識是對『他物』的陳述」（*SPL,* 45）。在這上面，拉崗十分注意語言的功用，並視信束爲一「純粹的意符」（pure signifier）。他認爲故事是經過一連串的「再傳遞」（re-transmission）：（A）皇室貴婦信束遭取走的事傳給警察廳長，廳長又傳給杜幫；（B）杜幫傳給敘述者，坡又藉敘述者透過文字傳給讀者，所以屬於語言的向度（*SPL,* 48），而且是經過兩三重主觀的過濾。（A）與（B）是以不同對話方式傳遞的，兩者是文字（word）對言談（speech），其間的轉捩爲由求精確的領域邁向眞相的記錄—在互爲主體的基礎上，主體所掌握到的只是主體性，將「他物」構思爲絕對（It [the register of truth] is located there where the subject can grasp nothing but the very subjectivity which constitutes an other as absolute, *SPL,* 49）。

這也正是前述「想像」、「象徵」自我的作用。

廳長、大使便將「他物」想像構思為絕對，因而呈現出故事的「象徵次第」。廳長的錯失在他推論大使是個詩人，所以大不聰明，而大使也沉醉在自體觀中，誤以為別人絕計不會知道信柬的藏匿位置，乃至杜蕒一來，遂能從背後打擊這隻鴕鳥。這種錯失來自主體的想像誤識（imaginary misconception）：錯把「眞實」看作對象，未能瞭解到它是意符、語言，是個總在那兒，無法把握的匱缺（absence）（*SPL*, 54）。

就「意符」、「匱缺」（「閹割」）的主題加以發揮，拉崗也認為信柬並不指明所有權或眞正的接件人（*SPL*, 57）；對皇室貴婦而言，信柬毋寧是婚約忠貞的象徵，信若揭露，勢必會將她的信譽付諸流水（*SPL*, 58），他從「失竊」（purloin）一詞的英、法字根溯出原義：離道遭阻，無法順利抵達（*letter en souffrance*）（霍蘭德則指出拉崗誤解了此字的英、法字根㉕，不過，他認為信柬會「離道」（diverted），便表示它也有個自己的「正道」（it must have a course *which is proper* to *it*, *SPL*, 59）；如果它會遭到阻擾，無法馬上到達目的地，至少它會忍耐，亦即主體會通過象徵的孔道，如大使便取到信轉寄給自己（拉崗告訴我們大使因此也「女性化」，和皇室貴婦認同了 *SPL*, 61-65），最後則由杜蕒再取回，讓信柬終於抵達目的地

㉕ Holland, p. 351.

(a letter always arrives at its destination, *SPL*, 72)。拉崗描寫杜幫看到信柬時，儼然它便是一龐大的女性肉體，而信柬的位置也令人想起母親所欠缺的陽性（拉崗雖未明講，但實承襲了另一位女性心理分析批評家的意見）㉖，所以德希達說他在「座談」一文裏，始終圍繞着匱缺（閹割）的隱與揭（veiling/unveiling），强把信柬物化（materialized），使它說能到達目的地，實並非過份之批評㉗。但問題是拉崗自己的詮釋會不會已是「意符的寓喻」？就拉崗對隱喻的見解，認爲後設語言乃不可能的主張，且一向好要弄文字的含混多義風格看㉘，也許姜森是爲拉崗的「座談」一文增添了「解構」的可能性，因爲畢竟拉崗在文中是已對信柬的所有權有了類似解構的見解，他最後所說「信柬說會到達目的地」，其所有權又屬何許人？誰是發信者？接件人？有什麼訊息？「失竊的信柬」又指什麼？坡的作品？作品所提及的信柬？還是後設語「失

㉖ Marie Bonarparte, *The Life and Works of Edgar Allan Poe: A Psychoanalytic Interpretation*, trans. John Rodker (London, 1949), pp. 383-84.

㉗ "Le facteur de la vérité," *Poétique*, 21 (1975), 94-147; "The Purveyor of Truth," trans. Willis Domingo et al., *Graphesis: Perspectives in Literature and Philosophy*, *Yale French Studies*, 52 (1975), 31-113, 以下引作 *PT*. 此文收入 *La Carte Postale: De Socrate à Freud et au-delà* (1980) 即將由芝加哥大學出版英譯本。

㉘ Wilden, *The Language of the Self*, p. 31., Bowie, p. 140-42; Johnson, p. 125.

竊的信柬」一詞彙而已㉙？

3

德希達的看法是文字無法定在某一意指（signified）上，因爲意指早已身處於意義替代中；作品無法控制意義的播散活動，它只能肯定一件事：永無止境的符號替代㉚，所以既不揭示眞理，也不隱匿實相，且亦無意指或意符，更遑論「信柬總會到達目的地」㉛。

一九七一年六月十七日，德希達與他的兩位會晤者幾乎無所不談，從馬克斯主義、解構批評到心理分析都有深入的討論，交談的主題之一是德氏對拉崗「象徵次第」的觀感，這段文字（後來德希達又加上長註）可說是「眞理承辦、成份」一文的前奏㉜。德希達拿他自己的「播散」概

㉙ Johnson, p. 125; 此文原載 *Yale French Studies*, 55-56 (1977), 457-505, 另外姜森又將之去蕪繁，存精簡，以較小的篇幅收入 Geoffrey H. Hartman, ed., *Psychoanalysis and the Question of the Text* (Baltimore: Johns Hopkins Univ. Press, 1978), pp. 149-71.

㉚ *Positions*, trans. Alan Bass (Chicago: Univ. of Chicago Press, 1981), pp. 82, 86.

㉛ *PT*, 65; *La dissémination*, p. 336. 英譯 *Disseminntion*, trans. Barbara Johmson (Chicago: Univ. of Chicago Press, 1981), pp. 328-29.

㉜ *Positions*, pp. 82-87, 107-113.

念和拉崗的「閹割」、「象徵次第」對照，認爲「播散」拒抗「象徵次第」，一直逃避、瓦解「象徵」，且不能被設想爲「想像自我」或「眞實」。由於德氏始終主張每一概念本身便無法自禁地產生另一個「他」㉝，使本身分化爲雙重（double itself），概念性的「三分」（conceptual tripartition）如「象徵次第」或「伊笛帕斯情節」對他而言並無必要㉞。

基本上，德希達的見解是拉崗的學說仍在眞理中心、語言中心主義（logocentrism, phonocentrism）的範疇內，其理論要點爲：

⑴相信「整全話語」（full speech）與「眞理」密切關連，有其終旨（*telos*），也就是將眞理繫於話語及其現存（presence）上，認爲話語音聲（voice）接近眞相，而寫作文字則屬次要的表陳再現，不如話語音聲能代表思想、眞理、理性、邏輯、道。德氏在 *De la grammatologie* (*Of Grammatology*) 主要便抨擊這種識見。

⑵名目上雖然是以回歸佛洛伊德作號召，許多思想却取自黑格爾和海德格，如前者的「心靈現象學」或後者的alētheia「揭露」、*Being*「存有」、Dasein「人類存有」、「在那邊的存在」

㉝ *Margins of Philosophy*, trans. Alan Bass (Chicago: Univ. of Chicago Press, 1982), pp. x-xii.

㉞ *Positions*, p. 84.

等概念（衞爾登對此有更深入的評介）㉟，遂常有觀念論、超越論現象學的傾向，却不知黑格爾、胡塞爾、海德格無法以拉崗的方式加以合併，這些人也無法和佛洛伊德的理論相混。

⑶拉崗最特殊的是以索緒爾的音聲爲中心語言學（Saussurian phonologism）作立論基礎㊱，寫作文字因此溯回音聲的系統，而正好和德氏所理解的佛洛伊德（如在 "Freud and the Scene of Writing" 收入 *Writing and Difference*, pp. 196–231）背道而馳。

⑷雖依佛洛伊德，注意到文字、書寫，却對文字書寫的概念未加深究，且拉崗的文字風格便是一種逃避閃爍的藝術。

德希達也坦承他認爲拉崗對坡「失竊的信束」所作的「座談」十分精闢，但他覺得文學仍有些層面是心理分析批評所無法觸及的，有些文學作品裏便有本身的「分析」與解構能耐，遠超過心理分析强用理論架構硬套上去所能掌握住的。這種「文學」層面是拉崗於「座談」一文裏未曾觸及或領略到的。雖然拉崗意會到坡的故事富虛幻性，他却認爲正是「象徵次第」使故事得以存在（*SPL.* 40）。因此，在「眞理的承辦、成份」一文中，德希達指出拉崗似乎只注意到坡的故

㉟ Wilden, *The Language of the Self*, pp. 192–204.

㊱ Wilden, *The Language of the Self*, pp. 204–37. 另外，衞爾登也拿拉崗與李維史陀的學說中若合符節之處評拉崗，見 Wilden, *System and Structure*, pp. 14–15, 19, 474–75. Cf. Jeffrey Mehlman, "The Floating Signifier: from Lévi-Strauss to Lacan," *Yale French Studies* 548 (1972), 10–37.

事（histoire）、訊息（message）、內容及意義而已，且將意符的替換（displacement of the signifier）分析爲意指，遂把寫作之景（scene of writing 即文學陳述的戲劇性、景觀、可見性及其排場）的錯綜結構、敍述者的地位等加以排除、中立化，僅僅醉心於內容的分析而已（PT, 47—48），他甚至指出拉崗一開始便標出只對故事內容有興趣：光是第一頁（*SPL*, 40）便用了 *histoire* 一字達四次之多。

除了文學層面外，德希達還剔出拉崗的幾項缺失，如視信柬爲固定之意指，將之物化，雖注意信柬，但只看到它的物質性（materiality of the signifier）及形式性（formality）（*PT*, 45, 63, 84），並以閹割匱缺的方式來解釋信柬（lack—as—castration—as—truth, *PT*, 60-61），把原來可能不會到達的意符（不斷播散的文字書寫）强說成是總會到達目的地（*PT*, 65），忽略了杜幫也是駝鳥，是個居間促成者(in a median position, *PT*, 76-77)，根本沒有所謂的「三種識見」，而且這種「三分」其實本身便可再分爲二（*PT*, 108），就連敍述者、杜幫、故事都一再分化，如杜幫在故事中是以「書庫」的形象呈現，故事一開始也指涉到其他故事，一切都早已被敍述過、詮釋過了，這無不說明文字乃開放的，可無限地「接」到其他文字上去，不停離其正道（it was already possible to read that the whole thing was a matter of writing, and of writing off its course, in a writing—space unboundedly open to grafting onto other writing, *PT*, 102），而拉崗以陽物中心的超越論（phallogocentristic transcendentalism, *PT*,

95），將佛洛伊德的陽物說配合索緒爾的音聲記號語言學（phonocentric Saussurian semiolinguistics, *PT*, 95）强作解人（the ultimate semantic-anchoring, *PT*, 66），因此雖有其洞識，却未能瞭解信束、文字的一部份結構總能够不到達目的地。除這些嚴重的缺失之外，德希達也指出拉崗忽略了間架（frame）的問題：首先是不提他自己受 Marie Bonaparte 影響，而且早已接納了她對「閹割」、「陽物」等解釋的間架（*PT*, 79），最重要的是拉崗把無分界的故事敍述體，一分爲二，再以三分法（伊笛帕斯式的三角關係），把間架豎起，而漏了第四個層面及內在分化的雙重性（*PT*, 52, 54, 108—110）。

芭芭拉・姜森將德希達這篇宏麗博辯的長文摘述分爲兩大範疇：⑴評拉崗放進信束的部份；⑵拉崗所遺漏掉的部份[37]。第一部份是拉崗塡補空白，把信束的意義看作是匱缺、閹割；第二部份則是拉崗所忽略的意符播散力量及作品的指涉架構（frame of reference）。但是姜森指出，拉崗自己在文中主張文字信束既可在故事之中，亦可在故事之外，產生其效果，不僅對故事中的人物、敍述者，也對讀者造成影響（*Écrits*, p. 57, *FR*, p. 115），因此是持一種意符的寓喻觀（雖然也意謂「閹割」），而德希達一方面雖評拉崗，一方面却重蹈覆轍，說拉崗「認定」信束的意指，却沒料到自己同時也「認定」拉崗是如此，因此也已做了「詮釋」的工作（*FR*, pp.

---

[37] Johnson, p. 116. 以下引作 *FR*.

117, 122—123, 131）。

因此，姜森區分拉崗的文章（text）及德希達的讀法（reading of the text），認爲德希達常刻意把拉崗讀成某種系統或型式（如認爲拉崗視信柬爲皇室貴婦所缺的陽物之替代物），實際上並非批判拉崗的文章（德氏認爲它祇有一種固定意思、文體毫無疑義，看法因此都有問題），而是評拉崗的文章也許會道出的、它的作用、以及德希達認爲拉崗的文章彷彿說出的（as if it said what *he*〔Derida〕says it says, *FR*, p. 125）。但是，我們却可反過來問姜森：這難道不也是她自己所作的詮釋（Isn't this already an interpretation on her part）？她是否也「認定」德希達「認定」拉崗「認定」坡的意義是如此，而不是另外一回事？是否坡的故事已暗示出本身之可能受到「添補空白」，甚至誤讀（cf. *FR*, p. 117）？拉崗的「總會到達目的地」只是一種推斷、詮釋，甚至是一道問題？德希達所說的「文字信柬的部份結構總是能不到達目的地」或他在另一篇文章所說的「藉着找到意義而喪失意義」㊳，不也預示他的文章本身自我解構的可能性？

不過，值得注意的是，姜森引導我們注意到德希達的「策略必要性」(strategic necessity)：將拉崗的文章變成是對文章的讀法、看法——刻意的錯讀、忽略或不見。然而，德希達自己也說

㊳ *Writing and Difference*, trans. Alan Bass(Chicago: Univ. of Chicago Press, 1978), p. 26.

過「意指」本已置身於意義的替代之中（*Positions*, p. 82），也許他的見解正是本身文字的最佳解構者？姜森自己對拉崗所作的詮釋和疏通（*FR*, pp. 125, 132, 39），又何嘗便沒有不見、曲解（她所說的「指認」recognition, *FR*, p. 137）？恐怕坡、拉崗、德希達、姜森都闡明了不斷解構所有權與意義替代的可能性，坡是以信柬的一再淪落人手，遭取竊、變形翻轉，並經交易之後始得片面（非原本面目且非全盤）返回接件人（此人也經時、空間的歷驗而起了若干變化，如德·曼所說）㊴，來暗示出所有權的內在匱缺及意符、作品的意義便在它的重述性上：可由不同時空的讀者來接近、添補、替代。拉崗不但明白講出信柬的所有權不屬任何人，更說意符是在意義的串連機構中呈現其意義：「意符只能以替代的方式，來維繫自己，正如電子新聞連環圖或機械電腦的旋轉記憶一般，其原則乃是交替運作，縱使繞個圈又回到原地，也需要離開原地」(*SPL*, 59)。德希達也呼應拉崗劃分「持有者」與「擁有者」的作法，進一步說：「顯然，文字信柬並無擁有者，它不屬於任何人所有，沒有確切的意義、內容。它一從彈道射出，便飛上天、失竊了」(*PT*, 42)；姜森更說「信柬總會到達目的地」一語可有許多不同的意義：「我所讀到的唯一訊息是我發放出的」、「無論信在何處，那就是它的目的地」、「當人讀信時，信也讀人」、「被壓抑的總會返回」、「我存在，因爲我可以成別人的讀者」、「信柬沒有目的地」

㊴ Paul de Man, *Blindness and Insight: Essays in the Rhetoric of Contemporary Criticism* (New York: Oxford Univ. Press, 1971), p. 108.

等，它不是「決定」或「無以決定」(undecidable)，而是永遠擺盪於「確切的無以決定義與含糊的確定義之間」(*FR*, pp. 145—146；Hartman, p. 170)，而芭芭拉・姜森此處所說「確切的無以決定義」中的「確切」則又可以解構，不僅德希達自我解構，連姜森自己認定的「確切」(德希達)(閱讀)與「含糊」(拉崗)(作品)之比，也傾於和她揭櫫的「彼此歧異」和「內在差數」之說自相矛盾，忽略了坡、拉崗、德希達，甚至她自己在行文論述之中均已隱約暗示出自我解構的可能性㊵。

4

雖然意符拆散又重聚，明淩濛初的二刻拍案驚奇卷之三「權學士權認遠鄉姑，白孺人白嫁親生女」却說得意符的部份持有人是個冒牌貨的故事㊶。值得注意的是「權認」和「白嫁」，一方面就文字雙關，由姓氏的文體風格特徵(stylistic feature)，來平添故事的趣味性，一方面更暗示出所有權有遭翻轉、解構的可能性及閱讀、詮釋活動的性質：閱讀的意符替代、「權認」，作

㊵ Cf. Culler, p. 139. William E. Cain, Review of *The Critical Difference*, *Comparative Literature*, 34, 4 (1982), 369-71, 也說姜森仍有形構批評的習性。

㊶ 本文用河洛影本(一九七〇)，(上)，頁四七——六五，以下引用作「二拍」。

品的意義開放、「白嫁」，藉着兩者的結合，作品的生命乃得以播散，而這種活動則仰仗「重述性」的意義原則。

故事一開始，先以一則軼聞（張華與雷煥掘取一對寶劍）闡明「世間物事有些好處的，雖然一時拆開，後來必定遇巧得合」的道理。雖然這可能是要肯定「遇巧得合」的「必然」性，不過是透過「去所有權」(dispossessing the ownership) 來達成的：張華帶着寶劍，行到延平津口，「那劍忽在匣中躍出」（二拍，頁四十七），使張華持有的「事實」、「狀況」（據 *OED*）再度淪爲匱缺。在持有所有權之前，張華、雷煥是訪尋掘得，爭取到寶劍時，寶劍仍未被擁有，隨時可「失手落於水中」或自己「躍出」匣中。這和我們前面說過「所有權」的解構性質十分相近，也就是「所有」早已匱缺，不斷被匱缺所包圍、侵擾，在「所有權」中便有另一種力量正支解其權力。

故事正文是敍述明朝有一位官人權次卿，在任翰林編修之職時，因爲清閒，「每遇做市熱鬧時，就便出來行走」，收買好東西、舊物事，有一次巧合在市上看見一個老人家賣一個「色樣奇異些的」盒蓋，認得是件好古物，可惜不全，問起來，却是一口人家因害了時疫，死了一兩個年輕人；剩下的家人慌忙帶病搬走，所欠的房租便以這個半扇舊紫金鈿盒兒作退帳。權次卿將它買下，那老頭把盒子之外的碎紙糊頭篦兒和原包的紙兒全送予了他，後來權次卿無意間從紙破處看出裏頭襯有一張紅字紙，原是徐門閨女丹桂與白家留哥兩人自幼訂親，礙於徐太學反對，兼又兩家離別，遂以紫金鈿盒各分一半，雙方執一扇，以便相尋認婚，上面還寫着年、月，且有押字。由於據說留哥已病死，這個信物無法歸還，權次卿便將它留在身邊。無巧不成書，後來他的夫人逝世，他告假返鄉，正要尋訪繼室時，却遇見當初將鈿盒分爲兩半的白孺人，陰錯陽差，因爲有個信物，白孺人只當權次卿是侄兒，便將兩情相悅的一對湊合，事後才知道權次卿並非白留哥，但平白招個翰林學士做女婿，而且留哥已病歿，也對這個鈿盒天緣稱喜不盡。

權次卿本來只是買件古物，及知道此物是訂婚的信物，心中便起了欲求：「又把年、月迭起指頭算一算看，笑道：『立議之時到今一十八年，此女已是一十九歲，正當妙齡，不知成親與未成親？』」（二拍，頁五十五），後來看到徐丹桂出落清麗，便有心要以信物來冒充白氏之姪認這門婚事：「誰想此女如此妙麗？在此另許了人家，可又斷了。那信物却落在我手中，却又在此相遇，有如此湊巧之事，或者是我的姻緣，也未可知。」他算計了一下，「一二十年的事，三四千里的路，有甚查帳處？只須如此如此」（二拍，頁五十三），便透過尼姑妙通（這名字似也可有媒婆、串通之意），向白孺人自認是留哥，且以信物交出驗明正身，佯稱「這是家姑從幼許我的，何必今日又要師父多這些宛轉？」（二拍，頁六十三），等事情瞞不了之時，管家權忠倒說出了他的心情：「料想瞞不過了，不如老實行事罷！」（二拍，頁六十四），方對白孺人坦承不諱：「姪兒是假，鈿盒却眞……有膽冒認了」（二拍，頁六十四），而妙通的妙論：「而今還管甚姪兒？不姪兒？是姓權？是姓白？」（二拍，頁六十五），則把這場拿信符來混水摸魚之舉化爲皆大歡喜的圓滿結局。

從權次卿的動機看，他和坡的大使D一樣，均是意符的竊取者，皆拿信物、信柬運用其權力，聲請本份之外的福祉、利益，而且他們都一度認爲可以騙過別人，但杜幫發現了大使藏信位置，權次卿則被一班來自京中報權次卿高陞的報官揭穿身份：「權翰林連忙搖手，叫他不要說破。禁得那一個住？你也『權爺』，我也『權爺』，不住的叫。」（二拍，頁六十三），同時，這個揭露之舉皆是在當事人未加提防時突如其來地產生。故事終了時，意符都回到女主處，但卻經變形：持信物的人是權學士而非白留哥，信柬雖由杜幫取回，卻翻轉遭損了。有趣的是，這兩位女主都有匱缺感，一心要取回分爲兩半或失去的信物、信柬，而且此二意符代表了內容以外的象徵意義，均不想洩露或落入他人之手。不過，本文不擬深入比較這些類同形似諸點，我們關心的毋寧是「權認」與「白嫁」對「信柬（意符）總能（或總能不）到達目的地」這個問題的啓示。

杜牧有一首名爲「獵騎」的詩作：「已落雙鵰血尚新，鳴鞭走馬又翻身，憑君莫射南來雁，恐有家書寄遠人」，既勾勒獵騎弓箭之能及其騎技之健，更假想世情，憫物憂人，代傳郵者請命。但在獵騎鳴鞭走馬尋所獵，又翻身見可獵的貪殘下，復「已」有落鵰血淋淋之先例，假如有家書要遠寄，恐也凶多吉少，到達不了遠人之側。就這一點看，「失竊的信柬」正說得它即使到達，所有權仍成問題，而二拍卷之三則說它也許會落入他手，使本是邊際的（外人）變成內在

（近親），不同的（權、白）化為齊一，客反是主，質疑「所有權主」的觀念。

從故事一開始，半扇鈿盒的「持有人」白留哥便神秘地消失了，作者沒明確告訴我們病歿的年輕人之中是否眞有白留哥在內，但顯然這與鈿盒的所有權無關，因為鈿盒一直有可能不達成它身負的使命：分、合徐白兩家（divide and join them）的作用。故事裏說白氏戀骨肉之情，瞞着徐二尹，私下寫個文書，不敢就說許白家為婚，只把一個鈿盒兒分做兩家，留與侄兒做執照，指望他年重到京師，或天涯海角，做個表證（二拍，頁五十一），可見鈿盒的「主」權早已是白孺人自己作主決定的，因此是一種人文構成，由人隨意加諸其上意義，視之為意符，而非自然所予（natural given），也就是它是受到文字的約束，無以自主，所以故事中主權所繫只在紅字紙上所寫的「大時雍坊佳人徐門白氏，有女徐丹桂，年方二歲。有兒白大，子曰留哥，亦係同年生。緣氏夫徐方，原籍蘇州，恐他年隔別無憑，有紫金鈿盒各分一半，執此相尋為照」（二拍，頁四十九），重要的似乎是最後一句「執此相尋為照」，表面好像宣佈了所有權，實僅道出意義的播散原則：「重述性」。因此，就在聲言所有權時，這段文字同時也去除了所有權，而有趣的是白家對這個婚姻照驗之物似也不放在心上，竟將它遺下當作房錢退賬的東西，市上的老人家既不知道其為信物（「喒也不曉得那半扇盒兒要做甚用？」，二拍，頁四十九），也不願持有它，才將它賣入權次卿的手中，讓他有機會靠意符的「重述」功能，去「權認」遠鄉姑。

白孺人雖覺得權次卿來得突兀，口音也不像北方人（二拍，頁五十四），但她一看到信物，便被意符肯定了，只道是「骨肉重完，舊物再見」，那料得只對了一半，凌濛初歎道：「只認盒爲眞，豈知人是假？奇事顚倒顚，一似塞翁馬」（二拍，頁六十三），及到事情揭露，她只是「心慌撩亂，沒個是處」，後來聽了妙通「權」「白」均無所謂的論點，也慶幸自己得了嬌婿，「稱喜不盡」。這個故事當然也有些不盡可信的地方，如權次卿何以偏偏遇見徐丹桂，締造此段美滿姻緣？不過，我們若把它與解構所有權及語言文字重述可能性的意義原則配合來看，這一問題也許會比較富有深意；赫許（E. D. Hirsch, Jr.）在他的「詮釋之目標」（*The Aims of Interpretation*, 1976）所重申的「作者意圖」（meaning）與「讀者意義」（significance）的等差，認爲作品有着永不變更的意圖（intention），也就是語言表達出「內在」的經驗世界，能在不同的時空裏，重現其決定意，因此詮釋活動卽是要藉助於詮釋者對作者的風格、文章的體制（genre）及其脈絡背景的瞭解，去掌握作品的原意，而一般讀者（赫許主要是針對海德格、德希達的徒衆）所發現的意義，僅是個人的體會，強將作品和其他事物關連在一起所產生的意義（meaning-as-related-to-something-else p. 80），其至赫氏理論的基礎假定：作者的意圖是在那兒，不容置疑的事實，才使得詮釋活動呈現其意義可能性（就像說「貓在毯上」一句話具有意義，一定要眞有貓在毯子的那邊一樣），可能均無法站穩立場，因爲所有的閱讀都傾於以另一個人、時、空、經驗、意符來替代（「權認」）作品裏的文字記號，作品文字也是武斷的意符，往往在傳遞訊息的過程裏，展現出無法把持的變化性，逃避「原意」、「眞意」，因此意義似乎是在其開放的播散、重述性（「白嫁」）。

以這種方式來理解，一般人長久以來所接受的「話本」、「擬話本」之說也許不無問題。所謂「『話本小說』本身是一個寄生的、後衍的文類，寄生於或後衍自宋人的『說話』」㊷，是否假定了一個在寄生、後衍以前的現存、原意、話語，設立話語／文字、本源／後衍等的二元對立系統，而忽略了話語也運用了文字原則，因此與書寫的「擬話本」無異？認定有個「本源」(origin)，是否乃是一種「現存的形上學」(metaphysics of presence)㊸？「貓在毯上」一定就指涉「貓停留在毯上」的那個片刻、事實，而不可能是「虛構」(fiction)，一種比喻性的說法、隨口道出的無心之言？而這個陳述就必定指涉某人講這句話的場合，其言語、音聲則勢必比書寫、陳述來得接近「原意」、「眞實」，在時空上更早、更前？文字記載（話本）是否在「說話」消聲匿跡(absent)之後才可能，而書寫僅是用來保留「說話」的現存眞象(presence)，因此得回過頭去，找尋本源、決定義，確定「說話」的「意圖」？

日籍學者增田涉曾在「論『話本』一詞的定義」裏說「話本」在事實上「根本沒有『說話人

㊷ 古添洪，「從雅克愼底語言行爲模式以建立話本小說的記號系統——兼讀『碾玉觀音』」，中外文學，十卷十一期（一九八二），一五〇。

㊸ *Of Grammatology*, trans. Gayatri Chakravorty Spivak (Baltimore: Johns Hopkins Univ. Press, 1976), pp. 7-8, 12, 44; *Writing and Difference*, p. 279; "Limited Inc. abc...," *Glyph*, 2 (1977), 236.

的底本』的意思」㊹，「話本」只是「故事」（頁五十一、五十三等），而魯迅早先在中國小說史略（一九二三）所云「說話之事，雖在說話人各運匠心，隨時生發，而仍有底本以作憑依，是爲『話本』㊺，」便沒有很明確的說明此點。增田涉發現不僅「話本」是「故事」，「話本」、「說話」也都是指故事而言（頁五十六），亦卽是「抽象的故事」（頁五十七）。王秋桂先生更引述孫楷第等人的見解，和增田涉的主張相互參證，說「底本理論是就話本一詞望文生義而產生的假設，並無任何可靠的論據」（頁六十四），同時，就是說書人也是靠敷演耳濡目染以來積於胸次的素材（不靠背誦），靠卽席的發揮或臨場的反應，也就是說「隨意據事演說」（頁六十五—六十六），這和 Albert B. Lord 在 *The Singer of Tales* (1960), pp. 21–22 的見解正復相符。基於此，「以話語爲本」或「衍生」的說話毋寧應予揚棄，因爲話本或擬語本本來便較類似佛洛伊德（或德希達）所發現的「寫作之景」：潛意識、夢乃是心理的寫作，就是它要轉換爲有意識，也是透過另一種文字，但這並不是證明有一個現成作品存在（*text present elsewhere*），因爲沒有任何一現成作品不受到外圍的運作、時間化的重新組構，而且也沒有所謂的現存作品、本源或

㊹ 收入中國古典小說研究專集3，靜宜文理學院中國古典小說研究中心編（臺北：聯經，一九八一），前田一惠譯，頁四九—六二，附錄有王秋桂先生的「論『話本』一詞的定義校後記」，同書，頁六二—六八。

㊺ 第十三篇，「宋之話本」，頁一一五。

修訂之作 (The text is not conceivable in an originary or modified form of presence)，即連無意識的文字都「總已」是文字軌迹的交織、另一種文字的書寫 (transcriptions)，因此每一件事物都是以「複製」開始，總已是如此 (Everything beging with reproduction. Always already: "Freud and the Scene of Writing," p. 211)，總已是以增補的方式推衍、重組。

以本文爲例，當論文成爲「白紙印上黑字」時，原稿、原意是現存、本源嗎？筆者以「話語」來替它做摘要時，話語一定能比較接近眞相，且其順序就來得優先嗎？論文會不會也以其「重述性」要筆者「權認」、「替代」其中的意符？而且有意指嗎？當我「權認」坡、拉崗、德希達、姜森、凌濛初的論述時，能擔保便沒藉着「找到它們而喪失其意義」嗎？對我本人的論述就能完全掌握住嗎？什麼又是「我的」？它不是已在讀者眼前，等待「權認」、「解構」、駁斥，已非一人之「所有」？

附記

本文發表於中華民國第七屆全國比較文學會議上，由於論文排在下午第一場，筆者先以「午睡」的故事（見「後記」）當「說話」的引子（「入話」）：「奧狄賽」第四卷裏，海神被抓住，幾次變形不得脫身，遂講出事情的眞相；在這當中，他的女兒扮演了重要的角色，她提供線索，描繪出海神的風格、特徵，並以神力，替梅挪雷奧士施法術，讓他化身海豹，掌握住海神。一如愛朶喜雅，傳統的文學研究者也以不爲人知的力量，促使讀者接近作品，掌握住作者的意圖，一點也不懷疑詮釋只是一種「權認」，作品可能無法固執其所有權。因此，筆者拿坡的短篇小說及三個不同的評論（他們之間的關係是彼此引生，交互指涉），和凌濛初的故事來闡明文字、意符的不穩定性，及語言如何逃避、解開所有權。這兩個故事均敍述所有權失落、漂泊的過程，最後似乎都到達了目的地，但很微妙的，都起了變化。不過，本文的要點是在探討詮釋理論、閱讀活動於欣賞作品，從事批評、比較文學上的意義。首先，筆者簡單勾勒出「解構」的旨趣，再述及「所有權」的矛盾，並約略提出文章的論述次第：解構析讀「失竊的信柬」，視信柬爲意符，故事大致是所有權旁落的過程；評述拉崗的「座談『失竊的信柬』」，如何以其「想像」、「象徵」自我觀，一方面看待信柬爲意符，一方面却又認定它爲意指（「匱缺」）；介紹德希達的「眞理承辦」一文，針對拉崗的「眞理中心主義」，推展出的雙重讀法（「內在」卽有差數），兼評姜森對拉崗、德希達所做的疏通，指出她的洞見與不見；文章最後一部份，則以「解構所有權」的方式，讀「權學士權認鄉姑，白孺人白嫁親生女」，並質疑「話本」的概念。

這篇論文提出後，王德威先生做了講評，古添洪先生也提出疑問，古先生的論點是「解構批評」近乎懷疑、虛無主義，它雖力主意義無以決定，却常指認其他讀法的不見，儼然相信有個決定義。對王、古二先生的評論，筆者於會場卽提出答辯，後來略經刪改，一併收入中外文學第十二卷第三期。

信東、鈿盒、金剛經

王德威

廖炳惠先生的論文「解構所有權：坡、拉崗、德希達、姜森、凌濛初……」是篇十分艱深繁複的文章，以有限的篇幅來討論該文確是件吃力不討好的差事。在此筆者僅試圖用較淺近的方式來解析廖文中有關「所有權」的基本概念，並進而「借」題發揮，將「所有權」的問題推衍到「作品」（text）與「評論」（commentary）交互指涉的層次上，以期將此篇討論文字亦納入廖文所預設下的解構體系之中。

爲了對「所有權」觀念作較具體的認識，我們或許可從本文與廖文的關係運作中找出些端倪來。乍看之下，這篇討論文章可說是因應廖文而生的從屬之作，是件攀附驥尾之舉，目的不外在廖文看似完整圓融的論述上附加一層額外的意義。但另一方面本文的出現又適足以暗示廖文仍有不盡周全之處，有待其他評論予以添補抒發；如此本文非但不是累贅的蛇足，反而成爲展現或充實廖文涵意的必要手段。廖文原本獨立完整的形象，因本文而遭損壞，而該文的歸屬問題也因此破綻畢現。固然在白紙黑字上廖炳惠先生不折不扣的是其論文的「作者」，「創造」並「擁有」該篇作品。但我們却要質問：果眞該文的論述都是廖先生「一」人的心血結晶嗎？廖文在辯證的過程中有否轉借、引伸、誤讀、曲解他人的作品呢？廖文眞正能掌握其所追尋的意義嗎？藉着這一連串的問題，本篇評論實大有反客爲主的趨勢，儼然要以廖文的解析者、代言人自居了。廖文彷彿不容置喙的自主所有權，至此已暫時成爲本文的囊中物，而其文義的流失播散，也不再是作者「廖炳惠」區區三個字所能鎭攝得住的了。

事實上，作爲一篇嚴肅的解構論述，廖文自始至終都顯示其對以上的質疑有着自知之明（換句話說，有着自我解構的意圖）。從論文的副題（「坡、拉崗、德希達、姜森、凌濛初……」）到篇末的反躬自問，作者一再提醒我們該文首尾兩端都是開放的，且文內意義的穩定性與眞確性均有商榷的餘地。從這一角度來看，像本文這類的批評實已盡在廖文預置的架構之中。而更耐人尋味的是廖文本身就是對他人作品的評論，依附並添補那些作品的意義。這一系列的「作品」、「評論」轉嫁置換的過程不僅照映了廖文權宜性的地位，也使所有權的神話不攻自破。據此，我們可自三方面再加詳述。第一、所有權的觀念其實是與我們探求「絕對」意義的企圖相隨而來的，也代表了人類希冀以語言（及其他文化符號）來統攝整理自然現象的例證。殊不知我們以有限的文化思維形式去控制、編排萬事萬物的舉動必然將導致掛一漏萬的結果。不論人類認知系統是多麼縝密，不論所有權的涵蓋範圍是多麼的廣闊，絕對的意義或眞理仍難爲我們所掌握；畢竟我們用以傳遞追求意義、知識的工具——語言其本身已經是項權宜性的文化建構，難以與其指涉的自然世界相契合。所以廖文再三强調，在我們努力追溯界定意義的行動裏，我們所捕捉到的不是意指(signified)而是不斷轉換的意符（signifier）罷了。同理，我們縱然有宣稱某事物「爲我所有」的豪情壯志，但也難掩在此「所有權」下的支絀不安。因爲在我們「擁有」某些東西的同時，我們也必然意識到我們無法擁有的或失落的其他東西。對應在皮相的「有」之下的是那廣無邊際的匱乏與空虛。第二、當我們將此「所有權」的問題落實在狹義的書寫作品中來討論時，我們更可進一步的發現作品意義的游離性。每篇作品的出現似乎總在「訴說」、「定義」一些獨立的眞知灼見，但我們只要稍知細審就可得知，所謂的「眞知灼見」並不是突如其來的創擧，而是隱藏於其後無數「已寫就」的作品知識所凝聚凸現的環節而已。所以與其說寫作是種創造，倒不如說是種傳鈔、謄寫或是評論來得允當。同樣在另一方面閱讀也未必是完全被動性的行爲。在閱讀一篇作品時我們固然讀「出」了一點訊息，也同時讀「入」作品一些自身的見解，是故閱讀活動也未嘗不是件「書寫」的行爲。要之作品在此已完全脫離爲某一特定作者或讀者的禁臠地位，其所負載的意義也分自作者讀者兩端向外播散。若想聲稱作品或其意義的所有權，在此無疑是坐井觀天之擧。以廖文所論爲例，愛德格・坡的「失竊的信束」於文中僅權充是意義的源頭，却實際只是個符號，被拉崗、德希達、姜森、及廖炳惠借(竊)來引伸不同的詮釋，導向更廣闊的意義可能。坡的作品表面上好像為各家分析得支離破碎，但實際是周旋於各類閱讀詮釋之間，大有其奈我何的調調兒。尤其令我們拍案叫絕的是，在廖文中各家學說相互投射辯證之餘，作者竟又指出坡的作品與凌濛初的二拍一節故事有遙相輝映之妙，將解構思潮的「添補」「播散」之說，作了具體而微的發揮。因此我們大可把廖文看作是其引用之「二拍」故事（「權學士權認遠鄉姑白孺人白嫁親生女」）中的「妙通」，居間將兩則故事湊合在一起，以造就出更繁複的意義指涉活動來。原作者愛德格・坡或凌濛初於此反成次要的代名詞了。第三、有鑒於以上所述之意義游離性與歧異性，我們自然可了解一篇作品「意義」的顯現既非是詮釋活動的終點，亦非是平靜自然的過程，而是衆多「意義」交相搏斥競爭後暫時抽離出來的特例。廖文對「所有權」的性質也作了類似的解析：所有權的取得不但只是片面的幻象，而其來歷也充滿了紛擾強求的色彩。由是觀之，「權力」的獲取幾乎與「所有權」、「知識」、「眞理、意義追求」等理念有等量齊觀的含意，而尼采與解構主義間的關係至此亦不言可喩。

廖文中將坡與凌濛初的故事並置在一起，或許容易遭人攻擊，好像作者不問青紅皂白的把兩篇中西作品硬湊在一塊「亂」比。的確，從傳統比較文學的眼光中看來，坡的信柬與凌濛初的鈿盒是不太相干的。但我們却毋寧以為廖文的用意不在追尋這兩則故事的終極意義相同處，而在於將其當作是種意符，權充某些意義暫時落腳之處而已。誠如廖文所論，意義既是這般捉摸不定，我們所能作的僅是以修辭學上的符號來作塡充；因之我們閱讀與寫作的活動都傾向是種寓喩式的行爲。拉崗、德希達、姜森對坡之故事所持的態度是如此，而廖在詮釋以上諸人時引出凌濛初來，其動機亦應作如是觀。如果我們强要去追溯兩篇小說是如何的相似或相異，將其意義落實，則與廖文所揭櫫的意義播散等解構觀念就背道而馳了。但是解構主義作爲一種方法運用仍不免有其危機存在。柯勒（Jonathan Culler）在「符號的追尋」一書中就曾警告我們，正因解構主義所强調的意義不定性和意符傳遞推衍性極具說服力，其本身反而容易成爲圈定套攏意義的藉口，使我們落入新批評傳統的窠臼而不自知。畢竟「解構」是個方興未艾的文學口號，容易被拿來生吞活剝的「解」各類文學的「構」，比諸其他學派如馬克斯主義或結構主義者，竟有其始料未及的通用性❶。如此畫虎不成反類犬，徒然糟蹋了解構主義立論的精微之處。故廖文在起始大聲疾呼「解構」不是胡亂質疑，猛扣帽子的行動，而是極其精謹的研究方式，其用意卽是在此。廖文在作一系列的詮釋之際確是嚴守此一分寸，但我們在研讀該文時仍需謹愼從事，庶幾可免蹈柯勒所謂的解構陷阱。

本文作爲對廖文的評論，自然只能看作是傳遞或增刪、曲解廖文（及坡、拉崗、德希達、凌濛初……）文義的另一中途點而已。本文前此對廖文所有權的質疑，也無異是對自身文字眞確性和所有權連帶樹起了問號。在解構所有權的前提下，本文亦得承認探討廖文的意指之道無他，端

❶ Jonathan Culler, *The Pursuit of Signs: Semiotics, Literature, Deconstruction* (Ithaca: N. Y.: Cornell University Press, 1981), p. 16.

在引伸出更多意符的活動而已。既然廖文在解釋自坡以至姜森的作品時已援用了淩濛初的作品權作媒介，本文自然可延續這一隱喻系統以唱和廖文和他文形式上的設計。所以以下對二拍第一個故事「進香客莽看金剛經，出獄僧巧完法會分」的詮釋，一方面可看作是對所有權的又一界說，一方面也可看作是拉崗、德希達、姜森、及廖文一系列論述所必然引出生的「寓喻式閱讀」另一章。

「二拍」卷之一正文的故事是敍述唐朝詩人白居易曾因母病發願手寫「金剛般若經」百卷，散施各處寺宇之中。經歷代兵亂，多已散佚，惟存於吳中太湖內洞庭山的一卷爲碩果僅存者。嘉靖末値吳中大水飢荒，寺僧爲解燃眉之急，乃將經文典押給山塘王相國府中。後因相國夫人偶然發現其爲佛門至寶，以行功德故召寺僧取回。寺僧於歸渡途中因渡客慫恿展現此一失而復得的經文，不意突降大風，將經文首頁吹失，無可奈何之際，寺僧惟有回寺僞稱經文仍爲完璧以安住持之心。後河南柳姓太守聞知此經文爲稀世之珍，亦起覬覦之念。乃令一犯案待刑頭陀僧攀誣該寺住持，並以經文爲贖罪物。未料太守獲經文後發現首頁早已缺失，失望之餘將住持及經文一併飭回。住持於歸寺途中借宿湖邊一漁翁處，但見早已遺失之經文首頁赫然黏於其舍中。於是珠還合浦，皆大歡喜。僧人並將經文重加裱褙，展誦不輟。

就像信柬、鈿盒一樣，我們可說金剛經是一意符。在故事中該經文雖是主角，但其內容意義並不重要，我們及書中人物所關懷的反是經文輾轉流傳時所被「賦予」的不同景況及寓意。金剛經之所以可貴，是因爲抄寫它的是唐朝的白居易；而白氏手稿當年竟達百卷之多。更有趣的是，這些卷經文的流傳完全是各憑機運，不是任何持有者所能左右得了的。再進一步看，我們可知全篇故事其實可一分爲二，彷佛同樣的情節重述了兩次，但金剛經的命運則有了引人注目的變化。在故事的前半部，寺僧爲腹飢所累，自願放棄對經文的所有權。而當相府的嚴都管初睹經文時，曾因其形容破敗，大加卑夷。「一直翻到後面去，看見本府有許多大鄉宦名字及圖書在上面，連主人也有題跋手書印章，方喜動顏色」（二拍，頁五）❷。換句話說，嚴都管對經文的認識接納完全是賴於書寫於經文上的另一些銘記題識（尤其是自家相國老爺的題名）而來。其後相國夫人則是因檢視帳房簿册時才發現經文「竟然」爲已所有。由此我們得知經文的來龍去脈都未必爲持有者所掌握，更何況其意義的穩定性了。而第一部分的高潮是發生在寺僧失而復得經文後，於展示之際爲强風吹走首頁，但仍覆寺回稟經文完好無缺上。如此「得」而後復「失」，却又强「無」以爲「有」，這其間所有權的聚散離合就益發耐人尋味了。故事的後半部正是在這種經文已經「匱乏」「失落」的狀態下展開（但事實上我們自篇首已知金剛經手卷早非原貌）。令人莞爾的是，柳太守不知究裏，仍然處心積慮的設計攀陷住持，以逞巧取豪奪的目的。然而當住持被迫放棄經文所有權後，事情反而有了轉機。柳太守翻閱經文，遺憾其已非完好如初，居然自動原物

---

❷ 凌濛初，二刻拍案驚奇，（台北：世界書局，一九六五）。

奉還，不加追究，而住持回寺際却又自漁翁處得回首頁。對於這些巧合我們固可斥爲無稽，但以之來看解構主義的一些觀念，仍是頗能自圓其說的。從故事本身前後部分的相似性到其中經文的輾轉流浪，我們對所謂意義播散的「重述性」又有了一番認識。而經文的各個得主都誤把經文物化，並以爲看到了意符就連帶擁有了意指，却不知一切都是徒託空想，連意符的飄颻都難以控制，更遑論其他。準此，故事中間的那場大風雖然來得突兀，却是闡述意義傳遞活動中之偶發性與突變性的最佳註脚。最後經文失而復得，寺僧特別將其裝裱起來以示鄭重。但我們不禁要問：這樣的儀式難道眞能保證其後經文世代爲寺中所有嗎？金剛經的流浪眞的到了終點嗎？裱褙後的金剛經仍能維持原貌嗎？另外九十九卷金剛經鈔本的下落如何呢？經文的內容原義到底是什麼呢？

福寇（Michel Foucault; 或譯傅柯）在「事物的秩序」一書中曾經提出，在我們稀釋（rarefaction）、統合每一「陳述」（discourse）內部的意義時，「評論」是主要的功能之一。以文學的陳述而言，這類「評論」的形式可見於對某一作品所作的模仿、改寫、翻譯、或批評詮釋等（比方說白先勇的「遊園驚夢」就是對湯顯祖的「牡丹亭」的一種「評論」）。像廖文及本文這類文字自然更是「評論」的明顯表現。「評論」最重要的動機是給予原文文義的另一重引伸，所以它所扮演的乃是一種重複的（double）和相關的（interrelated）的角色。藉着自原始作品中徵引出更複雜的或前人所未見及的含意，「評論」使得陳述得以衍生不輟。但更值得深思的是，「評論」的出現表面好像是帶給我們一些新的訊息，但實際只是一種改頭換面的「重述」原文的工作。所以「評論」功在避免了陳述的不可測性，使其圍繞着某一些「作品」的軌跡打轉，讓我們暫且忘懷陳述以外的渾沌天地❸。我們把「評論」這一觀念帶入本文，無非是要强調本文、廖文，以及姜森、拉崗、德希達……等人的寫作的意義侷限和權宜性。我們可以說，這些文字都是暫時捕捉了意義的一鱗半爪，却在另一個層次上宣稱其掌握全局的所有權。「作品」與「評論」在此一體系中主客的位置不斷變易，但是終難避免為未來的「評論」所再解析、增補的命運。信束→鈿盒→金剛經的故事還有待我們繼續下去。

---

❸ Michel Foucault, *The Order of Things*, trans. A. M. Sheridan Smith (N. Y.: Pantheon. 1971), pp. 27–28。福氏有關「陳述」內部制約性的另兩觀點：「作者」(author)，「條規」(discipline) 亦與廖文所論有關，參見同書 p. 28ff.

後記

敬答古添洪、王德威先生

廖炳惠

史詩奧狄賽的第四卷裏記載，梅挪雷奧士被困在海島一籌莫展的期間，曾得到海神普羅提歐斯的女兒愛朵喜雅的幫助，化做海豹，接近海神，趁他午睡的時間，將之抓住不放，逼他道出眞相及返回斯巴達的途徑。值得注意的是，海神普羅提歐斯是出了名的黠慧善變，在這個故事裏，他甚至變成了鹽水，然而梅挪雷奧士却告訴帖羅曼克斯等人說他依舊逮住了海神，使之現出原形。但是，一灘鹽水又如何掌握得住？也許大家還記得，梅挪雷奧士的夫人海倫是和帕力士私奔的，他連人都掌握不住，又奈何得了更善變的神？準此，是否在他述說的「眞理」之中、之下便有「虛構」？在要別人相信他的同時，便不自禁地揭露出無法令人相信的修辭層面？我們若仔細想，這段故事反而似是要提示我們善變的東西（海神、故事、語言、文字、作品）並不容易把握；太快便決定說已掌握住某物，可能只是未加深思或一廂情願的結果，也許僅抓住了「儼然」

(as if) 之物而已：自己透過詮釋，以另一組意符所圈、套住的東西。

語言文字的這種修辭型式與其寓喻性，正是解構批評提醒、呼籲我們注意的。它引導我們看待作品猶一無以掌握的善變海神，强調所有的閱讀活動均是「權認」的活動，以另一組的文字、意符加以替代，因此乃是「寓喻」閱讀之舉，而且此一替代行爲永無窮盡——除非我們讓普羅提歐斯或作品午睡，不和它產生任何接觸。所以，我們可以說解構批評如果「破壞」了什麼，它只是「瓦解」了我們先已設想好的錯誤見識：認定我們可以掌握住本質，甚至對象本身。它只是要我們瞭解到書寫文字和「傳述眞理」的話語並無優、劣之別，先、後之分，因爲比這些等第來得更重要的是兩者都用到了隱喻、寓喻的文字原則，都已是軌跡與另一種文字，而不「表陳」本源、眞理。西洋傳統形上學所倚重的「存現」、「本體」、「終旨」、「眞理」等因此都得加以質疑（注意：德希達並沒說要將之全盤推翻或完全否定）。綜觀而論，解構批評毋寧是一種尼采式的懷疑論或批評思想，有意要以反面性的邏輯與巧妙的文字推演來袪除吾人專斷和統合一切的作風（de-totalization），所以，只能算是負面性的認知方式，稱不上是主義，更非「無政府主義」或「虛無主義」。也許它反而給了作品予最大的自由，讓讀者、批評家不斷質疑、反省自己。●

然而，解構批評本身也有讀錯、偏頗或誇張之處，例如德·曼便曾指出德希達曲解了盧騷的「文字起源論」，把盧騷的見解讀成爲是僵化的對比系統，而沒看到盧騷的行文便趨自我解構，且德希達也因爲其立論之需，刻意的有所不見（請參看 *Blindness and Insight* 第七章，尤其 pp.

116-41）。在正文裏，我們也引了芭芭拉・姜森的見解，認爲德希達（或解構批評者）的論述往往有其「策略的必要性」，將別人的文章讀錯或歪曲。但是，實際上這些錯誤是「必要」的罪惡，而且難免；解構批評家的論文十之八九都是因應其他人的文章而起，完全以「洞見與不見」的修辭模式爲其準據，本身對此反而最能體會。當然，體會並不等於就能避免，德希達在幾篇文章裏便表明這種立場（如 "Force and Signficiation," in *Writing and Difference*; "Limited Inc abc…,"in *Glyph* 2; "From/of Blindness to the Supplement," in *Of Grammatology*），不過，能體會到自己錯讀、歪曲，並不就意謂着有個「對象」、「眞相」在那邊，解構批評對此的見解是以質疑的方式來對待，聲稱所有的意符、詮解都是替代與添補，並無定位的「本源」在那邊，等待發現，也就是時間（動）反而比空間（靜）來得重要。

本文最後質疑「話本」的概念，只是承襲德希達的見解，他的「書寫文字」是比較概括性的語言文字，連話語都納入，這些支節在他的「文字科學論」一書裏一再演繹，主要是打破先後、優劣之區分，以文字的原則來看話語，使其優先性成爲問題。有些學者以小孩先會說話，其次才會書寫，或拿論述（discourse）的過程來抨擊德希達的文字觀，其實並沒體會到德希達的重點所在。

王德威先生對本文的「添補」眞是道出許多「解構所有權」所未能道出的；他拿「播散」概念和二刻拍案驚奇卷之一的故事所作的參照詮釋也令人喝采。不過，除了「重述性」的文字原則外，筆者以坡、拉崗、德希達、姜森、凌濛初等人的論述爲題，也道出閱讀活動、創作均是互相指涉的（intertextual），因此「總已」是相互牽扯，在空間上無以靜止或在源頭上加以裁定位置的。這一點也暗示了學術機構、批評活動如何和作品結下不解之緣，一再解除雙方的所有權，進行永無間斷的詮釋、錯讀，彼此交換心得，使閱讀、創作之間的距離縮小，使「自言自語」的傾向變爲「問答對話」，而且彼此永遠沒有結論可下。這也許是解構批評所開出的新局面。

另外，解構批評仍爲詮釋，而且與形構批評無異的說法，在許多期刊、書籍上眞是屢見不鮮。德威先生引了柯勒的「符號的探尋」第一章結論部份對解構批評的簡評，筆者在此則擬以柯勒最近的著作「解構批評論」中所做的立場更動加以補充。柯勒在一九八一年曾疏通德希達與奧斯汀兩者的語言哲學（刊於 *New Literary History*），他明顯偏向奧斯汀所主張的成規觀念，但一九八二年末出版的「解構批評論」卻把這些文字刪改了，反而只替德希達做辯解，而且在這本附題作「結構主義之後的理論與文評」的書裏，柯勒獨標出解構批評爲其主題，而且除了在摘述「女權批評」一節，對解構批評有約略的批判之外，全書似乎頗同情契入解構批評。難道是柯勒體會到早先的偏失，開始理解到解構批評所代表的是「自我反省」的質疑精神，而不只是詮釋方法而已？還是他已肯定了解構批評在當今文評的地位？也許是兩者兼有罷。

不過，據筆者看，介紹德希達、拉崗、傅柯（福寇）等人的學說，析出他們的類似點，固然有助於瞭解與吸收，但是也許我們更應注意到他們的歧異以及其他未被提及的許多當代歐洲思想家、文評家，因爲唯有如此，才不致太過偏頗、片面；也唯有如此，才能使比較文學或文學理論的「自說自話」變成「對話」、「交換」。

(原載中外文學，十二卷三期)

七　巴克定與德希達

——兩個「反系統化」的例子

最近，在一篇文章裏，印第安那大學的邁可．霍爾奎斯特（Michael Holquist）教授指出：俄國學者巴克定（Mikhail Mikhailoviteh Bakhtin, 1895-1975）以其「第三隻耳朵」，常在人們似是統合一致的言語中，分辨出多重的對話聲音（Polyphony, heteroglossia, speech communion），而他的思想旨趣則在駁斥世人漫不經心的系統化、統一化作爲，輕易便拿「相同性」爲標籤，抹殺「相異性」❶。霍爾奎斯特教授的重點放在巴克定的「立說與應答」對話結構，認爲巴氏是將講話的主體（人）置于符號、事物之間，讓意識因應環境一起變化，把其中的潛在文字、音調，轉化爲思想、講話與行動的「語意脈絡」，使環境化爲文字：多重社會、文

❶ "Answering as Authoring: Mikhail Bakhtin's Trans-linguistics," *Critical Inquiry*, 10 (Dec. 1983), 307.

化、意識形態交互作用、滙合的語言。

巴克定的「多音」觀意味着尊重各種文化、思想心態，亦卽反對「單向」沈滯的自我中心。對他來說，小說之會興起，正在它能接納各種語言（那時歐洲語言也彼此融合），經常出入於雅、俗的分界，推倒僵化的系統。就其崇尚相異、去中心本位的觀點看，巴克定與解構思想家德希達的想法是有幾分類似。

初看之下，拿這兩位學者相提並論，似乎有些不倫，但巴克定的反形式主義、結構語言學、系統理論，卻和德希達針對「兩立」的文字觀、結構人類學、傳統形上學所發展出的「自由活動」論頗爲近似；同時，兩個人的立場均採「質疑」經典（canon）與統一化（totalization）的方式，將正統的語言哲學、意識型態「倒翻」（overturn），使「中心」觀念變得富於彈性，不再是僵滯、固定的「點」。在這種精神底下，「異」、「外」、「它」等不斷侵入主體、內在，擴大並推展另一種可能性，開啓新的看法、意境，要人們注意到邊緣的、被排斥掉的成份，而且，他們的「去中心」（decentralization, decentering）均是開放的，不斷形成（becoming），永無止息。在德希達的情況裏，這種「翻轉」看似「否定」，實則活潑，充滿「對話」的潛能。

本文卽擬以「反系統」的主題，串連這兩位思想家，並簡單探討其差異，爲二人的學說做一些澄清，進而觸及此一主題對比較文學所蘊含的啓示。

一、巴克定這個人及其著述

巴克定於一八九五年十一月十六日，誕生在奧瑞爾（Orel）的一個沒落貴族家庭，父親在銀行工作，童年分別在幾個地方度過，後來進奧德沙（Odessa）大學及彼得斯堡（Petersburg）大學，修習語言科學。一九一八年，獲得學位後，巴氏便開始他教書、着述的生涯；於納維爾（Nevel）教書期間（1918—1920），他結交了一些益友，有詩人維勒祈諾夫 V. N. Voloshinov（1894或1895—1936）、哲學家卡耿 M. I. Kagan（1889—1937）、鋼琴家游蒂娜 M. V. Yudina（1899—1970）等；巴克定以維勒祈諾夫的姓名發表了自己的着作，而卡耿尤其對巴氏有極大的影響，終其一生，巴克定一直沒放棄卡耿所承襲的新康德學派「心物」對立的主張，視語言介於心物之間②，爲其橋樑。

在這些朋友的刺激和鼓勵下，巴克定不斷著述，一九二〇年，他遷居到維特比斯克（Vite-

② M. M. Bakhtin, *The Dialogic Imagination:Four Essays*, trans. Caryl Emerson and Michael Holquist (Austin: Univ. of Texas Press, 1981), p. xxiii; "Answering as Authoring," 309. 有關巴氏生平，見 Tzvetan Todorov, *Mikhail Bakhtine le principe dialogioue suivi de Ecrits du Cercle de Bakhtine* (Paris: Seuil, 1981), pp. 13-26. Katerina Clark and Michael Holquist, *Mikhail Bakhtin* (Cambridge: Harvard UP, 1984) 尤其詳細。

bsk），又結識了不少新朋友，並於一九二一年，與伊麗娜（Elena Aleksandrovna Okolovich）結婚，這期間（1919—29）是他着作最多產的日子，早期五年的風格傾向新康德派的學院哲學文體，後五年則漸趨平易近人，也富於變化與議論，雖然「杜斯妥也夫斯基的藝術問題」(*Problemy tvorchestva Dostoevskogo*）到了一九二九年才出版，其實他已在一九二七、二八年以朋友、學生的名義，分別出版了「佛洛伊德學說：文化社會觀批評」（V. N. Voloshinov, *Frejdizm: Kriticheskij ocherk, 1927*）、「文學研究裏的形構方法：社會學詩論之批判導論」（P. N. Medvedev, *Formal'nyj metod v literaturovedenii: Kriticheskoe vvednie v sociologicheskuju poetiku, 1928*）及「文化社會觀與語言哲學」（V. N. Voloshinov, *Marksizm i filosofija jazyka: Osnovnye problemy sociologicheskogo metoda v nauke o jazyke, 1929*）[3]。

由於巴氏在「杜」書中提出革命性的「對話」見解（dialogism），兼又被告結社擁護正教，一九二九年，在書出版後不久，便被捕、下放到卡札斯坦（Kazakhstan），隨後放逐到庫玆塔那亞（Kustanaj）六年，當圖書管理員。這期間正值史達林黨同伐異的黑暗統治時代，巴克定幾篇重要的長文（如「小說中的論述」）是在許多朋友寄書援助下寫成。但在這前後十幾年內，他有些書、論文已遭納粹黨徒焚燒、當局壓制或爲出版界遺失。最具代表性的是他於一九三七年完

[3] *Dialogic Imagination*, p. xxvi; *The Bakhtin Newsletter*, 1 (1983), 21-22.

成的「十八世紀德國小說論」（*Erziehungsroman*），本來手稿已被出版商接受，後來德軍入侵，手稿便告失踪，巴氏自己保留的稿件，也因他罹脊椎骨炎，不得不依賴香烟提神，在那段期間，窮苦迫切之下，便以手稿包烟絲（巴克定對自己的着作並不甚在意），變得零碎不完，幾乎無法再重整問世。

一九三六年以後，巴克定又獲准開始敎書；一九四〇年，他提出博士論文（卽一九六五年方得出版的「赫巴雷與中世紀民俗文化及文藝復興」*Tvorchestvo Fransua Rable i narodnaia Kul'tura srednevkov'ia i Renessansa*）❹，經過墨斯科兩派學者的激烈爭辯，政府插手干涉，取消了巴克定的博士敎授資格，然而，巴氏的朋友、學生們對他的成就毫不懷疑，很快便邀他就任文學系主任，直到一九六一年，巴氏因病被迫退休之前，他深受學生的愛戴，也影響了不少的年青學子。一九六三年，他出版了「杜斯妥也夫斯基的詩論問題」修訂版（*Problemy Poetiki Dostoevskogo*）❺。在他逝世（一九七五年三月七日）之前，耶魯大學據聞打算頒予榮譽博士學位，同年墨斯科一家書局也出版了「文學與美學的問題」（*Voprosy literatury i estetiki:*

---

❹ *Rabelais and His World*, trans. Helene Iswolsky (Cambridge: MIT, 1968).

❺ *Problems of Dostoevski's Poetics*, trans. R. W. Rotsel (Ann Arbor: Ardis, 1973). 此譯錯誤不少，晚近 Caryl Emerson 推出新譯，由 Wayne C. Booth 寫「導論」(Minneapolis: Univ. of Press, 1984).

Issledovaniia raznykh let）❻，一九七九年，遺作「文學創作之美學」（*Estetika slovesnogo tvorchestva*）也相繼問世❼，可惜巴氏已無緣目睹這些盛情。

二、巴克定的「對話」語言學

巴克定主要反對的是索緒爾所確立的「語言系統」（*langue*）與「語言活動」（*parole*）等二元對立的系統，及「差異」的抽象語言原則。據巴氏的見解，這種抽象的劃分，不僅扼殺了社會意識層面，也把活潑有緻的語言行爲整個凍僵。在「文化社會觀與語言哲學」一書中，巴氏指責這種「理性主義」的研究方法是「數學腦筋」，不管語言死活，光只注意「封閉系統之中，符號與符號的關係」，也就是僅對「符號系統本身的內在邏輯」有興趣，全不顧及意識形態上的意義（實則此種意義方是語言的內容）❽。對巴克定來說，語言絕不是純粹、自然之物，符號只能

---

❻ *Dialogic Imagination* 僅譯其中四篇 "The Problem of Content, Material and Form in the Literary Work," "Rabelais and Gogol" 並未譯出。

❼ 據一九八三年的 Bakhtin Newsletter 上刊載，英譯本已準備中，即將出版。另，一九八三年英國 RPT (Russian Poetics in Translation) 系列第十集也出版了 *Bakhtin School Papers.*

❽ V. N. Voloshinov, *Marxism and the Philosophy of Language*, trans. Ladislav Matejka and I. Titunik (New York: Seminar, 1973), pp. 57-58.

在「人與人之間的領域」（interindividual territory）裏產生，必得由兩個人構成一組，從中符號媒介才能成形，具有意義。準此，語言或符號活動難免是社會活動，而要探究語言，必研討「間接」及「半直接」的論述、多重層次的語言活動，在這種活動裏，不僅僅只有一個聲音參與；換句話說，語言不是從沈寂的字典定義抽出，而是來自具體的對話場合，甚至連個人的語言都是多元的，不斷有「內」、「外」的交滙。以這種方式看，個人的語言也是整個社會生活的產物。在這一點上，巴克定不同意佛洛伊德的獨立（超社會）潛意識說。異於佛氏視潛意識爲個人壓抑之慾動，巴氏看待潛意識爲「多種動機及多種聲音的掙扎爭鬥」❾；潛意識遂成了意識的內在語言，透過這種語言，所有意識都具社會、意識形態的意味。如巴氏所說的，即使「自我意識」也涉及「階級意識」，因爲透過另一個人的眼光（此人也屬於我的社會團體、我的階級），我才開始覺察到自己❿。

巴克定學說的核心是他的「語言領域」（*logosphere*），各種層次的語言在裏面你來我往，交滙並置，生生不息。以杜斯妥也夫斯基爲例，他發現小說中的人物是由對話與衝突構成的「觀念人物」（the man of an idea）；在小說裏，人物超越了其「物」性（thingness），變爲「人納人」（man in man），進入了純粹、無以終結的觀念天地，人人無我，全參與了大的對話

❾ V. N. Voloshinov, *Freudianism: A Marxist Critique* (New York: Academic, 1976), p. 85.
❿ *Freudianism*, p. 87.

⑪，這正是杜氏偉大之處，但這似乎也是偉大小說的特質。在「史詩與小說」一文裏，巴克定指出小說與其他文類之差別在於㈠體裁上具有三個向度，能連繫多重語言的意識，使之在作品中得到實現；㈡文學意象得在時間上瞬息萬變；㈢開啓新領域，組構文學意象，使之以其開放性，能和現實世界做最大量的接觸⑫。這種見解在「小說中的論述」一文裏，尤其明顯。

小說的崛起、演變是與新文明的活潑多重聲音（polyglossia）有關，在古代的史詩、抒情詩裏，文學語言是純粹、典正的單聲（monoglossia），隨着文化的頻繁接觸、語言的交互關連，世界變成多重，語言也彼此闡明，地區的方言、社會與職業性的術語、民俗語言、文學語言、文類語言全加入了小說的語言天地，而在這些多音的語言裏，世俗的文化或諷刺，特別以其笑聲，粉碎了階層分明的正統，使距離縮短。小說家的方式就是擷取這些現成的各種聲音，將它們並置，或令它們交滙，使文學語言交互指涉（或譯「互典」），但巴克定的語言觀實不强調有意的互典或嚴肅的互典），以新的關係彼此呈現出不同的意識形態和世界。着名的例子（巴克定至少用了兩次），是普希金（Alexander Pushkin）「尤金·奧尼根」（*Eugene Onegin*）裏的連斯基（Lensky）之歌，詩歌中的意象顯然並不是普希金本人的意象，而是重現、描敍的對象（object

---

⑪ *Problems of Dostoevski's Poetics*, p. 72.

⑫ *Dialogic Imagination*, p. 11. 晚近，廖朝陽在「無我與唯我」一文後，認爲巴克定以反經典爲小說的唯一特質（中外，十二卷九期，1984年2月）108頁，似乎並非完整的見解。

of representation），是要被降格嘲諷或故意模倣的，普希金完全置身在連斯基的言語之外；就是以這種方式，小說表陳了另一個人的語言形象及其世界觀，其中的文字是意識語言（*ideolgemes*），故事裏的人物便活在各種可能的對話領域裏，與其他人物、文化（當代或更早的）、甚至作者，產生對話的接觸（dialogic contact）⑬，不同的意識形態於是交互輝映，闡明彼此的世界。

三、打破經典正統、階層等第

在所有小說家中，巴克定常提及的是赫巴雷（François Rabelais, 1494?-1553），對他來說，赫巴雷不啻爲正統文化注入另一道新生命，甚至是摧毀了所有一般習慣性事物、觀念的連繫，創出料想不到的關連：民俗文化的「笑」。

本來，正統的中古世界觀是按亞里斯多德的形上學締建，四大元素（土、水、氣、火）以其特殊等第組構整個宇宙，按這種理論，所有物質是依固定的順序，由上而下排列，一切元素也以其與宇宙中心的關係來決定其本質及運動，最接近中心的是土，離開土的必以直線掉回中心，火

⑬ *Dialogic Imagination*, pp. 45, 329.

則不斷上昇，離開中心；而所有物理現象的基本原則是將一元素轉變爲最靠近它的元素。這種轉變的原理是萬物創生、毀滅的法則，只有天體是在俗世之上，由特別的物質構成。因此，這種世界觀的特徵，是所有的價值是以其空間位置來定，由最低到最高，愈高的元素，愈接近完美。

到了文藝復興時代，這種階層等第的世界便告瓦解，所有的元素轉變爲一平面，高低等第也僅是相對，因爲重點現在是放在「向前」及「向後」，人的身體實現了這種從垂直轉爲水平的改變，人身成了宇宙的相對中心，宇宙不再由下往上移動，而是依時間作水平線運行，由過去邁向未來，在人身上，宇宙的階層等第整個被倒置、翻轉，人站在階層之外，宣稱自己的地位。階層只能決定那些代表固定不動、不會改變、無法自由不斷形成的物質，它一旦被棄置，人遂邁向時間的水平線、歷史的不斷形成，也就是說人不是已完成的東西，而是開放的、未完成的。

赫巴雷承襲了這種思想，又帶進民俗文化的「笑」，藉着一連串的誇張、嬉笑，將人物的身體表現得怪誕醜大（grotesque）（如說 Pantaguel 小便卽將敵軍幾乎全部淹沒，一根舌頭便覆蓋整個軍隊），把衣、食、醉、性、死、排泄一一以民俗的怪想頭具體呈現。

在這種身體的醜大形象底下是民俗文化及其節會狂歡式（carnivalesque）的「笑」（「節會」原是「死神們的遊行」，後來演變成市場的歡樂通俗景觀）⑭，這種文化不知何者爲懼，因此不

---

⑭ *Dialogic Imagination*, p. 177; *Rabelais and His World*, p. 393.

像正統文化那麼理性，老是以畏懼之心，壓抑人，使人顯得渺小不堪。在正統文化的籠罩下，於是一切變得很正式、固定，語言思想只能朝單一的方向發展，人不斷活在畏懼和焦慮之中，始終不能超脫生死，或與自然合一。這種生命是有限而僵滯的，而相對的，民俗文化便顯得大無畏、狂歡，視個人身體的死亡爲人類生命的勝利片刻，乃宇宙不斷更新、進展所必經的瞬息。這種節會狂歡的精神一方面把身體（或其他生理、物質方面）表現得醜大怪誕，一方面則在語言上肆無忌憚，打破一切約束、假正經，以口語、通俗的文字嘲弄、斥責、顚倒、「損」正統，結果是「去除中心」(decentralization)，把整個宇宙往下移，世界不斷被傳統民俗文化中所慣用的對比方法，弄得「內裏翻出」(inside out)、肯定的遭否定（positive negative），上下移位，各階層整個有意地混合，以便發現物質的具體實相核心，拆解了表殼，顯露其物質身體外貌，超脫所有等第的規範與價值。

在粉碎這種階層等第的世界觀，締建新觀念的同時，所有的舊物事、概念、文化也獲致了新意義，形式暫時得到解脫，超越了一切邏輯關連，以一種自由創新的形式，使語言活潑「狂歡」起來，自黯淡嚴肅的正經哲學裏解除桎梏。在內容概念及語言形式上，逐漸僵化的正統單音語言、階層等第遂受到挑戰，歡會的笑把正典的僵滯整個解凍，形成一個不斷變化、更新的醜大世界意象。

從對形構批評、結構語言學有所不滿，到側重歡會大笑及對話聲音，巴克定是相當一致地反系統化及統一化。正統文化及史詩、抒情詩（巴氏很小心地將「抒情詩」限定於很「窄義」、只有一個聲音、統一化的詩體）⑮，正因爲其單一的聲音而變得僵滯，小說則兼容並蓄，使各種聲音（來自不同的人物、文化、時代、意識型態）交滙，在語言的領域裏相互表陳或被表陳，各種意識也得以在其中產生對話，超越時空距離，彼此接觸，做「富」有意義（多重意義）的社會文化評估。

由於巴克定側重歡會及多重聲音等瓦解正典、單音的要素，他不僅將民俗文化帶進小說研究、語言哲學的領域，也把許多世人不大注意的作品（如 Menippean satire）再度提出，發掘其深意。他反對簡單的語言學系統之二元對立說、瓦解階層次第、推崇「推翻性」的小說論述、探究非正典、邊緣的（marginal）作品等風格與精神，和德希達的解構批評實不謀而合。

四、德希達的「去中心」與「翻轉」思想

在一個訪問裏，德希達指出他的文字科學（grammatology）是針對「解構一切將科學性的概念與規範維繫在本體神學、眞理中心主義及語音主義的作爲」，也就是要「解除種種預設的系

⑮ *Dialogic Imagination*, p. 285.

統、語言的數學化」⑯，誤將語音置于文字之前，認爲語音就比較接近原意，且設定原意、本源、實情爲準據。根據他的看法，西方的形上學與語言哲學均以系統將「外在對內在」輕易對立，構成「幻象」，極難推翻。在另一篇文章裏，他界定結構主義者說：「要成爲一位結構主義者，首先得專注意義的結構、自主性及怪異的平衡、每個片刻、每個形式的完整」，而拒絕探究任何不可理解的東西⑰。他認爲西洋形上哲學的基石隱喻便是暗與亮：「自我揭露與自我隱藏」（也就是 Paul de Man 在另一個場合裏所謂的「洞見與不見」⑱。），這在他晚近的一篇文章論及大學機構如何反映社會，又如何「解離」社會，如何企圖向外投射、控制知識，又如何限囿於有機整體之中，也清楚可見⑲，針對這種問題，德希達提議（這是他文章題目巧妙之處，既是學生又是瞳仁：pupil）：我們在反省的同時，也應轉翻回去，探究一下反省的種種情況條件，一如藉光學設計器材，不僅看到景物，也在其中看到我們的觀看能力、情景（view viewing），並加以思索。

---

⑯ *Positions*, trans. Alan Bass (Chicago: Univ. of Chicago Press, 1981), pp. 34-35.
⑰ *Writing and Difference*, trans. Alan Bass (Chicago: Univ. of Chicago Press, 1978), p. 26.
⑱ Paul de Man, *Blindness and Insight*, Rev. 2nd ed. (Minneapolis: Univ. of Minnesota Press 1983), pp. 102-103.
⑲ "The Principle of Reason: The University in the Eyes of Its Pupils," *Diacritics*, 13 (Fall 1983), 19-20.

這種思索的前例，最明顯的是尼采對形上學的質疑、佛洛伊德對意識的批評，及海德格對存有形上學的破解，在這些人（尤其尼采）的啓發下，德希達推衍出「衍異」（différance），想在歷史條件（促使文字、觀念成爲可能的時空）探究其差異問題，將文字視爲「軌跡」；同時，他又主張「去中心」（decentering），認爲所謂的「結構」、「控制」其實是詮釋者排除架構以外的變項，強將對象加以「中立」或「縮簡」的結果，是我們在過程中賦予「中心」，指之爲固定的本源、現存之點，我們方找到了結構，而沒瞭解到結構的組合原則却限制了結構的「自由活動」（freeplay），也就是說中心一方面使活動變得可能，但一方面又將自由活動封閉住⑳。

德氏建議我們體會到這個「經濟權宜」的問題（problem of economy and strategy），對「中心」與「統一」（totality）作更深入的思索和質疑，此精神也貫穿了結構主義後起的思想（post-structuralism）。德希達所運用的方法是拿無聲的（書寫 writing）、邊際的（如女性）、被壓抑的（如意義的「自由活動」或盧騷式的類似反對種族本位、揚人抑己的作法）當研究重點，以所謂「双重姿勢」（double gesture）的基本手段，將古典正統的「中心」、「次第」倒反過來㉑，「移替」（déplace）此一系統：「自然」、「語音」的話語（speech）反而是一種「書寫」；隱喻深入到哲學領域裏，以其變異、關係、多元、誤差、含糊、不確、去主權的特性

⑳ *Writing and Difference*, pp. 278-280.

㉑ *Positions*, p. 43.

「替代」了「確切」的意義和眞理；文字記號的意義乃恃其「重述性」（iterability）、「複義性」，作者的「意圖」、寫作的場合「脈絡」（context）、版權簽署（signature）本身反而不足輕重，最基本的是意義的「不確定」與「無主」性㉒。

德希達早期注意到胡賽爾的語言哲學、反索緒爾的語言學、李維史鐸的結構人類學，是以文字科學家的身份出發，這和巴克定對語言哲學的情有獨鍾，倒是有趣的「並置」；在反對與倒轉系統、正統的精神上，這兩位思想家也針對理性主義及形構方法，同時運用到「內裡翻出」的意象，也同樣注重「外在」、「異他」（alterity, *other*）㉓，而且他們均注意到很邊際的作品，德希達尤其如此：康德美學裏雄渾（sublime）之感的相反概念（據德希達的分析乃是「作嘔」、「厭惡」）、尼采提到女性與眞理的幾句話、胡賽爾的「幾何源起」、佛洛伊德一向不大被注意的「神秘的書寫本論」，甚至海德格「存有與時間」的一個註脚㉔。這些近似之點無非是對形構、結構主義的方法與假定起質疑，代表一種意識型態，企圖打破對立與正統的體系。因此，連

㉒ 說見 *Of Grammatology*; "White Mythology"; "Signature Context Event."

㉓ *Margins of Philosophy*, trans. Alan Bass (Chicago: Univ. of Chicago Press, 1982), p. xiv.

㉔ "Economimesis," *Diacritics*, 11, 2 (1981), 3-25; *Spurs* (Chiacgo: Univ. of Chicago Press, 1979); *The Origin of Geometry* (New York: Nicolas Hays, 1977); *Writing and Difference*. pp. 196-231; *Margins of Philosophy*, pp. 29-67.

馬克斯主義的學者也認爲德希達在「政治上十分有用」㉕。

當然，這些近似之處並不致人忽略了巴克定與德希達兩位學者在理論上的歧異。德希達主張話語及聲音也屬書寫（archiwriting），主要便是反對將話語置在首位，認爲它較接近眞理、意圖、自然，而巴克定很顯然是側重話語，視話語爲人物之意識語言。德希達對文字的巧妙運用（如“Tympan”一文，即圍繞着「中耳」及此字眼本身其他字根接近或音近的涵意㉖，筆者曾試譯之爲「聽瓣」→聽辨）；另外他拿自己的姓名來戲耍：*Ja*, *Der*, *Da*, derriére, déjà，富代表性的是他在「播散」一書的第一句話，僅幾個字便有呈現（「這」）、預期（「將」）、否定（「不是」）、複述（「已經」）、結論（「因此」）五個層面㉗，這和巴克定樸實的風格直去了十萬八千里。

巴克定的文類區分，一向受人批評，被詬病爲「後設」或「超級」文類㉘，認爲他所立的小說並非一般文類，而他對史詩、抒情詩（甚至整個文學或小說史）的片面觀察，往往貶之爲單音

㉕ Michael Ryan, *Marxism and Deconstruction: A Critical Articulation* (Baltimore: Johns Hopkins Univ. Press. 1982), p. xiv.

㉖ *Margins of Philosophy*, pp. x-xiv.

㉗ *Dissemination*, trans. Barbara Johnson (Chicago: Univ. of Chicago Press, 1981), p. xxxii.

㉘ Cary Saul Morson, “The Heresiarch of META,” *PTL*, 3 (1978), 407-427. 拙文 “Intersection and Juxtaposition of Wor(l)ds,” *Tamkang Review* (1985) 也提到此點。

統一的文類，固可用德希達所謂的「權宜」來解釋（事實上，巴克定後來也感覺到這種劃分法不妥當），但這種對立隱約表現了巴克定並未慮及自己以論述強加在文類上，是否也牽涉到「專制」與「力量」的問題。在德希達的「文類法則」裏，文類乃是一種理性主義式的控制和強迫，在文類區分的作爲底下，是一種不安（甚至是非理性的欲求），一心不讓文類混合。因此，文類法則實際上已被構成此一法則的反面法則在事先便加以挑戰㉙。對這種使文類區分變得可能、不可能的條件，巴克定則較少深入的思索。

巴氏對傳統語言學有所不滿，進而自小說論述裏找出「多音」的概念，挾其人際、歷史文化的複雜性，批評系統語言學，實基於「政治」（以泰利、伊格頓的話，是「政治的語意學」、實際而非「理論」、「自我反省」式的思索）的需要㉚，因而在許多方面顯得有些侷促或重覆，例如在探究聲音與意識形態的關係時，巴克定偏向心理主義（psychologism），認爲文字表達人物的心理，同時又忽略作者在背後暗中指示的作者（implied author）兩者之間在層次與美學作用上的分別，往往認爲有些聲音即代表作者本人的立場；另外，他對聲音陳述的主體（subject

---

㉙ “La Loi du genre,” *Glyph*, 7 (1980), 176-201.

㉚ Terry Eagleton, *Walter Benjamin or Towards a Revolutionary Criticism* (London: Verso, 1981), pp. 143-172; Jonathan Hall, “Mikhail Bakhtin and the Critique of Systematicity,” in *Literary Theory Today*, eds. M. A. Abbas and Tak-Wai Wong (Hong Kong: Hong Kong Univ. Press), pp. 109-136.

of énoncé)，也欠缺明確的討論，不像 Emile Benveniste 於 *Problèmes de linguistique générale* (1966)（尤其“L'homme dans la langue”一節）做細心的區分；而且巴氏也未能提供基本的語言分析㉛。

德希達和巴克定兩人均討論及佛洛伊德的文字觀，奇怪的是他們的論點完全相反，巴氏認爲佛洛伊德罔顧論述的社會層面，而德希達則看出佛洛伊德的文字「軌跡」(trace) 觀具有時、空排場，十分複雜。潛意識的夢蘊含寓喩性 (figurality)，其內容爲書寫文字的一種形式，在排場上乃一意義串連，是語言的經濟權宜 (*economy of speech, writing and Difference*, p. 218)。就這點看，巴克定是小看了佛洛伊德對語言的關懷（我們從佛洛伊德後起的拉崗 (Jacques Lacan) 重新發展佛氏之夢的語言詮釋學，卽可瞭解潛意識的自我並非純然本能，非社會性的我）。

德孔 (Vincent Descombes) 在他的近作「當代法國哲學」(*Modern French Philosophy*) 裏說，法國當代思想家幾乎全以反黑格爾哲學爲出發點㉜，這在德希達對「揚棄」(Aufhebung 再三提出討論㉝，卽可想見。他從胡賽爾出發，將現象學加以質疑，使「本源」、「現存」的概念

㉛ 請參考 Julia Kristeva, “The Ruin of a Poetics,” in *Russian Formalism*, eds. Stephen Bann and John E. Bowle (Edinburgh: Scottish Univ. Press, 1973), pp. 102-119.

㉜ Trans. L. Scott-Fox and J. M. Harding (Cambridge: Cambridge Univ. Press, 1980), pp 12-16.

㉝ *Margins of Philosophy*, p. 19; *Writing and Difference*, pp. 251-277.

成爲問題，推演出現存「既已過去，又在未來」，「現存還不是現存」的說法。他對現存問題的側重，認爲西洋傳統形上學卽是以暴力强制停止了現存的「衍異」活動（新康德學派就有此傾向），因此刻意提倡「双重運動」、「双重作品」的「另一種」思索。德孔稱德希達是「双重戲要」（double game）的大師，語氣不乏懷疑、反諷、敬畏和希望，他一時尙不敢對德希達下定論，但德希達與巴克定在思想上的不同取向，則是可以確認的。早期巴克定受新康德派思想的影響，有心物二元的主張，他的「對話」語言學也針對史達林當時鏟除異己的專制政治，一心要提供「相異性」的見解，以免「統一」、「相同」性壓倒一切㉞。這是二人在思想背景，意識型態上本來就有差別。德希達不僅要世人看到景物（較實際的關切），也要讀者注意自我反省，質疑觀察的能力、架構。

五、看到景物與審視眼力

經過了六年的沈默後，索爾（John R. Searle）最近在「紐約書評」上寫一篇文章，看似評

㉞ Michael Holoquist, "Bakhtin and Rabelais: Theory as Praxis," *Boundary* 2, 11 (1983), 5-19; Hayden White, "The Authoritative Lie," *Partisan Review*, 50,2 (1983), 307-312, 也說「想像對話」一書中充滿了「政治」的認眞和嚴肅，因爲它要提醒讀者在一個到處都是秘密警察的社會裏，是不可能有對話的。

柯勒（Jonathan Culler）的「解構批評論」（*On Deconstruction*），實則針對德希達的思想㉟。索爾的論文可說是英美實證傳統與歐洲結構主義後起的自我反省思想，兩種不同哲學方法的交戰。首先，索爾十分邏輯地分析解構批評的「技倆」：㈠逆轉階層等第；㈡從作品之中，找關鍵字眼，好讓遊戲的另一面展現出來；㈢細心推敲作品的邊際質素。其次，再以柯勒的「痛與針」之例〔我們是感覺到痛（果），才去找「因」，遂發現了針，針彷彿是因，但在例子中，是痛使得因（針）得以被找到，因此，果反而是源頭，針（因）倒是次要的〕，證明它是邏輯不通的推理方式。

索爾的駁斥方式其實是基於一般的常識：痛（果）使我們發現到針（因），並不證明「果使因變爲因」之說；針是痛的源頭與感覺到痛（源頭），再去找因，這顯然是截然不同意義的「源頭」；因果並無邏輯的「等第」，所謂「因」就是產生「果」的東西，而「果」只是被「因」導致的東西；因果關係並無（也不必）柯勒所謂的移替或證實（七十四頁）。

索爾接着以德希達的文字觀爲對象，指出德希達思想混淆，如何常在論證過程中歪曲、變易論點，最後並歸結出幾個有問題(而且近乎不通、愚蠢的——但却那麼費勁、有心地)的說法：話語是書寫的一種形式、現存是某種匱缺、邊際的實在中心，直述的是隱喻的、眞卽假、閱讀是一

㉟ "The Word Turned Upside Down," *The New York Review*, 30, 16 (Oct. 27, 1983), pp. 74-79.

種誤讀、瞭解是一種誤解、正常卽一種反常、男人是一種女人的形式（七十七頁）。他認爲這些看似「深奧」的矛盾其實是思想、文字不淸所導致，和「眞正」的哲學、語言、科學問題毫不相干，因此，索爾奉勸讀者「活在語言哲學的黃金時代裏」，不必受解構思想所愚弄，還是讀正統語言行爲及文法、語意學的書籍，才是正途（七十八頁）。

但是，顯然索爾所評的及他的立論基礎，和德希達的學說是屬不同的範疇，也就是前面我們引述德希達的近作時說的「觀看景物」和「細審眼力」的異趣。德希達當然也以景物爲對象，但他所呼籲的是「移替」(déplacement)，並非「改易」或「超越」(dépassment)，純是對中心與邊緣的關係及其背後所蘊藏的結構、方法、系統活動加以質疑，這種精神是對方法本身所造成的「洞見與不見」模式再加深探究，是一種審視眼力的思索，彷彿在光學器材上，看到我們自己的瞳仁、視察景物的器官、條件，在反映景物的鏡子上，反省我們的反映、觀察能力。因此，德希達對奧斯汀（John Austin）的語言哲學和溝通觀念的質疑[36]，並不表示人無法溝通（觀看景物），而是在溝通（光學器材）上審視「溝通性」的條件、情況及其不可能性，同時，他指出奧斯汀「履行」(performative)與「指陳」(constative)的立論有其自我解構性，倒不是要懷疑語言行爲（speech act）哲學，毋寧是想指出系統如何導致另一個沒意會到的盲點。

---

[36] *Margins of Philosophy*, pp. 309-330.

六、反系統化與比較文學

巴克定與德希達在反對系統上的啓示，對我們從事比較文學與文學理論研究的人來說，也許是提供了一個自我反省的機會。不管是影響、接受、類比、運動、文類、主(母)題、翻譯、藝術交互關係或比較詩論，我們都企圖在封閉的系統裏，確定常數（constants），找尋證據，歸納出可以比較的類型，將此架構之外、難以掌握的成份，刻意忽略、遺忘。因此，「相同」性常是被「製」（produced）出；「相異」性則遭壓抑，如劉若愚先生拿伊利莎白時代的戲劇與元劇比較，析出詩劇中某些成規的近似點[37]，便對兩個時期的迥異思想背景、戲劇主題無法自圓其說。另外，在分期(periodization)上，勉强爲中國文學史套上一西洋文學史的階段和特徵（Classical Baroque, Romantic 等），往往令人有削足適履的感覺。影響研究（如寫實主義、現代主義、現代後起主義 post-modernism）對現、當代中國小說的影響特別强調單向的吸收，而忘記讀者與作品的對話想像、及作品語碼的多重性，亦即後來的作家不一定要接受前人作品的語碼（有些是自己文化即會產生），而且也不必亦步亦趨地模倣前人（通常，相反的，也許是「降格諷刺」或故

---

[37] James J. Y. Liu, *Elizabethan and Yuan: A Brief Comparison of Some Conventions in Poetic Drama* (London: China Society, 1955).

意選用其風格達到某種效果）。

在許多表面聲稱要去除「種族本位」主義的比較文學論著裏，我們也發現學者故意只側重「擬仿」(mimesis)、「犧牲」的儀式，壓抑文化的相異性，或假書評針對某一說法，提出片面性的質疑，使對話變得不可能㊳。除此之外，套用西洋模子來研究中國文學，是否爲「單一神教」的迷信？企圖從中國詩話傳統裏發展出批評西洋理論（而且較之高超）的論點，是否冒了「獨白」、「孤芳自賞」的危險，只求提昇自己的文化論述（反諷的是，這些人往往深受西洋理論的啓發），以達到心目中的欲求，抒發個人的優越感？

如何反省系統化、套用模子所導致的「不見」？如何尊重各種語音的「相異性」及其文化傳承和支流，以較完整的方式來探究東西文學作品或文學概念？如何在作品之中，發現另一個作品（異、外、它），以「對話」的方式，教它們呈現不同的世界？這些是巴克定與德希達啓發我們的幾個最具代表性的問題。難道我們要像十七世紀的詩人，天眞地相信「心靈趨向東方」，一直向前，便會「被帶到西方」嗎？還是在「交滙」與「並置」、「系統」與「反系統」之間做一些反省，質疑「正統」的比較文學作法？

㊳ William F. Touponce, "The Wei Tzu Document of the *Shu Ching*: A Sacrificial Crisis in Confucian Thought," "Review of *Literary Theory Today*," *Tamkang Review*, 13, 2 (1982), 185-206. 筆者在「晚近文評對莊子的新讀法：洞見與不見」第二部份便會批評杜氏之兩篇論文。

附記

幾年前，德希達的 *Of Grammatology* 是暢銷書，最近巴克定的著作也廣爲流傳，影響深遠，加拿大多倫多大學的教授 Clive Thomson 和幾位愛好巴克定對話語言學的人士，便聯合編輯了巴克定通訊（*The Bakhtin Newsletter*），於一九八三年創刊，報導每一年有關巴克定的研究。什麼使得德希達、巴克定的學說如此盛行？答案也許和他們注重「異」、「他」、「外」等經常被形式、結構主義排斥的要素有關。J Hillis Miller 在 *Disappearance of God* 第二版序中惋歎巴克定的學說不爲人知；國內迄今似乎也無介紹，因此，本文將巴克定與德希達拿在一起比較，就其「反系統化」的概念，管窺二人思想之一斑，並簡述其取向之異趣，最後則指出現階段比較文學與文學理論作風的局限，鼓勵「對話」與「自我質疑」式的研究，既重視相似、可類比的項目，也不忽略相異性。（梁秉鈞兄讀過本文原稿，提出許多指正，在此向他致謝。）

八 文字、世界的交滙與並置

「在結構上，作品讀另一個作品，並透過瓦解創生的程序讀、組成自己。」

茱麗亞・克莉絲特娃，「文字、對話、小說」

今日的文學研究極力强調：文學作品和任何語言陳述的表達並無兩樣，均不能自我包含或自主自足。在一篇解構析讀心理分析批評的文章裏，賈克・德希達小心剔出拉崗「座談『失竊的信柬』」一文自我引證所形成的局限，及其忽略愛德格・愛倫・坡着作裏之交互指涉架構因而造成的不見：雖然「座談」能以其後設語言建立討論架構，專究內容（*histoire*），它却也排除了所有的一般作品、「作品中的作品」、「架構的構想」——這些實不僅限於零星一個敍述故事而已❶。

根據德希達的看法，「失竊的信柬」這個故事不僅是三部曲的一部份，還指涉及更大的敍述體，故事只是就這個小說成規略加吸收、變化。由於我們很少不是先「胸有成竹」再去看一作品，而且在閱讀過程裏，也往往回溯反饋以前接觸其他作品的經驗（如將作品馬上歸類爲「鬧劇」、「悲喜劇」、「騎士文學」，或對中古傳奇的降格諷刺等），閱讀實在是交互指涉的活動：正如艾誥與柯勒提醒我們的，要瞭解一作品，我們得擁有「交互指涉的認知能耐」（intertextual competence）或成規（大語碼）的知識才行❷。

「交互指涉」這個觀念是由茱麗亞·克莉絲特娃（Julia Kristeva）正式介紹給當代文學批評界，但是其實她是得自於俄國學者巴克定（Mikhail Mikhailovich Bakhtin）着作裏對文學陳述之交互關係的探討。主要是研究小說的語言風格理論，巴克定是以他對杜斯妥也夫斯、赫巴雷所作的研究聞名於世，而且最近據學者指出，巴克定事實上還寫了不少論文、專書，只是因爲政

---

❶ Jacques Derrida, "The Purveyor of Truth," *Yale French Studies*, 52 (1975), 99, 100, 110. 有關此篇文章和拉崗的學說，請參考拙文「解構所有權」。

❷ *The Role of the Reader: Explorations in the Semiotics of Texts* (Bloomington: Indiana Univ. Press, 1979), pp. 19-21; *Structuralist Poetics: Structuralism, Linguistics and the Study of Literature* (Ithaca: Cornell Univ. Press, 1975), pp. 131-60.

治問題，始以學生或朋友的名字發表（這些人或許也參與了寫作或討論）❸。對巴克定來說，小說最能吸取、運用各種背景的語言，他認爲文學的文字是作品各層面的交滙，乃許多作品之間的對話，這些語言、文字分別有作者本人的、小說人物的、當代或更早的文化脈絡持有的❹。小說裏的語言因而是各層面交滙的系統，其中不同的語言形象彼此關連，和作者產生特殊的對話關係，也就是說小說家以其敍述觀點，一方面再現另一個人的語言，一方面又將它看做是和他自己的語言有所出入，因而與這個人物的語言保持某種距離，視之爲對象，以巴克定的話說：「小說眞正富代表性的形象是將其他人的語言、風格、世界觀在內部納入對話的形象❺。」

拿普希金（Pushkin）在「尤金・奥尼根」（Eugene Onegin）對連斯基（Lensky）之歌的描寫爲例，巴克定發現勾勒出連斯基之歌的詩歌形象並非普希金本人直接的詩歌形象，因爲這首詩歌在本身的語言上便有其特點，是和普希金自己直接的描述有着顯着的差別。其結果是連斯基

---

❸ Ann Shukman, "Between Marxism and Formalism: the Stylistics of Mikhail Bakhtin," in *Comparative Criticism*, Vol. 2, ed. Elinor Shaffer (Cambridge: Cambridge Univ. Press, 1980), pp. 221-22.

❹ Julia Kristeva, *Desire in Language: A Semiotic Approach to Literature and Art*, trans. Thomas Gora et al (New York: Columbia Univ. Press, 1980), p. 65.

❺ *The Dialogic Imagination: Four Essays*, ed. Michael Holquist (Austin: Univ. of Texas Press, 1981), p. 46. 以下做 *DI*.

之歌是被作者以降格反諷的筆觸傳達出來，因而變成「再現的對象」(object of representation)——降格諷刺、故意模倣其文體的再現對象。在另一段裏，奧尼根的風格、聲音、世界觀則表露無遺，雖然這仍屬再現的對象，這段文字的形象却也顯現了作者的思想，普希金自己似已入乎其中，不再持局外人的姿態，反而是以此一語言來述說，不再表陳此一語言。以這種方式看，奧尼根「是處於可與作者交談的地帶，充滿對話接觸的領域」；普希金看出主角奧尼根的語言及世界觀是有些「荒唐、抽象、不自然」，是有其局限，但他却必須藉這種語言來表達心中最基本的概念與觀察所得。因此，語言絕非整體；可拿來運用的文體風格是受到歷史的限制，乃相對而不完整的，甚至彼此批評對方：

「這些直接的詩的描述、表達的媒介，在它們變成此一形象的部份時，保存了其直接的意義，但同時它們被『質』化、『外在』化，顯現出是在歷史上相對、受限而不完整的——換句話說，在小說裏面，它們彼此批評⑥。」

也就是作者與其他人物的文字、風格交談，他人的語言和作者自己的爭論、契合，或者被作者質

⑥ *DI*, p. 45.

疑、諷刺、降格模倣。文學語言因此不是單面、現成、不容置疑的語言；在衆多聲音的交滙裏，文學（尤其小說）的語言是不斷形成、一直更新的。這種「多音」(polyphony）正是杜斯妥也夫斯基的小說成功表現出的，因爲杜氏能够「客觀而藝術地看待人物，將之表現爲另一個人物，不致於抒情化，也不會以自己的聲音與之相混，同時也不將它縮減爲物化的心理實體❼。」在赫巴雷的作品裏，巴克定也發現各種形式的民俗「笑的文化」以其狂歡節會（carnivalesque）的方式展開，將僵化了的正統文化瓦解，以其笑聲嘲弄、譏笑這個呆板的現實世界❽。

由於小說具敍述位勢（觀點），作者可拿各種語言呈現不同的意識形態，而且小說崛起時也正逢歐洲語言彼此影響、交滙的期間，巴克定專把「多音」（heteroglossia）歸給小說這個晚起因而潛能（包容量）最大的文類實是不足爲怪。然而問題是巴克定顯然只對某些小說感興趣（在「小說裏的論述」尤其清楚可見），所謂的小說之双線發展（單一語言、多音語言）乃是巴克定重新組構的歷史❾，其用意僅在維護他的觀點——小說是一超級、後設的文類（super-genre, meta-genre），也因此之故，他刻意壓抑史詩與抒情詩（抒情詩尤其是他一再拿來和小說對照

---

❼ *Problems of Dostoevsky's Poetics*, ed. & trans. Caryl Emerson (Minneapolis: Univ. of Minnesota Press, 1984), p. 9. 以下做 *PDP*.

❽ *Rabelais and His World* (Cambridge: MIT, 1968).

❾ *DI*, pp. 366f.

的「毫無爭論的文類」），認爲詩只具統一、單一的語言，卽使詩的主題是有關懷疑、困惑，詩的語言却是安穩自在，一點也不徬徨：

「不管詩人在詩歌世界裏發展出如何多重的矛盾和無以解決的衝突，這個世界總是被統一、毫無爭論的論述所闡明。矛盾、衝突、懷疑只是在對象、思想、生活經驗——亦卽題材上——看得到，却不進入語言本身。詩歌裏，卽使論述是有關懷疑，却必須以不容置疑的論述來表達⑩。」

巴克定每次都很小心地註明他所指的是「嚴格說來，狹義的」抒情詩⑪，顯然是承認抒情詩與小說只是理論權宜的劃分，在實際上可能不是如此截然迥異。在這種「欲求與控制」(desire and control) 底下，是巴克定本人對「文類交混」有些不安⑫，所以故意要將文類的界線限制住，以保持其純粹性。這和他自己評論形構方法、結構語言學，斥責他們以「數學」腦筋扼殺眞實語

⑩ *DI*, p. 286.

⑪ 如 *DI*, p. 285，他認爲如果詩中有多音則不再是詩，已變爲小說。

⑫ 請參考 Jacques Derrida, "La Loi du genre," *Glyph*, 7 (1980), 199-200.

言之生命的立場未免有些出入⑬。

另外，巴克定似乎也未能注意到「作者」與「隱含作者」(implied author) 之別，因此傾向心理主義 (psychologism)，認爲作品裏的某些警句呈現作者本人的思想，而不瞭解那只是「隱含作者」要讀者以某種方式對作品的意義結構 (intentional structure) 產生反應，未必就是作者本人 (writer-author) 心靈的投影⑭。除了這些問題和太常重覆、過於抽象的毛病之外（韋恩·布玆最近卽如此埋怨）⑮，巴克定的對話語言觀實值得一聽。以下我們試擴充其交互指涉觀，在抒情詩中找出「多音」與懷疑。

塔索 (Tasso) 在「英雄詩論」("Discourses on the Heroic Poem") 裏說寫詩的藝術就像宇宙的自然變化，充滿了矛盾，好比在音樂裏就是如此，因爲沒有多重性，就沒有整體，沒有規律。倘若這種多重性是透過語言表達出來，我們如何區分形式與內容、題材與語言？正如在葉慈 (W. B. Yeats) 的詩「學童之中」("Among School Children") 裏，舞蹈與舞者難以分

---

⑬ 見 *The Formal Method in Literary Scholarship* (Baltimore: Johns Hopkins Univ. Press, 1978), pp. 98, 102; *Freudianism: A Marxist Critique* (New York: Academic, 1976), pp. 87, 97; *Marxism and the Philosophy of Language* (New York: Seminar, 1973), pp. 57-58.

⑭ Wayne C. Booth, *Rhetoric of Fiction* (Chicago: Univ. of Chicago Press, 1961) 對此有詳細之區分，也可參看他爲 *PDP* 所寫的「導言」。

⑮ *PDP*, p. xxvi.

辨，小說與詩的界線也極不容易斷定。吾人可質疑巴克定之處即在他想掌握某些本質上的差異，作爲劃分的根據，因而壓抑了可能形成的對話和自我批評。

看起來似乎是單音，葉慈的「學童之中」其實蘊含許多彼此衝突的聲音。不僅僅其主題（乃是有關人生與藝術、年紀與苦痛、熱情與失望、夢想與現實、抽象與具體等）充滿矛盾，語言也是巴克定所說的「活潑類型」，不但暗中有各種對話環繞、內在於「隱含作者」對生命、愛情、生老病死（苦痛）與藝術的不同看法，而且這些陳述和其他人的論述彼此對峙、消去。在詩人的腦海中，最近或很久以前的聲音全部作響，有老修女的、情人的（Maud Gonne）、年青的母親的、一般文化的、哲學家的、葉慈身處俗世的、葉慈作爲藝術家的聲音，在回憶裏交滙、迴映、再現，但同時又被取笑、降格，甚至於質疑，如詩的最後幾行：

O chestnut-tree, great-rooted blossomer,
Are you the leaf, the blossom or the bole?
O body swayed to music, O brightening glance,
How can we know the dancer from the dance?

啊栗樹，長深根開花
你是葉，花，還是樹幹？

啊隨音樂起舞的軀體，啊閃亮的一瞥
我們如何區分舞者與舞蹈？

不管將這幾行看作修辭性的明知故問、不期待任何答覆（rhetorical question），或對比喻語言的詭黠提出無以回答的問題⑯，我們都不能無視於其中充滿困惑的語言，而且詩所設想的人爲藝術（語言也不例外）之權威性，實際上是被內在的概念（難以劃分藝術與人生、「能」表陳的和「所」表陳的）推翻，變得模糊、不肯定。

在陶淵明的「桃花源詩幷記」裏，我們也體會到各種作品、聲音的交滙。以前的學者往往在注意「記」，而遺忘了陶淵明之「隱含」說話人的抒情心聲和其內在的疑惑⑰。其實以較精簡的文字，「詩」達成與「記」迥異的美感效果；如果我們借用佛洛伊德（S. Freud）或奧斯汀（J. L. Austin）的術語來描述，「詩」可說是「表達」（expression），而散文體「記」則是「指明」（designation），或「履行」（performative）對「指陳」（constative）（有趣的是奧斯汀也從「指陳」邁向「履行」）⑱。在詩中，淵明將傳統與當代的許多作品「重新鋪陳」，倒不是

⑯ Paul de Man, *Allegories of Reading: Figural Language in Rousseau, Niltzsche, Rilke, and Proust* (New Haven: Yale Univ. Press, 1979), P. 11.

⑰ 見 James R. Hightower, *The Poetry of T'ao Ch'ien* (Oxford: Clarendon, 1970), p. 256.

要表達他對無法到達的烏托邦有着天眞的嚮往，毋寧是就各種悵恨、追懷失去的樂園（桃花源）的論述（他自己的「詩」、「記」亦屬其中）作深入的反省與探討。在這個看似統一的抒情詩裏，我們至少可找到四種不同的聲音：桃花源的居民、漁人、劉子驥等人、隱含作者的聲音。這些聲音又可回溯到老子的「小國寡民」，或與「異苑」、「雲笈七籤」旁通（甚至一些已經失落的語碼、軌跡）。陶淵明讓這些聲音「交響」，却只是要這些文字轉過頭來斥駁自己，自我取笑，道出五層的放逐感：歷史性的失去故土（「嬴氏亂天紀，賢者避其世。黃綺之商山，伊人亦云逝」），心理與文化上的疏離（「往迹浸復湮，來徑遂蕪廢……」），指涉與意圖上的分別心（「淳薄旣異源，旋復還幽蔽。借問游方士，焉測塵囂外！」），隱含作者心靈無以自處的失位感（「願言躡輕風，高擧尋吾契」），及將這些聲音關連在一起對照出來所得到的自我批評與幻象破滅，因爲正如隱含作者反諷地說出的：「于何勞智慧」，這些文字陳述全屬心機徒勞。在這其中，隱含作者的渴望「願言躡輕風，高擧尋吾契」，和漁人的「處處誌之」及「尋向所誌」並無二致，均被「于何勞智慧」所質疑。以這種多音交響的方式，隱含作者最後也體會到自己的聲音不過是早先各種陳述的重覆、變奏，一樣不自然（均屬起分別心下的嚮往）、荒謬。

以這兩首抒情詩爲例，我們略可看出文類之間的差異只是程度之分，而非種類之別。因此，

---

⑱ 拙文原刊載中外文學，十卷十期，一三四－一四六頁，對此曾加以討論。

將巴克定的多音觀、對話語言學運用到抒情詩或其他文類上，視交互指涉爲作品產生意義的條件，應是一樣確切。在衆多理論的聲音中，巴克定的陳述勢必要和其他人的產生對話，顯出本身的歷史局限與不完整性以達成自我批評。

茱麗亞·克莉絲特娃繼承巴克定的「交互指涉」觀，將之發揚光大，並於語言學的範圍裡發現到新的研究素材：透過、橫越語言的文字移轉貫通活動(translinguistic operation through and across language)⑲。她稱自己的語言理論爲「語意分析」(semanalyse)，是對「意義之要素及其法則的批判」。據她說，文學作品乃文字移轉貫通的組織設置，重新調配語言秩序，並關連溝通語言與各種較早或同時(synchronic)的陳述。作品因此是個「豐饒性」(productivity)。首先，其中的語言關係乃是重新調配(瓦解與組構兼具)，因此應以邏輯的範疇去處理，而不是用語言學的方式；其次，它乃是多種作品的變換互動(permutation of texts)，亦即「交互指涉性」(intertextuality)：在某一作品的空間裏，許多來自其他作品的陳述彼此交滙，化解對方(三十六頁)。

此處，克莉絲特娃提醒我們應以邏輯的方式(而非文體風格或語言學的研究)來處理此一問題。由於她對結構主義及其後的思想有頗深入的瞭解，克莉絲特娃確實超越了巴克定的形式主義

⑲ Kristeva, p. 36.

後起文體風格研究（postformalist stylistics）及其固滯的文類觀。她提出如此的假設：文類的革新乃是在不同層次上，無意識地將語言結構加以外在化的結果（六十六頁）。遵循巴克定作品空間三個向度（作者、人物、文化背景脈絡）的看法，克莉絲特娃以「水平」的方式（作品裏的文字屬於寫作主體及其人物）與「垂直」的方式（作品裏的文字乃是來自較早或同時的其他作品）界定文字，使得橫面與縱面雙軸（作者——人物與作品——文化脈絡）會合，導出重要的觀點：「每一個字（作品）乃文字（許多作品）之交滙，從中至少可讀到另一文字（作品）」（六十六頁）。我們一旦在作品中讀到其他作品，或看出作品依賴其他作品，將它們吸收、變化，我們便邁入了交互指涉的空間，在此一空間裏，「作品是以引用文句的鑲嵌方式組成；每件作品擷取自另一作品，並加以轉化。交互指涉的觀念遂取代了互爲主體的概念，詩的語言也至少可視爲雙重」（六十六頁）。

對克莉絲特娃來說，交互指涉乃是意義條件或知識的總滙，使得作品具有意義，而不只是要指出作品與其他先驅作品（precursor texts）的關係。相對於傳統的來源與影響研究，她提出交互指涉觀，尤其於小說語言的分類上專究第三種類型：「雙重矛盾」（ambivalent），認爲它是小說獨有的特徵。雙重矛盾的文字乃作家運用其他人的文字，結合兩種符號系統，保留其原有之意義又賦予新意義的結果，其組構原則爲「兩個作品交會，彼此衝突，對照出他方的語言」（七十八頁），因此可以是「風格模倣」（stylizing）、「降格模倣」（parody）、或「蘊含的內在爭論」(hidden interior polemic)(故意和其他作品產生辯論性的效果)，却絕不會只是「模倣」(imitation)——模倣只發生在文字刻意重覆、盜用，而不加以對照、關連(relativize)的情況(七十三頁)。這三類雙重矛盾的文字分別建立在距離(風格模倣)、對立(降格模倣)和活潑的修正(蘊含的內在爭論)，以其特殊的關係對待他人的文字。克莉絲特娃在「文字、對話、小說」裏重申了巴克定的看法，認爲雙重矛盾只出現於小說，特別是在一些梅尼比式(Menippean)的諷刺和節會狂歡式(carnivalesque)(如赫巴雷的小說)的作品裏，然而這種看法不無問題，本文最後我們要拿中國幾首詩和江西派文學評論的觀點來和巴氏的論述相互參照，以便闡明抒情詩中的雙重矛盾。

不過，克莉絲特娃是很巧妙地結合了索緒爾(Ferdinand de Saussure)的結構語言學、社會文化觀，甚至女權批評(對立的『她』——女人爲變換互動的中心，四十九頁)，不但視寫作之舉爲分別之舉，特別爲作品保留「他」人的位置；而且也是關連之舉，開啓無限的布置方式(五十八頁)，因此之故，她超脫了形構主義的局限，對「隨意」性(arbitrariness)或「文學性」(literariness)的概念均加以擴充，使語音、論述的作品豐饒性與意識形態配合，也就是說，這些觀念只能在相連繫的(文化的)作品(bounded text)之內方可被接受、領略。由於作品的豐饒性是在作者將別人的文字(他所讀到的)轉化爲自己的語言時才可能產生，作品勢必要讀另一個作品，而且如本文一開始所引用的，「得透過瓦解創生的過程組構其自身」(七十七頁)。

巴特（Roland Barthes）在「作者之死」（"The Death of the Author"）裏，也重新衡量「作者」與「讀者」的角色，宣佈作者死亡，以便讓語言不斷邁向其目標⑳。寫作解除了作者的聲音及其本源，作品也不再是要「記載、充當備忘、再現或描述事實」，成爲某一「內在靈魂」的表達；作品毋寧是擷取自不同文化，彼此以對話、降格、爭論之關係交滙的多重文字（一四八頁），而處理此層多重性的重點乃是在讀者身上（巴特在 *S/Z* 裏區分「讀者」（readerly）、「作者」（writerly）的兩種作品，其實讀者不斷「合作」，參加作品的文字寫作才是他所謂的「作者」的作品，亦即讀者成了作者，而「讀者」的作品是一成不變的作品，不須積極參與，只要消極的吸收、閱讀即可）㉑。

巴特强調讀者及語言本身的活動，認爲接觸作品的「我」已是多種其他作品的產品，是無限（或說確切些，乃失去本源的語碼）所形成的多重（plurality）㉒，因此，他提醒世人勿蹈「關係考證神話」（myth of filiation）的覆轍：

「由於本身是另一作品的指涉作品，每部作品均屬「交互指涉」，而這不能與

---

⑳ 收入他的 *Image-Music-Text*, trans. Stephen Heath (New York: Hill & Wang, 1977), p. 142.
㉑ *S/Z*, trans. Richard Miller (New York: Hill & Wang, 1974), p. 4.
㉒ *S/Z* pp. 16-17.

> 作品的本源混為一談：找尋作品的『根據』與『影響』只是滿足了關係考證的神話。用來組成作品的引用文字乃不知名、無以挽回，但却已經讀過：它們是不用引號的引文㉓。」

換句話說，不可能（而且也沒道理）追踪本源，因爲作品的「可理解性」（intelligibility）是來自指涉及其他「已經被讀、看、做、話、寫過」的語碼（*S/Z*, p. 28）。

然而，如安・傑弗森（Ann Jefferson）指出的，巴特的「作者」式作品似不受語碼限制，或不「依據成規，因爲它不提供，也不組成意義」；而構成讀者之可理解性的語碼、引文角度却有其否定與消極的性質㉔。事實上，「讀者」與「作者」式的區分仍有其含混之處，也表現出巴特乃是結構主義學者，喜歡對立的差異系統，論點不無抽象化之虞，而且巴特的交互指涉觀也流於太過廣泛、普通，指涉的空間幾乎無所不包，絕難成爲研究的範圍。因此，有些學者則企圖證明交互指涉觀的可行性，紛紛探討作品之中，背後能够指認的作品，並將這些作品剔出，甚至建立理論闡明交互指涉的類型，在這些文學工作者之中，麥可・李法德（Michael Riffaterre）及

㉓ "From Work to Text," translated in *Textual Criticism: Perspectives in Post-Structuralist Criticism*, ed. Josué V. Harari (Ithaca: Cornell Univ. Press, 1979), p. 77.

㉔ "Intertextuality and the Poetics of Fiction," in Shsffer, p. 236.

哈羅・布露姆（Harold Bloom）是拿詩中的交互指涉爲主要研究對象的最具代表性人物。

李法德反對由外向內套的系統性文學分析（analysis），倡導就作品呈現給讀者聆賞的內在形式、風格（文學性）的文學現象作解釋（explanation），主張(1)不僅注意作品的獨特風格，更須研究讀者對作品可能產生的反應；(2)作品乃一限制、規定性的語碼，解釋應依據我們務必看到的要素（作品如何運用其他人的「字眼」、不同的詞彙、語意單位）㉕。除了視詩的意義爲固定、封閉，詩的特點爲統一性（unity），李法德認爲「文學性」即在新語、新義（neologism）如何在作品所構成的系統中產生其作用，而新語（新義）乃是就原有之字義加以變化的結果（六十三頁）。

對李法德來說，詩是將日常極小、直言的句子（「母體」）轉化爲較長、錯綜且非直述之紆說（periphrasis）的結果。擴大、轉變母體爲作品，會更進一步產生「詩的符號」，這些符號則由「既立文字的歧出變化」（hypogrammatic derivation）決定：文字若指涉及或模倣一早先已存在的文字群則會產生詩的效果——李法德稱這種已經存在的文字（語意）群爲「既立文字（法）」，亦即「已經成立的符號系統，至少包含一述語（也可能是一件作品如此大的單位）……這個述語可在語言中觀察得到（或者是較早之作品，也因此可以看出）的文字㉖」。作品

㉕ *Text Production* (New York: Columbia Univ. Press, 1983), pp.1–25.
㉖ *Semiotics of Poetry* (Bloomington: Indiana Univ. Press, 1978); pp. ix,2.

的詩意要能活潑展開，此一指涉及「既立文法」的符號必得「將母體加以變化」。換句話說，詩的文字不僅指涉早已存在的已立文字（法），而且是母體的變形或轉化。

因此，詩人是以吸收與轉化的方式創出新義：拿一個字或一句話，將之擴充，既運用又修正此一系列之既立文字（也許是個陳句、引文、歧出的隱喻、比喻、或一組傳統的聯想文字），使之納入作品。在另一方面，讀者則藉着指認詩中涉及既立文字與看出作者的原創力（將母體加以重組）來詮釋作品。以藍波（Rimband）的詩「飢之宴」（"Fêtes de la faim"）爲例，李法德指出許多陳腔濫調的成語、文句如何被轉化爲母體的變形，而讀者又如何靠着指認母體與既立文字，組構詩之統一性，使它富有意義（*SP*, pp. 78-80），另外，他也提及詩人作品之交互指涉（如 Ronsard 與 Magny 的詩如何「邏輯地」自 Aristo 的作品裡演變出來（*SP*, pp. 82-83））。

雖然李法德告訴讀者他是要提出詩的記號學，讓讀者解除詩的神秘，發現到「困惑頓然冰釋，一切變得秩序井然」（*SP*, p. 12），他的理論仍有些地方令人不解。他的主要問題出在既要强調作品的統一性，又要讀者認出作品的交互指涉性（不完整、不獨立性），一方面去除了作品的指涉對象（referent），一方面却又帶進指涉既立文字的確鑿證據。正如柯勒（Jonathan Culler）所說，李法德在結合閱讀理論（符號學）與作品詮釋時，却發現到其結果竟「擺盪於普偏詩論、特殊作品詮釋之間，無法得到解脫」[27]。

我們在討論克莉絲特娃時已提到，說她認爲作品是透過瓦解創生的組構過程，在這一面恐怕無人能及哈羅・布露姆之用心。哈氏的着作倡導詩人力圖擺脫前人的影響，抗拒某些「心理」父親所加給他們的壓抑。在一篇分析雪萊的「生命勝利」(*The Triumph of Life*)的自我分析式詮譯中(套 Geoffrey Hartman 的話說，見 *The Fate of Reading*, pp. 3-19)，布露姆坦承自己的所有着述均想發展出詩的理論，闡明詩人「已經寫過、讀過」作品力量如何化爲其他詩人潛意識的拘絆本源，因而後輩詩人以此一種强勁的「借喻」閱讀方式(strong "troped" reading encounter)，對早先的作品重新運用、曲解、扭轉，以便發展出本身的創意。布露姆稱這種解脫前人之拘絆，將之扭曲、以適己用的意義之爭爲「錯讀爲新解」、「扭轉爲解脫」(misreading, misprison)。身爲浪漫詩研究者，他更拿「破解」(breaking)的字眼，形容前人之作爲「形式」或「容器」[28]。據布露姆，正是在這個閱讀接觸及掙扎解脫的地帶，詩人產生其影響的焦慮感;交互指涉的觀念也因而限定於作品以及其先驅作品(precursor text)，詩人與主要的「前輩」之間的關係。

㉗ *The Pursuit of Signs: Semiotics, Literature, Deconstruction* (Ithaca: Cornell Univ. Press, 1981), p. 99.

㉘ "The Breaking of Form," in *Deconstruction and Criticism*, ed. Geoffrey Hartman (New York: Seabury, 1979), p. 5. 另見他的近作 *The Breaking of Vessel* (Chicago: Univ. of Chicago Press, 1983).

由於作品是以閱讀他人、自己、混合體的方式存在，「每一首詩乃是交替的中間詩，任何一種對詩的閱讀都是交替的中間閱讀」㉙。布露姆在「形式破解」一文裏便喟歎文字只是文字，而不是會動、有表情的東西或情感；文字只顧指涉其他的文字，永無止境；文字本身並不詮釋自己，解釋文字的通用法則絕不可能存在（第九頁），其結果是寫作、閱讀均屬交互指涉的活動：「每一個人寫作、敎書、思考、甚至閱讀，都無法避免模倣㉚，」但詩人又得以修正的方式去逃避模倣，因而有各種修正的類型。按布露姆在「錯讀爲新解之梗概」（*A Map of Misreading*）第八十四頁的圖表，這些修正主義分別有以下幾種：

和其他主張相互指涉觀的學者比較起來，布露姆似乎馬上便執着於詩作的前驅：馬羅（Marlowe）是莎士比亞的先進，史賓塞（Spenser）是密爾頓的先驅，密爾頓又是華滋渥斯的前輩，布雷克（Blake）爲史蒂文斯（Stevens）的前導……（在這名單上，我們還可再加：尼采與佛洛伊德是布露姆的啓蒙者，見 *The Anxiety of Influence*, p. 8）。這種單向、注重主要而忽略次要因素的作法實在無法令人信服，無怪乎柯勒要嘲笑布露姆說：「如果我們問道爲什麼如此，何以交互指涉的關係要壓縮爲一對一的關係？答案好像是人只能有一個父親：家譜只給詩人一位生父」（*The Pursuit of Signs*, p. 109）。和李法德之觀點（就既立文字或過去的詩作加

㉙ *Poetry and Repression* (New Haven: Yale Univ. Press, 1976), p. 3.
㉚ *A Map of Misreading* (New York: Oxford Univ. Press, 1975), p. 32.

修正變 證方式	詩中意象	修辭借喻	心理防衛	修正比例
限　制	現存與匱缺	反　諷	反應形成 (Reaction-Formation)	內在化 (Clinamen)
替　代	↕	↕	↕	↕
再　現	部份代全體 或 全體代部份	取　隅	倒　轉 反　對	反面完成 (Tessera)
限　制	滿與空	換　喻	瓦　解 孤　立 回　歸	虛　空 (Kenosis)
替　代	↕	↕	↕	↕
再　現	高與低	誇　張 曲　言 反　說	壓　抑	魔　升 (Daemonization)
限　制	內與外	隱　喻	昇　華	自我控制 (Askesis)
替　代	↕	↕	↕	↕
再　現	早與晚	代　喻	投　入 投　射	死者復返 (Apophrader)

以變化）傾向形構分析迥異，布露姆是以詩如何誕生問世（透過修正前人之作）的心理壓抑（repression）為重點，因此也蘊含詮釋學上（hermenentic）的意義，只是他的「道統」似乎限於少數幾個大詩人，這或許有幾分像泰利·伊果頓（Terry Eagleton）描寫的海德格派解釋學

㉛。以下我們試簡述保羅・保微（Paul A. Bové）的解釋學交互指涉觀。

由胡塞爾（Edmund Husserl）倡導的現象學（phenomenology），是將認知主體看做是超越的所予（transcendental given），而知識論的工作乃是想透過純粹意識的直接活動，洞悉眞正的對象。海德格（Martin Heidegger）則認爲人類存在（Dasein）本身是在時間、語言的領域中體會到「活」（邁向未來的死亡）的意義，也就是說世界不是在那邊（out there）的對象，等人去理性地分析、接近；我們早已存在世界裏（always being-in-the-world），瞭解因此絕不會是將對象孤立、「納入括弧」的認知活動，而是人類存在結構的一部份，因爲人不斷將自我投射到未來，體認新的存在可能；人不是一成不變：他被抛向未來，活在語言及時間之中；而詩則以其精簡的藝術語言「揭露」（disclose）眞理。繼承了海德格及葛德瑪（Hans-Georg Gadamer）的解釋學（認爲人已「先有」（prior having）其認知、存在的立場，活在語言及詮釋循環之中，不能保持客觀，因此得對瞭解的時間性加以思索），保微視「文學作品本身爲詮釋」，甚至語言已是詮釋，我們閱讀一首詩即在開啓語言的詮釋洞見：拒抗沈滯、呆板化，不斷朝向未來的詮釋。對保微來說，文學史乃一系列作品瓦解、詮釋其他作品的過程，作品因此是這個詮釋陳述之網裏頭的一詮釋陳述（也瓦解其他作品，呈現其詮釋），在交互指涉之網中與其他作品與時推移

㉛ *Literary Theory: An Introduction* (Minneapolis: Univ. of Minnesota Press, 1983), pp. 71-73.

㉜。

早期亦受海德格影響，後則接受德希達的解構思想，保羅・德・曼雖未直接觸及「交互指涉」的概念，卻也在作品及其詮釋中看出區分文法與修辭、主題與邏輯的難處；他寫道：「只有當符號產生意義的方式與對象產生符號的方式相同，也就是彼此再現對方時，我們才用不着區別文法與修辭㉝」。換句話說以本身的修辭模式，作品宣稱同時又否定其陳述的權威性，因而開啓出無窮的自我解構過程：作品一度會達成某種統一性，然後又會對自身加以質疑（如哲學是否表達「眞理」，倘若它依賴比喻、文學性的修辭——虛構？），瓦解此一統一性（detotalization）（一一五—一一六頁）。批評、閱讀、寫作之間遂交互指涉，不斷組成解構之關係，粉碎某一方似乎達到的飽和、完整。

在德・曼的「寓喻」讀法背後是德希達的符號觀：意指（signifieds）早已處於意義替代的位置，而符號只是「歧異的軌跡」；作品的文字往往銘刻於其中「欲求與控制」的不斷衝突——想訴說這，卻不自禁流露出另一面相反的陳述㉞。在此一「衍異」的系統裏，作品、閱讀遂不斷播

㉜ William V. Spanos, ed., *Martin Heidegger and the Question of Literature* (Bloomington: Indiana Univ. Press, 1979), pp. 106-107.

㉝ De Man, p. 9

㉞ *Writing and Difference*, trans. Alan Bass (Chicago: Univ. of Chicago Press, 1978), pp. 3-30.

散，每一文字的指涉及其他文字、概念，一開始已是「分化與多重」(divided and multiple)，乃傳鈔、複製、重述、引文、翻譯、詮釋、多重的語碼及寄生㉟。在答辯語言行爲哲學家約翰·索爾(John R. Searle)的文章「有限公司」裏，德希達甚至套自己的名字字母、音節來玩耍：Ja, Der, Da,（在*Glas*及*La Carte Postale*則更有deriere, déjà的聯想名字），其結果是將「版權」、文字寫作脈絡等中心、本源、所有權觀念全部推翻，以「負面的認知方式」(negative cognition)，「矛盾的邏輯」(contrary logic)重新組構㊱。雖然不易付諸實行，至少解構批評是提出了一種交互指涉觀，並且由於它强調「邊際」性的因素，專質疑「主要」的，解構批評倒敎我們小心，不要下太快的判斷，認爲作品的意義乃是固定，或閱讀與寫作活動可脫離成規(conventions)。

成規的作用一直是柯勒的興趣所在，在比較早的一本著作裏，他寫道：「研究作品，特別是文學作品，我們得專注探究成規觀念——引導歧異活動及組成意義過程的要素㊲。」向外人講解一件文學作品時，我們勢必先設想一「彼此共識的知識實體」，且得以「前已有過的論述實體——

㉟ "Limited Inc. abc...," *Glyph*, 2 (1977), 172.

㊱ Jonathan Culler, *On Deconstruction: Theory and Criticism after Structuralism* (Ithaca: Cornell Univ. Press, 1982), pp. 149-56.

㊲ Culler, *Structuralist Poetics*, p. 133.

作品明顯或隱約地激起、擷取、延伸、引用、駁斥、變化的其他設計與思想」來討論，才能讓作品爲人瞭解，也就是說我們得以「交互指涉」的方式始可向另一文化的讀者介紹本國的作品㊳。

列擧出許多研究交互指涉觀的學者之理論強、弱點（由Laurent Jenny, Julia Kristeva, Roland Barthes, Michael Riffaterne 到 Harold Bloom），柯勒提出相當具綜合性（但也頗爲妥協）的「預想與交互指涉」觀（presupposition and intertextuality）：於接觸某一作品時，我們是由某些「邏輯」（文句構造、事件順序之邏輯）及「語用實際」（pragmatical）（脈絡背景）的假定來引導思路、建立判斷、形成期待、促進瞭解；而做爲產生意義的條件，作品的交互指涉性指向吾人對以前已存在的論述所擁有的知識，這些論述深入閱讀、寫作之中。交互指涉因此是一種知識，絕非談作品如何發生的理論，也不只滿足於找出前驅作品，或以強而新奇的詮釋道出作品如何在詩人筆下誕生問世。然而，柯勒此擧雖結合了語意學與交互指涉觀，且闢出十分可行的途徑，但畢竟這只是個建議，而非解決辦法：語言學在邏輯與語用實際的預想上所作的努力確實是促進我們瞭解了某些作品的意義（亦卽文句構造及作品脈絡如何幫助我們理解作品），但仍無法提出普偏的理論，以便「使得所有不同的作品均可以理解」（*The Pursuit of Signs*, p. 125）。

相較之下，中國的交互指涉觀並不會以理論、系統的方式呈現，雖然在不少作品、詩話中，

㊳ Culler, *The Pursuit of Signs*, p. 101.

我們也找到類似的討論。在詩人創作之前，通常得對傳統的詩作、論述有相當的瞭解，文學評論家往往也奉勸後學沈浸於前人之作（文心雕龍宗經便說：「若禀經以製式，酌雅以富言，是仰山而鑄銅，煑海而爲鹽也」）。不僅樂府詩人常運用舊有的形式、主題、相同（或相反）的文字、句構，許多近體、古體詩作者也吸取前人的文字，加以變化，或拿同樣的美感經驗重新發揮，以便考驗自己的創意潛能，同時也將自己的著作帶進交互指涉（對話）的作品網中。

北宋江西派詩人黃庭堅曾就交互指涉的情況提出「點鐵成金」、「奪胎」、「換骨」的概念：

> 「自作語最難，老杜作詩，退之作文，無一字無來處，蓋後人讀書少，故謂韓杜自作此語耳。古之能為文章者，真能陶冶萬物，取古人之陳言，入於翰墨，如靈丹一粒，點鐵成金也。」（答洪駒父書）「詩意無窮而人才有限，以有限之才，追無窮之意，雖淵明、少陵，不得工也。不易其意而造其語，謂之換骨法；規摹其意形容之，謂之奪胎法。」（冷齋夜話）

江西詩派一向爲後人所譏，每誤會其方法爲模倣、抄襲、延用、變化，少有人看待之爲「語意上的創新」（semantic inventiveness，乃 Paul Ricoeur 語，謂將陳言、沈寂之隱喻再放入新的脈絡，使之生意盎然）㊴，或拿這三個觀念和巴克定、克莉絲特娃的「雙重矛盾」三種方式相互參照。

從黃庭堅的行文脈絡看，他似乎並不主張模倣，毋寧是要敎洪駒父自古人處學得他人之文字（作品）以爲己用或以便彼此對話。換句話說，是想拿別人的文字表達自己的詩意，吸取別人的語言，放入多音的作品中，使它顯得相對起來有其局限、荒唐、不完整性，因而和「風格模倣」、「降格模倣」、「蘊含的內在爭論」似有異曲同工之妙。除了這種吸收、變化他人語言的作用外，我們還得注意到中國詩的成規（用字遣詞、句法構造、聲紐韻脚及律絕形式等），是在

㊴ Cf. James J. Y. Liu, *The Art of Chinese Poetry* (Chicago: Univ. of Chicago Press, 1962), p. 78; William Craig Fisk, "Formal Themes in Medieval Chinese and Modern Western Literary Theory: Mimesis, Intertextuality, Figurativeness, and Foregrounding," a doctoral dissertation (Madison: Univ. of Wisconsin, 1976), p. 62; Adele Austin Rickett, "Method and Intuition: The Poetic Theories of Huang T'ing-chien" in *Chinese Approaches to Literature from Confucius to Liang Ch'i-ch'ao* (Princeton: Princeton Univ. Press, 1978), pp. 109-19; S. Y. Tiang, "Huang T'ing-chien's Theories of Poetry," *Tamkang Review*, 10, 3&4 (1980), 430-442. 另外，錢鍾書的宋詩選註（北京，一九七八），二二一二三；徐復觀：中國文學論集續篇（台北：學生，一九八一），二九一—六八頁，均論及此，且較有建設性之見解。語意創新說見Paul Ricoeur, *The Rule of Metaphor: Multi-disciplinary Studies of the Creation of Meaning in Language* (Toronto: Univ. of Toronto Press, 1977), pp. 134-215; and "The Metaphorical Process as Cognition, Imagination, and Feeling," *Critical Inquiry*, 6 (1978), 143-59.

這種成規底下詩才可能被創出或被理解，特別在近體律詩的情況裏尤其是如此。詩人因此經常體會到更大的詩之陳述實體（早已存在的作品論述），拿它們來活用、修正、相對、關聯或故意模倣。無怪乎黃庭堅要拿杜甫爲模範，因爲老杜善爲變律，而這種變律又是在他「漸於詩律細」、「熟知文選理」中發展出。

我們試拿黃庭堅的幾首詩爲例，闡明此點。山谷的「簟詩」有：「落日映江波，依稀比顏色」之句，是從少陵的「夢李白詩」（「落月滿屋梁，猶疑照顏色」）奪胎而出，一方面運用相同的形式或字眼，一方面卻創出更高超或不同的意義。「比」在詩中十分活潑，顯然是對杜詩的轉化（「比」字具「競爭」、「比較」、「相對」諸義），而「顏色」則具「色彩」及「顏面」之義，因此在色調、多意性上黃詩是比較亮麗些。重要的是在這兩首詩背後的互爲指涉：已經讀過、寫過的文字展開交互指涉的空間，好讓意義得以產生，以便語言被轉化來組構語意上的創新之舉。

山谷的另一首詩，「雨中登岳陽樓望君山」乃是「換骨」之作（據葛立方，「韻語陽秋」），亦即運用古人之意而加以修飾、重作，其中「可惜不當湖水面，銀山堆裏看青山」，乃是要和劉禹錫的「遙望洞庭湖翠水，白銀盤裏一青螺」相互對立、關聯的，山谷的「不當湖水面」交互指涉及夢得的「遙望洞庭湖」，意義完全與之相對立，因此乃是一種「降格」，諷刺傳統的觀念，認爲只有當詩人面對湖面時，才能描寫湖面景象（寫詩）——這種成規又溯至無限遠，不僅僅落在劉禹錫的語碼上。

如果我們讓這些中西觀念相互指涉，也許可看出「點鐵成金」、「奪胎換骨」並不純是機械式地模倣前人之作，而文字也一再被「推衍」(deferred) 以產生「差異和變化」(differ)，被擷取來創造新的意義環境，使兩種符號系統可能交滙與並置。兩種符號系統的並置，其實尤爲中國抒情批評的主流；許多既是詩人又是評論家的文士常以詩評畫，表達他們的欣賞意境或由畫中喚起的啓發、情感，讓文字和畫並列，因而「既相近又有距離，既相似却又不同，既內在又外在，使不在場的和現存不再絕隔」㊵。其結果不僅是評論亦爲文學，同時也是交互指涉的中間作品 (intertext)。

中國式的交互指涉觀也許提醒我們注意到理論不應和實踐（創作）構築太大的鴻溝㊶，而且除了變化、吸取前人之文字與之產生對話、爭論、相對之外，交互指涉觀也道出作品的意義條件及語意創新的原則。因此，在我們更進一步比較中西詩學、文學之前，不妨先搭建一些彼此可以交互指涉的對早先作品之認知實體，加深研究我們的閱讀傳統成規所累積起來的問題，在讓這兩個不同的符號系統交滙之前，暫時並置。

㊵ J. Hillis Miller, "The Critic as Host," rpt. in *Deconstruction and Criticism*, p. 219.

㊶ Cf. Steven Knapp and Walter Benn Michaels, "Against Theory," *Critical Inquiry*, 8 (1982), 723-42.

後記

本文原稿發表於中華民國第四屆國際比較文學會議，是理論組最後一篇論文（一九八三年八月二十六日），當時擔任講評人的是香港大學的 Jonathan Hall 教授，他認爲筆者以封閉的系統批評巴克定的對話語言哲學，一方面是誤把「交互指涉」的不同各家觀點加以歷史化、統合化，另一方面則沒注意到巴克定並不想「系統地」發展出「理論」(法國結構主義者 Tzvetan Todorov 在他的 *Mikhaïl Bakhtine le Principle Dialogique*, 1981即犯這種毛病)。但是，他也認爲巴克定的推崇對話與尊重文化相異性，對比較文學、理論極具啓發的作用。筆者在會中的答辯則指出本文並不想爲各種「相互指涉」的概念以「同時」(synchronic) 觀加以整頓，理出「系統」；相反的，在這個「理論已死」的時代，我們倒應視巴克定、克莉絲特娃、巴特、李法德等人的學說爲衆多聲音（分別代表不同的意識、背景），好讓它們產生「對話」，彼此看出自己或他方的不足，以便對「系統」、「理論」再加深思考。（按：「理論已死」是 Stanley Fish 教授在會中的驚人之語，後來筆者請敎他，他說解構批評及結構主義後起的思想已因各種批評文選或導讀問世而整個被解除神秘，現在大家已不忙着建立「體系」。）由於「相互指涉」的觀念是由克莉絲特娃自巴克定處發展出，本文花相當多的篇幅討論巴克定，並拿他的看法印證於抒情詩，擴充其論點的自我質疑性；其次，筆者簡單列擧西洋晚近各種「相互指涉」觀，且加以評論；最後則以「相互指涉」的方式，探究江西詩派「點鐵成金」、「奪胎、換骨」的論點，並提醒中西比較文學者注意兩個不同閱讀傳統所累積起來的問題。原文的英文修正稿（"Intersection and Juxtaposition of Wor(1)ds"）將於淡江評論刊出，此處則據之略作增删。

九　人稱代名詞之刪略

——淺談中國古典抒情詩的主體

晚近，蔣森(W. R. Johnson)統計抒情詩中人稱代名詞出現的頻率及其類型，歸納出西洋古典抒情詩中最常見的形式乃是「我你」(I-You) 的範疇：詩人往往寄語或假裝寄語給另一個人，這個人不管是否眞有其人，乃是讀者的隱喩、象徵性的中間人，其作用在引導詩人與讀者、聽衆締建關係[1]。在現代詩崛起以前，我們的確發現不少說話人(speaker)、歌手以「我你」的隱喩方式譜寫出個人力圖描述的情感，且在一極其戲劇性的片刻，吐露出「我你」關係的本質、二人之間的「故事」，時而以讚誦稱揚，時而復以責怪的口吻，道出相思的情意。

在加塔拉斯 (Catullus) 的抒情詩裏，我們卽發現到 (至少 Kenneth Quinn 告訴我們如此)

---

[1] *The Idea of Lyric: Lyric Modes in Ancient and Modern Poetry* (Berkeley: Univ. of California Press, 1982), p. 3.

只有「一道聲音」——「詩人的獨白，雖然不斷轉向其他的主題，變換語氣，却一直回到他和他的情人身上，訴說二人之間的感情困擾❷」；另外，威廉斯（Gordon Williams）也指出：在何瑞思（Horace）的許多抒情詩裏，詩人以特殊的方式述及某一範圍的種種觀念，因而導致聯想到另一密切相連的範圍，詩遂藉此指涉架構含納此二範圍——詩人和他愛人（Cynthia）的關係，此一關係的實際情況❸。

許多現代、當代詩固然表達了自我分裂、秩序淪喪、無以自處、片斷破敗、非人化的主題，但其中却也隱約可見到寫作、說話的主體（subjectivity）自認爲是「現代痛苦的承受者」（sufferer of modernity, Baudelaire），陳述「自我中心所擔當之苦楚，其語言不但不掙扎求解脫，反而在文字上下功夫……將主體延伸進入潛意識，與空洞的超絕存在戲耍❹」。無論詩如何做作客觀、不介入人格，抒情詩裏的主體卽使再怎麼不出面，其實依然道出說話人的存在——邊門尼（Emile Benveniste）所說的「語言片刻我」（linguistic instance I）❺。這種「主體性」（subjectivity）不管在古典抒情詩（「我你」或「我她」）或現代詩（自我消匿）的論述

---

❷ *Catullus: An Interpretation* (London: Batsford, 1972), p. 52.
❸ *Figures of Thought in Roman Poetry* (New Haven: Yale Univ. Press, 1980), pp. 199-200.
❹ Hugo Friedrich, *The Structure of Modern Poetry: From the Mid-Nineteenth to the Mid-Twentieth Century* (Evanston: Northwestern Univ. Press, 1974), pp. 21, 7.
❺ *Problems in General Linguistics* (Miami: Univ. of Miami Press, 1970), p. 218.

(discoursing) 過程裏，均不斷形成，和他人產生對立、接觸，以瞭解本身的處境，一再修正自己，一方面描敍自我與外在世界（你、她或它）的種種關係，一方面便以這些關係組構自身。

根據邊門尼的看法，人乃是活在語言之中，文字沒有主體便不具意義：人是以本身與自我的關係來訴說，而且此一關係具特殊的時間性（temporality）。換句話說，語言性的自我並不存在，「除非是正在我訴說此一件事的行爲當中」。這個主體因此是不斷和外在對話，是「心靈的統一體，超越了它所聚集之實際經驗的整體性，使得意識持久不變」（二二四頁）。由於時式與人稱代名詞幫助別人認淸訴說主體的功用及其地位，邊門尼寫道：「總而言之，似乎沒有任何語言並不具有動詞形式，且不在動詞中註明人稱的區別」（一九七頁）。

然而，邊門尼也體會到，有些語言刻意刪略人稱代名詞，特別在「大部份的遠東社會裏」。他的解釋是這些社會之中存有「某種禮貌」的傳統，不願直接稱呼別人，因此「以紆說的方式或特殊形式避免指涉對方」；也就是說這些代名詞的隱約存在使得社會階層關係所造成的「替代」具有文化價值（二三五，二三六頁）。邊門尼的這番解釋對一般社會論述交談（特別是古代）的確說得通，不過，要把他的「語言片刻我」的觀念運用到中國抒情詩上，我們得進一步探究中國詩人何以刪略人稱代名詞的緣由。於底下的討論，我們只以幾首詩爲例，並擷取巴克定(Mikhail Bakhtin)與德希達（Jacques Derrida）的某些論點作爲架構，必要的時候則拿中西抒情詩彼此參照。

中國古典抒情詩中，删略人稱代名詞的現象，並不是像一些學者認爲的那麼普遍，或屬中文的基本特徵⑥。有時，依其美學效果及脈絡，詩人也選用第一人稱，如李白的「宣州謝脁樓餞別校書叔雲」：

棄我去者昨日之日不可留；
亂我心者今日之日多煩憂。
長風萬里送秋鴈，
對此可以酣高樓。
蓬萊文章建安骨，
中間小謝又清發。
俱懷逸興壯思飛，
欲上青天覽（一作攬）明月。
抽刀斷水水更流；
舉杯消愁愁更愁。

⑥ Tsu-lin Mei, and Yu-kung Kao, "Syntax, Diction, and Imagery in T'ang Poetry," *Harvard Journal of Asiatic Studies*, 31 (1971) 51-133, 便給人這種印象，雖然他們並不主張如此。以下引詩標點據高步瀛，唐宋詩舉要新校本（臺北：世界書局，民國六十三），並參照別集新校正本。

人生在世不稱意，
明朝散髮弄扁舟。

雖然「我」只出現在前兩行，整首詩其實是蘊含着主體，直到最末兩行指涉儒家思想，將個人的煩憂轉化為文化、普遍的意識。在詩中，說話人是被置于一種地位，看待自己面對着殘酷的時間，只能藉酒和遺忘來舒解苦痛。儘管語言十分簡單、直截，詩却提及他人、外在，創出過去與現在、遺忘（醉酒）與思索、早期作家的典雅文體及說話人本身的現實筆觸、消愁的用心與愁的勢必回返、現在的絕望與未來可能（但不容易）的自我超脫之間的張勢。自我的主體視本身分歧，無以整合，因此在界定自己的過程時，不得不將主體看成是此一痛苦陳述的對象。詩末的「散髮弄扁舟」則象徵儒家的自我放逐與逃避，在這種自我消除的陳述裏（主體性的苦痛讓步給更大、更深遠的文化、哲學論述），特殊、個人的遂化為廣泛的情感。李白運用第一人稱代名詞，表達出這許多張勢、矛盾，中國抒情詩裏其實不乏此例，但在近體詩中，删略人稱代名詞乃較常見的作法。

發現楊廣的「春江花月夜」（「暮江平不動，春花滿正開；流波將月去，潮水帶星來」）不提及任何人物十分「不平凡」（但在中國抒情詩中並不屬「特殊」），傅漢思（Hans H. Frankel）描述其中的自然和諧景觀，說它是「天地交融，以視覺投射的方式滙合」，迥異於歐洲巴洛克（Baroque）詩人之以新柏拉圖與基督教傳統爲思想基礎，將自然景觀寫成是天堂的映影❼。

在這首詩裏，水之映影確實巧妙結合了天上的月、星及河邊的春花；說話人儼如攝影眼捕捉住天地景觀的一片祥和。在西洋詩中，藍波（Arthur Rimbaud）的「回憶」（"*Memoire*"）是以水的意象處理人的多重關係與絕望，技巧雖然接近，主題却全然不同，而且「春江花月夜」中絲毫見不到人爲的干預，詩人彷彿化作大自然的一部份，主體性整個消失：詩人似可站在任何觀點位置（perspective），也不必一定要在春天的某個特定時刻，發出他的詩之陳述（utterance）。

因此，許多學者都認爲中國抒情詩的「主體」力求隱形或客觀化。傅漢思主張中國詩人同情契入自然，常以代替的意象或將自然人格化，使「沒生命的對象栩栩如生」，而且藉此也避免將自己的觀察所得强行壓在別人身上❽。對他來說，刪略人稱代名詞正是一種體貼的舉動，一方面達到情感的普遍化，一方面也不致流於主觀。另外，也有批評家專門探究中國抒情詩裏的代替意象（老翁、過客、沙鷗等），指出詩人對待自我一如外在的自然世界❾，並將「外在的景觀內在

---

❼ 見 *The Flowering Plum and the Palace Lady: Interpretations of Chinese Poetry* (New Haven: Yale Univ. Press, 1976), pp. 15-16. Frankel 的漢名爲傅漢思。

❽ "The 'I' in Chinese Lyric Poetry," *Oriens*, 10 (1951), 128-136.

❾ Eugene Eoyang, "The Solitary Boat: Images of Self in Chinese Nature Poetry," *Journal of Asian Studies*, 32, 4 (1973), 593-621.

化」（情境交融），達到道家、佛敎的「虛」、「眞空」❿，或以現象學批評當討論架構來讀王維的詩，發現王維喜歡將描述文字化爲模糊，以喚起天人合一之感，兼又避免只描繪某一對象的局限⓫。

這些論點當然有其獨到的地方，並且也都能在傳統哲學論述中找到證據支持，然而所謂的「外在景觀內在化」似乎更能表現西洋浪漫詩的傾向（中國抒情詩反而好像將內在的意境外在化），實不足表徵中國詩的特點；最令人感到納悶的是這些學者以「情景交融」、「天人合一」的方法詮釋詩（其中富活潑有緻的和諧），却只將詩說成是沒生命、沈寂、平和（一點也不具對話成份）的存在。「情景交融」反而淪爲詮釋的「方便」之道，每一首詩的主體性也同時遭到抹除，彷彿詩人的自我一成不變，不斷表現「同一」境界：

「王維的詩創出和諧、整合的世界。它的意象並不模仿外在景物，因此十分具暗示性，在視覺上相當準確；它較崇尚直覺（而非邏輯）、模糊與矛盾（而

---

❿ François Cheng, *Chinese Poetic Writing* (Bloomington: Indiana Univ. Press, 1982), pp. 23–24. 程抱一先生在這本書裡主要是採結構主義的方法。

⓫ Pauline Yu, *The Poetry of Wang Wei* (Bloomington: Indiana Univ. Press, 1980), pp. 158–59. 這本書深受劉若愚先生的影響。

> 非明晰）；很典型地，它也不願道出主體的明顯存在。這些特點締建起詩之世界，其中主客、情景交融，所有明顯的矛盾（不管在態度，主題，或意象上）全獲解決」[12]。

這段文字輕易便將矛盾完全解決，但却只提出詮釋作品所需的泛論（稱不上是理論）；這種詮釋方便或方便詮釋（interpretive strategy, strategic interpretation），以阿徒哲（Louis Althusser）的話來說，只是「不加細究地廻映本身的旨趣」，拿現成的方法達成早已定好的目標[13]。程抱一先生雖於討論律詩對偶的意形式時，觸及符號空間組織在時間上的逐一展現，但馬上又回到和諧觀，視詩爲「自主內闔，自我包納的世界」，而且是個「固定」的世界[14]。這一方面固然是由於他所持的結構主義立場，只强調「空間」性（paradigmatic, spatial）的向度，專把對象凍結，一方面是他受限於和諧的概念，不大留意抒情詩主體（lyric subject）的形成、界定自身的過程。

[12] Yu, p. 1.

[13] *For Marx* (London: NLB, 1977), p. 171, 註 7; Mary Louise Pratt, "Interpretive Strategies/Strategic Interpretations," *Boundary* 2, 11 (1983), 201–231.

[14] Cheng, p. 56.

從李白的詩裏，我們看出自我的主體性其實只內在於詩的陳述，並不構成一個超越的整合世界。說話人拿主體置于時間、他人、論述之間，以「無物在作品之外」（*il n'y a pas de hors-texte*）的方式，界定其自身（余、程等學者的錯誤卽在將抒情詩主體看成是全體的一小部份，將抒情主體指涉到作品之外的空間）。由於這種變動不居、逐漸達成理解的抒情詩主體是拿本身與「他人」、「自我」的關係來描述自己，我們不妨藉助巴克定的「對話語言學」（trans-linguistics）及德希達的「移替」（*deplacer, displacement*）概念，將對話與「去中心」（dec-entering）帶進邊門尼的理論裏，綜合起來檢視幾首富代表性的中國古典抒情詩。

我們的基本論點是中國古典抒情詩主體往往透過人與我、中心與邊際、現存與非現存（不在現前之物）的對話關係，展現其自我省察，對本身所達成的理解（perception）加以質疑，因此有刪略人稱指涉的傾向，不過，在這種看法底下，我們並不以爲中國抒情詩的主體全然如此，或可在詩之外談抒情主體的作用，毋寧每一首抒情詩均以不同的方式發展其主體性（或將主體性暗中消除）。

首先，我們要討論王維的七言律詩「積雨輞川莊作」：

積雨空林煙火遲。蒸藜炊黍餉東菑。
漠漠水田飛白鷺；陰陰夏木轉黃鸝。

山中習靜觀朝槿；松下清齋折露葵。
野老與人爭席罷，海鷗何事更相疑？

整首詩中，人稱代名詞不具任何位置，歐文 (Stephen Owen) 在他的英譯加上「人們」(山中習靜)，或乾脆抹除主體 (誰在松下？)，而余 (她一向讚賞王維的模糊性) 却不得不以「我們」或「我」來詮釋第五、六行⑮。最末兩行顯然是用典，「野老與人爭席罷」是運用列子黃帝篇的故事：「楊朱南之沛，至梁而遇老子，老子曰：而睢睢，而盱盱，而誰與居？大白若辱，盛德若不足。楊朱蹙然變容曰：敬聞命矣。其往也，舍者迎將家，公執席，妻執巾櫛，舍者避席，煬者避竈。其反也，舍者與之爭席矣。」本來，楊朱十分驕傲，被老子指責之後，行爲頓然改變，學會了虛心、忍讓，但是回到旅舍，本來對他十分敬重的舍者、客人却反過來也敢和他爭席了。「海鷗何事更相疑」也是來自列子黃帝篇：「海上之人有好漚鳥者，每旦之海上從漚鳥游，漚鳥之至者百住而不止。其父曰：吾聞漚鳥皆從汝游，汝取來吾玩之。明日之海上，漚鳥舞而不下也。」本來這人和海鷗處得很好，但是一有了心機，想利用牠們的不加提防，抓牠們送給父親玩賞，海鷗便只肯在他頭盤旋，不下來和他交朋友了。

⑮ Owen, *The Great Age of Chinese Poetry: The High T'ang* (New Haven: Yale Univ. Press, 1981), p. 45. Yu, p. 194.

歐文認爲最後兩行「明白」顯示王維嚮往「無分別心」的意境，同時也表明「反對社會特權」，將人算計之心整個否定，而余則說這兩行中「第一行宣稱他定然要避世，第二行又暗中將它消除：抗議海鷗不再相信這個人，王維暗示道：海鷗確實有充份的理由懷疑他辭職下野的誠意」⑯。這兩位學者之中，一個想把王維帶回朝廷，另一位則把末兩行與自我否定的主題關連起來：「分別心、操縱的意識力圖以隱匿的方式（表面上看不到）否定其現存，故意創出謎題，讓讀者無法找到簡單的意義。」但是，此處王維似乎是運用他人的文字來推翻社會特權（在位）及其反面（下野）、自我與他人，人與自然的對立等第。從詩的開頭一直往下看，自然與他物 (other) 好像愈來愈佔重要的地位。開始四行表達出自然的意象，主體儼然是掃過景觀的攝影眼，第五、六行，「習靜」之人正觀察當天開放的花或折露葵，但一提及楊朱、海鷗的故事，人的中心地位便被去除：舍者、煬者（他人、較下賤的人、讓楊朱表現其威風，將之震懾住的一些「對象」）移替了楊朱的位置，逼楊朱離席，讓出中心地位，變爲羞辱的對象。最後一行裏，海鷗反而站在上風，以其權威質疑人的權威性。整個人爲的階級等第 (hierarchy) 遂因人之「去除中心」(decentralization)，把相對的位置轉移給自然、他人、邊際、平等的人物

⑯ Owen, p. 44. Yu, p. 162.

⑰ Owen, p. 46.

居處中央，而告瓦解⑱。在語言文字上，我們也看到這種「去除中心」：外在的多重語言（黃鸝的叫聲及其他聲音）及其他的文化哲學的論述（如列子）都被帶進詩人的語言領域裏，強化並加深語言的層面，因此抒情主體是以本身與他人（物）的關係來界定自己，並不宜稱自己為中心。

在王維的另一首抒情詩（五言絕句），我們也發現這種「去除中心」的傾向：

人閒桂花落，夜靜春山空；
月出驚山鳥，時鳴春澗中。

這首短詩的主題，據高友工、梅祖麟兩位先生的說法，是由原型的（archetypal）人、鳥、花所構成的世界，其中的三個名詞並不具有修飾詞（其實，「桂」花，「山」鳥，人「閒」未必就不受限定），因此表達較高層次的普遍性⑲。然而，從這些自然意象的並置排列，讀者實不易有空泛、普遍之感，反而倒像是看一幅立體主義的繪畫，景物被弄平坦，層面交疊，消除了人的觀點（或者甚至於是要讓讀者自己設想、提供他本身的觀點）。

---

⑱ Cf. Mikhail Bakhtin, *Dialogic Imagination: Four Essays* (Austin: Univ. of Texas Press, 1981), p. 369.

⑲ 見註⑥梅・高文，頁八一。

值得注意的是詩是以鳥的鳴叫作結，鳥反而成了意識中心（主體）。如果我們依循芭芭拉·史密斯（Barbara Smith）對「詩之結尾」（poetic closure）的說法，結尾時另一種聲音方開始，實在不大合傳統的成規，亦即以這種不按常理提供邏輯性的完結，詩可能表現出傳統成規（以人爲中心）的不當或邏輯的瑣碎無用[20]。在詩裏頭，人並不活躍；是桂花落（向下的運動）與月出、驚山鳥（向上的運動）才使得整首詩富於動力。人似乎只在邊際的位置，消極的看、聽，因此「人閒」的「閒」發揮其「空」間作用，以吸收外在世界：人的現存主宰性遂被質疑，以人類意義爲中心所導出的邏輯結尾或概括也因而未能達成。「空」不僅修正了人與世界的關係，同時也暗示主體必須與他物產生關連，以打破唯我論（solipsism）。讀者也許會認爲鳥是說話人心靈的反映，或是內在自我的隱喻，一如里爾克（Rainer Maria Rilke）的「傍晚」（夜之際，"Am Rarde der Nacht"）——在這首詩裏，我們發現「壓抑、侷促的內在意識以變形的方式，化爲超脫的外在世界[21]」：

Meine Stube und diese Weite,

---

[20] *Poetic Closure*: *A Study of How Poems End* (Chicago: Univ. of Chicago Press, 1968), pp. 102f.

[21] Paul de Man, *Allegories of Reading* (New Haven: Yale Univ. Press, 1979), p. 34.

wach uber nachtendem Land,......
ist Eines. Ich bin eine Saite,
uber rauschende breite
Resonanzen gespannt.
Die Dinge sind Geigenleiber,
von murrendem Dunkel voll;
drin traumt das Weinen der Weiber,
drin ruhrt sich im Schlafe der Groll
ganzer Geschlechter......
Ich soll
silbern erzittern: dann wird
Alles unter mir leben,
und was in den Dingen irrt,
wird nach dem Lichte streben,
das von meinem tanzenden Tone,
um welchen der Himmel wellt,

durch schmale, schnachtende Spalten
in die alten
Abgrunde ohne
Ende fallt……

我的房間和這一片廣濶的空間，
醒來看着夜色漸黯的大地——
乃是同一個。我是一條絃，
穿過澎湃寬廣的回響

萬物以空洞的提琴為身
讓喃喃低唱的黑暗充滿
於其中夢見女人的哭泣
在睡眠間抖動
整個世代的不平之聲……
我必須
像銀鈴似的顫動：然後

我底下的才會震顫，
在萬物中流浪迷失的
會努力邁向光明
從我舞蹈的音調，
繞着樂音天堂也跳動，
透過侷促、熱望的罅隙
進入古老深淵
無盡地往下沈㉒……

比較起來，王維的詩並不如此複雜地透過隱喻轉化開展給其他事物，「鳥鳴澗」直接便把人放在廣大的空間中，吸收、消融萬物，以鳥的鳴叫打破沈寂（鳥也是被月出驚醒的）。有趣的是，里爾克以黑夜的無所不包暗含人類與自然的空間，最後是向下的運動，而王維則是以向上的運動作結。聲音（音響、音樂）是兩個詩人同時用到的，王維只是直述，里爾克的却是隱喻，整個變形、擴張的過程也錯綜許多。

㉒ 英譯見 *Translations from the Poetry of Rainer Maria Rilke* (New York: Norton, 1938), pp. 76-77.

上述的律詩、絕句在形式上的要求（語音、文字書寫的形體、意象、詞彙均須對偶），也使得抒情詩人簡約語言，刪略人稱代名詞，但最主要的因素應該是自我與他物（陳述）之間的對話移替主體這層辯證關係，我們不如再以李義山的「錦瑟」詩爲例：

錦瑟無端五十絃，一絃一柱思華年。
莊生曉夢迷蝴蝶；望帝春心託杜鵑。
滄海月明珠有淚；藍田日暖玉生煙。
此情可待成追憶，只是當時已惘然。

許多學者對這首「紛紜莫定」（高步瀛語）的抒情詩均作過考據、詮釋㉓，可是讀者對其中的典故、超邏輯如幻似夢的陳述仍嫌不着邊際。正如程抱一先生所說，讀首聯（非對偶的聯句，通常處理時間主題，確定論述的直線發展），給人一種感覺，認定說話人是面對一個眞正的對象（對某一位愛戀至深的情人的回憶，也許是義山對其妻的追憶），然而其中的典故指涉「太帝使素女鼓五十絃，瑟悲，帝禁不止，故破其瑟爲二十五絃」（史記封禪書）及絃、柱的意象所蘊含的性

㉓ 如徐復觀，中國文學論集（台北：學生，一九七六），一七七至二五四頁；James J. Y. Liu, *The Poetry of Li Shan-yin* (Chicago: Univ. of Chicago Press, 1969), p. 51; Cheng, pp. 84-95.

愛絃外之音，又使人不禁懷疑詩人是否夢見想像的對象，是否和太帝認同，於瑟中體會到無以終止的悲哀。讀者腦海中立刻浮現一連串的問題：詩是談到眞正的經驗，或是夢？是自我認同，抑雙重我的形成？是對永遠得不到滿足之欲望的渴求，還是不斷追逐對方、他人(the other)㉔？似乎每一個都可能，但却無法肯定。

詩人只留下這些問題讓讀者猜測，在作品中絲毫不提供線索。頷聯和首聯之間似乎並沒明顯的轉折，僅僅以典故暗示失去了愛人，心中充滿緬懷的主題。頸聯突然轉向無生命的對象（明珠、暖玉），似乎在動機引導（motivation）上，不能和頷聯之類比莊生、望帝有生命、情感的世界（夢與蝴蝶、心與杜鵑）密切關連；不過在明珠、暖玉之後却隱藏着其他的故事：南海外有鮫人，水居如魚，不廢織績，其眼能泣珠（博物志，卷九），謂這些人魚的眼淚能變成珍珠；而且「滄海遺珠」也暗指人之才能得不到賞識；藍田日暖，良玉生煙，可望而不可置於眉睫之前（困學紀聞，卷十八）；或孝子種客人所贈之圓石，結果產出珍珠，遂變爲鉅富，終於娶得淑女。

在前面六行，李商隱顯然帶進許多不同的論述，讓它們交滙、並置，以便一己的欲望和悲傷能在這些文化、神話之中獲致較廣泛、原型的意義，進而失落於其中（lost in them），他個人的敍述體在此過程裏也因而變成是「他物」（other），對象、回憶之物（「此情可待成追憶」），

㉔ Cheng, pp. 85–86.

早已轉變爲其他喪失本源的語碼（lost codes），被其他的隱喩所替代（絃、柱、蝴蝶、杜鵑、明珠、暖玉），自人文世界、動植物的領域，邁入礦物的範圍，在其中表面的物質經過變化，轉化爲晶瑩剔透的珠玉。整首詩以這種隱喩替代的程序，試圖消除自我，想將個人的經驗提鍊爲超越性的神話論述。因此之故，抒情主體只暗示自我的存在，最後在「惘然」的情境匿去。

義山表達情感的方式十分近似納維爾（Gerard de Nerval）（尤其在“El Derdichado”中，程抱一先生便建議讀者拿「錦瑟」詩與之並讀），用典的技巧也和何瑞思相類。不過，我們在納維爾的詩裏發現錯綜的自我懷疑與變形却始終圍繞着「我」（Je）：

Je suis le Ténébreux,—le Veuf,—l'Inconsolé,
Le Prince d'Aquitaine à la Tour abolie:
Ma saule *Étoile* est morte,—et mon luth constellé
Porte le *Soleil noir* de la *Mélancolie*.

Dans la nuit du Tombeau, Toi qui más consolé,
Rends-moi le Pausilippe et la mer d'Itulie,
La *fleur* qui plaisait tant à mon coeur désolé,

Et la treille où le pampre à la Rose sállie.
Suis-je Amour ou Phoebus?…Lusignas ou Biron?
Mon front est rouge encor du baiser de la Reine;
Jái rêvé dans la Grotte où nage la Sirène…

Et J'ai deux fois vainqueur traversé l'Achéron:
Modulaut tour à tour sur la lyre d'Orphée
Les soupirs de la Sainte et les cris de la Fée.

我是幽獄——無伴——無以慰藉
遺棄的阿貴丹王子
我唯一的星星已死——還有陪伴我的琵琶
瀰漫憂鬱的黑日

於墳的夜暗之中，你是我的寄託
帶我回波西利及意大利的海裏
我無望的眼中彷彿長出花朵

儼如蔓衍糾纏的葛藤

我是愛或太陽……陸新崗或拜侖？
受萊因之吻，我的額頭仍然緋紅
我夢見歌唱海女游泳出入的水穴……

我曾二度越過阿契洪河的黃泉：
屢次聽聞歐菲斯撫弄七絃琴
聖徒的哀嘆及仙子的哭聲

雖然充滿了悲哀及夢般的想像，而且納維爾也運用到典故，顯然抒情詩的主體仍維持自我中心，當作苦痛的根源，只能以幻想（fantasy）消除無助感。在用典方面，何瑞思（如"Ode to Pyrrha"）是拿前人的文字加以修飾，「强化語言的社會感——沒有任何個人的熱情，挫折是獨特而屬一己的」，但常是以文體模擬達到降格諷刺的效果㉕，這和李義山在「錦瑟」的用典是有

㉕ Steegle Commager, *The Ode of Horace* (New Haven: Yale Univ. Press, 1962), pp. 146-148.

些差別。

西洋現代詩人也常在抒情詩中刪略人稱代名詞，不過，他們是有着不同的美學目的，文化背景的動機也與中國古典詩的迥異。藍波在一封致老師 Georges Izambard 的信中，道出有名的「我卽他人」（*Je est un autre*）之說，然而他的旨趣是在「他人思索我」（On me pense）的內在分歧，或自我與歷史（過去）的斷裂㉖，這在他的「醉舟行」（“Le Bateau ivre”）即可看出。詩人如羅卡（Garcia Lorca）雖將「我」去除，或將文字客觀化（例如他的“El grito”：「哭聲化爲橢圓／從山走／到另一山」），倒是要强調「人與其聲音的完全分隔，彷彿聲音不出自人類的口中㉗」。

不管是在波多雷爾（Baudelaire）、馬拉美（Mallarme）、羅卡、艾略特或其他現代詩人（Apollinaire, Valéry, Guillen, St. John Perse, Diego, 甚至 Pound, Snyder 等）的作品中，刪略人稱代名詞的傾向可能是用來駁斥現代文明的非人化（dehumanization）、試驗「新的語言」，以發揮其魔力與暗示性、探索人與人（或社會）的疏離情況、瓦解成規與邏輯、甚至是要描述現在社會的片斷性與荒謬性。中國古典抒情詩的主體則常以對話、移替的方式，將隱含的主體性推至邊際位置，讓他聽、看自然如何演出，以便界定自我與此外在世界的關係。

㉖ Wallace Fowlie, trans., *Rimbaud* (Chicago: Univ. of Chicago Press, 1966), p. 6.
㉗ Friedrich, p. 133.

附記

刪略人稱代名詞在中國古典抒情詩裏是相當通常的現象，大部份的學者都持「情景交融」的看法，認爲中國傳統的道家、儒家、佛教美學影響詩人對自然的態度，因此在行文之中，抒情詩人往往讓自然直接演出，人完全不參與。然而抒情詩的說話人到底處於什麼位置，他和外在世界的關係又如何？許多抒情詩的主體雖然隱而不顯，但是在詩中主體以其動作者的姿態界定本身與世界的關係則是不可忽略的課題。除了指出傳統研究方法的局限，本文結合了邊門尼的語言哲學、巴克定的對話語言學、德希達的「移替」概念，分析三首唐詩，旨趣在看待詩人與抒情詩的主體爲截然劃分的範疇（因此不再指涉傳記或作家的心理意識情況），同時每一首詩中的抒情主體以其特殊（不容易被歸納）的方式，展開主體的形成與理解過程。本文原以英文寫成，William Fitzgerald, Betty Cain, 葉維廉教授對原稿提供許多指正，在此向他們致謝。

十 詮釋立場——主客之間

甲篇

每一種詮釋立場均企圖聚結其解釋力量，但當它變得過份有力時，却達到飽和點，不斷重述本身的方法，作品反而只充當方便的例子，好讓批評活動繼續運行下去。

德希達早在幾篇文章裏（如“Force and Signification,” “Structure, Sign, and Play in the Discoures of the Human Sciences” 收入 *Writing and Difference*），精要地討論過詮釋力量的問題。以「雙重讀法」（double reading）爲基本技巧，德希達的解構思想主要針對任何想把優先地位歸給聲音、統一性、整體性的作法。他的解構析讀十分微妙地剔出作品的另一層面

（「作品思想另一個它」，見*Margins of Philosophy*, p. x）；以德孔（Vincent Descombes）的話來說，「解讀作品的過程中，稍許的移替、活動，就足以瓦解第一重，使之崩潰爲第二重，使第一重的『智慧』淪爲第二重的『喜劇』」（*Modern French Philosophy*. p. 151），也就是使原先的意圖化成矛盾的盲點，變得可笑。

在批評的實踐上，許多解構析讀是以質疑解釋力量爲起點，一心要推翻作品主人翁的統一、自主性，以便替此視線範圍帶進各種不同的思索，探究架構、理性、自我反省、意義如何產生等等最通泛的問題（Jonathan Culler, *On Deconstruction*, p. 11）。

然而，解構析讀本身也是有力的閱讀方式，其實踐往往不知不覺便反過來和自己想要推翻的勾結。德希達對盧騷的「文字起源論」、拉崗的「座談『失竊的信束』」便强作解人，把自己的讀法放入作品中，硬說它有盲點（見 Paul de Man, "The Rhetoric of Blindness," Barbara Johnson, "The Frame of Reference"），不讓它有自我解構的機會。耶魯四人幫已故的教父德・曼也常藉着指出作品如何同時宣稱却又否定本身修辭模式的權威性，表明有不可能讀通作品的「負面眞理」（negative truth），但反諷的是，這種不可能性却是一種閱讀的可能性。或者，至少我們可因理解此「不可能性」，進而察覺閱讀活動的錯綜複雜性（見 *Allegories of Reading*, p. 10；*Blindness and Insight*, p. viii）。晚近 Stanley Corngold卽指出德・曼傾向以謬誤的模式道出眞理，事實上始終沒弄清楚「謬誤」（error）與「錯誤」的區別（*Yale Critics*, pp. 90–

108)。

有趣的是這些解構批評家們往往以激進的隱喻撥用（metaphorical appropriation）介紹了另一種詮釋的可能性：「異、它」如何老早總已深入作品之中，產生無法控制的差數，如文學、虛構的隱喻便常侵入自稱是「絕對」、「眞實」的哲學論述裏（Derrida, "White Mythology"）；作品的比喻文字如何與作品的履行文法（anacolouton）相違，如何以其善變的比喻語言引導讀、作者到無以認知的歧路（de Man, *Allegories of Reading*）；如何藉着距離與親近、異與同、外與內的活動，批評家搖身一變，成了主人翁，此主人翁又得如何注意「異中出同」的兩種錯綜重覆模式（J. Hillis Miller, "Critic as Host"; *Fiction and Repetition*, p. 16）；如何以其創作式的評論，批評家轉爲作家（Geoffrey Hartman, *Criticism in the Wilderness*, pp. 189–213）；或如何藉一種强勁的借喻閱讀接觸（錯讀爲新解、爲解脫），詩人得以脫出前人的拘絆（Harold Bloom, "The Breaking of Form"）。

由於專門注意隱喻、換喻的文字，這些批評家們似乎有其能耐得以瓦解「字面」的讀法（快樂的「狡黠」讀法），不過，寓喻的讀法是否也有本身的危險、危機？也許柯夷律治（Samuel Taylor Coleridge）的詩「克麗絲特貝兒」（"Christabel"）是提出了這種警告。

乙篇

在這首詩裏，我們看到主人翁的角色不斷在改變：首先，克麗絲特貝兒是以主人的身份帶路；然後，解蘿汀（Geraldine）以魔法施在克麗絲貝兒身上，成了主宰者；最後，主人李奧奈（Sir Leoline）與他的隨侍布雷西（Bracy，是個遊唱詩人）兩個人對事情的詮釋法迥異。詩呈現出複雜的身體接觸及以身體親近或意義撥用、猜測等方式來解釋論述的主客競賽（master's game）。

克麗絲特貝兒跪在森林裏(在一顆大橡樹底下)祈禱時，聽到一聲低沈的呻吟。她驚跳起來，再傾聽，看到一位「漂亮女郎」，從此便開始了她與解蘿汀小姐這個人的身體及其故事（作品）產生接觸、理解（decoding）的過程。蘭德（Richard Rand）將此過程解釋作一連串的領受：克麗絲特貝兒先問這個麗人（「你是何方人士？」），接受答案（「我的父親出身高貴，我的名字叫解蘿汀」）；然後又接受解蘿汀被綁架的故事，最後，則接解蘿汀到她父親的聽堂裏去（見"Geraldine," *Glyph*, 3 (1978), 74-75）。不過，是有些不吉祥的徵兆、符號克麗絲特貝兒沒能領受到：解蘿汀進門來時有着短暫的痛楚、解蘿汀拒絕參加祈禱、母狗奇怪的「怒號」、柴火詭異的閃光。從這一刻起，直到她發現解蘿汀可怕的「胸部及其半身」，克麗絲特貝兒是處於劣勢。但是，在這之前，克麗絲特貝兒無法理解呻吟的聲音（三九—四〇行）、無法看穿解蘿汀的眼神及亮光（一四七—一五〇行）便已顯出她不再是這場詮釋遊戲的主人翁。

在看到解蘿汀可怕的半身及聞見「瘦、老、惡臭」的味道之後（克麗絲特貝兒對這些卻無法理解：「只能夢見的景觀，說不出！」），兩位淑女躺下來一起睡，雖然克麗絲特貝兒有母親的靈魂保護着她，依然遭了解蘿汀的毒手。身體的接觸一方面和魔法蠱惑（被主宰）有關，一方面也引生瞭解（反諷的是，克麗絲特貝兒似乎無法理解）：

一碰見我的胸部，魔法就起了作用，
便成了你言語的主子，克麗絲特貝兒！
今晚你會知道，明天將知道
我恥辱的記號，我悲哀的印記；
　但你掙扎也無效，
　這是唯一
　你能力所及可聲稱的　（二四五—二五一）

事情開始轉變；解蘿汀成了主人，她的手臂化作「佳人的牢籠」。克麗絲特貝兒被景觀、接觸所封住，雖然她忘不了那記號，却無法公開「道出」。從此以後，她是被解蘿汀把持住（或者可說是被她自己對那記號的感受所祟迷，「再也看不到其他」）。

詩的第二部份敍述解蘿汀的兩種讀法及當主人翁的兩種位勢。聽完了解蘿汀的故事，李奧奈爵士馬上以更早的故事（他自己的故事）來印證它，並以聯想、換喻的方式（將這個名字與另一個名字相連），相信它一切屬實：

……………

但當他聽完了女子的故事，
當她說出她父親的姓氏，
李奧奈爵士的臉色怎變得臘般白，
將名字喃喃再唸過，
崔業緬的羅蘭爵士？
啊！他們年青時曾是朋友；（三八一—三八五行）
……………
李奧奈爵士，停住半晌，
望着麗人的臉龐看：
年青的崔業緬的爵士

又回到他的心上（四〇五—四〇八行）

於是，李奧奈爵士宣布他要爲解蘿汀報仇：「我的前鋒步卒將花一週的時間／找出這幾個卑劣的叛徒／於比武的審判廳——在那兒、那時／我要鬆解他們下賤的靈魂／從他們像人一般的身體、形式之中！」（四一八—四二二行）。有趣的是李奧奈爵士此處運用到蟒蛇與鴿子的隱喻，同時是在擁抱解蘿汀的身體時，說到支解身體的懲罰。克麗絲特貝兒看到這幅景象，連忙驚退、震顫，從鼻息「發生嘶嘶的聲音」，因爲「她又看見那個老瘦的胸部／她再度感到那冰冷的胸部」（四三五—四三六行）。

聽完了李奧奈爵士對蛇與鴿的談話後，詩人布雷西開始講述他可怕的夢：青蛇吞食了鴿子，但他並未直接提及解蘿汀；只是對他的主人說話，而且是在李奧奈爵士的指示脈絡之中講話。然而，布雷西的觀點和李奧奈爵士的看法並不一致，他將李奧奈爵士的話倒轉過來，暗示「鴿子也似」的解蘿汀可能便是「蛇」，因此李奧奈爵士用來印證眞理的媒介、手段（換喩、隱喩）可以重新安排，轉而證明它們是錯誤、撒謊的工具。他運用主人的話語的方式實在神奇（uncanny），因爲他把主人企圖說成是「眞實」的故事加以解構。在這種巴克定式的語言領域（Bakhtinian logosphere），各種語言參加對話接觸，誰又是主人翁（或主要的比喩）？

解蘿汀看到自己在場、受到熱烈款待的情況，導致克麗絲特貝兒的忿怒與不安，便懇求將她遣送「不得延誤／回到她父親的領地去」（四五八—四五九行）。她的願望終於實現，但是在克麗絲特貝兒恢復過來之後，跪倒在她父親脚下，衷心禱告說：「我以母親的靈魂向您懇求／將這女子遣走！」（五九三—九四行）。以弱姿勢，解蘿汀實際上反而命令李奧奈爵士，把他的主人翁地位去除。然而，以另一種反轉過來的姿勢，克麗絲特貝兒突然演出主人的角色——遣解蘿汀走！但在這扮演主人翁的場合中，克麗絲特貝兒却沒法說什麼（「她說：但不能再說下去」，五九五行），她仍然被他人主宰着（「因爲她無法說出心中知道的／由於被那强大的魔法所控制」，五九六—五九七行）。

解蘿汀是人面蛇身妖嗎？作品裏對此沒提出答案。她能在大廳裏將衣服脫除，展露身體以證實她的故事（作品）？克麗絲特貝兒是個被作品主宰，不得自由的讀者嗎？她對作品又懂得多少？她將解蘿汀驅逐後，又變得如何？有任何方式可接近作品、實情嗎？似乎克麗絲特貝兒的直接觀察（對解蘿汀「身體」、「故事」的字面讀法）和李奧奈爵士（或詩人布雷西）的比喩性詮釋均無法答覆以上這些問題，好讓我們瞭解眞理。面對這個「無以決定」（undecidable）的作品和身體，誰又會是主人翁？連柯婁律治本人都放棄這種當主人翁的特權；在「飯桌閒談」（*Table Talk*）的一個條目裏（日期是一八三三年六月六日），他寫道：「我怕我無法將觀念成功地表達出來，這個觀念極其微妙、艱深呢」。

附記

最近，哥倫比亞大學爲已故的德・曼（Paul de Man）推出他幾年來討論浪漫時期作品的集子：*The Rhetoric of Romanticism*（一九八四年，八月問世，德・曼八三年底逝世）。顧名思義，其研究重點是放在語言（修辭）及時間上，尤其作者所運用的（往往不自覺地）寓喩（allegory）、反諷（irony）、隱喩（metaphor）、換喩（metonymy）、重覆（repetition）模式。事實上，德希達（Jacques Derrida）對隱喩情有獨鍾，德・曼屢屢以寓喩、換喩探究作品，布露姆（Harold Bloom）似乎愛上反諷，而彌勒（J. Hillis Miller）的近作即以反覆爲主題（*Fiction and Repetition*）；這些解構批評家强調比喩性的文字常引領作者、讀者到另一個矛盾盲點，瓦解原意、形式、或作品的束縛力量，且不斷以浪漫時期的作品爲例，闡明寓喩理論（最具代表的他們於一九七九年推出的 *Deconstruction and Criticism*，主編哈特曼 Geoffrey Hartman——也是浪漫詩專家，亦酷好反諷）。本文以浪漫詩"Christabel"爲討論對象，析出其中的寓喩性詮釋所展現的問題，反過來質疑解構批評家所執着的立場。解構批評家固然讓批評昇至創作的地位，却始終以爲作品能質疑批評、理論，因而反倒敎人臣服於作品之下。本文也暗示出這種反諷式的立場：在主客、主僕的寓喩論述之間，主人的地位彷彿一直飄浮不定，似乎誰也當不了主人翁。本文原以英文寫作，甲篇部份屬理論思索，乙篇部份才是作品分析，於一九八四年三月發表於「批評理論：身體」（Critical Theory: The Body）的研討課上。

附錄

一、缺乏行動的睿智

——論美國文學界對歐洲批評與理論的吸收情況

Don E. Wayne 原著・廖炳惠譯

「至於詩人，因其不下斷言，何至言語失實。」

腓力普・西德尼爵士，詩辯篇

「詩人高唱道：『幸運女神，汝乃出自吾人之手。』的確如此，就在幸運女神使得吾人能够創造祂之後；詩以却對『吾人』之緣起隻字不提。」

仙繆爾・巴特勒，浮世繪影

1

本文係發展自筆者在一次名爲「批評：辯證之模式」的座談會裏所提出的一篇論辯性的文章。該次研討會由羅伊・哈維・皮爾斯（Roy Harvey Pearce）爲西海岸語文協會主辦，於一九七六年，在奧瑞崗的尤金城擧行。當時，我的論點是針對學者、文學批評家、英文教師及筆者本身主要的研究範圍，所關切的是我們面臨的將歐洲批評與理論美國化的問題。那篇文章是我目睹學術界企圖消化、中和一些歐洲作家的批評要點，不斷將他們的觀念與方法引進、內銷到美國消費市場來的現象，一時有感而作。依據個人的淺見，儘管一九六〇年代與一九七〇年代早期，自法國發展出的各種思潮有其差異之處，這些有關的作家與運動却仍有其共通點，也就是他們都深深體會到寫作是一種論辯性的模式（a mode of contestation）。以前，我主要關心的並不是任何一種運動的相對成效（relative effects），現在也不擬提及此點。我的見解毋寧是反對在移植理論的過程中，刻意抹煞自我意識、論辯功能的作風。當時，我將此點歸諸我們的文學研究傳統，認爲我們總是避免接觸到文化外圍因素，如我們的作品得以從中寫成的機構間架（institutional framework）；但是，我現在要另外指出一點，也就是這個問題毋寧是我們在「規範上」無法瞭解到「作品本身」（text）與「脈絡背景」（context）之間的關係，而倒不是我們刻意要抑制「脈絡背景」。

此處，我提到「規範的」（paradigmatic）一詞，是依照孔恩（Kuhn）的用法，乃是指我們在這方面的無能爲力，是由於我們絕大多數人從中被訓練成爲學者與批評家之「規範」、「訓練模式」（disciplinary matrix）起了直接的作用[10]。毋庸贅述，多年來，我們文學訓練的支配性規範乃是避免考慮到所謂作品「外圍」（extrinsic）的種種問題。不僅僅新批評的徒衆持此說法，許多文學史家也做如是觀，而且這也一直是把美國倡導新批評的這一代，與晚近巧妙推敲作品的「現象學」和「解構」派（deconstructionist）連繫起來的一個常因。即使在一些試圖將文學作品與文學外圍的因素關連起來的文章裏，這層關係通常也只是一筆帶過，而不視之爲同一開展系統中，各個成分之間辯證的交互作用。由於美國文學批評的支配性規範，長久以來對這種所謂的「外圍」問題不予置信或有所誤解，我們極難想像（更談不上建立理論），我們對作品本身與脈絡背景其間關係的瞭解會有根本上的改變。

附帶於我們對作品做詮釋時，排斥脈絡背景諸因素的這種作爲，是我們也無法認淸與質疑機構拘束（institutional constraints）——也就是由於這種機構，方能產生那種詮釋的條件限制。

---

[10] Thomas S. Kuhn, *The Structure of Scientific Revolutions*, 2nd ed. enl. International Encyclopedia of United Science, Vol. 2, No. 2 (Chicago: Univ. of Chicago Press, 1970), p. 182.

我們是在一種規範性的脈絡背景裏，於機構設置（學系、期刊、大學與商業性的出版機構、專業性的組織與討論會、基金會等）的「規矩」之下，從事閱讀、教導或著述批評。由於對這種規矩的壓倒性認同，一直就是脈絡背景思想的主要障礙，我們是處在一種特別弱的地位，無法提出種種問題，讓文學批評體會到其名義下的潛能。事實如此，我們不願以那種名義來稱呼我們所從事的——我們說我們從事「英文」、或者「法文」、「德文」、「文學」，而且我們的學系也用這種名稱，却不是「文學批評」——，這說明了我們對「批評」一詞的涵意感到尷尬。

此種意識形態主宰着我們的工作之規範，使我們無法把握到至少有兩種的脈絡背景，卽：文學的脈絡背景及文學批評的脈絡背景。說問題出在規範上，而不再堅持以爲它是刻意抑制的結果，乃是體認到它是一項知識論上的問題。不過，我發覺很難將知識論從意識形態裏劃分出來。正如愛德華・薩伊德（Edward W. Said）最近提到過，攸關瀕危的是我們對社會、心理、機構的控制與支配形式，這些「前進」（亦卽複雜而井然有序的）社會的形勢與文學、文學史之間的關係，到底瞭解了幾分❷。無疑的，其中的關係是對支配力量半推半就。我們迄未在理論上找到

❷ Edward w. Said, "The Problem of Textuality: Two Exemplary Positions," *Critical Inquiry* 4.4 (Summer, 1978), 673-714. 薩伊德比較德希達與傅柯的著作，他對德希達的批判，比許多其他以英文發表的評論，在見聞上較廣博，而且對德希達的思想頗表同感。（譯註：其實薩伊德持文化批評的立場，較同情傅柯，認爲德希達對歷史的見解薄弱。）

適切的可取之道，能幫助我們解釋這種關係。但是，劃定知識論的限囿，不對有關此一關係的問題做任何證實，並不等於承認了那些問題所提出的種種理論上的困難。且不管我們有心要當人文主義者的善良用意，如果我們仍繼續固執一種過時了的知識論，不論如何無心，我們勢必會冒險製造出一種本身就是支配之工具的「文學批評」。

當然，我們可以論辯說這種排除脈絡背景的作法，是由最近剛從歐洲引進的同一個思想格調（尤其是賈克・德希達 Jacques Derrida 的著作）予以理論上的支持。在本文後半段，我將對目前爲人文科學所運用的德希達駁斥脈絡背景概念的作爲，做一番簡要的評論。不過，此刻，我要回過頭來提一提自己在三年前發表的作品。我已說過，它是一篇應機而寫的議論文章，道出了我對歐洲理論美國化一特殊歷史時刻的反應，而且在寫作裏也表現出我思索脈絡背景與意識形態這些主題、和個人想法發展上的一個階段。我決意不做大規模的修訂，因爲當時的機宜是寫作該文的主因。大概除了「解構」的一種制定化了的學說進一步傳入美國的文學研究之外，我當時所描述的情況並無太大的變動，不過，我現在對那時用來批評當時情況的意識形態概念，的確有些保留。在原先的文章上，我又增補了一項爲這些保留諸點所作的說明。原文的精華則以另一種方式在此出現（於第二部份），僅作了稍許的修正③。

---

③ 在閱讀下文之前，讀者也許希望看看註解⑪引用馬學理的文句，原爲本文第二部份的題詞。

2

「由用法文寫作的大量批評論著，我們知道，或者認爲我們知道了法國人的批評方法、習慣，因而得到以下結論（我們是如此的不知不覺），認爲法國人比我們『較長於批評』，有時甚至往自己臉上貼金，彷彿法人比較不能自然流露眞情④。」早在六十多年前，艾略特（T. S. Eliot）便爲我們自己的知性「習慣」提供了如是的反諷見解。雖然艾略特對屈尊有一種令人不快的酷好，我想我們却不得不承認，卽使在今天這種說法仍然成立。但是，自從一九七〇年代早期，我們便目睹到英美對法國（或者說德國，就此事而論）各種理論的態度，起了一些變化。這變化的廣泛由最近「現代語文協會」（MLA）所舉辦專究「理論」的座談會次數，學者以加速度從事翻譯、評論，將最新的法國、德國知識時尚推介給美國的讀者，以及有許多專注理論與科際整合種種問題，並以大量篇幅專門研討歐陸知識運動的期刊紛紛問世卽可看出。毋庸置疑，這種態度上的轉變，是對我們本身的批評晚近所到達的限制，起了一種挫折的偏頗感，隨着這種矯枉過正，我們對往常知識上的孤立主義也有一種與日俱增的醒悟。

④ T. S. Eliot, "Tradition and the Individual Talent" (1919), in his *Selected Essays*. new ed. (New York: Harcourt Brace, 1950), p. 3.

過去，我們最好的批評其特徵是以經驗實證的假定與分析的方法，對照之下，歐洲的作家趨向於理論化、辨證性。（我連忙指出來，美國有一支名爲「思想史」（history of ideas）的批評也是依據歐洲的辯證性傳統，而且我們也有坎尼茲·柏克（Kenneth Burke）的論著，卓越地代表了本土的實證辯證方法。但是，不幸的是，這兩種傾向都不足以表徵美國的文學批評。）自從第二次世界大戰以來，凡是法國的作家只要與任何知性運動有關的——存在主義現象學、結構主義、記號學、拉崗式（Lacanian）的佛洛伊德心理分析、馬克斯主義（不管是藉盧與·葛德曼（Lucien Goldmann）的著作而受到陸卡希（Lukács）的影響的，或是追隨路易·阿爾徒哲（Louis Althusser），駁斥早期「哲學的」馬克斯的著作），以及最近「結構主義後起學者」（Post-structuralists）的各種集團——與生俱來都賦有某種知性上的先見之明，諸如歧異與衝突等種種公理性的原則，而傳統上我們却對這些原則不以爲然。

我的論點並不是要護衞歐洲批評，詆譭我們本身的成就。顯而易見，我們一直是以不同的知識傳承路線來從事研究，而且如果我們暫時換個說法，不妨說歐洲的「理論」常流於空疏，無法兼而顧及引證與證明，而英美對具體實證的傾好，却能糾正這種抽象的思辯以及在歐洲出現而轉眼便化爲雲煙的規範性典式（models）。事實上，這會十分令人訝異，如果批評理論的演化不招致本身的一種辯證，涉及學派、運動、更廣泛的知識論與倫理上的格局（這些格局賦予批評以形象）之間種種矛盾的衝突及黑格爾式的揚棄（Aufhebung），而本身又被我上文討論到的這種文化差異賦予形象；因此我們不妨將目前的情況視爲英美與歐洲批評之間的衝突正以一種辯證否定的方式去解決其本身，從而雙方保留並超越一已的成就。

但是馬上就下這樣的結論，未免有點草率，而且據我看也是太天眞了。因爲雖然文化與知識論上的差異不容等閒視之，我却不想暗示說今日批評面臨的主要衝突是介於英美的「經驗主義」與歐洲的「理論」。相反的，雙方的融合已正在發展，且在美國這一方面，其融合的目的可能是中和，而倒不是某些矛盾的辯證否定。

僅幾年之前，在大部份的美國大學裏，尤其是英文系裏，想研究歐陸理論的研究生極可能受到阻撓，或者頂多是爲其良師勉强加以容忍，但是現在一切都改觀了，有人告訴我們如果你想見到未來美國批評的動向，英文系是你該去的地方（例如，可參閱 J. Hillis Miller. “On Literary Criticism,” *New Republic*, November 29, 1975, pp. 30–33）。當然，這種廣泛接受理論的作風，尤其正當法國的結構主義及結構主義後起批評在巴黎的文學與哲學論述界大張旗幟時，我們會接受這些批評，並不令人感到意外。侯蘭・巴特（Roland Barthes）可以拿來當作「後生可畏」（enfant terrible）之代表的時代早已過去；我並不是暗示說巴特抵達法國學院就必然妥協了他「符號學癖好者」的身份，我所提出的是法國的批評理論變得較能爲美國大學所接受，我們不再像過去一樣，認爲它對我們的感受深具威脅，十分「可怕」了。

以前，反對來自兩方面，其中一派認爲文學批評是將措詞巧妙的（無論何等空洞的）辭句奉若神聖地保藏起來，絲毫不敢侵犯，任何理論的論述，只要它包含那些令人侷促不安的解釋結構如：「意符」(signifier) 對「意指」(signified)，「同時」(synchronic) 對「異時」(diachronic)、「社會文化關係媒介活動」(mediation)、「具象物化」(reification)、「解除神秘」(demystification)、「社會文化集團對本身之文化符號的態度」(episteme)、「解構」，尤其是最糟的詞彙像「社會意識設置」(ideological state apparatus)，一闖入那範圍，便使他們驚駭不已；而另一派反對的人士也許較有見地，他們看出那些理論批評所冒犯到的「合宜」(decorum) 不僅僅是夸飾而已，更加危險的是歐洲理論批評以一種表面上是政治成分的許多例證，將一種成分介紹到文學作品本身的研討裏頭，而這種成分，正如李查·峨曼 (Richard Ohmann) 及其他人業已指出，在第二次世界大戰之後，美國批評便已大多不得而見了。如果我們需要一種更有生氣且知識上更富刺激性的批評，遠強過第一派人士的恐懼症，第二派的恐懼症倒可以用以下這種見解來加以緩和：畢竟，佛蘭克福學派 (Frankfurt School 譯註：此派以政治、社會媒介活動去解釋藝術活動) 的批評，雖然試圖質疑，並未踰越人文主義與啓廸教化的傳統；「如是」派 (Tel Quel) 的批評家雖然引用毛語錄，並未大肆破壞文學；馬克斯主義的記號學家或佛洛伊德派的記號學者創出詮釋的巧妙設計，未必就排斥了作品之中的某種樂趣；結構主義後起學者對指涉 (referent) 的概念加以攻擊 (不同的作家如德希達、傅柯 (Foucault)、約翰·法朗士瓦·李奧塔 (Jean-François-Lyotard)，確實與英美經驗主義一貫的批評方法，大有水火不容之勢，但是對我們將文學孤立起來，並隔絕任何特殊的社會、政治、歷史脈絡背景的批評傾向，倒是十分適切的，雖然這未必就是上述作家的目標。因此，即使在我們的英文系裏，發現到這種情況，也不令人訝異。以前被視為是有毒的歐洲批評理論，現在經過重新檢查，發覺它是一種舶來但卻無害的品種，因而被奉為奇珍了。

如此一來，像「辯證批評」或「解構」等等字眼之能吸引住美國文學批評家的想像力，似乎是直接地由於我們感覺到本身批評的不當，或者是不甚直接地，由於某些不安業已消滅，我們變得寬心到如此地步，甚至連以前最冥頑拒絕歐洲批評理論的人，現在也願意聽聽歐洲理論所提供的高見了。但是，據我想，這種不安的緩和是有其限制。就我所知，在英美脈絡背景裏的作家，僅有少數幾位文學批評與理論家例外——一時立刻想到的，美國有弗雷德利克·詹姆森（Fredric Jameson）與愛德華·薩伊德，英國有雷蒙·威廉斯（Raymond Williams）及泰利·伊格頓（Terry Eagleton）——此間一直極少人表示注意到佛蘭克福學派批評，以及法國批評自從大戰以來崛起的各種「學派」其主要關心的所在——也就是意識形態的問題，以及論述與力量之間的關係。

反抗法西斯主義的結果所產生的各種歐洲理論與批評形式，是在仍富政治深意的知識環境之中發展開來的，因此，事情並不奇怪，佛蘭克福學派的批評與法國批評，起始於沙特（Sartre）的「何謂文學？」（*Qu'est ce que la littérature?*）（1947），繼而由一九五〇年代及六〇年代早期的巴特與其他作家加以弘揚，而以理論著作傾洩而出，碰上六八年的五月事件（或是對之作深刻的反應），達到了一個火爆的高潮，其主要關心的問題是文學與意識形態之間的關係。有趣的是，我們將那種批評撥歸己用，却將此一中心「問題」洗滌淨盡到一個程度。由於急於吸收術語及技巧，產生那種批評的意識形態之衝突痕跡，以及其於所有論述中質疑意識形態之形式與作用等自我意識到的嘗試之指徵，均遭抹煞。

這種消毒殺菌的措施，未必是有意識之計劃。它可能僅是我先前提及的知識論及文化差異的另一個例子，因爲我們對意識形態之構成因素的概念，也是隸屬於統轄我們大部份思考的狹隘經驗主義。不錯，任何想以英文討論「意識形態」的人，勢必面臨一個主要的問題，也就是這個詞彙通常是用來指一種意識到的政治主張，一套觀念或態度，但是，在法國則不然，儘管有人過度地對這項問題作一些理論上的探討，在人們的瞭解裏，「意識形態」牽涉到一些假定與態度，而這些假定與態度仍是藉意象或者敍述結構，並藉着調整我們行爲的約定、風俗、人情、傳統、信仰整個似過濾器的網狀組織，以一種大致上是無意識的方式，誘導並加以强化了的態度。

我們本國的一些社會科學家也有這種見解，但是，在文學界，我們却堅持反對論述（disco-urse）受到作家與讀者所內在化的意識形態拘束的說法，就我們一些較守傳統的批評家而言，這一點的確屬實，而且批評理論也有同樣的情形。由於受到歐洲現象學傳統的影響，讀者反應批評堅持認爲批評性讀者的存現（presence），乃是詮譯過程之中的一個活動主體，但却不願以任何一種歷史上的特徵，去界定那個主體或者詮譯先期活動（即設立文學作品之「意圖」(intent)的先期活動）的主題❺。概括言之，身爲批評家，我們僅有少數例外，絕大多數人迄未超越以前的主要批評活動（本質上是形構主義式的批評）之局限，而且我看不出歐洲批評被接受到此間，又把我們帶往超越該點的路上有多遠。我們固守在自己的文學批評傳統早期裏腓力普．西德尼爵士輕描淡寫地道出的主張，認爲詩人不下斷言，或者他下肯定之詞，他所斷言爲眞的，就其藝術而言，只是無心，最好的文學作品並無寓意，或者它縱使有寓意也不露骨，藝術有其本身範圍內的「眞理」，與普通的論述迥然不同，因此是超政治、歷史的。美國新批評所揭櫫這個時代的口號——反諷（irony）與含混多義（ambiguity），仍是我們極力要從作品找出來的特質，我們認定它們反映出一個難於用歷史的理由去瞭解的世界，因此，許多批評家倒喜歡將它看作是形而上的。然而，即使在許多文學鉅著裏，可以找出反諷與含混多義，好將它們大肆褒揚，這些性質的作用頂多也僅是以一種局限的方式去頌讚而已。我們所羨慕的「反諷」，並非陸卡希用來表徵種種敍述形式與西方社會歷史發展的疏離狀態其間關係的一種歷史化概念。我們所醉心的「含混多義」並非牟羅．龐第（Merleau-Ponty）的存在主義現象學中的基本原理，而倒是牟羅．龐

❺ 這種局限顯示出在另一方面保羅．德．曼對新批評家否認「意圖性」的作風有啓發性的批判，見"Form and Intent in the American New Criticism," in his *Blindness and Insight: Essays in the Rhetoric of Contemporary Criticism* (New York: Oxford Univ. Press, 1971), pp. 20-35.

第用來表示有別於「含混多義」的另一個名詞：「模稜兩可」(equivocation)❻。因爲在美國的批評裏，「含混多義」與「反諷」變成戰後期間的閃爍之詞，這種閃避的策略仍可見於將意識形態的範疇排斥於文學研究的領域之外的選擇性原則。

據我看，對我們的批評傳統之中最近所起的不同形式，也不妨提出同樣的反對意見，它們爲了要在讀者這一方面，產生更大的參與效果，乃允許讀者將作品中反諷、含混多義及自我指涉種種特質的智性或感情反應，視作是邁向通常認爲是自覺之目標的起始階段。不過，美國晚近具有希力斯・彌勒(J. Hillis Miller)所謂的「歐洲氣味」(continental tinge)的絕大多數批評，其自覺只是一種在孤立情況裏發生的自覺，而以前的新批評將脈絡背景孤立於作品本身之外，連個人閱讀的脈絡背景也一併隔除之處，最近的一套新批評則擢升「文學」現象予以更高的力量，在個人的——也許是歧異(differentied)與順延(deferred)的(德希達結合了兩個字創出différance 一字，有這兩種意義)——但仍屬超越眞理的片刻之中，囊括了作品本身及其讀者。這種獨立自存於「時間之外，且無廣袤」的心靈自覺——正如拉齊(Lucky)對笛卡爾的「我思」(Cartesian cogito)用了這種降格諷刺的指涉——終於證實了美國經驗主義與實證主義後

---

❻ Maurice Melreau-Ponty, "Eloge de la philosophie," in *Eloge de la philosophie et autres essais* (Paris: Callimard. 1960), pp. 9-79.

起批評竭盡所能從歐洲搬進來的只是「烏有」的形上學⑦。

雖然我們可能也和一些追隨結構主義後起學者的批評家們一樣，對本源與絕對不予置信；雖然我們甚至於可能敬佩那種對符象之指涉性所產生的質疑，以爲藉之可以糾正我們一向洋洋得意認定語言代表實相的想法，難道我們因此就一定要接受其中一些批評家所表率的唯我論的並且（在有些實例裏是）虛無的結論嗎？卽使是爲了議論方便起見，承認說指涉的見解是在歷史上受到拘束的，說它是意識形態的，也並非就要拋棄語言與其他社會（亦卽歷史的）行爲相契，而且甚至在功能上息息相關的觀念。對一個像我們這樣信仰「事實」的知性文化來說，「隱無」(absence) 之概念有一種重要的描述性與理論性的目的。但是將此「隱無」的結構或作用概念實體化，成爲一種本體論上自本自根的「存現」(presence)，將一種形而上的「烏有」說成是實相的基礎，對我而言，是一種宗教的，而非批評的舉動。

⑦ 文中「烏有」形上學的意義可見於德・曼的主張：「人類自我本身經驗到空無與創出的虛構，不但絕不塡滿此空無，反而自命爲純粹之烏有，『吾人』之烏有爲一主體所陳述，且重新陳述，此主體乃本身不固定性之動作者。」(*Blindness and Insight*, p. 19). 最近，他關心的重點從本體及意識轉到修辭學上面，但是在他交際傳達的理論裏，仍顯現出同樣的否定神學，在 "The Purloined Ribbon," *Glyph* 1 (Baltimore: Johns Hopkins Univ. Press, 1977), 一文中他寫道：「虛構與再現無關，而是陳述 (utterance) 與指涉之間的喪失關連，不管這種關連是不經意的，入典的，或是可以系統化的其他能意想得到的關係所支配的。」（第三十九頁）。「任何言語之舉 (speech act) 產生認知的泛濫，但絕不能指望去知道其本身產生的過程（唯一值得知道之事）。」（第四十五頁。）

美國特地選擇了解構主義學者對指涉的批評，加以强調，另外又在根本上吸收了結構主義與記號學更純粹是形構主義式的設計，當它們是美國新批評的延長，但是歐洲批評家的關心所在以及意識形態的本質反而大致上遭到忽視。這種現象實在發人深省，這引導我重申主張，即我們的批評所面臨的主要衝突，並不牽涉到歐洲的思考方式，倒不如說是我們自己的文化裏意識形態的衝突，而且正是美國批評家們樂於存而不論的社會衝突。我們將作品所無法擺脫而且緊緊連接的社會衝突加以抹煞，以便施展一種純粹「文學」的批評，絲毫不受意識形態的沾染，這種意願本身就指出意識形態在我們的批評中扮演了主要的角色。這種抹煞，通常所採取的形式接近於佛洛伊德用來指稱壓抑機構的名詞 Verneinung（一般譯作「否定」negation），也就是遭到壓抑的意象或思想僅能藉拒絕或駁斥的方式，方可進入人的意識裏去。這種對批評會形成防衛機構的概念不僅早已運用到個人的神經病症上，而且也用來處理集體治療（拉崗在一九五〇年代早期曾運用它批判心理分析圈子裏主要的趨勢）。在社會科學界，這一現象是在不久之前由丹尼爾・貝爾 (Daniel Bell) 及其他人倡導「意識形態之末路」的主張，才爲人注意。在文學界裏，我們很久以來就習慣以「多元論」爲傲，我們相信它允許大家表達所有的觀點，因此，一涉及文學批評，意識形態的問題便顯得是多此一舉。即使像保羅・德・曼 (Paul de Man) 如此洞悉掌故的人，分析起歐洲與美國文學批評之間的關係時，也接受這種情勢，不加懷疑：「因爲美國批評比較折衷」，他寫道，「不像歐洲批評那麼受到意識形態的摧殘，它對舶來的刺激非常開放，但比較不會以同樣危機似的强度去領受到這些刺激」(*Blindness and Insight* 第五頁。) 但是這種情形難道不可能是美國批評家無法十分認眞地接受方法論上的一些差異，並覺察到他們與意識形態上的歧異之關連嗎？難道它不是直接由於我們長久以來接受社會中一個安全，但却是中間邊際的角色，而拒絕承認我們身爲文學批評家的工作與身爲人類之一份子（因此，是政治、社會中的一員）的處境有任何關係？倘若非講不可，據我看，我們冥頑地在著作裏否認意識形態的存現，確確實實是對批評起了一種防衞機構，因此，我傾於將這種抑制意識形態的作風，看成是一個文學研究的題目，它指出意識形態在我們的批評裏扮演了中心的角色，而且我想到以前「性」是文學批評論述嚴禁提到的，而今日意識形態的範疇却形成結構上的「隱無」，這倒是英美批評史上沒被承認的轉捩點。

到目前爲止，我一直說到美國批評之中對意識形態的範疇，在意識形態上加以抑制的作法，而不是談意識形態在文學作品中所扮演的角色，恐怕此處也沒有足够的空間好討論後者。不過，讓我暫時再提一下腓力普·西德尼爵士的金言：詩人「不下斷言」(nothing affirms)。就某一意義來說，西德尼爵士並沒錯，我們在文學作品中所經驗到如詩般的美感，是有別於我們所通稱一部作品的規範性寓意。但是比起哲學或歷史性的著作，那並不使詩歌的意識形態成份減輕多少（對於這一點，試回想一下，西德尼的辯論，是歷史、哲學相對於詩），我早已指出，因爲意識形態迥異於宣傳，比較是以不自覺的合理化來表徵，而非刻意意識到的歪曲，所以不必有意去肯定它，方能起作用。在文學作品裏，它潛在而不顯，僅徵兆性地呈現出來的地方，反而最具力量，這是身爲特殊社會及其文化之產物的詩人所帶入寫作活動之中的部份。它是文學作品的必要（但非充分）條件。因爲它的存在隱而不顯，所以它誘導或强化規範性的行爲力量特別大，的確，正是因爲詩人「不下斷言」，所以詩才有這種能耐、這種力量去讓讀者斷言許多，當西德尼爲詩辯護，認爲詩較哲學略高一籌的原因是哲學家只敎導世人，指示睿智（gnosis）的方向，而詩人則能藉其技藝，寓敎於娛，感動讀者的意志，將心靈已學到的化爲行動（praxis）。他就體認到這種力量：「於所有學識之中……詩人爲其巨擘，因他不僅指示方向，而且提供沿途如此美妙之景觀，以致引人入勝。」當然，西德尼的說法附帶着這種假定，認爲本質上，詩乃是尊德性的，因爲它妙法自然，所以詩只會引導人做出善良的舉動，但是這是一個信仰的問題，是一個時代的假定，那時人們對抽象的普徧眞理視以爲然。此處值得我們深思的是，詩被說成爲具有一種獨特的能力，會引導讀者進入某些社會規範的意義，並且依照這些規範去行動，一旦我們提及規範，問題就來了：在像「美德」這些模糊的抽象名詞之後、之外，規範爲何物？它們來自何處？尤其是，它們服務何人？這些問題將我們置於意識形態問題的核心，何況，在提出「行動」問題時，西德尼已承認了詩人所窺伺到的規範，的確與讀者實際的道德、政治生活息息相關，如果這一點與詩人「不下斷言」的主張不大起衝突的話，它至少是這種說法的重要條件，因此，雖然受到其時代觀念的限制，西德尼倒直覺到意識形態與詩有某些關連。

不過，這並不是說詩所引導讀者下斷言的只是現狀（status quo）而已。雖然那可能是作用之一，但是在那種我們稱之爲「文學」活動裏，還有一種辯證，由作品本身加以圖示，而且反過來限制人閱讀它，它乃是一種辯證，將賦予作品背景的特殊社會與歷史情況等意識形態上的「隱無」帶進來，與其他想像、認知、批評的文學作用發生衝突。西德尼本身承認這種辯證，他只運用了一些從修辭學及道德哲學得來而可利用的概念與語言：

「但詩人（正如我前文所說）不下斷言。詩人從不對你的想像劃圓圈，玩魔術，教你相信他所寫者為真，他並不從其他歷史引據權威，但却會為了行文之便而召喚可愛的繆司來激發他的神思；信實地，不是費勁去告訴你事情之本然，而是要告訴你事情之應然……如果一個人能够到了那個孩子的年紀，能瞭解詩人所描繪的人物事件只是一切之應該如是，而不是故事之原來如是，除了對寓喻與借喻地寫成的事物，他們從不為非斷言寫成事物撒謊，因此，就像在歷史中是要尋找真相，他們在詩中尋覓虛構，滿載虛假不實之物而去，他們會運用這個敘述故事，但只當它是一個可資利用的虛構，藉以想像一個初步的情節⑧。」

⑧ Sir Philip Sidney, *An Apology for Poetry* (1595). ed. Forrest G. Robinson (Indianapolis: Bobbs-Merrill 1970), pp. 57-58.

我們不妨將這一段文字視爲西德尼進一步指明他的直覺（雖然他表面的主張正好相反），詩有一種强化意識形態的特殊力量，它之所以能够如此是直接由於它不直接陳述或作歷史的指涉。不過，此處並非僅僅重複西德尼在前面將詩拿來與哲學較量長短的立場。在以前的例證裏，關於要教導世人的價值或眞理並未加以區分，只不過是就每一個敎訓會對那些價值之實施發生作用的相對力量做了一番辯論；此處，在另一方面，却不是强調效能，而是拿詩與歷史相互比較，重點是在於詩的「批評」力量。西德尼的陳述劃分斷言「事情之本然」（what is or is not）及「事情之應然」（what should or should not be）的區別，劃分的基礎是建立在這種見解上，認爲文學是「寓喻或借喻地寫成的」。如果寓喻與借喻是道出「事情之應然」的方法，那麼，我們又可再度賦予文學一種規範性的作用了，如我們所瞭解，西德尼認爲這些規範是抽象而普遍的道德眞理，雖然歷久彌眞，却不拘於特殊人物或事件。不過，這種劃分帶動了一個批評要素，此要素針對那些被說成是文學論述不直接指涉的眞實、歷史事件。否認歷史事實乃是屬於意識形態上「隱無」的部份，而西德尼對詩的看法就是建立在這上面，但是西德尼以指涉到一個寓喻或借喻的過程，又將歷史帶回到文學裏面，寓喻或借喻的過程指向作品本身不直接「下斷言」的情況下所或缺的。因此，西德尼似乎暗示說文學所提供的那種知識是烏托邦似的，或者說閱讀的過程是一種烏托邦式的批評過程，所以，此知識與實際歷史與政治的關連，不是藉存現所道出的，而是由被認出是沒有它們（隱無）的情況來關連的。此處我們有一種歧異的「隱無」之概念，一種烏托邦的成分，其本身便具意識形態，但却可能與作品本身於另一層次會誘導讀者去內在化、並扮演的支配性意識形態發生衝突❾。

當然，在這個以英文寫作的第一篇重要的文學理論著述裏，西德尼是在古典傳統之中寫作，而且依賴亞理斯多德，以駁斥柏拉圖認爲詩僅是現象世界之模仿而不能置信的說法❿。不過，我想如果我們能超越這個文藝復興時代作品的古典與基督敎正統，超越十六世紀的普遍共相（universal）及西德尼的批評中有關道德的指涉，我們也許可以開始看出，他直覺地歸給文學作品本身與其對讀者之吸引的這層關係，引起了規範性意識形態及批評作用的辯證，這種批評作用是目下的馬克斯主義批評家（尤其陸卡希）所賦予文學作品的烏托邦式作用。馬克斯主義仍得適當地證實這種辯證的操作法，我個人的感覺是晚近學者努力將佛洛伊德式的解釋學與記號分析，帶進歷史唯物論傳統而與之融合，提供了最佳的可能性，以便大力探究文學作品之中的意識形態問題。倘若意識形態是文學作品的必要條件，對文學批評的產生來說，當然也是如此。最後，還有一點

---

❾ 此處我運用「烏托邦式」一詞，乃是自 Louis Marin 批評性記號學研究 *Utopiqkes, jeuxd'espaces* (Paris: Eds. de Minuit, 1973) 所衍生出，馬漢對烏托邦（Thomas More's *Utopia*）的分析尤其與此處的用法相關，西德尼對摩爾的烏托邦之「道」（詩的「道」而不是哲學的「道」）表示欽慕，但是由於他照字面讀摩爾的作品，他對「道」的瞭解也就受到這種傾向的限制。（見西德尼的著作，第二十九頁）。

❿ 見亞里斯多德「詩學」的任何一種標準版本，尤其第九與第二十五節。

需要交代：將我們所從事的稱之爲一種「批評」，而仍繼續逃避接觸到意識形態的問題，實在無法自圓其說。我相信這一點特別是美國批評的寫照，這項主題確實一直存在，但大家却諱疾忌醫。

我以前發表的論文到此就結束了，我上面說過，現在我對那篇文章有些保留，這些是有關我在文章中所堅持的意識形態概念，此一概念主要來自阿爾徒哲的學說，由庇耶・馬學理（Pierre Macherey）在他的「文學創作之原理」（*Pour une théorie de la production littéraire*，巴黎，1966）將它發展成爲文學理論，根據這種見解，作品本身的意識形態乃其「隱無」、「沈默」（silence）、「沒說出的」（non-dit）。這種「隱無」的意識形態形成種種約束的決定性結構，環繞着作品，使「所說出的」得以有其組織。文學作品本身、藝術作品，與其他作品歧異之處，在於它對其構成上的「隱無」——意識形態，加以暗示、明指、甚至於加以暴露的程度。以前我用了這個概念，並摘錄馬學理的題詞作爲例證加以說明，以相對於那些語氣或戚或喜，主張意義不再可能的虛無「眞理」諸人士運用「隱無」一詞或其相等語的方式。原文的標題「隱無徒使人更癡心」（Absence makes the heart grow fonder-faster）有雙重修辭上的目的：第一，是要實現阿爾徒哲的概念。第二，是表示出一種姿勢，反對一再重複「烏有」（nothingness）或「無以決定性」（undecidability）等等的至理名言，以致混淆了「隱無」一詞的聖潔純淨。

再仔細玩味摘自馬學理的句子，不禁看出其中一道破綻：將意識形態的「隱無」變成是另一個「存現」本體核心中的本源或緣由，依然是在玩魔法。的確，馬學理在像「大太陽消逝所構成的世界」之文學作品裏，對意識形態的開展所做的浪漫描述，與德・曼通過盧騷與海德格對存在的「空無」(void) 所做的指涉是有極其類似之處，德・曼在關連虛構與存在的空無時說道：虛構「絕不塡補空無，反而自命爲絕粹之烏有，『吾人』之烏有爲一主體所陳述，且重新陳述，此主體乃本身之不固定性的動作者[11]。」儘管二者對文學作品本身的見解顯然極端不同，他們均爲了「隱無」的緣故而否認了「存現」，實際上，「隱無」好像只是另一種存現，因爲它無法明言，所以是一種一直都不露面的構成上之存現，但是却由「不可說」的引人入勝的形象以「詩意」的方式加以激發。簡而言之，結構上兩種見解十分接近。如今我的想法是這一點可歸因於這項事實，也就是兩位作家都受到同一個知識論的影響，「否定」被混淆爲「隱無」、「歧異」與「對立」、「關係」與「一體」(identity) 也相混，這種混淆遍佈於許多的現象學、結構主義的思想中。我無法在本文詳加討論，不過，我要呼籲讀者注意安東尼・衞爾登 (Anthony Wilden)

---

[11] 引用德・曼的文句見註[7]，引用馬學理的文章，其原文如下："Ce que dit le livre vient d'un certain silence: son apparition implique la présence' d'un non-dit, matiére à laquelle il donne forme, ou fond sur lequel il fait figure. Ainsi le livre ne se suffit pas à lui-même: nēcessairement l'accompagne *une certaine absence*, sans laquelle il ne serait pas……Monde construit autour d'un grand soleil absent, une idéologie est faite de ce dont elle ne parle pas; elle existe parce qu'ily a des choses dont il ne faut pas parler. C'est en ce sens que Lénine peut dire que *les silences de Tolstoi sont ēloquents*" (pp. 105, 154).

的「系統與結構」一書（*System and Structure: Essays in Communication and Exchange.* 倫敦，1972）。大致上，此書專門批判這些二十世紀歐洲理論的種種運動所堅持的認同與對立之「抑或」（either/or）邏輯。在寫了本文的早先一套說法之後，我重新讀過衞爾登的著作，我不禁爲他的論證所說服，據他探討阿爾徒哲及其徒衆（甚至於拉崗）對「隱無」的看法是不經意而且「在本質上是一種順勢穩定的概念……對一隱無（但仍是一緣由）的緣由之概念，所牽扯到的邏輯上的矛盾，起於許多結構主義思考的觀點，雖然他們沒體會到它，但是他們的思考仍爲活力實體或封閉系統的解釋方法所拘絆⑫。」

意識形態的問題，以及它與我們所謂的「文學」或「藝術」種種過程的關係，迄仍待以一種不涉及「封閉系統」的解釋方法來適當地加以闡明，衞爾登對那種思考選擇了一條可取之道，他極其依賴格雷哥里·貝特森（Gregory Bateson）從開放系統（或生態系統）的神經機械模範與

---

⑫ Wilden, *System and Stucture*, pp. 336-37; David Carroll, "The Subject of Archeology or the Sovereignity of the Episteme," *MLN*, 93.4 (May 1978), 也以相似的立場批評傅柯說：「接受傅柯分析的觀點，證明主體並非完全現存，我們却未必要接受其根本上的隱無。因爲論辯說有一種『本質上的隱無』是要替『不現存』的主體設立『一個位置』……主體仍獨立自主，而用來毀損它的謀略却是一個簡單的對立。」（第七〇八、七一三頁），而 Maria Ruegg 在"The End(s) of French Style: Structuralism and Post-Structuralism in the American Context," *Criticism*, 21. 3 (Summer, 1979), 論道：「德希達的作品遭其質疑的『對立、認同』邏輯無以決定地困住。」（第二〇八頁。）

適應行爲所發展出來的傳遞（Communication）研究。在貝特森的著作裏，「消息」（如同「歧異」與「關係」）是主要的解釋原則，而非活力與實存（或「一體」）。藉助於布雷克（Blake）的「一滴眼淚—智慧」，以及巴斯噶（Pascal）的「心地自有其情理」的說法，貝特森將藝術與文學描述爲一種以不同於理智論述的邏輯，標上暗號的「智慧」，就我對他的瞭解，貝特森認爲藝術與文學基本上是類似「傳達」的模式，它們具體表現出他所認爲是生命的根本原則——消息。但是，對貝特森而言，消息並非一成不變的原則，他界定消息爲：「會在以後的事件裏產生一種差異的任何差異⓭。」此處，意味深刻的一點是將消息與必然的行爲（也就是人的適應行爲）關連起來了。

利用這個方便的新觀點，我們可以將西德尼的格言重新寫做：「詩人斷言『無物』」（the poet No-Thing affirms），詩與所有的藝術是以歧異與關係（而不是實體或本質）進行其處置的消息模式。但是，此處所說的「無物」並非一種「隱無」——如德・蒙所說的「烏有」或馬學理所謂的「意識形態」——作品本身所以構成但却無法說的東西。文學作品本身乃是「無物」：它毋寧是關係的整體，有一組附屬物，好比一幅地圖——並非「存現」於作品或在其附近的「隱無」

⓭ 見 Gregory Bateson. "Style, Grace, and Information in Primitive Art" (1967) and "Form, Substance, and Difference" (1970)，這兩篇文章後來收入 *Steps to An Ecology of Mind* (New York: Ballantine Books, 1972). 對消息的定義可見同書第三八一頁。

之地圖——而是一幅疆域的地圖，等待讀者去發現，或者再用西德尼的字眼：「利用此一虛構的故事去想像初步的情節。」不過，雖然作品本身可以適應其歷史與社會變遷等本身從而產生的規範，我們却難以想像它同時不重新產生某種行爲及思想模式，發揮其反適應的社會控制作用的文化設置。後者這種情況正是我現在所稱的作品本身的「意識形態」，雖然這個詞彙似乎比以前更難界定了，不過，它是極其重要的詞彙。猶如弗雷德利克·詹姆森最近所說：

> 「『意識形態』一詞顯示出一亟待解決之問題……它並不像『中產階級』或『小中產階級』等說法一樣，會想到乾淨俐落的社會學上一成不變的成見，反而却是一個社會文化媒介的難纏概念，也就是，必須為被質疑的語言、美學、概念上的事實與社會立場重新發明其間的關係……雖然在策略上有許多不同的方式去設計或規劃那一種關係……『意識形態』一詞的用處在其……它對這個問題變本加厲，教人無法避免勢必要重新發明那一種關係的能耐⑭」。

當然，困難是要指明並確認那一種關係的本質，然而，儘管「意識形態」一詞十分棘手，正

---

⑭ Fredric Jameson, "The Symbolic Inference; or, Kenneth Burke and Ideological Analysis," *Critical Inquiry*, 4. 3 (Spring, 1978), 510-11.

因爲過去我們一直諱疾忌醫，所以一定要將它留在文學研究的範圍之內。

3

學術界對歐洲批評所產生的抗拒，比我原先預期的要大了一點點，以前我引用希力斯·彌勒在「新理想國」上發表的論文，指出來日的展望時，就沒料及於此。不過，雖然有阻力，吸引的過程却順利進行，而且日愈明顯，對於過去三十年來歐洲理論家所提出的錯綜而富挑戰性的種種問題，只要是美國認眞的學者與批評家就不能視若無睹了。

近幾年來，抗拒與接受兩方面更爲熱烈的程度，從許多美國的期刊最近紛紛以文學理論的文章，專門對賈克·德希達的著作加以討論、辯論的現象，就不難看出其情況，讀這些期刊所得到的印象，是美國的文學批評家對德希達之哲學特別感興趣，而且超過了對其他學者著作的注意，雖然大致說來，這些人也是同一時代的知識份子⑮。德希達本身一定也會想不透自己的著作何以

⑮ Donald Wesling 的 "Methodological Implications of the Philosophy of Jacques Derrida for East-West Comparative Literature," in *Comparative Literature: Theory & Strategy*, ed. John Deeney, (Hong Kong, 1980), 以一種有趣而異於本文的脈絡背景討論德希達，並檢討美國文學批評家對解構所持的立場。

在美國文學圈子裏竟然佔了如此奇重的地位，因爲確實令人十分費解，一部對中心如此堅持懷疑的作品，竟會成爲潛在新正統的工具，而且本身淪爲制定權威與力量的大本營。不過，雖然其中頗有反諷的味道，而且我確信對德希達而言，這層反諷並未喪失其意義，我卻認爲我們所擁有的一點也不矛盾。畢竟，事情並不眞正奇怪，我們是在目前美國文學辯論的中心裏，發現到一種位於着名的「置于深淵」（mise en abime）意味無窮的寫作及概念模式之中，也就是一種寫作的模式，將它所從事（並且玩耍！）的作品，在解構的過程當中，嘗試將本身的結構解離，不僅僅否認本源及終極的存現，甚至還質疑中渡（middle-passage）（瞬卽消逝的）存現（一主體的存現其用意在傳達）——僅存現於書寫的片刻間。萬一德希達的著作眞的成爲美國各系及哲學期刊夥熱辯論的焦點，我們確實有理由要感到驚訝，不過，有意思的是對「解構」的接受（或者另一種方式的接受——駁斥）大致上一直限於文學圈子內。當然，其中的理由之一是，就大體上看，職業文學批評家比職業哲學家較不受到英美哲學論述傳統法規的拘束。也許，這種知性上導致一個學者成爲批評家的癖性，以及所牽涉到的訓練方式，應該使人對語言的借喻層面特別敏感，因此，不僅在寫作的內容上，而且連對寫作的方式均要探究借喻學的哲學家，對文學批評家不致太憤慨，乃是預料得到的。

不過，我相信一些文學批評家之會對德希達寫作與思考的方式感到十分親切，是有一種更深的歷史基礎。查理‧阿爾提耶利（Charles Altieri）在他最近一篇論文的開頭便暗示出這種辯解：

> 「『有曖昧含混的地方，便有無以決定義』，佛洛伊德要是能預見當代文學批評家不厭其煩地强將自己隱藏起來的現象，他也許會說這種話。差不多二十年前，每一個用功的研究生會織出錯綜的文字與意象圖案，證實文學作品中的矛盾性主題，現在的研究生則變成另一種專家，他們顯示作品如何以主張本身的無決定義，對語言與權威種種歷久彌新的問題起了反應⑯。」

嘗試將新批評的舊正統與近來解構最彰顯易見的無決定義理論勉强加以關連起來，好像並不是大有可爲的策略。畢竟，雖然矛盾性(paradox)確實是新批評家及其徒衆的重要主題，他們也走極端，堅持作品有其客觀與不可測知的本體統一性。對照之下，解構主義者堅持認爲作品構成上的存現或實質的無決定義爲一統一性。不過，我相信阿爾提耶利認出這兩派之間連綿不斷的關係乃是正確的，正如他玩笑性地將佛洛伊德的格言加以重寫一事所暗示出的，阿爾提耶利對這層關係的歷史面不大感興趣，他所關切的倒是理論的介入，藉以變成正統學說的重複模式，「概念

⑯ Charles Altieri, "The Hermeneutics of Literary Indeterminacy: A Dissent from the New Orthodoxy," *New Literary History*, 10. 1 (Autumn, 1978), p. 71.

變成標語，而基本的假定未經完全分析。」但是，解構的播種及新批評舊正統之間的關連不僅僅只是一種共通的行爲反應結構而已，還有歷史與意識形態上的綿亙，雖然這仰賴脫節的功用——也就是解構藉以脫離本身所介入（連同一九六〇年代與一九七〇年代早期的其他各種理論批評）的歐洲哲學、意識形態的脈絡背景，並將它會在美國文學批評界形成眞正歧異的、可能構成歧異的因素一一剔除盡淨⑰。

說我們所採納的德希達已經脫離了他的脈絡背景，對美國大部份解構的擁護者而言，毫無疑問的是無關緊要，因爲德希達自己就一直以並非不肯定的詞藻指出「目下爲許多研究範圍所接受的脈絡背景（不管語言學或非語言學上的）概念在理論上欠當」⑱。我們立即可以看出，德希達是有計劃地否認脈絡背景的概念，以便攻擊西方形上學中「存現」、「意圖」、「指涉」等範疇

⑰ 此處本文再度提及貝特森並非沒有某種有意的反諷。衞爾登在一篇簡短挑釁而非同小可的論文，（也是以英文寫作的文章中，對德希達較爲有趣的見解），將「歧異順延」和貝特森的消息概念加以比附，因此將德希達的詞彙與凸現及系統的變遷的概念關連起來：「歧異順延與消息一樣，是一種關係，無法設置：歧異順延乃形式的『正在形成』及『消息』(*différance* is the IN-FORMATION of form) (*System and Structure*, pp. 398–99).

⑱ Jacques Derrida "Signature Event Context," *Glyph* 1 (Baltimore: Johns Hopkins Univ. Press, 1977), 174. 法文本收入 Derrida's *Marges de la philosophie* (Paris: Eds. de Minuit, 1972), pp. 365–93. 德希達此篇論文特別引起英美讀者的興趣，因爲它涉及批評奧斯汀 (J. L. Austin)。英文譯本引起德希達與索爾 (John Searle) 於 *Glyph* 期刊頭兩期交換彼此的見解。

的假定，這正說明了德希達的思想何以對美國的文學批評家有如此之大的影響。使脈絡背景此一理論上的範疇無能爲力之後，德希達的補救之道是將對作品開展意義（textuality）條件的分析限於作品本身（參閱薩伊德的文章，第七〇一頁，見註❷）。德希達哲學的所有要點如强調作品本身、語言的借喻層面、意義的無決定義或「無以決定性」（undecidability）尤其吸引了美國的一些批評家，因爲他們要使「反諷」、「含混多義」的形上學、以及畢竟是新批評的意識形態之基礎的摒棄自我、順從作品的作風再度正常化。

雖然解構的學說已適應了我們本土的思考習慣以及我們傳統的島性，但是文學批評家却招致一難題，亦卽如何去中和德希達本身的思想中十分棘手的兩難問題。因爲卽使我們主張脈絡背景爲不當的範疇，卽使對德希達而言，「作品本身僅是涉及意義產生（signification）的無窮過程——也就是比喻文字（figuration）本身」。對德希達在自己的作品裏反覆使用到的比喻，我們也得認出一種明顯特殊的模樣、層次分明的意象、從屬的次第、對立的力量、介入、抗拒等——換言之，比喻提供德希達架構，使他寫作了許多有關寫作的「力量」主題⓳。姑且承認之，這個力量的主題是限定於作品結構的範圍。但是，對德希達來說，作品結構毋寧是論辯（contestation）而不是思辨（contemplation）的範圍，在這一觀點，他與他在美國的大部份徒衆有所不同，也

⓳ 如果篇幅允許，我會分析上面的註解所引用的德希達作品的結論，以及他在 *Glyph* 第二期對索爾所作的答覆，來支持我的論點。

因此與許多批評他的人有所不同。但是，因爲他的哲學局限於作品結構的問題，不管它多麼富於批評性，它仍須被削足適履，適應左右美國文學批評論述的傳統合宜性（decorum），也就是要排除脈絡背景與意識形態，視它們與文學研究的範圍無關。

不過，將新批評家對文學之中的矛盾加以闡明的作法，與解構主義者對文學無以決定義的設計，兩者之間的連貫性看作是僅爲合宜性與意識形態的再協商，則屬錯誤，因爲除了另一種形式的重複强制衝動，更有彼此可以相對照抗衡的。儘管它們均公開宣佈反對歷史主義，新批評家對道德的印象主義及本世紀早先四十年裏，美國文學批評中所顯現的光講逸事趣聞的方法加以抨擊，却是「富歷史上之批評意義的」；相同的，今日的解構主義者，敎我們一些人難以再對我們所諗諸文學作品的歷史、倫理、心理、社會「事實」視之爲當然。定期地，我們必須對理論（如果它不是僅僅意識形態）加以質疑。解構以及其他堅持指涉意義的「隱無」或「無決定義」的思考方式，也許可以藉介入而中斷知識的實證範圍，行使一種有價値的作用，如果借用德希達的雙關語來說明，它們是被「敷(符)」上了（譯註：此處德氏用 grafted/graphed 的諧音）。

不過，同時，在我們之中，有一些人認爲知識是可能的，畢竟知識不只是一團堆砌而成的資料，它是適應社會過程中的一種活動，這羣人當然不會滿足於文學無決定義的主張，就像我們對意義爲「存現」之輕易假定所採取的態度一樣(解構就是對此見解的一種反應)。摩爾斯·貝克罕（Morse Peckham）在他爲一九七六年現代語文協會所擧行，針對解構的辯論會議所寫的一篇論文總評裏，便暗示出一條可取之道。參加此次會議的人士所發表的論文刊載於批評探索（*Critical Inquiry*）第三卷第三期（一九七七年春），其中韋恩・布玆（Wayne C. Booth）與亞伯蘭斯（M. H. Abrams）站在「詮釋」這一邊，而希力斯・彌勒爲「無以決定性」辯護。基本上，貝克罕支持解構主義者，不過並不是以擁護者或實行者的身份，他倒是試圖要爲解構的見解設身處地，爲它說明，並將它與其他類型的批評，以歷史、意識形態因素的脈絡背景，加以關連起來。在美國問世，評論德希達的許多文章當中，貝克罕的論文非比尋常，因爲它公開討論到批評的意識形態。他指稱解構的學說爲他所謂的「自主詮釋」（autonomous interpretation）之一實例，而且也注意到解構與新批評一樣都有這種「意識形態」。但是，「自主詮釋」只是我在貝克罕的分析裏頭所發覺到比較令人感到興趣的一個範疇的特殊情況，他所稱之爲「因應詮釋」（emergent interpretation）的，是對歷史變遷做種種改革反應的批評類型：「文化上說，因應詮釋乃是要穩定文化之中凸現出的意識形態，努力的結果[20]。」從這個觀點看，解構是駁斥綜合，而以「融解類比的方式，繼續進行其處置」的意識形態之中「記號的變形」（semiotic transformation）的一個階段（見八一三頁），它是一種原型分析的意識形態，關連了所謂的擴充心靈之藥的實驗（「較爲人所知的名字爲解心靈結構」），以及各種現代藝術主義復起運動所做的宣

---

⑳ Morse Peckham, "The Infinitudes of Pluralism," *Critical Inquiry*, 3. 4 (Summer, 1977), 811.

言。貝克罕視這種傾向爲對求綜合的支配性意識形態（始於浪漫主義的問世）所做的反應。我不能肯定我會同意他將二十世紀的憂患全部歸諸這種求綜合的意識形態之中的「墮落救贖」（Fall-Redemption）模式——據我看，分析的傳統有其本身所採取科學主義之形式的「墮落救贖」模式。不過，他分析解構如何是意識形態的癥候（意識形態一直未蒙受記號的變形），此一解釋十分有趣。這種觀點和我的相似：我們都陷於知識論上的局限，因此無法明白闡述作品本身與脈絡背景之間的關係。美國所運用的解構，提供了解決兩難的一條道路，也就是將脈絡背景整個消除㉑。不過，貝克罕暗示（我也有同感），我們不必就此放棄希望，認爲解構（及其相關的分析方法）無法進一步達成「記號變形」；也許我們會邁入一種新的解釋性規範，因而能夠以解構的思想形式去闡明貝氏所提及的種種關係：

㉑ 不過，如上文所論，德希達自己的作品之中，有一種可以反對支配性、「語言中心」的階層組織以及西方形上學之中的對立，視寫作爲一「力量」的概念，此「力量」可以發揮「一種有效介入制定完成的歷史範圍」的作用（"Signature Event Context," p. 195）。雖然他自己堅持此一問題爲「作品結構」的問題，但是據我看他的作品却是極爲脈絡背景的(此一用法接近貝特森，而不與奧斯汀、索爾的用法相似），甚至於是政治的。同時，上面引述的薩伊德（註❷）、Ruegg（註⑫）的論文，以及John Brenkman 簡短但富挑釁的論文"Deconstruction and the Social Text," *Social Text*, 1 (Winter, 1979), 186-88. 提出許多問題，質疑德希達對政治、社會、以及知識論立場所發表的着作的種種局限。

「記號變形為文字記號模式的價值，(尤其當解釋被添加上去時)，在於它能達成否定，能否決在視覺上游離、無關的符象樣式(也就是詮釋及行為控制條理)……雖然在任何情況下的行動，不可能沒有意識形態的控制，但是沒有意識形態能適合於它被應用上去的情境。意識形態永遠從先前的情境凸現出，一應用上去，就不再適合於這個情境。修整與毀損意識形態，是人們可以修整自己行為的方法，藉以符合經常改變的情境之需。」(八一五至八一六頁)

當然，貝克罕所寫的「記號變形」問題尚待發生。他好像認爲它早已在科學底哲學之中發生過了，但是我不相信這一點，而且我也很難接受貝克罕上文中不加分辨便信手拈來的「文字記號模式」，尤其當他告訴我們有一種較高階層的文字記號學叫「解釋」(explanation)，可以在較下的階層「添加」上去。(這又是「理體中心的作法」(logocentrism)嗎?)但我仍然發現貝克罕所用來詮釋美國解構學說之現象的方法特別有趣。它本身代表出發展的一個階段，他認爲英美理論之中，可能發展出這種解釋性的規範；猶如貝特森，他意會到現存規範在知識論上的限制，這一點在他運用了像「記號變形」與「因應」等概念，以及特別强調行爲與意識的傳達概念上，可以明顯看出。而且，在我談到過美國文學批評中對意識形態的抹煞作風之後，發現到像貝克罕如此地位的哲學家與文學批評家對這一問題也以公開坦誠的方式加以討論，實在令人振奮不已，因爲，除了馬克斯主義對此問題的處理方式，或薩伊德拿傅柯的理論所做的詮釋，美國批評界裏，對意識形態問題，予以理論探討的例子仍然少見。

貝克罕可能會駁斥其他的方法，視之爲「綜合」的傳統，但是，我無法同意這種見解，認爲我們在批評範圍內所面臨的問題，是以另一種對立的詞彙來正確地加以描述——這一次是綜合的意識形態與分析的意識形態兼科學之間的對立。就目前說，我會認爲認同與毀損意識形態的問題，必須結合分析和綜合的活動。我們無法把握到這一點，（我們可能把握住抽象的原則，但是對批評方法上的原則却有待具體化），也許是與我在文章一開頭便說過的，我們誤解、否認了脈絡背景及部份與整體相互依賴之概念的作風有關。如果批評活動之中牽涉到一種對立，它並不是相關的（雖然不同，但却相關）分析與綜合兩種知識作用之間的對立，毋寧是，批評本身便處於對立的脈絡背景之中（社會的、機構的、政治的），在批評方法史上，時而也許會決定某一分析或綜合優先一點，不過，這並不就是說，批評所牽涉到的對立是在批評的作品本身「之外」。寫作，不管是虛構、哲學、或批評，都無法獨立於脈絡背景之外，但是它也不僅是一個依賴性的變數，在問世之前，就光等待「眞實」世界的事件來下決定。實際上，認爲寫作是發生在我們所謂的「社會」或「歷史」的脈絡背景裏，大概是錯誤的想法。毋寧，像任何形式的作品一樣，寫作是脈絡背景的一部份，乃構成歷史範圍之種種對立的一種工具。

也許，我們特別要向晚近歐洲理論的潮流學習的是：寫作乃力量之工具。藉着寫作所產生的知識是與行動密不可分，佯作這層關係並不存在，或者認定行動徒勞無功，知識爲不可能，因而棄絕責任，不啻是接受授權，替先前的社會組織力量效命。如此一來，寫作勢必不再產生對人類適應有所貢獻的「記號變形」，反而淪爲反適應之意識形態的工具了。

唐・伊・韋恩
于加州大學・聖地牙哥

附記

儘管這篇文章發表得早，內容有些論點也不無可議之處，但基本上，韋恩教授所述的及問題及現象仍然存在，他指出美國文學批評界於吸收歐洲理論之時，便加以消毒淨化，去除其文化政治意味及脈絡，以便强化英美傳統（主要是就作品本身做形構分析），絕大部份是由於機構設置不斷要求批評家專究「文學性」（literariness），也就是文學迥異於其他論述的成份。從文化社會批評的立場看，解構思想似乎是忽略了文學論述所以發生的脈絡背景；但這只限於少數一些解構批評學者（如德・曼、希力斯・彌勒），德希達本人則極注意作品未道出的「隱無」或被作品壓抑下來的因素（這便意謂着對政、經的權宜措施有所批評），因此，晚近以來，解構批評也和文化社會觀相互補足，甚至如 Michael Ryan 所說，解構思想在政治上是有其用處，極具價值（見 *Marxism and Deconstruction*）。另外，解構批評也和女權批評（feminism）結合，形成一股新勢力，時時有文化、政治性的活動。不過，韋恩教授所提示的理論吸收問題及他的精闢分析，對從事比較文學、文學批評的學者來說，的確發人深思。本文譯自 *Helios*, n. s. 2 (1979–1980), 1–26，譯文承張漢良先生訂正，又蒙紀秋郎老師賜借書籍，得以進一步瞭解文中的詞彙及概念，謹此致謝。（原載中外文學，十卷二期）

二、芻狗——解構析讀劉若愚的中國文學理論書中擬仿的問題

William F. Touponce 著・廖炳惠譯

「那麼記起阿馬狄斯來罷，叫拉曼卻的唐吉訶德先生儘量模仿他；來日人們將會拿讚譽阿馬狄斯的話來説唐吉訶德，認為他雖然不曾成就豊功偉業，卻為企圖做大事而死……好了，著手工作罷！到我的記憶裏來啊，阿馬狄斯的行狀，教導我該從那裏模仿你。」

塞萬提斯，唐吉訶德傳
第一部，第廿六章

「子曰：周監於三代，郁郁乎文哉！吾從周。」

孔子，論語，八佾第三

「天地不仁，以萬物爲芻狗；聖人不仁，以百姓爲芻狗。」

老子，道德經，第五章

1

自一九七五年，劉若愚的中國文學理論問世之後，中西文學理論的比較乃趨系統化。此書力求擺脫以歐洲爲本位的比較文學作風，企圖超越歷史、文化的局限，尋求「超越歷史歧異的文學特點、性質，及批評概念、準據❶。」然而，在是書裏，我們也找到奇怪的說法，認爲中國本身的文學傳統並無擬仿的理論，乃是另一套文學理論——文學是要體現「道」。此見解來得奇怪，因爲根據劉氏，「對往後的世界文學理論，中國的特殊貢獻最可能來自此一理論❷。」但是，這個「中國特殊的」理論只能以一種與西方的擬仿理論不同而且相互排斥的方式，才能爲世人所理解。依西方晚近發展出的模擬論述來看，這些說法不無可議之處；據個人的淺見，擬仿乃世界文

❶ James J. Y. Liu, *Chinese Theories of Literature* (Chicago: Univ. of Chicago Press, 1975), p. 140. 以下作 *CL*.

❷ Liu, *CL*, p. 16.

學之共通現象。準此，本文的目的卽在根本上質疑道家文學理論與劉氏所陳述的擬仿兩者之間的關係，並從結構主義後起文評的觀點，指出：由於劉氏爲現象學所吸引，因而對擬仿持僵滯的看法，認定它的結構是「擬仿者」與「被擬仿物」之間的二元關係。以下，筆者擬指出，由於劉氏以現象學爲基本方法，其思想乃不知不覺地落入他力圖擺脫的種族優越感。

大致上，以下的論述行文如次：首先，筆者要指出現象學方法本身所展現出的「不見與洞見」模式；其次，筆者將以兩個解構分析（deconstruction analysis）的論點來探究劉氏是書中的構想：⑴「拆解」劉氏視「道」爲「中國特殊」的形而上文學理論之基礎的看法。藉着指出劉氏運用海德格（Heidegger）的學說來界定「道」，乃完全不按歷史發展，而且如果劉氏也如海德格一般理解西方的「本體存有」（Being）發展史，他勢必會修正他對道之原創性的看法；⑵另外，筆者還要指出我們無法在中國的脈絡背景中排除「擬仿」，因爲卽使劉氏也無法在行文之中排除「擬仿」的現象。因此，劉氏首先便將它力加排斥（或擯棄），以建立普遍詩學所臆斷的中立立場，而劉氏無法排除擬仿現象的結果，使他的構想也落入西方哲學的正規傳統，一如下文引用德希達（Derrida）、吉哈赫（Girard）二氏對擬仿的論述所示，此傳統也藉排除來控制擬仿。筆者於結論中則從道德經與莊子引一些例證，指出衝突性的擬仿也確實存在於中國。不過，在我們嘗試這種「解構」批評之前，須簡要敍述劉書中對普遍詩學的行文發展，並檢示他對現象學方法論的一廂情願。

劉氏在其早期探討中國文學的幾本書中所作的詮釋均表達出深遠的意圖，即致力於克服空間、文化上的差異，引導西方讀者瞭解中國作品❸。在這些書中，據他自己承認，他的方法論乃是現象學（主要來自殷伽登 Ingarden 及杜夫潤 Dufrenne 二氏），而大致落於兩層面的興趣上：語言與內心世界。他認爲不論中西，詩乃是內心世界與語言的雙重探索，他所作的詮釋其用心是想揭櫫詩人如何因不斷努力想把自己所探索的世界加以具象化，因而導致他部署「錯綜的文字結構，並發揮語言此一表達媒介的種種潛能❹。」對中國細膩有致的詩人世界及其表達模式、文學形式，劉氏頗能明晰、詳盡介紹，西方的批評家實獲益匪淺。這不啻是給一些不懂中文的讀者一道門徑，讓他們窺見東方詩學的奧妙。不過，就文學理論的層次而論（本文討論的層次即在此），劉氏所運用的現象學方法論，由於劃分詩人與世界二元，其本身不無以歐洲爲中心的後果。例如，劉氏從不提及文學與社會之關連、詩人如何轉化文學語言，以調合新的社會經驗，這其中豈不蘊含深意？

在他的另一本書中國詩學（其實，在這本書裏已提出中國文學理論的梗概），劉氏便承認自

❸ 此處指 *Major Lyricists of the Northern Sung* (Princeton: Princeton Univ. Press, 1974); *The Art of Chinese Poetry* (Chicago Univ. of Chicago Press, 1962).

❹ Liu, *Major Lyricists of the Northern Sung*, p. 6.

❺ Liu, *CL*, p. 4.

己頗傾向西方的系統及分析的方式❺。不過，在中國文學理論中，他並未提及自己的西方癖，只說明由於中國文學理論不够系統化、明白，必須使用西洋的方法論，從中國批評家的著作中，將隱而不顯的理論闡明，如「排沙簡金」一般，將技巧性的討論、實際批評、詩話、軼聞等一一揭露。這兒用的是揭示性的隱喻，一點也算不上純樸，它正指出劉氏相信中國的文學理論乃深藏不顯，像沙金一般沈澱，只等西方的探勘者以正確的現象學工具去將它們挖鑿出來。簡言之，不論看起來如何矛盾，劉氏却聲稱他已設想出一種詮釋理論，是如此的有力，以至於使他讓任何中國的文學論點產生「意義」；在中國詩學裏，他還算誠實，對早年受西方文化薰陶的事直承不諱，並說他之所以會有建立系統的傾向乃是由於「想以西方讀者所理解的術語，為他們詮釋中國詩❻。」

在如此相當正式地聲明批評方法上的偏見之後，我們發現他並沒有加以深究，便立即將此偏失擱置不談。事實上就在這些坦認之辭的下一段，我們便發現到以下這個說詞，述及中國人心靈的本質及其與文學形式的關連：

> 「中國人心靈嗜好短詩，其另一個特徵為專注於一物或一經驗的本質，而不在窮究細節。中國詩人通常一心想把握住景緻情景的真精神，而不在描繪其多端

❻ Liu, *The Art of Chinese Poetry*, p. 153.

表現。如上一段所述，中國心態呈現出一矛盾；就個別經驗而言，中國人心靈傾向屬意於本質（而非表面），因此是持「本質主義觀」，然其全盤之人生態度則又關注真實生命的經驗，並不冥思柏拉圖式的理念或抽象範疇，倒比較是持「存在主義觀」，而非「本質主義觀」❼。

儘管其中有些術語是加上引號存而不論，這一段對一口咬定是中國人心靈的描述文字却充斥着西方哲學術語（如：本質與表面之分，生命經驗與抽象之分），我們不禁要懷疑到底有什麼是眞正中國式的？何況，我想有些讀者也都瞭解，劉氏在中國式心靈活動裏發現到的「矛盾」，亦即「本質主義」觀與「存在主義」觀傾向的衝突，也是西方現象學力圖脫離其創始人愛德蒙·胡賽爾（Edmund Husserl）的主張而發展出的概念。一如保羅·里柯（Paul Ricoeur）所指出：

「因此，這種詮釋學得之建立，乃是要推翻胡賽爾早期的學說，反對他將意義及意向性加以理念化的傾向。如果胡賽爾晚期也指向這種本體論，那是因為他試圖約簡存有物的努力終歸失敗，因為（也因此之故）現象學到頭來也脫離了

---

❼ *Ibid.*

> 原先的構想。現象學所發現到的遂不再是閉鎖於其意義系統之中的理念化主體，而是一個活生生的存在，一直有個世界（這個世界）做為所有意向的範圍和眼界❽。」

拿里柯的闡述當背景，我們可以看出劉氏所發現的中國人心智的矛盾，實在是由於他自己的立場陷入西方形上學的封閉系統內。而劉氏在北宋主要詞人一書及其他著作中，所發表的理論，認爲中國詩人意在探索道的世界，用語言（理念化、抽象的意義）來表達出存有生命（life-world, *Lebenswelt*）無法表達出的經歷，這種說法實在未免太「歐洲中心」得有趣（而且絕非無用心匠意）。如果我們用里柯的討論來看，劉氏的理論正符合保羅・德・曼（Paul de Man）所道出近代批評理論在行文中有其不見與洞見的自我矛盾❾。當我們想要試圖避免過份傾向歐陸的理論，我們不禁忽略了一些重要問題，以致危害到自己：我們忘記現象學最終的發現與其方法論的意圖不無衝突，我們忽視了胡賽爾從未想到要把現象學接繼到海德格的解經學上——理解、詮釋有時間（歷史性）立場（其結果，正如德・曼指出的，文學成爲批評的預知）。像劉氏如此邏輯化而

---

❽ Paul Ricoeur, *The Conflict of Interpretations*, ed. Don Ihde, trans. Kathleen McLaughlin (Evanston: Northwestern Univ. Press, 1974) p. 9.

❾ Paul de Man, *Blindness and Insight: Essays in the Rhetoric of Contemporary Criticism* (New York: Oxford Univ. Press, 1971).

又有計劃的意圖無可避免地重複了這些錯誤，除非我們能毫不用情地在錯誤中尋找劉氏隱藏著的洞見。只有在運用劉氏的作品來看他是如何依其不見與洞見而有矛盾及出入之處，我們才能補正他的錯誤見識，使之化爲具創意的見解。

我不敢因爲劉氏未能深入主要作品的律動生機，便說劉氏誤讀中國詩；很明顯地，劉若愚是一位造詣極高的學者，但是在文學理論的層面上，當上述錯誤發生在像劉氏這樣的批評家的作品中，我們只能歸咎於他不自覺地蒙蔽於作品本身的修辭。在最近的一篇文章裏，我曾質疑他對「莊周夢蝶」的解釋；劉氏用現象學的理論來支持他的文學形而上理論，他認爲文學是道的自然直接流露，此一傳統一直存在中國文學裏⑩。我則主張「莊周夢蝶」一文不能視爲道本質的體現。我以爲此文，用現在流行術語來說，是一「自我解構」的作品，以反諷的方式將本身脫離其修辭模式，對本身加以質疑，因此在哲學上是屬「模擬」與「再現」的主題，一如拉崗(Lacan)所指出的。我認爲莊周之夢已用非常清楚的模式預想出本身的種種誤讀，而劉氏在使用現象學時却沒有看出莊子最重要的文學語言觀——文學的語言都是用來質疑本身述說的權威性。拉崗的結構主義式的修辭則使他未能見到「莊周夢蝶」一文有着雙重敍述，同時也無法看出哲學家似乎同時置身夢中、夢外。

---

⑩ William F. Touponce, "The Way of the Subject: Jacques Lacan's Use of Chuang Tzu's Butterfly Dream," *Tamkang Review*, Vol. XI, No. 3 (Spring, 1981), pp. 249-265.

劉氏在中國文學理論一書中的不見十分嚴重地瀕於危險邊緣，我們先檢視劉氏在此書中企圖解決的問題之後，將能更清楚地看到他的不見。當他試圖用一普遍詩學的單層面論述來解決東西方本質全然不同的文學觀點時，矛盾便極其明顯。如他用劉勰在文心雕龍一書中的話來支持自己的理論，視劉勰爲「形上文學觀」的主要倡導者，認爲劉勰在此書中已很明白地指出「自然不需詮釋，詩人自然顯示出『自然之道』，詩人之文與自然之文並比⑪。」這是劉若愚重新組構出劉勰的用意，並不是劉勰自己的論點，在此我們很清楚地看到一個奇怪的現象，在劉氏的理論中竟有西方解經學所發現的作品本身自我闡釋的現象。而且如果道是不需文學來解釋它，那麼「道」又何以極其類似西方海德格對「存有」(Being)的描述？而劉氏也認爲海德格的「存有」「幾乎可被視爲『道』之一種描述⑫」？我需在此提醒讀者（劉氏便不提到這點），海德格對「存有」的學說，並非要描述存有，而是認爲存有的隱匿與開顯是個極待解決的問題嗎？存有與時間一書不正是以解經學的釋析來探究存有問題的遭到隱匿嗎？

事實上，劉氏引用存有與時間一書中的話，來描述「道」，那一段文字並不是海德格用來形容「存有」的文字，而是用以形容「存有」和「存有物」區別的文字，這個區別海德格在其他著作裏定義爲「本體上的歧異」(或只作「歧異」)。在海德格哲學中，「歧異」是其主要觀念之一，

⑪ Liu, *CL*, p. 54.
⑫ Liu, *CL*, p. 59.

本體上的歧異確實是落在人類存有(Dasein)的超越性上，人一枝獨秀，異於其他的存有物，他能質疑「存有」開顯眞理。但是劉氏的引文却忽視了海德格對人的超越性所作的歷史立場詮釋的重要層面。如伽達瑪（Hans-Georg Gadamer）指出，海德格的基本論點是存有物本身便是時間：

> 人之存有關切其存有，它和其他一切存有物不同之處在於它對存有有所瞭解，這並不意味像在存有與時間一書中顯示的，有一個最終的基礎，從此基礎便可有一超越的門徑。事實上，在存有物與存有之間有一個很大的區別，也就是有「在那兒」的存有，有其澄清分別；基於此，才可能瞭解存有。當我們開始探究「存有」問題的時候，我們已經開始對存有加以探詢。但是這個方向一直被形而上學對存有觀念的研究所遮掩，直到海德格，才指出西方自希臘哲學以降，其形而上學的窘困原來是出自對「無」這個問題的忽視。海德格指出「有」的問題包括「無」，因而將形而上學的起點和終點結合在一起，「有」的問題就呈現了「無」的問題，遂主張一種對「無」的思想，而這種思想一直不容於形而上學⓭。

⓭ Hans-Georg Gadamer, *Truth and Method*, trans. ed. G. Barden and John Cumming (London: Sheed and Ward, 1975), p. 228.

根據劉氏引用的中國哲學家馮友蘭的著作，道（萬物生成之總原則）事實上牽涉到存有和無。道因此並不像天、地一樣；它並不落入存有物。任何物體都可視之爲「有」，但是道卻並非一物體，因此只能視爲「無」⑭。我們也在「何謂形上學？」一書中，發現海德格談到伽達瑪所指涉到的問題，海德格談到「無」這個觀念，便說它與存有物「不同」，是存有的遮蔽物。但是這些類似之處只是似是而非，劉氏未曾和盤托出告訴我們海德格所理解到的「存有」。（他用「幾乎」一詞也許要暗示出這種歷史層面的匱缺？）總之，劉氏似乎暗示說「存有」的意義並未在中國傳統中遭遺忘；它轉變成爲文學形而上理論的一部份；更有進者，回到本文正題，這個理論甚至認爲任何作品皆不需詮釋。那麼，劉氏爲何需要西方的解經學方法呢？

恐怕劉氏正像許多其他學者，自以爲在現象學（尤其是海德格的理論中）找到了一個中間地帶，能夠超越東西文化的衝突，能夠凌駕傳統與詮釋的爭端和矛盾。他們用海德格的「存有」，或老子的道作爲「象域之域」，自身空懸在那兒。根據海德格的說法，這地區是本原眞理普遍、單純的領域，正是揭露開顯發生之地，歸屬「存有」。只有在這個地域，各種不同的傳統才能消除其排他性而不失其特異性，融合爲一。但是如果這個地域是無法以「表陳」式的思想去接近，而且海德格也不斷告訴我們也是無法用那種思想去接近，那麼我們怎麼可以將它當做普遍詩學的

⑭ Fung Yu-Lan, *A History of Chinese Philosophy*, Vol 1, trans. Derk Bodde (Princeton: Princeton Univ. Press, 1952), p. 178.

基礎呢？難道我們只需探討東、西方傳統如何各自發現到了「存有」之名而已嗎？我們又豈能不以表陳方式來講述全盤經過呢？

我也相信如果有一個絕對究竟的統一性，存在於各種分歧的文學理論中，那麼它一定不在於亂搭橋樑，更不是隨便綜合、妥協，而是在於直指各文化的根源。雖然「根源」本身是今日令人覺得有問題的觀念，但是我不相信我們就要因此罷手不思索根源。我也認為我們可用理論來建立一個衍生的、文化之前的、先於呈現的基礎，以結合各種文化系統的相異性。結構主義可能只蒐集了相異點，而現象學又只能描述此相異性。我們所需要的是去考慮相異如何從「未始有異」之中衍生出來，這個問題雖然並未被海德格眞正地考慮過，不過已隱含在他主要的「本體上的歧異」、歧異與「犧牲」之關係的思想中，這一點我們以下將會加以討論。

我們先來看看在這方面，中國文化中最早顯示出「表陳」觀念的作品——殷商甲骨文，告訴了我們些什麼？甲骨文記載卜筮與犧牲的儀式，特別是以人爲祭物。我們會從這些記載在甲骨文上的問答中，找到什麼有關文化充滿暴力的來源呢？在這些卜筮的儀式中，沒有一種儀式比犧牲更重要；在早期中國文學裏，我們經常發現到所有社會制度的最終目的乃是在供奉給祖先愼終追遠的祭典⑮。詩經便收錄淸廟之什及三頌等皇室祭祀之詩四十首。祭禮在早期中國文化中的重要

⑮ Kwang-Chin Chang, *Shang Civilization* (New Haven: Yale Univ. Press, 1980), pp. 32-42, 210-259.

性，也反映在文字上（讀者可查閱 Legge 的中國古典作品的索引在「示」字下的說明）。許多中國文學，例如「文」（後來才引申爲「文學」），卽源於祭禮，因爲供奉犧牲乃是一切儀典（中國人文行爲以此具體表現）的最高潮之擧。以文化而言，中國文化似乎感覺到一個國家如無法保持這種祭禮，便勢必失去本身的身份與存在。這些中國文化的特徵都是衆所周知的，我之所以在此重述，只是要指出劉氏竟然在談到中國文學理論時，對此文化本源隻字未提。他不涉及這方面，可說與他對「擬仿」的一些發現有關連，因爲祭祀之禮是一種模仿建立在文化基礎上的原始事件。而且，海德格甚至說過犧牲的本質乃是對存有的反應，而讀者想必記得，劉氏在一段文字裏（以下我們將詳加討論）便將「道」與「存有」視爲一體。

在「何謂形上學？」一書中，海德格曾對「超越」這個問題提出解釋，他以爲「超越」是超越存有物直指「無」，這便是「人之存有」的本質。但在一九四三年的後記中，海德格則强調「存有」問題絕不容或忘。他認爲犧牲是一種非算計性的思想方式（因爲在犧牲奉獻中，我們捨棄對存在物的執着），乃是一種表現感謝的態度，保留了形上學遺漏不談的「存有物」與「存有」之間的差異，因此「存有」方可被人思想。以下我引錄此文說明犧牲保留了「存有」的眞理，好讓讀者明瞭犧牲的觀念在海德格的思想中十分重要：

不管會在人、存有物身上發生什麼事，都得好好保住「存有」的真理。無所拘束（因為它來自自由的深處），這個犧牲是我們人類為了保存「存有」所付出的代價。我們用犧牲來袞示隱藏不顯的謝忱，以表示對「存有」賜與人本性的尊敬之意，以便人能依其與「存有」的關係，接掌「存有」的監護權。原初的感謝乃是對存有的優惠作一回響，在其中肅清空間給自己，並產生獨特的事件：存有物存在。這個回響是人對無聲「存有」的「道」（Word）所作的答覆，這經由祭禮發出的無言感謝之聲便是人類文字的起源，是用文字來道出「道」的語言主因。如果沒有這個在遠古人類心中發出的感謝之聲，那麼人類永無法達成思考（原先是要思索「存有」的思想）——假設在所有質疑（*Bedenken*）與記憶（*Andenken*）之中，一定要有思想（*Denken*）。除此之外，人類又如何能夠透過他和「存有」之優惠的開放關係（輝煌的匱缺其中犧牲的自由藏匿本身的寶藏）達成思考呢？犧牲因此是在保住「存有」優惠的過程中向事物道別之辭。犧牲植根於這一事件的本性裏，透過它——「存有」要求人追求其真理⑯。

---

⑯ Martin Heidegger, *Existence and Being*, ed. Werner Brock (Chicago: Henry Regnery Co., 1949), pp. 358-359, *Was ist Metaphysik?* 的譯文採用 R. F. C. Hull and Alan Crick.

這段文字，很清楚地說明了犧牲是我們與我們對存有物（塵世擁有、算計與邏輯的思考方式）的執着道別，是對我們「隱匿寶藏」的「存有」的監護權略致謝意。比這層超越還重要的是：犧牲是歷史人物心中偶然產生的謝忱，一種對原本事件的模擬、對存有（而非「無」）的獨特事件。在人類歷史與塵俗世界的起源時期，「存有」與「存有物」之間的區別本是精確直接的事件，後來被用文字的比喻手法（隱喻，這種比喻法是絕佳的差異系統）加以模擬。人的語言因此並非是具原初性的，而是一種回響，一種對無聲「存有」的模擬與再現。海德格提到存有的開顯時，認爲它倒較像是一種宗敎儀式的活動、一種事件的發生，而不只是一種存在於假設陳述的眞理，因此，我們不可能藉對道的敍述加以重新組構，而得到文學形而上論的眞理，像劉氏所企圖做的。如果劉氏對道的敍述無誤，那麼這個道必定只是一種開顯，是無法以表陳的見解去掌握（或限制的）。那麼我們現在可以很清楚地看出劉氏的錯誤在於他無法了解他所使用的方法論，本身就被它的發現（洞見）所解體。

下文中，我會繼續討論結構主義之後擬仿理論對「本源」、「擬仿」與「犧牲」的見解，亦卽擬仿的本質和文化本源與「未始有異」很有關連，而這種無差異性是如此的兇暴猛烈，以致無法用現象學的方法去加以分析。現在，我們先回到我們的問題，爲什麼劉氏要將擬仿論從中國文學中排除呢？要回答此問題，我們得檢視那段將擬仿替換掉的文字。我當然無法在這短短的文章中解構劉氏的整套理論，雖然全盤解構才能瞭解其有所不見的確切局限。本文只擬舉幾個重要段落，以考察劉氏如何踰越他自己的方法論的限制，雖與其研究的主要作品中具體表現的原初洞見步步接近，却因爲種種涉及擬仿本質的緣由，而未能得見。首先，我們看看他的一個不見之處。在運用西洋現象學技巧重新組構理論之後，劉氏花好幾頁的篇幅列舉並比較形上論與模擬論的類似諸點，(在此我不擬討論劉氏所發現的現象學與形上學間的類似之處有多大出入，在上文提到拉崗時，我們便可看出劉氏有所不見)：

至於世界、作家及文學作品之間的相互關係，西方擬仿理論有視詩人為有意模擬自然或人類社會者，如亞里士多德、新古典主義的理論；有視詩人為神靈附體，不自禁吐出神諭者，如柏拉圖在「愛昂」一文中指出，而中國形上學既不以為詩人有意模仿自然，也不認為他以無意識的方式反映自然，儼然他是為神所左右的乩童，被動地表現出他所不自覺、不能控制的東西，中國形而上論認為詩人自然呈現「道」，詩人存在於一沒有主體與客體區別的「化境」裏，以這種形而上的觀點，作家和宇宙萬物的關係是動態的，由有意的努力去沉思自然，化為直覺地與道合而為一的轉變過程。

就以上所述形而上論與模擬論的區別，以及「擬仿」這兩個字本身的意義，（雖然我知道希臘文中的模仿或英文的模仿並不等於臨摹複製的字面意義），我認為本文要討論的中國文學觀，用模仿二字不如用形而上理論⑰。

劉氏更進一步地闡明說中國古文運動一如歐洲的新古典主義均崇尚擬古，但是此種模擬古代作家的觀念却未在文學理論上自成一家之言。姑且不論有無此種理論，首先我們得檢視劉氏所謂道家和模仿理論的不同處是否眞如他所說的那麼涇渭分明？究竟基於何種權威立場，劉氏（重蹈柏拉圖的覆轍）竟然將模仿說從中國文學中排除？他告訴我們中國詩人達到了與道合一的化境，不像西方詩人一心模仿。由於劉氏的行文本身也付諸推理過程，我們不妨質問：如果不先瞭解道是如何行動，以此模式來擬仿，我們又如何與之合一？難道道家各種經典沒有告訴我們道的模式嗎（譬如道德經中的「天下莫柔弱於水」）？對這個問題，我們下文會繼續討論，現在我們先看看劉氏對東西詩論中有關以鏡爲喻的討論。

亞伯蘭兹在鏡與燈一書所討論的模仿說⑱，是劉氏討論擬仿的基礎。這本書依年代順序敍述十九世紀美學理論整個轉移到以詩人爲中心的文學批評。作者用三角形（宇宙、作品、作家或讀

⑰ Liu, CL, p. 49.

⑱ M. H. Abrams, *The Mirror and the Lamp, Romantic Theory and the Critical Tradition* (New York: Oxford Univ. Press, 1953), pp. 3-14.

者）的藝術過程來說明批評家是如何建立其理論。劉氏將此三角的模式，改變成一解經循環的現象學模式，並企圖否認作品本身的客體存在，正如他所承認的（但却拒絕討論）：「離開了詩人創造的經驗，與讀者再創造的經驗⑲」，作品是不可能存在的。此處，我們看到一個奇怪的現象，一方面批評家企圖述及文學作品的本體地位，而另一方面其理論模式却否認文學作品的客觀存在。在這一段中，尙有更深一層的謬誤不見。

在劉氏採用解經循環的模式來論定模仿說的本質時，他很有效地取代了亞伯蘭玆的洞見，將之變爲柏拉圖式（卽西方）本質上是相敵對（也就是三角關係的）模擬理論架構中。亞伯蘭玆十分正確地指出很多晚期的模擬理論都用「可模仿」與「模仿」二個範疇來理解事物。而在柏拉圖的對話錄中，哲學家則分明是在三個範疇上活動。亞氏說：「詩人『無可避免地』（此處是筆者特別加以强調）是藝匠、法律制定者及道德家的匹敵⑳。」他接着又引用柏拉圖答覆詩人的那一段著名的話，詩人問他是否可進入他的理想國，柏拉圖回答說：你們是詩人，我們也是詩人，是最高貴的戲劇中的敵手與對手。雖然孔子並未倡導將詩人逐出理想國，中國詩的脈絡，正如文心雕龍第四十九篇「程器」所闡明的，並不是沒有對抗性質。由於劉氏將此模擬欲求（因而導致敵對）的理論加以取代，遂得以維持傳統的看法，認爲儒家與道家對「道」的觀念相互牴觸，無

⑲ Liu, *CL*, p. 11.

⑳ Abrams, *The Mirror and the Lamp*, p. 9.

法協調，因爲兩個理論都刻意不强調衝突㉑。我想在本文的結論中提出我的看法：細心研讀原文，便不難看出道家和儒家都同樣關心社會動亂不安的問題，儒家尤其在尋找解決之道時，充分在理論上表現模擬的概念。由於結構主義與現象學的理論基礎植基於二元對立的相異上，他們無法想像到這點，因爲混亂無序乃是模擬性暴力的漸趨平衡，導致相異性的瓦解。在我們把對這一段的分析作個結束時且注意到：劉氏雖然了解柏拉圖並不是就文字表面意思來解釋模擬論，也就是模擬並不意謂只是照事物依樣畫葫蘆，奇怪的是劉氏除了二元對立的模式之外，便再未提到其他模式的模擬。劉氏似乎對這種論點深信不疑，但這理論（藝術只不過是模仿現實）從未爲西方主要的批評家所接受。劉氏爲何需要這簡化的模擬論呢？

從我們上文對亞伯蘭玆三角模式（劉氏將之修訂、替換爲另一種模式）的討論，我想我們可以肯定劉氏用這種模擬論，在修辭上是有其隱而不彰的目的，想一展自己的身手。現在我們可以談談晚近將模擬論與民族優越感相提並論的批評理論。我當然指的是德希達(Jacques Derrida)；他運用擬仿爲解構的工具，指出文學作品本身的雙重性質。對德希達而言，文學正反映本身無可避免地匱缺現存（意義、存在的現存），而又以模擬的姿態（設法隱匿此一基本匱缺）訴說出另一個層面。他認爲模擬就是「無以決定性」，而對解構理論而言，文學是作品相互指涉性的不斷

㉑ Liu, *CL*, p. 16.

「置于深淵」(*mise en abime*)，無其本源。他對柏拉圖（亦即西方）的模擬論的論點呈現於「播散」(*La dissémination*) 一書中㉒。德希達在此書中，描繪出擬仿論的大要，闡明這種概念模式，對柏拉圖的模擬理論有所限制，他發現到：兩個命題的模式及六個後果形成一種邏輯機構，產生並散佈出西方的所有模擬說。對於我們現在的討論比較重要的是，德希達很有力地論說：模擬乃是一雙重的銘刻。他認爲我們無法以二元對立的系統來將擬仿固定化（現象學與結構主義殊途同歸均是如此），因爲在柏拉圖的系統中，模擬同時是生產藝術的三種形式之一，也是在色情藝術（非指生產性或是詩的）上使用的一種技巧。詭辯者模擬詩的成份（以便吸引年輕人），本身中也已經含有擬仿的成份。德希達認爲詭辯者也製出生產的雙重層面。因此對德希達而言，模擬變成一無以決定的因素（柏拉圖却一直試圖加以決定），且模擬也標出「表陳重現」的戲要，而從柏拉圖以來，表陳的觀念便一直引西方思想家入歧途。

德希達在擬仿裏發現一重要論點，可用來支解種族優越感，他早期作品文字符號科學論（*De la grammatologie*）便對之有所批評。在此書中，德希達拆解了歐洲思想家對中國文字的幻象；歐洲對中國文字的這種偏見一直存在於企圖逃避西方對中國偏見的歐洲思想家，並產生德希達所謂的「有利害偏失的不見」效果。但正如德希達分析李維史陀（Lévi-Strauss）所示，要完全避

㉒ Jacques Derrida, *La dissémination* (Paris: Seuil, 1972), pp. 211-213.

開西方形上論的封閉系統並不容易，因爲有着擬仿隱匿「現存」。何況，對中國文化誇大式的推崇往往是對別國的輕視以表示民族優越感的另一面。對李維史陀及其他企圖逃避民族優越感的思想家，德希達揭露出他們共同顯露的不見模式型態：每當民族優越感被猛然虛飾地加以倒轉，隱約便顯示他們企圖鞏固西方本身的利益。正如德希達所指出，明顯被避免的民族優越感却早已深入運作，默默地强行加上它的本位觀念。民族優越感的吸收與排斥（一種雙重的運動）一直都可以從世人急於滿足於某些翻譯或就本國固有的文字找出近似詞等作法看出。（在此我連忙要指出 James Legge 異想天開，將「道」譯爲 logos）。但德希達本人根據其二元對立的模式，在實際上也訴諸中文裏「文」的觀念，認爲「文」是廣泛文字概念，並非語音且不賦予話語聲音以特權的文字㉓。德希達對中國的「文」的定義是否也需要解構（英譯本的導言便提出此一可能性），他自己似乎也預期到了，因此在著述逐漸展開時，它也細心經營指出這個危險性：卽使德希達自己的著作也被自己思想最激進的要素所質疑。

劉氏在處理「文」的各種意思時，是不像 Legge 那麼有所不見。筆者不是漢學家，因此無意在此評定這些翻譯的價值，但是，遵循德希達的理論來看，文字的多義性，仍是意義的存現，使我們得以決定各種意義的階層次第，而且劉氏將所有相關「文」與禮儀犧牲和擬仿的材料

㉓ Jacques Derrida, *Of Grammatology*, trans. Gayatri C. Spivak (Baltimore: Johns Hopkins Univ. Press, 1976), p. 123.

（「尸」「祝齋戒）放到思想邊際的脚註，將這個棘手「危險」的問題擺平[24]，未免留下被解構的可能性。因此我們似乎可以從劉氏自己對「文」這個字的見解，來支解他的形上理論，至少在原則上我們可以指出劉氏在他理論的基礎上，已暗中賦特權給二元對立的結構主義模式（語音的文字觀）。

或者我們也可以指出所有型式的敍述有意或無意均利用了語言本身蘊藏的多義性，以傳達含混、無以決定的訊息。簡言之，我們可以指出「文」這個字的多義性乃是由許多語碼、作品、脈絡的多重性之間經常而無以避免的擬仿活動裏推展出來：此活動以一複雜、無以決定的網脈來糾結所有的論述。依比較文學自由抒解的意識來看，種族優越感因此本身便可視爲是反民族優越感。不過，我想這恐怕是個吃力不討好的工作。何況，我們已經指出劉氏的著作意識仍陷於西方形上學的封閉系統裏。現在，我們該來看看劉氏的洞見了，不過，爲了避免盲目地檢視他的見解，然後又很快卽遲疑退縮（劉氏便如此），我們得更深入探究擬仿的本質。

回到我們對德希達的討論來，也許該回憶一下，德氏批評李維史陀是因爲其作品缺乏方法，充滿濫情的種族偏見，且對盧梭的瞭解太過簡單。德氏尤其批評李維史陀只以狹義的觀點來設想文字，視之爲文明所有剝削搾取性罪惡的代罪羔羊，他並且批評李維史陀視兇猛的南比垮拉

[24] Liu, *CL*, pp. 142-143.

(Nambikwara)爲無文字的天眞社會。照德希達的說法，什麼是這些誤解的基礎呢？乃是李維史陀對他的典範——盧梭所宣稱的景仰：

> 我們已經懷疑——而所有李維史陀的作品都肯定這一點——對熱帶悶愁（*Tristes Tropiques*）的作者而言，批判種族優越感是個十分重要的主題，此一主題的唯一作用常常是拿另一個種族來構成原善的典型，以責備、羞辱自己，在一面反種族優越感的鏡子中展現出本身的不可接受性。盧梭也許已教導現在人類學家：人一旦知道自己「無法接受」，便羞辱自己，就是這種懊惱產生了人類學㉕。

引文中鏡子的隱喻已指出德希達認爲人類學很難避免民族優越感，由於他論證師徒關係是一種有所不見的互爲指涉擬仿，他當然不願意將任何原初眞實事件的存在（它乃被人擬仿者）置於作品本身之外。德希達對擬仿的討論僅限於西方。因此，我們應研究吉哈赫的著作，吉氏是另一位結構主義後起的思想家，他與解構批評的代言人德希達大異其趣；其着述完全是要專究擬仿的本

㉔ Derrida, *Of Grammatology*, p. 114.

質。在暴力與神聖及其他作品裏，他認爲祭禮犧牲是對原先建立文化秩序的暴力衍生之擧（殺害或驅逐代罪羔羊）的模仿，將使我們以不致有誤解的方式來接近道家（及儒家）的經典，因爲吉哈赫提出這種祭祀犧牲具擬仿特質的主張，認爲擬仿乃是一種普遍的存現。

吉哈赫的擬仿論超越德希達的論點，因爲德氏的系統僅限於典範與模仿者、師徒主從，以說明擬仿的衝突性。在吉哈赫的系統裏，模仿、欲求和敵對錯綜地交織在一起。在他第一本研究歐洲小說的著作欺騙、慾望與小說（英文版，一九六五年）一書中，他便用慾望與引發慾望的媒介物間的關係（此時在語氣上大致是黑格爾式的），分析塞萬提斯、普魯斯特、斯湯達爾、杜斯妥也夫斯基與其他小說家的作品，他認爲慾望並不是自然地、直接地指向某一物體（如佛洛伊德的驅力理論）。我們之所以選擇某物是因爲另有他人也欲求此物，而這個人正巧是我們一直拿來作爲典範的。他的分析，一如黑格爾的學說，是以社會母體作爲瞭解「欲求」本質的起點。他進一步指出中產階級的心態是企圖自欺隱匿這基本的欠缺眞情。爲欲求所縈繞乃是一種創意，它想忘記本源與本質。吉哈赫認爲偉大的文學的作用便在揭露經過促成的欲求之眞相，並顯示給我們看：每一種欲求事實上是欲求別人所欲求的東西；一旦書中主角從幻覺清醒，認清了這個事實，他才瞭解到他眞正的欲求不是渴望這個世界的東西，而是渴望超越的存有（或上帝）的豐富性。主角隱匿的追求是追求存有物——他欠缺的東西，一種他相信別人擁有的東西。據吉氏的看法，歐洲小說還告訴我們，任何欲求的結構都是三角形的（包括他人的欲求、典範或是促成者——欲求模仿這個典範（或促成者）的欲求物）●。

因此，從一開始，每一欲求便陷於憎恨與敵對中，簡言之，慾望的本源是擬仿，而小說世界所塑造出的欲求無一不只是渴望典範或是那個引起某種欲求的標準人物的死亡或消失，因爲這個跟班追隨者和其典範通常是處於同一社會或是同一時代。以唐吉訶德爲例，他的典範（高盧的阿馬狄斯）只存在於中世紀騎士的傳說故事中，吉哈赫稱此爲「外在的」媒介促成，但在唐吉訶德與其典範之間，仍然是互相衝突的。唐吉訶德從未與他的欲求促成者接觸，（包法利夫人也從未與她的巴黎的欲求媒介接觸），雖然作者塞萬提斯使角色在許多衝突中彼此搭配，此一構想乃是這部小說的特殊印記。這些衝突最後結束於騎士巨人與拉曼却風車間的純粹暴力之中。對吉哈赫而言，文學乃是解除神祕的景觀或代言者，從中神祕被揭露出來，但是他並不主張所有文學作品有此力量，直指在人類的互動中模仿效能隱而不彰的角色和功用。

隨着暴力與神聖一書的問世（英譯，一九七七年），吉哈赫不再探討純文學性作品對擬仿現象所作的處理，轉而專究擬仿現象本身，尤其着重斟酌衆多指明普遍一致犧牲現象（unanimous victimage）的證據，視這種犧牲儀式爲所有的宗教、文化組織的衍生機構㉖。在這部書裏，吉氏

㉖ René Girard, *Deceit, Desire, and the Novel*, trans. Yvonne Freccero (Baltimore: Johns Hopkins Univ. Press, 1965). *Violence and the Sacred*, trans. Patrick Gregory (Baltimore: Johns Hopkins Univ. Press, 1977).

更進一步闡述其體系：模仿與暴力會合，而暴力又使擬仿周而復始。這概括而言，就是爲什麼每一種文化（每一個社會）都充滿暴力地締建在一深受競爭威脅的立場上。根據吉哈赫後期的這種擬仿論，擬仿過程的運動是由擬仿的衝動（一心欲求模仿典範）到擬仿性的據爲己有（想佔有別人藉着撥歸己有所指明的「値得要」之物）這種撥歸己有的表示極其重要，因爲它正是吉哈赫在模仿理論上不同於其他學者的重點，當任何據爲己有的表現被模仿時，便意味着兩隻手同時伸取同一件東西；衝突必然產生。以這種方式來設想「據爲己有」的觀念，視之猶早於對一物象的再現和描繪，正是吉哈赫與柏拉圖之間爭執的基點，也是他和解構思想家的爭執所在，因爲吉哈赫認爲他們不了解這種原初擬仿衝突的根本單純樸實：

> 柏拉圖的未決問題在於他未能提到模仿無可避免有其衝突的運用範圍：據為己有。沒有人看出這個缺失，每個人總是都模仿柏拉圖的模仿觀念。這種奇怪的現象造成的傷害是，我們從未正確評估模仿帶給和諧、甚至人類社會倖存予威脅此一事實。柏拉圖將這種企圖佔有的擬仿（衝突之源）略去不提，其實是很矛盾的，因為柏拉圖也看出有這種普遍的恐怖，但卻無法為擬仿現象，將這種原始社會普遍共有的恐怖威脅作一確切的解釋㉗。

㉗ "Interview with René Girard," *Diacritics*, Vol. 8, No. 1 (Spring, 1978), p. 32.

我也許應補充一句，這就是為什麼柏拉圖視詩人為敵對者，要將之逐出理想國；這是個模仿的姿勢，藉着運用代罪羔羊的機構，重複了力圖控制模仿現象的用心。前面我們已說過，此一機構的角色及其締建文化歧異性的作用，正是暴力與神聖一書的理論核心。當擬仿的心醉神迷越來越强時（如索福克里斯的「伊底帕斯王」劇中伊底帕斯、泰瑞西爾斯，及克里昂為了拯救該國免於犧牲的危機，彼此成為對手），欲求從對象物轉移到競爭的對手上，因此在危機的高潮時，兩對手彼此成為對方的典範，同時又企圖否定自己的行動與對方有其一致的對稱性。他們都認為自己與他人不同，因此對敵手發出最惡意的攻訐（如亂倫、弒親等），因而產生「迫害作品」，掩蔽了他們雙方是一對陷入相互暴力之交映效果的事實。此種交互暴力會擴大傳染，影響及整個社會，社會中每個人都開始在衝突中採取立場（如「伊底帕斯王」中的合唱隊）。文化系統的基礎——相異性便開始崩潰，但是在紊亂的最後一刻也有其結構化的活動。在文化建立前（亦即犧牲祭禮以前的）的無秩序擁有極其清晰的結構，此架構却矛盾地建築基於絕對的對稱，組織為「未始有異」的情境。但是在這個各成員都想別樹一格的社會如何逃出這個完全沒有差別的苦惱和折磨呢？

吉哈赫認為，社會之所以逃過這種「無異」是藉針對一個隨便挑選出的成員（而思想宗教及文化秩序會將之表陳為神所選定的），將危機歸咎於他，並羣起而攻之。一旦寧靜與秩序恢復，這個犧牲者便被奉為於社稷有功、神力的來源，且可能被其他成員分饗。吉哈赫討論到頗有惡名的巴西西北方 Tupinamba 族印第安人行使的食人儀禮，他們各族之間的戰爭爲地方上常見之事；吉氏對這過程作了簡單有用的概述：

代罪羔羊的機構具雙重上的救贖意義；藉着促使整個社會意見一致，代罪者平息了彼此針鋒相對的戰爭，藉着阻止社會流血事件的爆發，代罪者將人之真相掩蔽，使世人無法探知。這種機構以無以測知的神祇的形式，將真相轉到神的範疇。

因犯將該社會的內在緊張、所有累積起來的苦痛與憎惡帶到他本身身上。透過死亡，他化兇惡的暴戾為神聖的祥和，使空乏的文化秩序再度呈現蓬勃朝氣。食人禮儀的作用就像我所討論過的其他儀式。Tupinamba人遵循着某種模式，或者不如說，他們的儀式系統遵循着某一模式，他們嘗試再創造一個實際上曾發生過的原始事件，來恢復一再發生在代罪犧牲者身邊的目標一致性。如果因犯是被兩種相衝突的方式對待，如果他有時被詆毀，有時被尊崇，那是因為他被代表了原初的代罪者。他被憎恨是因為他代表了尚未被轉化的暴力；如果他被尊奉如神，那是因為他轉化了暴力，推動了代罪者統一社會的功能。代罪者越遭憎恨，所引起的情緒越高漲，這個機構的作用便越有效㉘。

社會的形成是藉着某個團體的被神秘化了的決定，行使其力量來針對成員之外的人物。神聖是當代罪者成爲文化相異性的承擔者始形成。暴力是在神聖的源頭，而神聖是控制交互報復爆發的技巧。所有的儀式（多少都是置換或建立於替代物上），均再現表陳出對最初的犧牲危機及其解決方式的模仿。但是這種模仿的欲求一直未被察覺，因爲神話和故事，一如李維史陀及結構主義者所示，均以歧異性的系統爲基礎，使得人類暴力的眞相及尋找代罪者的傾向一直隱而不彰。

這個洞見又引領我們回到吉哈赫學說中有關文學作品之功用的探討。在文學作品裏，代罪的機構能够轉回到本身上，找出自己充滿暴力的起源。宗教性的文字陳述，絕不會直接敍及它眞正的對象，因爲它的力量卽在於掩藏宗教本身的社會作用。眞正的代罪者畢竟是那些不被視作代罪的人。相形之下，文學陳述却只能直接敍及其眞正的對象題材，因爲「眞正偉大」的藝術都是以揭露宗教眞相爲目的（吉哈赫心目中偉大的藝術家是莎士比亞——一位醉心於舖寫秩序、階層崩潰情境的作家）。因此，吉哈赫主張宗教在佛洛伊德、佛雷哲、或馬克斯這般思想家的學說裏被

㉘ Girard, *Violence and the Sacred*, p. 276.

否認、置換、物化爲想像性的效果，但却仍一味主張本身的眞理與必要性。

這個卓識也使我們回到對劉若愚的討論，現在我們總算可以淸楚看到他對宗敎陳述的態度。由於完全運用理性的結構主義的推理方式（他却認爲此結構主義爲現象學），劉氏責難任何有關道家的宗敎性討論，認爲此種討論純屬無稽之談，阻礙了我們的決定能力，以取決這些作品依何種方式形成文學理論。他以爲宗敎敍述不會有助於解決（因透過締建階層次）批評家們明白顯示的種種衝突。簡言之，訴諸宗敎陳述只會耽溺於「渾噩不淸及天靈靈、地靈靈的腦筋不靈，繼續主張『神秘的東方』及『不可解的中國』」等等神話㉙。我們必須細讀這個陳述，從這表現出劉氏自命爲一解除神秘的批評家，他寫作的精神是要反種族優越感，但事實上，他同時却用一個純西方理性的姿態使宗敎陳述淪爲代罪犧牲，而他公開宣稱自己輕視宗敎各主題，實在是爲了保護自己，免得看到宗敎意義背後有關擬仿現象之本質等討人嫌的發現。

這種民族優越感却擺出反民族優越感的姿勢，也可在另一更深入發揮的段落中看出，該段文字就接在我上文引述以顯示劉氏有所不見的文字之後。在這段文字裏，劉氏再度有所不見，但比上段少，因爲此處他整個系統已達到局限，正逐漸接近他對一些主要作品所作的頗富創意洞見的論點。在討論到形上理論與擬仿理論的相同與相異處時，他探究這些理論中鏡喻的意義，並歸結

㉙ Liu, *CL*, p. 14.

出一個二元對立型式：作品與心靈＝鏡（西方理論）與鏡＝作者心境（中國形上理論），西方的形象是反映世界，而中國是反映天地之道——這些當然是用來顯示東方理論並不講究擬仿，接着他又說道：

> 然而，若想於此隱喻發現更深層之意義，首先應瞭解：這些批評家（嚴羽及王世貞）認為詩非反映現實之鏡，乃是「鏡中之象」。不用情地，進而類推，便得一結論：基於佛教教義萬法皆空（幻象），詩乃是幻象之幻象；此結論比柏拉圖之論詩為兩度失真尤有進者。着實而論，禪宗大師確實有此語言見解，因此不落言筌，甚且警其徒衆不得記憶文字。所幸持形上理論之中國詩人批評家尚不至此，他們反而遵循道家老子和莊子，領受語言本身之矛盾性，視之為必要媒介（雖不恰切），以傳達無以表達者[30]。

讓我們小心檢視此段文字，因爲這整段文字均被擬仿的問題所控制，但却不願道出。劉氏首先說如果我們「不用情地」深入探究此隱喻，便可獲致一結論：文學乃建立在幻象的擬仿幻象

---

[30] Liu, *CL*, p. 50–51.

上，一個比柏拉圖更加貶責文學（也就是更爲危險的）結論。但是由於形上理論並不持擬仿，因此劉氏以此不動情之洞見來斥責擬仿之本質時，便只好模仿這些形上理論了！而且，他似乎既不想探討爲什麼禪師們不願淪爲典範（他似乎是說，那只是佛敎的含混作風，不是是完全道地的中國傳統；因此，他又再度將宗敎陳述代罪犧牲掉了）；也不願說明何以形上理論要『遵循』老莊（劉氏自己的話，筆者特加强調）來建立他們的理論。在他思想的侷限處，劉若愚一直便把重大的洞見掩蔽起來。

中國這些佛敎經典後面所藏着的畏懼便是對擬仿的畏懼；所有的陳述都是模仿。所有的陳述都運用到種種相似、意象，無論它對再現表陳多麼不滿意（參看柏拉圖 *Critias* 一〇七BC）。

2

質疑劉若愚的東西詩論的同時，筆者若沒引錄一些道地出自中國傳統的作品，以明確指出擬仿現象，似乎顯得不大合情理。我們不妨先看看劉氏對老子文字觀的探討，認爲文字是一矛盾試圖，力求表達無法表達的情境。道德經裏有些段落確實是這一類的感受，然而劉氏却沒有提到：一方面力圖想爲「道」提供典範，這些矛盾性的感觸通常却是在犧牲式的脈絡中道出的，而進一步說，這種脈絡正是代罪機構的脈絡：

天下莫柔弱於水，而攻堅强者莫之能勝，以其無以易之。弱之勝强，柔之勝剛，天下莫不知，莫能行。是以聖人云：受國之垢，是謂社稷主；受國不祥，是為天下主，正言若反㉛。

（道德經，七十八章）

正言代罪王須「受國之垢」，以安定社稷的不寧，這一段話至少對劉若愚而言似乎是「若反」之語，但我以爲老子是向我們揭示擬仿犧牲的奧祕。如果我們以眞正袪除神祕的方式來談道德經，便會唸到本文開始時所引的題銘，說到聖人不仁，在遵行天地之道時，他待百姓爲犧牲代罪者一如芻狗，正如我們下文卽將討論的莊子「天運」篇，芻狗替代品均被用做範例，以瞭解道。芻狗代表（亦卽模仿）原初的代罪犧牲品。芻狗被用來祭祀祖先，當供物之前，均先受到最尊重的禮遇，當此目的一旦達成，他們卽被丟棄、踐踏；老子在四十章則說「反者，道之動」，道是以賤爲本，反而貴，因此其運行恰好相反。當然在本文所剩的篇幅裏，是無法以我們目前對衝突性模仿的知識來爲道德經作詮釋（進一解）。筆者在此只提霍爾姆斯・魏爾希的「道家：道之分歧」一書㉜，魏氏的分析方式完全與吉哈赫無關，不過他也討論到擬仿欲求如何像瘟疫般將衝突傳播開

㉛ Lao Tzu, *Tao Te Ching*, Trans. D. C. Lau (Baltimore: Penguin Books, 1963), p. 140.

㉜ Holmes Welch, *Taoism, The Parting of the Way*, rev. ed. (Boston: Beacon Press, 1965).

來，並探究老子對此一問題的種種答覆。

不管老子對文化的暴力起源看得多深入，我們暫且不談；當我們談到莊子時，我們發現許多段落都揭露出明顯的代罪犧牲。莊子一直在告訴我們「有用」的危險性。「人間世」說：「牛之白顙者，與豚之亢鼻者，與人有痔病者，不可以適河」，這些畸形、仰鼻、生痔瘡的動物（甚至還有人當犧牲品！）都不能獻給河神。大家都知道「有用之用」（也就是可做犧牲），却沒有人知道「無用之用」（亦卽不被用做爲祭禮之供物）。我們試細究莊子第十四章「天運」一篇裏的一段：

> 孔子西遊於衞。顏淵問師金曰：「以夫子之行為奚如？」
>
> 師金曰：「惜乎，而夫子其窮哉！」
>
> 顏淵曰：「何也？」
>
> 師金曰：「夫芻狗之未陳也，盛以篋衍，巾以文繡，尸祝齋戒以將之。及其已陳也，行者踐其首脊，蘇者取而爨之而已；將復取而盛以篋衍，巾以文繡，遊居寢臥其下，彼不得夢，必且數眯焉。今而夫子亦取先王已陳芻狗，聚弟子游居寢臥其下。故伐樹於宋，削迹於衞，窮於商周，是非其夢邪？圍於陳蔡之

間，七日不火食，死生相與鄰，是非其眯邪㉝」？

（集釋，五一一—五一二頁）

這一段驚人之論對模仿、暴力與神聖的關係眞是鞭辟入裏。首先，這段文字降格嘲諷孔子，這位道家的對手被描述爲倒霉兮兮的唐吉訶德，率其弟子，心懷被促成、不眞的欲求，周遊列國，不斷遭到迫害。而更反諷的是孔子一心表示要於無秩序中重整秩序，此欲求却是透過模仿周禮（犧牲）。但孔子的典範周公已逝世五百年之久；時移境遷，在莊子看來，取法舊制，不啻是浪費時間。尤有甚者，取已陳芻狗，「寢臥其下」，而不質疑這些儀式的意義，就像邀請犧牲祭品回到文化中，而這個文化得以締建的首要基礎便在藉暴力將代罪犧牲逐出社會，因此那只是邀請瘋狂，導致相異性崩潰，陷入暴力往復。這正是莊子何以將孔子盲目取法的先王之制喻爲「芻狗」：「已陳」（已經陳列祭用過），所以再也沒有用了，應該被摒棄（「踐其首脊」）；再把他們放回竹篋中（「盛以篋衍」），用圖案精緻的文綉把他們包起來，實在是倒行逆施（「巾以文繡」，便用到文化、文學的「文」字）。

其次，我們可看出孔子試圖恢復舊制，周遊列國，遭到敵視的情況。他「數數遭魘」，經驗

㉝ Chuang Tzu, *The Complete Works of Chuang Tzu*, trans. Burton Watson (New York: Columbia Univ. Press, 1970), pp. 158-159.

到夢魘可怕的另一重，粉碎了生與死之差異（「死生相與鄰」）。反諷的是，孔子這位外邦人，居然變成列國犧牲機構的代罪祭祀佳品。他備受攻擊，成了連自己都不明白的祭儀下的代罪羔羊，「七日不火食」沒羹熟的東西吃，飄浮於生死邊緣（「死生相與鄰」）。

最後一點是在此段文字中雖未指涉任何神祇，但我們却不妨視「尸」祝爲一種模仿。我們知道在中國的祭祀系統中，神話裏的祖先（或死者），在犧牲危機動亂的時機乃是社會秩序的締建者與保護者。這段文字藉模仿描述出復取芻狗之舉會恢復犧牲危機，批判了儒家。危機在孔子身上呈現，他「死生相與鄰」，瓦解了兩個截然區分的畛域界線，（在莊子看來，周禮以同一標準來衡量生、死，實是愚行，他進而反對生、死與生俱來的本質）。根據吉哈赫的觀點，中國人的祭祀祖先是所有儀禮中最不神祕的：

> 敬拜死者，一如敬拜神祇，代表社會命運中的暴力的功用所作的闡釋。事實上，這是所有詮釋中最剔透的，最接近「第一次」發生的實況，但它往往也試圖重新恢復其意見一致的機構。這種詮釋明白道出：任何文化秩序的起源均和人的死亡有關，而這個死亡是決定社會的某一成員得犧牲㉞。

㉞ Girard, *Violence and the Sacred*, p. 256.

筆者希望這幾個例子能說明一方面如劉若愚所言中國可說從未產生擬仿的文學理論，但其道理也許是由於中國傳統本身的錯誤，絕不是說中國原來的著作（「形上理論」所據以發展的根本）未對模仿現象加以探討。中國傳統裏是否有批評家洞察到文化的暴力模仿的本源（如我們在莊子一書中發現的），筆者不够資格下斷語。這幾個例子甚至還沒有開始探討到吉哈赫爲中國文化研究所提出的問題的範圍。我們在孔子、老子、莊子的作品中，發現不少材料尚待仔細研究。什麼是中國人所了解的模仿？是否一如西方的擬仿情況，解除結構（或先是危機然後再透過一致的犧牲儀式來重新結構）的擬仿循環是否與「道」密切相關？雖然儒、道家的著作有基本歧異，我們是否可能將之沿着遮掩與揭露的軸線加以排定？

筆者無法明確闡述這個歧異，也不擬主張我們有辦法掌握這分歧，不過倒可嘗試先初步按作品對犧牲系統的態度，來作分類。從孟子（萬章下第四）中，我們知道孔子曾爲魯之司寇，「魯人獵較，孔子亦獵較」，當時習俗所尚，田獵相較，奪禽獸得之以祭，孔子亦從之(從趙岐注)。司馬遷在史記「老莊申韓列傳」，提到莊子以「郊祭之犧牛」的論證來拒絕楚威王的厚幣禮聘：

「千金，重利；卿相，尊位也。子獨不見郊祭之犧牛乎？養食之數歲，文以衣繡，以入太廟。當是之時，雖欲為孤豚，豈可得乎？子亟去，無污我㉟！」

這兩種對犧牲的態度均產生於周朝末期，正值敵對、暴力與衝突極其激烈的時候。它是否也正是模仿的時代呢？很明顯的，儒家的著作表示對犧牲祭禮具有信心（道家則不如此），但這已足够讓我們將儒家的著作列爲神祕化的著作。稱之爲「神祕化」，是因爲爲了要瞭解儒家對祭祀的態度，我們得將孟子一書中提到的事件次序加以逆轉。起初社會先有人類暴力：自然產生，而且沒有感覺。但是在故事裏，爭執的對象物件顯然是犧牲品本身，也就是犧牲的選定。這正是代罪羔羊的機構：將暴力的爆發歸咎予犧牲者。儒家對動亂不寧所作的解釋，也允准參加終結暴力的行動；只有在回顧時，暴行方能被視爲是奇蹟性地了結一切惡意之舉。這可能是過度簡單化的說法，因爲儒家和道家均對社會不安的問題作一反應，他們都企圖恢復道，兩者都陷在爲爭奪思想界霸權的爭端裏，這個霸權之爭被一位著名的中國政治歷史家形容爲：「天下共逐之，不知鹿死誰手㊱。」我想我不需要提醒讀者蕭公權先生此處用這個逐鹿的隱喻來說明旗鼓相當的兩股勢

㉟ Kung-chuan Hsiao, *A History of Chinese Political Thought*, Vol I, trans. F. W. Mote (Princeton: Princeton Univ. Press, 1979), p. 277.

㊱ Ibid, p. 14.

力奪取同一件東西，正是運用中國古代的格言，乃是以鹿喻帝位，意為「爭相問鼎天下」。顯然，在中西文化思想的根源處均存在着一無可避免的對抗匹敵感；因此，若把擬仿視為西方所專有，似乎是種族優越感最不恰當的護身符。

附記

根據吉哈赫的理論，人類相互模仿，遂彼此形成敵手，不得不藉「犧牲」的儀式，找出「代罪羔羊」，將「無以分別」的社會危機，發洩在他身上，始創出「秩序」和「神聖」（通常「犧牲」在祭禮之後，便提昇為神明）。這種犧牲與神聖的人類學模式乃是普遍現象，因而比較文化、文學，學者看待之為「常因」，企圖在不同的種族神話裏，探尋其呈現的形式，以便深入研討人類「未始有異」之前的共通文化意識形態。就這一點看，吉哈赫是較結構人類學者李維史陀來得棋高一着，因為李維史陀只重視「差異」和「等同」的結構。在這篇文章裏，杜維廉先生即以吉哈赫的學說為討論的架構，析出劉若愚的中國文學理論一書中，自我矛盾或不够周全的成份；劉若愚教授刻意壓抑中國有關「擬仿」的論述，以便自圓其說，聲稱中國詩學乃形而上，不重模仿，只求神似。杜先生雖然不諳中文，却能在子書中找出證據，支持吉哈赫的主張，足見其用心及功力。（除了這篇文章，杜先生對書經的「五子之歌」也做過類似的分析，見淡江評論，一九八二年）。筆者於「晚近文評對莊子的新讀法」裏，曾析評「芻狗」的洞見與不見之處，指出杜先生忽視了莊子論述的「隱喻」性及文化「常因」的確證性，在此不再贅述。＊此文譯自 *Tamkang Review*, 11, 4 (Summer, 1982), 359-386. 譯文經杜維廉教授授權，並由張漢良教授訂正，謹此致謝。（原載中外文學，十一卷十一期）

三、參考書目評介

首先，我們只簡單介紹幾本較具代表性的解構批評導讀專書；其次，再提及解構批評家的著作。條目係按作者姓氏或作品名稱的字母順序排列。由於學界不斷推出新作，而且解構批評的導讀書籍後面往往附有詳盡之書目，本文不擬提及單篇文章，除非它具歷史意義或批評份量。

一、解構批評導讀

1. Arac, Jonathan, et al, eds. *The Yale Critics: Deconstruction in America.* Minneapolis: Univ. of Minnesota Press, 1983. 檢示美國耶魯四人幫如何吸收解構思想，納入形構批評的傳統，對德・曼等人的著作有頗詳細之分析，尤其四人的傳承、旨趣及局限。全書分三部份，書後附有書目，對四人的著作頗詳盡。

2. Culler, Jonathan. *On Deconstruction: Theory and Criticism after Structuralism.* Ithaca: Cornell Univ. Press, 1982. 以結構主義後起思想的自我反省及其質疑精神，爲解構批評「解除神秘」，主要討論

德希達的著作在文學批評、詮釋理論（尤其女性觀點的閱讀理論）上的啓示，不大探究德希達的哲學著作。書後有極其詳盡之參考書目。

3. Hartman, Geoffrey, ed. *Deconstruction and Criticism*, New York: Seabury, 1979. 算是耶魯解構派的宣言。哈特曼提出四人幫的旨趣當導言，布露姆、德．曼、德希達、哈特曼、彌勒各提一篇論文，主要是分析雪萊的劇作（*The Triumph of Life*）。

4. Krupnick, Mark, ed. *Displacement: Derrida and After*. Bloomington Indiana Univ. Press. 1983 幾位研究解構批評的學者分別就德希達的文字觀、異端解釋學及解構思想在政治上的含意討論「移替」的概念。

5. Leitch, Vincent B. *Deconstructive Criticism: An Advanced Introduction*. New York: Columbia Univ. Press, 1983. 認爲德希達推翻了結構主義的理論基礎（以索緒爾、拉崗、李維史陀的著作爲自我解構的對象），倡導作品性及交互指涉性的觀念。對德希達的早期哲學著述有相當清楚的介紹，並抨擊德．曼及彌勒過份狹隘。不過，對德希達、海德格及其他結構主義後起思想未能作區分是全書美中不足之處。

6. Norris, Christopher. *Deconstruction: Theory and Practice*. London: Methuen, 1982. 對解構思想的傳承（結構主義、尼采、黑格爾、馬克思、佛洛伊德）及美國形構批評的背景均有介紹，雖然主要討論德希達的哲學，却也闢專章簡評耶魯四人幫。不過，許多艱深的概念並未交待清楚，不如 Leitch 之書來得明晰。Norris 另有 *The Deconstructive Turn: Essays in the Rhetoric of Philosophy* (London: Methuen, 1983)，進一步以解構哲學方法批評語言行爲哲學及其他思想方法。

7. Smith, Joseph H., and William Kerrigan, ed. *Taking Chances: Derrida, Psychoanalysis, and Literature*. Baltimore: Johns Hopkins Univ. Press, 1984. 收錄七篇文章（德希達的文章係一九八二年 Edith Weigert 演講稿），分析德希達與佛洛伊德的關係。

8. Spanos, William, et al, eds. *The Question of Textuality: Strategies of Reading in Contemporary American Criticism*. Bloomington: Indiana Univ. Press, 1982. 雖不限於解構批評，主要的文章是以它爲背景寫出，原爲 *Boundary 2* 於一九七八年春所發起的研討論叢，因此文章之間有對話，交換彼此的立場。

另外，討論解構批評與神學的關係，有 Carl A. Raschke 主編的 *Deconstruction & Theology* (New York: Crossroad, 1982) 主要是談解構哲學帶給神學的啓示。Michael Ryan 的 *Marxism and Deconstruction: A Critical Articulation* (Baltimore: Johns Hopkins Univ. Press, 1982) 是以實用的觀點結合文化社會觀與解構思想在政治上的意義。

傳統學者對解構批評的反應以 M. H. Abrams, "The Deconstructive Angel," *Critical Inquiry, 3* (1977), 425-438; Richard Rorty, "Philosophy as a Kind of Writing: An Essay on Derrida," *New Literary History, 10* (1978), 141-160（收入他的論文集 *Consequences of Pragmatism*, 1982）; John Searle, "The Word Turned Upside Down," *New York Review, 30, 16* (Oct. 27, 1983), pp. 74-79 爲代表。Edward Said, "The Problem of Textuality: Two Exemplary Positions," *Critical Inquiry, 4* (1978), 673-714 拿德希達與傅柯比較，是以歷史觀點駁斥解構批評的論文中最稱得上博學精思的經典之作。

以短篇章節處理德希達學說的，以 Vincent Descombes, *Modern French Philosophy* (Cambridge: Cambridge Univ. Press, 1980), pp. 136-152; Terry Eagleton, *Literary Theory: An Introduction* (Minneapolis: Univ. of Minnesota Press, 1983), pp. 127-134 最爲精簡。

二、德希達的著作

1. "L'Age de Hegel." In GREPH, *Qui a peur de la philosophie?* Paris: Flammarion, 1977, pp. 73-107. 討論黑格爾的教育哲學。
2. "L'Archéologie du frivole." 乃是 Condillac, *Essai sur l'origine de la connaissance humaine*. Paris Galilée 1973 一書的導讀，一九七六年出版單行本，英譯爲 *The Archeology of the Frivolous: Reading Condillac*. Pittsburgh: Duquesne Univ. Press, 1981.
3. "Avoir l'oreille de la philosophie." In Lucette Finas, et al., *Ecarts: Quatre essais à propos de Jacques Derrida*. Paris: Fayard, 1973, pp. 301-12. 爲訪問記。
4. *La Carte postale: De Socrate à Freud et au-delà*. Paris: Flammarion, 1980. 已譯爲英文有 "The Purveyor of Truth," *Yale French Studies*, 52 (1975), 31-114; "Speculating—On Freud" (摘譯自 pp. 277-311), *Oxford Lierary Review*, 3 (1978), 78-97; "Coming into One's Own" (摘譯自 pp. 315-57), *Psychoanalysis and the Question of the Text*, ed. Geoffrey Hartman, Baltimore: Johns Hopkins Univ. Press, 1978, pp. 114-48. 全本英譯將由芝加哥大學出版。內容爲兩封虛構書信，討論各種主題，另兩篇文章專探究心理分析批評。

5. "The Conflict of Faculties." In *Languages of Knowledge and of Inquiry*, ed. Michael Riffaterre. New York: Columbia Univ. Press, 1982. 討論康德對大學教育的衝突之看法。

6. *De la grammatologie.* Paris: Minuit, 1967. 英譯 *Of Grammatology.* Baltimore: Johns Hopkins Univ. Press, 1976. 英譯者 Gayatri C. Spivnk 在譯文前附上極有參考價值的導讀。全書討論索緒爾、李維史陀、盧騷的文字觀。

7. *La Dissémination.* Paris, Seuil, 1972. 英譯 *Dissemination* 由 Barbara Johnson 翻出，芝加哥大學一九八一年出版。全書討論柏拉圖、馬拉美、索雷的「靈藥」、「雙重擬仿」、「播散」的觀念。

8. "D'un ton apocalyptique adopté naguère en philosophie." In *Les Fins de l'homme: A partir du travail de Jacques Derrida*, ed. Philippe Lacoue-Labarthe and Jean-Luc Nancy. Paris: Galilée, 1981, pp. 445-79. 討論康德哲學的語氣及神秘問題。

9. "Economimesis." In S. Agacinski et al., *Mimesis des articulations.* Paris: Flammarion, 1975, pp. 55-93. 英譯見 *Diacritics,* 11:2 (1981), 3-25. 討論康德「判斷力批判」的「優美」與「雄渾」美學的經濟權宜，以及「雄渾」的相反詞「令人作嘔」。

10. *L'Ecriture et la différence.* Paris: Seuil, 1967. 英譯由 Alan Bass 翻出，作 *Writing and Difference,* 芝加哥大學一九七八年出版，全書討論當代哲學家的結構、理性、存有、戲劇、文字觀。

11. "Entre crochets." *Digraphe, 8* (1976), 97-114. 訪問記。

12. *Eperons: Les styles de Nietzsche.* Venice: Corbo & Fiore, 1976. 英譯作 *Spurs,* 由芝加哥大學於一

一九七九年出版，全書分析尼采的文體及對「女人」（眞理）的論點。

13. "Fors: Les mots anglés de N. Abraham et M. Torok." 是 Abraham and Torok, *Cryptonymie: Le Verbier de l'homme aux loups*. Paris: Flammarion, 1976, pp. 7-73 一書的序。英譯作 "Fors." *The Georgia Review, 31* (1977), 64-116.

14. *Glas*. Paris: Galilée, 1974. 討論、並置黑格爾及傑內，乃德希達極其難讀的著作，哈特曼在 *Saving the Text* 會加詮釋，目前 Richard Rand 與 John Leavey 正努力翻譯此書爲英文。

15. "Ja, ou le faux bond." *Digraphe, 11* (1977)84-121. 訪問記。

16. "Limited Ioc. abc…" *Glyph, 2* (1977), 162-254. 對索爾的答辯，認爲文章沒有版權。

17. "Living On: Border Lines." 收入 *Deconstruction and Criticism*. New York: Seabury,1979, pp. 75-175. 討論布蘭修與雪萊。

18. "La Loi du genre." *Glyph, 7* (1980), 176-201. 英譯作 "The Law of Genre" Ibid, pp. 202-29. 討論布蘭修及文類的不能相混性。

19. *Marges de la philosophie*. Paris: Minuit, 1972. 英譯 *Margins of Philosophy*，由 Alan Bass 翻譯，一九八二年芝加哥大學出版。收錄許多重要文章，討論及「衍異」、「邊際」、海德格、胡賽爾、邊門尼、奧斯汀的哲學及隱喩學。

20. "Les Morts de Roland Barthes." *Poétique, 47* (1981), 269-292. 追悼巴特。

21. "Me—Psychoanalysis." *Diacritics*, 9:1 (1979), 4-12. 是心理分析學家亞布拉罕、托羅克著作的導言。

22. *L'Origine de la géo metrie*, Paris: Presses Universitaire de France, 1962. 英譯 *The Origin of Geometry*. New York: Nicolas Hays, 1977. 德希達翻譯胡賽爾的「幾何緣起」，並對現象學超越性主體的文字觀作了極詳盡之分析與批評。

23. "Où commence et comment finit un corps enseignant." In *Politiques de la philosophie, ed.* Dominique Grisoni. Paris: Grasset, 1976, pp. 55–97. 以解構思想爲轉變哲學教育的理論與實際的方法。

24. "Pas." *Gramma, 3/4* (1976), 111–215. 討論布蘭修。

25. "La Philosophie et ses classes." In GREPH, *Qui a peur de la philosophie?* Paris: Elammarion, 1977, 445–50. 討論學校不大接受哲學的問題。

26. *Positions*. Paris: Minuit, 1972. 英譯 *Positions*，由芝加哥大學於一九八一年出版。收錄三篇重要的訪問記，表達德希達文字、哲學觀的種種立場。

27. "The Principle of Reason: The University in the Eyes of Its Pupils," *Diacritics, 13, 3* (1982), 3–20 答覆 James Siegel，認爲大學一方面主張理性，一方面則限制理性。

28. "Le Retrait de la métaphore." *Poesie, 6* (1979), 103–26. 英譯 "The Retrait of Metaphor." *Enclitic,* 2:2 (1978), 5–34. 是「白神話」隱喩學的續篇。

29. "Scribble (pouvoir/écrire)." 是 W. Warburton. *L'Essai sur les hiéroglyphes*. Paris: Flammarion, 1978 一書的導論，英譯 "Scribble (writing-power)." *Yale French Studies, 58* (1979), 116–47. 討論寫作與權力之關係。

30. "Signéponge." Part I in *Francis Ponge: Colloque de Cérisy.* Paris: Union générale d'éditions 1977, pp. 115-51. Part II, *Digraphe, 8* (1976), 17-39. 英譯本由 Richard Rand 著手，一九八四年由哥倫比亞大學推出（英法對照），討論 Francis Ponge、物及簽署。

31. "Titre (a précèser)." Nuova Corrente, *28* (1981), 7-32. 英譯登於 *Substance.*

32. *La Vérité en peinture.* Paris: Flammarion, 1978. 英譯 "Le Parergon," part II: The Parergon." *October, 9* (1979), 3-40. 討論康德美學及 Adami Titus-Carmel 和梵谷。

33. *La Voix et le phénamène.* Paris: Presses Universitaires de France, 1967. 英譯 *Speech and Phenomena.* Evanston: Northwestern Univ. Press, 1973. 批評胡賽爾的符象論爲超越的現存觀。

三、耶魯四人幫的著作

甲、布露姆：

Agon: Towards a Theory of Revisionism. New York: Oxford Univ. Press, 1982.

The Anxiety of Influence: A Theory of Poetry. New York: Oxford Univ. Press, 1973.

Blake's Apocalypse: A Study in Poetic Argument. Garden City, NY: Doubleday, 1963.

"The Breaking of Form." In *Deconstruction and Criticism.* New York: Seabury, 1979, pp. 1-37.

The Breaking of the Vessels. Chicago: Univ. of Chicago Press, 1982.

"Commentary." In *The Poetry and Prose of William Blake.* ed. David V. Erdman. Garden city NY: Doubleday, 1965, pp. 807-89.

Figures of Capable Imagination. New York: Seabury, 1976.

The Flight to Lucifer: A Gnostic Fantasy. New York: Farrar, Straus, Girous, 1979.

"The Freshness of Transformation: Emerson's Dialectics of Influence." In *Emerson: Prophecy, Metamorphosis, Influence,* ed. David Levin. New York: Columbia Univ. Press, 1975, pp. 129–48.

"Introduction: Reading Browning." In *Robert Browning: A Collection of Critical Essays,* ed. Harold Bloom and Adrienne Munich. Englewood Cliffs, NJ: Prentice-Hall, 1979, p. 1–12.

Kabbalah and Criticism. New York:Seabury, 1975.

A Map of Misreading. New York: Oxford Univ. Press, 1975.

"A New Poetics." *Yale Review,* 47 (1957), 130–33. Review of Frye, *Anatomy of Criticism.*

Poetry and Repression: Revisionism from Blake to Stevens. New Haven: Yale Univ. Press, 1976.

"Recent Studies in the Nineteenth Century." *Studies in English Literature,* 10 (1970), 817–29.

The Ringers in the Tower: Studies in Romantic Tradition. Chicago: Univ. of Chicago Press, 1971.

Shelley's Mythmaking. New Haven: Yale Univ. Press, 1959.

"Viewpoint." *Times Literary Supplement,* 8 Feb. 1980, 137–38.

The Visionary Company: A Reading of English Romantic Poetry. Garden City, NY: Doubleday, 1961. Revised and enlarged ed., Cornell Univ. Press, 1971.

Wallace Stevens: The Poems of Our Climate, Ithaca. NY: Cornell Univ. Press, 1977.

Yeats. New York: Oxford Univ. Press, 1970.

乙、德・曼

Allegories of Reading: Figural Language in Rousseau, Nietzsche, Rilke, and Proust. New Haven: Yale Univ. Press, 1979.

"Autobiography as De-facement." *MLN*, 94 (1979), 919-30. 現收入 *The Rhetoric of Romanticism.*

Blindness & Insight: Essays in the Rhetoric of Contemporary Criticism. New York: Oxford Univ. Press. 1971. 二版增訂 Minneapolis: Univ. of Minnesota Press, 1983.

"La Critique thématique devant le théme de Faust." *Critique*, 13 (1957), 387-404.

"Dialogic and Dialogism." *Poetics Today* 4 (1983) :99-107. 評巴克定的 *The Dialogic Imagination.*

"The Epistemology of Metaphor." *Critical Inquiry*, 5 (1978), 13-30. 評洛克的哲學。

"Les Exégèses de Hölderlin par Martin Heidegger." *Critique*, 11 (1955), 800-19.

"Foreword." *The Dissimulating Harmony*, by Carol Jacobs. Baltimore: Johns Hopkins Univ. Press, 1978, pp. vii-xiii.

"Giraudoux." *New York Review of Books*, 28 Nov. 1963, pp. 20-21. 評 Christopher Fry 的 *Plays* (1963) 譯本。

"Heidegger Reconsidered." *New York Review of Books*, 2 Apr. 1964, pp. 14-16. Review of William Barrett, *What is Existentialism?*

"Hypogram and Inscription: Michael Riffaterre's Poetics of Reading." *Diacritics*, 11, no. 4 (1981), 17–35.

"L'Image de Rousseau dans la Poésie de Hölderlin." *Deutsche Beiträge zur geistigen Überlieferung*, 5 (1965), 157-83. Trans. (revised) as "Hölderlins Rousseaubild," *Hölderlin-Jabrbuch*, 1967–68 (Töbingen: Mohr, 1969), pp. 180–208.

"Impasse de la critique formaliste." *Critique*, 12 (1956), 483-500.

"Introduction." *Selected Poetry of Keats*, ed. Paul de Man. New York: New American Library, 1966, p ix-xxxvi.

"Introduction." *Studies in Romanticism*, 18 (1979), 495–99.

"Introduction." *Toward an Aesthetics of Reception*, by Hans Robert Jauss. Minneapolis: Univ. of Minnesota Press, 1982, pp. vii-xxv.

"Keats and Hölderlin." *Comparative Literature*, 8 (1956), 28–45.

"A Letter from Paul de Man." *Critical Inquiry*, 8 (1982), 509-13.

"Literature and Language: A Commentary." *New Literary History*, 4 (1972), 181–92.

"The Literature of Nihilism." *New York Review of Books*, 23 June 1966, pp. 16–20. 評 Erich Heller, *The Artist's Journey into the Interior*, 及 Ronald Gray, *The German Tradition in Literature*, 1871–1945.

Ed. *Madame Bovary*. 編輯，並修訂英譯本「包法利夫人」。New York:Norton, 1965.

"Madame de Staël et Rousseau." *Preuves*, no. 190 (Dec. 1966), pp. 35–40.

"The Mask of Albert Camus." *New York Review of Books*, 23 Dec. 1965, pp. 10-13. Review of Camus, *Notebooks* 1942–1951.

"A Modern Master." *New York Review of Books*, 19 Nov. 1964, pp. 8–10. Review of Borges, *Dreamtigers and* Labyrinths.

"Modern Poetics: French and German." In *Princeton Encyclopedia of Poetry and Poetics*, ed. Alex Preminger et al. Princeton: Princeton Univ. Press, 1965, pp. 518–23.

"Montaigne et la transcendence." *Critique*, 9 (1953), 1011–22.

"Le Néant poétique: Commentaire d'un Sonnet hermétique de Mallarmé." *Monde nouveau*, no. 88 (1955), pp. 63–75.

"New criticism et nouvelle critique." *Preuves*, no. 188 (Oct.1966), pp. 29–37. 收入 *Blindness and Insight*, pp. 20–35.

"A New Vitalism." *Massachusets Review*, 3 (1962), 618–23. Review of Bloom, *The Visionary Company.*

"Pascal's Allegory of Persuasion," In *Allegory and Representation*, ed. Stephen J. Greenblatt. Baltimore: Johns Hopkins Univ. Press, 1981, pp. 1–25.

"The Resistance to Literary Theory." *Yale French Studies*, no. 63 (1982), pp. 3–20.

Review of *The Anxiety of Influence*. *Comparative Literature*, 26 (1974), 269–75.

Review of Derrida, *De la grammatologie. Annales la Société J.-J. Rousseau*, 37 (1966–68), 284–88.

The Rhetoric of Romanticism. New York: Columbia Univ. Press, 1984.

"The Rhetoric of Temporality." In *Interpretation: Theory and Practice*, ed. Charles. S. Singleton Baltimore: Johns Hopkins Univ. Press, 1969, pp. 173–209. 收入 *Blindness and Insight* 第二版。

"The Riddle of Hölderlin." *New York Review of Books*, 19 Nov. 1970, pp. 47–52. 評 Michael Hamburger 的 *Poems and Fragments* 譯本。

"Sartre's Confessions." *New York Review of Books*, 5 Nov. 1964, pp. 10–13. 評 Sartre, *The Words.*

"Shelley Disfigured." In *Deconstruction and Criticism* (New York: Seabury, 1979), pp. 39–74.

"Sign and Symbol in Hegl's *Aesthetics*." *Critical Inquiry*, 8 (1982), 761–75.

"Situation du roman." *Monde nouveau*, no. 11 (June 1956), pp. 57–60.

"Spacecritics." *Partisan Review*, 31 (1964), 640–50. Review of Miller, *The Disappearance of God*, and Frank, *The Widening Gyre.*

"Structure intentionelle de *l'image* romantique." *Revue internationale de philosophie*, 14 (1960), 68–84. 英譯收入 *Romanticism and Consciousness*, ed. Harold Bloom (New York: Norton, 1970), pp. 65–77.

"Symbolic Landscape in Wordsworth and Yeats." In *In Defense of Reading*, ed. Reuben A. Brower and Richard Poirier. New York: Dutton, 1962, pp. 22–37. 現收入 *The Rhetorio of Romanticism.*

"Tentation de la permanence." *Monde nouveau*, no. 93 (1955), pp. 49-61.

"What is Modern?" *New York Review of Books*, 26 Aug. 1965, pp. 10-13. 評 Ellman and Feidelson, *The Modern Tradition.*

"Whatever Happened to André Gide?" *New York Review of Books*, 6 May 1965, pp. 15-17. Review of Wallace Fowlie, André Gide,and Gide, *Marshlands and Prometheus Misbound.*

"Wordsworth und Hölderlin." *Schweizer Monatshefte*, 45 (1966), 1141-55. 收入 *The Rhetoric of Romanticism.*

丙、哈特曼

"The Aesthetics of Complicity." *Georgia Review*, 28 (1974), 384-88.

Akiba's Children. Emory, Va: Iron Mountain Press, 1978. 詩集

André Malraux. London: Bowes and Bowes, 1960.

"To Bedlam and Part Way Back." In *Anne Sexton: The Artist and Her Critics*, ed. J. D. McClatchy. Bloomington: Indiana Univ. Press, 1978, pp. 118-21. 原刊於 *Kenyon Review* 22 (1960), 691-700.

"Between the Acts: Jeanne Moreau's *Lumiére.*" *Georgia Review*, 31 (1977), 237-42.

Beyond Formalism: Literary Essays 1958-1970. New Haven: Yale Univ. Press, 1970.

"Blessing the Torrent: On Wordsworth's Later Style" *PMLA*, 93 (1978), 196-204.

"Communication, Language and the Humanities." *ADE Bulletin*, no. 70 (1981), 10-16.

"The Concept of Character in Lawrence's First Play." *Bulletin of the Midwest Modern Language Association*, 10, no. 1 (1977), 38-43.

Criticism in the Wilderness: The Study of Literature Today. New Haven: Yale Univ. Press, 1980.

"Diction and Defense in Wordsworth." In *The Literary Freud: Mechanisms of Defense and the Poetic Will*, ed. Joseph H. Smith. New Haven: Yale Univ. Press, 1980, pp. 205-15.

The Fate of Reading and Other Essays. Chicago: Univ. of Chicago Press, 1975.

"Foreword." In *New Perspectives on Coleridge and Wordsworth*, ed. Geoffrey H. Hartman. New York: Columbia Univ. Press, 1972, pp. vii-xii.

"The Fullness and Nothingness of Literature." *Yale French Studies*, no. 16 (1955-56), pp. 63-78.

"Hermeneutic Hesitation: A Dialogue between Geoffrey Hartman and Julian Moynahan." *Novel*, 12 (1979), 101-12.

"How Creative Should Literary Criticism Be?" *New York Times Book Review*, 5 April 1981, pp. 11, 24-25.

"Humanistic Study and the Social Sciences." *College English*, 38 (1976), 219-23.

"Literature as a Profession II: The Creative Function of Criticism." *Humanities*, 2 (Dec. 1981), 8-9.

"The Malraux Mystery." *New Republic*, 29 Jan. 1977, pp. 27-30.

"Nerval's Peristyle." *Nineteenth-Century French Studies*, 5 (1976-77), 71-78.

"Plenty of Nothing: Alfred Hitchcock's *North by Northwest.*" *Yale Review*, 71 (1931), 13–27.

"The Poetics of Prophecy" In *High Romantic Argument*: *Essays for M. H. Abrams*, ed., Lawrence Lipking. Ithaca, NY: Cornell Univ. Press, 1981, pp. 15–40.

"Preface." *Deconstruction and Criticism* New York: Seabury, 1979, pp.vii-ix.

"Preface." *The Gaze of Orpheus and Other Literarys Essays*, by Maurice Blanchot. Barrytown, NY: Station Hill, 1981, pp.ix–xi.

"Preface." *Papers in Comparative Studies*, 1 (1981), 5–8.

"Preface." *Psychoanalysis and the Question of the Text*, ed. Geoffrey H. Hartman. Baltimore: Johns Hopkins Univ. Press, 1978, pp. vii–xix.

"Preface." *Romanticism*: *Vistas, Instance, Continuities*, ed. David Thorburn and Geoffrey H. Hartman. Ithaca: Cornell Univ. Press, 1973, pp. 7–9.

"Recent Studies in the Nineteeth Century." *Studies in English Literature*, 6 (1966), 753–82.

"Reflections on Romanticism in France." *Studies in Romanticism*, 9 (1970), 233–48.

Saving the Text: *Literature/Derrida/Philosophy*. Baltimore: Johns Hopkins Univ. Press, 1981.

"Signs and Symbols." *New York Times Book Review*, 4 Feb. 1979, pp. 12–13, 34–35. Review of Barthes, *Image—Music—Text* and *A Lover's Discourse*.

"The Taming of History." *Yale French Studies*, no. 18 (1957), pp. 114–28.

"A Touching Compulsion: Wordsworth and the Problem of Literary Represenation." *Georgia Review*, 31 (1977), 345–61.

The Unmediated Vision: An Interpretation of Wordsworth, Hopkins, Rilke, and Valéry. New Haven: Yale Univ. Press, 1954.

"The Use and Abuse of Structural Analysis: Riffaterre's Interpretation of Wordsworth's 'Yew-Trees.'" *New Literary History*, 7 (1975), 165–80.

"Words, Wish, Worth: Wordsworth." In *Deconstruction and Criticism.* New York: Seabury, 1979, pp. 177–216.

"Wordsworth." *Yale Review*, 58 (1969), 507–25. Reprinted as the introduction to *Wordsworth: Selected Poetry and Prose*, ed. Geoffrey H. Hartman (New York: New American Libray, 1970).

Wordsworth's Poetry, 1787–1814. New Haven: Yale Univ. Press, 1964. 第三版 (1971) 又添增「後記」一篇。

(丁)、彌　勒

"Afterword." *Our Mutual Friend.* New York: New American Library, 1964, pp. 901–11.

"The Anonymous Walkers." *Nation*, 190 (1960), 351–54.

"Antitheses of Criticism: Reflections on the Yale Colloquium." *MLN*, 81 (1966), 557–71.

"Ariadne's Broken Woof." *Georgia Review*, 31 (1977), 44–60.

"Ariadne's Thread: Repetition and the Narrative Line." *Critical Inquiry*, 3 (1976), 57–77.

"Beginning with a Text." *Diacritics*, 6, no. 3 (1976), 2–7. Review of Said, *Beginnings*.

"Béguin, Balzac, Trollope et la double analogie redoublée." In *Albert Béguin et Marcel Raymond* Paris: Corti, 1979, pp. 135–54.

"A 'Buchstäbliches' Reading of *The Elective Affinities*." *Glyph 6* (1979),pp. 1–23.

"Character in the Novel: A Real Illusion." In *From Smollet to James: Studies in the Novel and Other Essays Presented to Edgar Johnson*, ed. Samuel I. Mintz et al. Charlottesville: Univ. Press of Virginia, 1981, pp. 277–85.

"Charles Dickens." *In New Catholic Encyclopedia*. New York: McGraw-Hill, 1967, vol. 4, pp. 856–57

Charles Dickens: The World of His Novels. Cambridge, Mass.: Harvard Univ. Press, 1958.

"The Creation of the Self in Gerard Manley Hopkins" ELH, 22 (1955), 293–319.

"The Critic as Host." *Critical Inquiry*, 3 (1977), 439–47.

"The Critic as Host." In *Deconstruction and Criticism*. New York: Seabury, 1979, pp. 217–53.

"Deconstructing the Deconstructors." *Diacritics*, 5, no. 2 (1975), 24–31. 評 Riddel, *The Inverted Bell*.

The Disappearance of God. Cambridge, Mass: Harvard Univ. Press, 1963. 1版，1976.

"The Disarticulation of the Self in Nietzsche." *Monist*, 64 (1981), 247–61.

"Dismembering and Disremembering in Nietzsche's 'Truth and Lies in a Non-moral Sense.'" ***Boundary***

2, 9, no. 3 (Spring, 1981), 41–54.

Fiction and Repetition: Seven English Novels. Cambridge, Mass.: Harvard Univ. Press, 1982.

"Fiction and Repetition: *Tess of the d'Urbervilles.*" In *Forms of Modern British Fiction.* ed. Alan Warren Friedman. Austin: Univ. of Texas Press, 1975, pp. 43–71.

"The Fiction of Realism: *Sketches by Boz, Oliver Twist, and Cruikshank's Illustrations*" In *Charles Dickens and George Cruikshank*, by J. Hillis Miller and David Borowiz. Los Angeles: W. A. Clark Memorial Library, 1971, pp. 1–69. Rpt. in *Dickens Centennial* Essays, ed. Ada Nisbet and Blake Nevius (Berkeley: Univ. of California Press, 1971), pp. 85–153.

"The Figure in the Carpet." *Poetics Today*, 1, no. 3 (1980), 107–18.

"Foreword." *Aspects of Narrative*, ed. J. Hillis Miller. New York: Columbia Univ. Press, 1971, pp. v–vii.

The Form of Victorian Fiction. Notre Dame, Ind.: Notre Dame Univ. Press, 1968. 2nd ed., Arete Press, 1980.

"Franz Kafka and the Metaphysics of Alienation." In *The Tragic Vision and the Christian Faith*, ed. N. A. Scott, Jr. New York: Association Press, 1957, pp. 281–305.

"The Function of Rhetorical Study at the Present Time." *ADE Bulletin*, no. 62 (Sept. -Nov. 1979), pp. 10–18.

"Geneva or Paris: The Recent Work of Georges Poulet." *University of Toronto Quarterly*, 39 (1969–70), 212–28.

"The Geneva School: The Criticism of Marcel Raymond, Albert Béguin, Georges Poulet, Jean Rousset, Jean-Pierre Richard, and Jean Strobinski." *Critical Quarterly*, 8 (1966), 305–21. 後收入 *Modern French Criticism*, ed. John K. Simon (Chicago: Univ. of Chicago Press, 1972), pp. 277–310.

"Georges Poulet's 'Criticism of Identification.'" In *The Quest for Imagination*, ed. O. B. Hardison, Jr Cleveland: Case–Western Reserve Univ. Press, 1971, pp. 191–224.

"A Guest in the House." *Poetics Today*, 2, no. lb (1980–81), 189–91.

"History as Repetition in Thomas Hardy's Poetry: The Example of 'Wessex Heights.,'" In *Victorian Poetry*, ed. M. Bradbury and D. Palmer. London: Edward Arnold, 1972, pp. 222–53.

"'I'd have my Life unbe: La Ricerca dell' oblio nell' opera di Thomas Hardy." *Strmenti Critici*, 3 (1969), 263–85.

"The Interpretation of *Lord Jim*." In *The Interpretation of Narrative*, ed. Morton W. Bloomfield Cambridge, Mass.: Harvard Univ. Press, 1970, pp. 211–28.

"Introduction." *Bleak House*, ed. Norman Page. Harmondsworth: Penguin, 1971, pp. 11–34.

"Introduction." *Oliver Twist*. New York: Holt, Rinehart, and Winston, 1962, pp. v–xxiii.

"Introduction." *The Well-Beloved*. London: Macmillan, 1975, pp. 11–21.

"Introduction." *William Carlos Williams: A Collection of Critical Essays*, ed. J. Hillis Miller. Englewood Cliffs, N. J.: Prentice-Hall, 1966, pp. 1–14.

"Kenneth Burke." In *International Encyclopedia of the Social Sciences*. New York: Free Press, 1979, vol. 18, pp. 78–81.

"The Linguistic Moment in 'The Wreck of the Deutschland.'" In *The New Criticism and After* ed. Thoms D. Young. Charlottesville: Univ. Press of Virginia, 1976, pp. 47–60.

"The Literary Criticism of Georges Poulet." *MLN*, 78 (1963), 471–88.

"Literature and Religion." In *Relations of Literary Study*, ed. James Thorpe. New York: Modern Language Association, 1967, pp. 111–26.

"Middlemarch, Chapter 85: Three Commentaries." *Nineteenth Century Fiction*, 35 (1980), 441–48.

"Myth as 'Hieroglyph' in Ruskin." *Studies in the Literary Imagination*, 8, no. 2 (1975), 15–18.

"Narrative and History." *ELH*, 41 (1974), 455–73.

"Narrative Middles: A Preliminary Outline." *Genre*, 11 (1978), 375–87.

"Nature and the Linguistic Moment." In *Nature and the Victorian Imagination*, ed. U. C. Knoepflmacher and G. B. Tennyson. Berkeley: Univ. of California Press, 1977, pp. 440–51.

"On Edge: The Crossways of Contemporary Criticism." *Bulletin of the American Academy of Arts and Sciences*, 32, no. 4 (1979), 13–32.

"Optic and Semiotic in *Middlemarch*." *In The Worlds of Victorian Fiction* ed. Jerome H. Buckley. Cambridge, Mass.: Harvard Univ. Press, 1975, pp. 125-45.

"'Orion' in 'The Wreck of the Deutschland.'" *MLN* 76 (1961), 509-14.

Poets of Reality: *Six Twentieth-Century Writers.* Cambridge, Mass.: Harvard Univ. Press, 1965.

"The Problematic Ending in Narrative." *Nineteenth-Century Fiction*, 33 (1978), 3-7.

"Recent Studies in the Nineteenth Century." *Studies in English Literature*, 9 (1969), 737-53; 10 (1970), 183-214.

"The Rewording Shell: Natural Image and Symbolic Emblem in Yeats's Early Poetry." In *Poetic Knowledge*: *Circumference and Center*, ed. Roland Hagenbuchle and Joseph T. Swann. Bonn: Bouvier, 1980, pp. 75-86.

"Some Implications of Form in Victorian Fiction." *Comparative Literature Studies*, 3 (1966), 109-18.

"The Sources of Dickens's Comic Art: From *American Notes to Martin Chuzzlewit*." *Nineteenth-Century Fiction*, 24 (1970), 467-76.

"Stevens' Rock and Criticism as Cure." *Georgia Review*, 30 (1976), 5-31; 330-48.

"The Still Heart: Poetic Form in Wordsworth." *New Literary History*, 2 (1971), 297-310.

"The Stone and the Shell: The Problem of Problem Form in Wordsworth's Dream of the Arab." In

Mouvements premiers: études critiques offertes à Georges Poulet. Paris: Corti, 1972, pp. 125–47.

"The Theme of the Disappearance of God in Victorian Poetry." *Victorian Studies*, 6 (1963), pp. 207–27.

"Theology and Logology in Victorian Literature." *Journal of the American Academy of Religion*, 47, no. 2, Supplement (1979), pp. 345–61.

"Theoretical and Atheoretical in Stevens." In *Wallace Stevens: A Celebration*, ed. Frank Doggett and Robert Buttel. Princeton: Princeton Univ. Press, 1980, pp. 274-85.

"Theory and Practice: Response to Vincent Leitch." *Critical Inquiry*, 6 (1980), 609–14.

"Thomas Hardy: A Sketch for a Portrait." In *De Ronsard à Breton: Hommages à Marcel Raymond*. Paris: Corti, 1967, pp. 195–206.

Thomas Hardy: Distance and Desire. Cambridge, Mass.: Harvard Univ. Press, 1970.

"Thomas Hardy, Jacques Derrida, and the 'Dislocation of Souls." In *Taking Chances*. Ed. Joseph H. Smith and William Kerrigan. Baltimore: Johns Hopkins UP, 135–45.

"Three Problems of Fictional First-Person Narration in *David Copperfield and Huckleberry Finn*." *In Experience in the Novel*, ed. Roy Harvey Pearce. New York: Columbia Univ. Press, 1968, pp. 21–48.

"Tradition and Difference." *Diacritics*, 2, no. 4 (1972), 6–13. 評 Abrams, *Natural Supernaturalism*.

"Virginia Woolf's All Soul's Day: The Omniscient Narrator in *Mrs. Dalloway.*" In *The Shaken Realist*, ed. Melvin J. Friedman and John B. Vickery. Baton Rouge: Louisiana State Univ. Press, 1970, pp. 100–27.

"Wallace Stevens' Poetry of Being." *ELN*, 31 (1964), 86–105.

"Walter Pater: A Partial Portrait." *Daedalus*, 105, no. 1 (1976), 97–113.

"'Wessex Heights': The Persistence of the Past in Hardy's Poetry." *Critical Quarterly*, 10 (1968), 339–59.

"William Carlos Williams: The Doctor as Poet."*Plexus*, 3, no. 4 (1968), 19–20.

"Williams' Spring and All and the Progress of Poetry." *Daedalus*, 99, no. 2 (1970), 405–34.

四、術語彙要

解構批評運用到不少艱深的術語，往往構成翻譯、閱讀上的障礙。在這一節裏，我們只想嘗試提供某種解釋（離「定」義當然有很大的距離），便利讀者參考或進一步研究。術語先按外文的字母順序排列，其次才是中譯及說明。

Absence（隱無）：和 Presence（現存）相對，乃是「不在那兒」、無法以知覺去「揭露」其實相或讓眞理直接含納的匱缺。理體（logos）、聲音（voice, speech）屬現存，在它消失之後，符號才產生替代之，因此文字（absence）象徵眞理的墮落，從柏拉圖以降，西洋哲學即主張「現存」的形上學，以現存爲中心締建階層等第（如本源／歧出，眞／假，聲音／文字等）。

Aporia（困境）：希臘原意爲似乎無法解決的邏輯難題，德希達以此難題爲系統本身以其統合性的邏輯達成的意義困境，最後勢必「過度」，旣非這亦非那，遂超出邏輯的規則。

Archiwriting（第一文字）：文字的通則及其可能性，在邏輯上較各種對立系統（聲音／文字）還來得優先，是語言「衍異」的條件，因爲所有語言均運用到文字歧異和可再被重述的原則（聲音亦不例外，因此也屬文字）。這種普通的文字或文字的雛形卽「第一文字」。

Binary Opposition（**二元對立**）：結構主義的語言學、人類學，以意指對意符、生對熟，認爲語言、神話系統是建立在「兩立」的情況上。索緒爾（Ferdinand de Saussure）以爲語言系統是以彼此的關係（relation）構成，一符號能產生意義卽在它不是其他符號。雅克愼（Roman Jakobson）及李維史陀（Claude Lévi-Strauss）是此一系統的最佳代言人。

Convention（**成規**）：語碼（codes）、文化論述（discourses）所累積成的多重向度空間，使作品得以爲人理解。

Decentering（**去中心**）：中心、結構沒有「自然」的位置（結構中心其實是人爲封閉自由活動所形成的統一性），中心只是作用而非固定之點，以便讓無限的符號替代加入其空間，這種斷裂結構形式統一性的思索爲「去中心」，德希達以爲尼采、海德格、佛洛伊德卽是其代表。

Deconstruction（**解構**）：視結構爲人爲意志之欲求控制所製出，因此在强將「異、外、它」之元素壓抑下來之同時，卽展開作品的另一層活動，使本身建立起之等第、形式瓦解。換句話說，在概念之中便有雙重的分化傾向，某一論述往往在表達的過程裏，邁向本身不自覺的矛盾盲點，和原意相違背。

Différance（**衍異**）：有三個意義：⑴差別，在性質、本質、形式上不同（differ）；⑵播散、傳布（differre）；⑶延後（defer）。前兩個意義和空間區分有關，延後則和時間性密切相連。在法文中différance的“a”是聽不到的，只能在書寫中看出，因此德希達發明此字（結合了 differ 及 defer），以它作「產生概念歧異的可能性」。

Discourse（論述）：人用記號、文句表達、發聲的過程，有時用來指「作品」(text)、「陳述」(enunciation)，有時則具文化社會含意（如 J. Lotman 便將記號範圍視爲論述）。

Economy（經濟權宜）：將不同的成份組合，化爲某一理論、系統中連貫、簡單的要素，這種作法通常運用到減縮的原則。

Episteme（知解）：文化的後設符號學，某一社會團體對本身的符號所持的態度 (Lotman 及 Foucault)，例如中古時符號是指現象底下的整體性，到了啓蒙運動（十八世紀）時期，符號已變成「自然」指涉事物，正是因爲這個道理，巴特才說索緒爾的符號是「中產階級式」的。

Grammatology（文字科學研究）：反對語音之佔據特權地位，成爲語言學的主要研究對象，德希達倡導文字科學論，主張探討語音之前的文字語言通則：書寫文字的通泛可能性卽是語言本身的可能性。

Intertextuality（交互指涉性）：作品的論述運用到其他的文字，這種與前已存在的模式之間的關係（通常是組構、重新製造、轉化），一方面是作品本身多重聲音的來源，一方面也是作品產生意義的條件。此觀念先由巴克定 (M. M. Bakhtin) 提出，克莉絲特娃 (J. Kristeva) 加以發揚。

Iterability（重述性）：符號可以再重覆被讀（聽）到，以維持其生命（持久性），也就是文字可隨時漂流，不斷爲後人繼起「製造」意義，作品、語言論述不必死守其脈絡。

Logocentrism（理體中心主義）：將哲學建立在思想、眞理、邏輯、理體，認爲道獨立自生，可以做理論基礎的作法。

Open Work（開放作品）：讀者於閱讀過程中可以參加寫作的作品，作品沒「決定」義。

Parergon（附件）：次要的補充之物，柏拉圖的哲學即反對這種邊際、墮落的成份。

Phallogocentrism（陽物中心主義）：德希達批評拉崗等用到的字眼（"The Purveyor of Truth"），因爲拉崗將意指定爲陽物，視意符失竊象徵陽物的匱缺。

Phonocentrism（語音中心觀）：索緒爾認爲文字只是再現語音的工具，因此曲解語音、原意，產生各種可能形成的誤解。對這種以話語、聲音爲中心的作法，德希達提出「文字科學」，主張語音其實已是文字的一種：「因爲文字的意義即在可重覆、可持久，符號的專斷、隨意性是無法想像，除非是在文字的範疇之中。」

Self-deconstruction（自我解構）：理論或作品所仰賴的概念、形式、內容、邏輯往往不知不覺地依靠與之相反的技巧、比喻、修辭，因此將自身的論點瓦解。

Signature（簽署）：作者原先留下的印記，象徵其意識的現存，表達他在某一特殊片刻的意圖。德希達則以多重印記的方式推論「簽署」其實早已受到別人的影響，並無所謂的「版權」。

Supplement（添補）：用來完成或添加之物，因此有「不足」與「過多」兩種層面。盧騷寫道：「書寫文字只是用來添補話語」，即視文字爲多餘，乃重點以外之物，但又說它是補足之物，顯然話語本身亦有不足之處：也就是話語也和文字一樣，蘊含被誤解或匱缺的成份，因此話語反而屬文字。

Undecidable（無以決定）：作品一方面述說其主題，一方面卻以其修辭，將宣稱之事實推翻，使作品的意義變得不能確定，也使得作品無法讓人讀「通」（unreadable）。

Writing（écrture）（書寫文字）：所有語言（口述或書寫）均屬這種「通泛」文字，因爲文字早已深入於歧異、延伸的「軌跡」(traces)之中。文字是以不斷的替代方式，讓意義流轉。這種「衍異」的原則約束語言，同時也讓語言不會爲固定、自我確證的意識、知識所把持。

滄海叢刊書目

現代藝術哲學	孫旗 譯
現代美學及其他	趙天儀 著
中國現代化的哲學省思	成中英 著
不以規矩不能成方圓	劉君燦 著
恕道與大同	張起鈞 著
現代存在思想家	項退結 著
中國思想通俗講話	錢穆 著
中國哲學史話	吳怡、張起鈞 著
中國百位哲學家	黎建球 著
中國人的路	項退結 著
中國哲學之路	項退結 著
中國人性論	臺大哲學系主編
中國管理哲學	曾仕強 著
孔子學說探微	林義正 著
心學的現代詮釋	姜允明 著
中庸誠的哲學	吳怡 著
中庸形上思想	高柏園 著
儒學的常與變	蔡仁厚 著
智慧的老子	張起鈞 著
老子的哲學	王邦雄 著
逍遙的莊子	吳怡 著
莊子新注（內篇）	陳冠學 著
莊子的生命哲學	葉海煙 著
墨家的哲學方法	鍾友聯 著
韓非子析論	謝雲飛 著
韓非子的哲學	王邦雄 著
法家哲學	姚蒸民 著
中國法家哲學	王讚源 著
二程學管見	張永儁 著
王陽明──中國十六世紀的唯心主義哲學家	張君勱原著、江日新中譯
王船山人性史哲學之研究	林安梧 著
西洋百位哲學家	鄔昆如 著
西洋哲學十二講	鄔昆如 著
希臘哲學趣談	鄔昆如 著
近代哲學趣談	鄔昆如 著
現代哲學述評(一)	傅佩榮編譯

當代西方哲學與方法論	臺大哲學系主編
人性尊嚴的存在背景	項退結編著
理解的命運	殷鼎著
馬克斯・謝勒三論	阿弗德・休慈原著、江日新譯
懷海德哲學	楊士毅著
洛克悟性哲學	蔡信安著
伽利略・波柏・科學說明	林正弘著
宗教類	
天人之際	李杏邨著
佛學研究	周中一著
佛學思想新論	楊惠南著
現代佛學原理	鄭金德著
絕對與圓融——佛教思想論集	霍韜晦著
佛學研究指南	關世謙譯
當代學人談佛教	楊惠南編著
從傳統到現代——佛教倫理與現代社會	傅偉勳主編
簡明佛學概論	于凌波著
圓滿生命的實現（布施波羅密）	陳柏達著
薝蔔林・外集	陳慧劍著
維摩詰經今譯	陳慧劍譯註
龍樹與中觀哲學	楊惠南著
公案禪語	吳怡著
禪學講話	芝峯法師譯
禪骨詩心集	巴壺天著
中國禪宗史	關世謙著
魏晉南北朝時期的道教	湯一介著
社會科學類	
憲法論叢	鄭彥棻著
憲法論衡	荊知仁著
國家論	薩孟武譯
中國歷代政治得失	錢穆著
先秦政治思想史	梁啟超原著、賈馥茗標點
當代中國與民主	周陽山著
釣魚政治學	鄭赤琰著
政治與文化	吳俊才著
中國現代軍事史	劉馥著、梅寅生譯
世界局勢與中國文化	錢穆著

中華文化十二講	錢　穆　著
民族與文化	錢　穆　著
楚文化研究	文崇一　著
中國古文化	文崇一　著
社會、文化和知識分子	葉啟政　著
儒學傳統與文化創新	黃俊傑　著
歷史轉捩點上的反思	韋政通　著
中國人的價值觀	文崇一　著
紅樓夢與中國舊家庭	薩孟武　著
社會學與中國研究	蔡文輝　著
比較社會學	蔡文輝　著
我國社會的變遷與發展	朱岑樓主編
三十年來我國人文社會科學之回顧與展望	賴澤涵　編
社會學的滋味	蕭新煌　著
臺灣的社區權力結構	文崇一　著
臺灣居民的休閒生活	文崇一　著
臺灣的工業化與社會變遷	文崇一　著
臺灣社會的變遷與秩序(政治篇)(社會文化篇)	文崇一　著
臺灣的社會發展	席汝楫　著
透視大陸	政治大學新聞研究所主編
海峽兩岸社會之比較	蔡文輝　著
印度文化十八篇	糜文開　著
美國的公民教育	陳光輝　譯
美國社會與美國華僑	蔡文輝　著
文化與教育	錢　穆　著
開放社會的教育	葉學志　著
經營力的時代	青野豐作著、白龍芽　譯
大眾傳播的挑戰	石永貴　著
傳播研究補白	彭家發　著
「時代」的經驗	汪琪、彭家發　著
書法心理學	高尚仁　著

史地類

古史地理論叢	錢　穆　著
歷史與文化論叢	錢　穆　著
中國史學發微	錢　穆　著
中國歷史研究法	錢　穆　著
中國歷史精神	錢　穆　著

國史新論	錢　穆　著
秦漢史	錢　穆　著
秦漢史論稿	邢義田　著
與西方史家論中國史學	杜維運　著
中西古代史學比較	杜維運　著
中國人的故事	夏雨人　著
明朝酒文化	王春瑜　著
共產國際與中國革命	郭恒鈺　著
抗日戰史論集	劉鳳翰　著
盧溝橋事變	李雲漢　著
老臺灣	陳冠學　著
臺灣史與臺灣人	王曉波　著
變調的馬賽曲	蔡百銓　譯
黃帝	錢　穆　著
孔子傳	錢　穆　著
唐玄奘三藏傳史彙編	釋光中　編
一顆永不殞落的巨星	釋光中　著
當代佛門人物	陳慧劍編著
弘一大師傳	陳慧劍　著
杜魚庵學佛荒史	陳慧劍　著
蘇曼殊大師新傳	劉心皇　著
近代中國人物漫譚・續集	王覺源　著
魯迅這個人	劉心皇　著
三十年代作家論・續集	姜　穆　著
沈從文傳	凌　宇　著
當代臺灣作家論	何　欣　著
師友風義	鄭彥棻　著
見賢集	鄭彥棻　著
懷聖集	鄭彥棻　著
我是依然苦鬥人	毛振翔　著
八十憶雙親、師友雜憶（合刊）	錢　穆　著
新亞遺鐸	錢　穆　著
困勉強狷八十年	陶百川　著
我的創造・倡建與服務	陳立夫　著
我生之旅	方　治　著
語文類	
中國文字學	潘重規　著

中國聲韻學	潘重規、陳紹棠 著
訓詁通論	吳孟復 著
翻譯新語	黃文範 著
詩經研讀指導	裴普賢 著
陶淵明評論	李辰冬 著
鍾嶸詩歌美學	羅立乾 著
杜甫作品繫年	李辰冬 著
杜詩品評	楊慧傑 著
詩中的李白	楊慧傑 著
司空圖新論	王潤華 著
詩情與幽境——唐代文人的園林生活	侯迺慧 著
唐宋詩詞選——詩選之部	巴壺天 編
唐宋詩詞選——詞選之部	巴壺天 編
四說論叢	羅盤 著
紅樓夢與中華文化	周汝昌 著
中國文學論叢	錢穆 著
品詩吟詩	邱燮友 著
談詩錄	方祖燊 著
情趣詩話	楊光治 著
歌鼓湘靈——楚詩詞藝術欣賞	李元洛 著
中國文學鑑賞舉隅	黃慶萱、許家鶯 著
中國文學縱橫論	黃維樑 著
蘇忍尼辛選集	劉安雲 譯
1984	GEORGE ORWELL原著、劉紹銘 譯
文學原理	趙滋蕃 著
文學欣賞的靈魂	劉述先 著
小說創作論	羅盤 著
借鏡與類比	何冠驥 著
鏡花水月	陳國球 著
文學因緣	鄭樹森 著
中西文學關係研究	王潤華 著
從比較神話到文學	古添洪、陳慧樺主編
神話卽文學	陳炳良等譯
現代散文新風貌	楊昌年 著
現代散文欣賞	鄭明娳 著
世界短篇文學名著欣賞	蕭傳文 著
細讀現代小說	張素貞 著

現代詩學	蕭　蕭 著
詩美學	李元洛 著
詩學析論	張春榮 著
橫看成嶺側成峯	文曉村 著
大陸文藝論衡	周玉山 著
大陸當代文學掃瞄	葉穉英 著
走出傷痕——大陸新時期小說探論	張子樟 著
兒童文學	葉詠琍 著
兒童成長與文學	葉詠琍 著
增訂江皋集	吳俊升 著
野草詞總集	韋瀚章 著
李韶歌詞集	李　韶 著
石頭的研究	戴　天 著
留不住的航渡	葉維廉 著
三十年詩	葉維廉 著
讀書與生活	琦　君 著
城市筆記	也　斯 著
歐羅巴的蘆笛	葉維廉 著
一個中國的海	葉維廉 著
尋索：藝術與人生	葉維廉 著
山外有山	李英豪 著
葫蘆・再見	鄭明娳 著
一縷新綠	柴　扉 著
吳煦斌小說集	吳煦斌 著
日本歷史之旅	李希聖 著
鼓瑟集	幼　柏 著
耕心散文集	耕　心 著
女兵自傳	謝冰瑩 著
抗戰日記	謝冰瑩 著
給青年朋友的信(上)(下)	謝冰瑩 著
冰瑩書柬	謝冰瑩 著
我在日本	謝冰瑩 著
人生小語(一)～(四)	何秀煌 著
記憶裏有一個小窗	何秀煌 著
文學之旅	蕭傳文 著
文學邊緣	周玉山 著
種子落地	葉海煙 著

向未來交卷　葉海煙 著
不拿耳朶當眼睛　王讚源 著
古厝懷思　張文貫 著
關心茶——中國哲學的心　吳怡 著
放眼天下　陳新雄 著
生活健康　卜鍾元 著

美術類

樂圃長春　黃友棣 著
樂苑春回　黃友棣 著
樂風泱泱　黃友棣 著
談音論樂　林聲翕 著
戲劇編寫法　方寸 著
戲劇藝術之發展及其原理　趙如琳 譯著
與當代藝術家的對話　葉維廉 著
藝術的興味　吳道文 著
根源之美　莊申 著
中國扇史　莊申 著
立體造型基本設計　張長傑 著
工藝材料　李鈞棫 著
裝飾工藝　張長傑 著
人體工學與安全　劉其偉 著
現代工藝概論　張長傑 著
色彩基礎　何耀宗 著
都市計畫概論　王紀鯤 著
建築基本畫　陳榮美、楊麗黛 著
建築鋼屋架結構設計　王萬雄 著
室內環境設計　李琬琬 著
雕塑技法　何恆雄 著
生命的倒影　侯淑姿 著
文物之美——與專業攝影技術　林傑人 著